In ewiger liebe, für Tobias

© 2022 Xenia Holthaus

ISBN Softcover: 978-3-347-56005-5
ISBN E-Book: 978-3-347-56021-5

Druck und Distribution im Auftrag des Autors:
tredition GmbH, Halenreie 40-44, 22359 Hamburg, Germany

Das Werk, einschließlich seiner Teile, ist urheberrechtlich geschützt. Für die Inhalte ist der Autor verantwortlich. Jede Verwertung ist ohne seine Zustimmung unzulässig. Die Publikation und Verbreitung erfolgen im Auftrag des Autors, zu erreichen unter: tredition GmbH, Abteilung "Impressumservice", Halenreie 40-44, 22359 Hamburg, Deutschland.

Buchcover Design: Monira Design, Ramona Gravel
www.moniradesign.de

www.x-holthaus.de
www.instagram.com/x.holthaus

TOD

Das Schicksal eines Halbengels

Urban Fantasy
Science Fiction

Xenia Holthaus

Phase I

Schmerz

I

Ein gedämpfter Knall zwängte sich aus der kleinen dunklen Gasse heraus in die Nacht und breitete sich über die Straße aus. Die Straßenlaterne am Ende der Gasse flackerte kurz vor Schreck. Ein leises dumpfes Geräusch folgte dem Knall. Nach einiger Zeit floss ein kleines Rinnsal dunkler Flüssigkeit hervor und berührte zuerst vorsichtig und dann unaufhaltsam den Lichtkegel der Straßenlaterne. Wieder flackerte diese auf, als die dunkle Flüssigkeit sich rot färbte im Licht.

Eine schwarze Katze mit zerzaustem Fell betrat ebenfalls den Lichtkegel von der anderen Straßenseite und beschnupperte neugierig die Flüssigkeit. Plötzlich sträubte sich ihr Fell und ihre Ohren legten sich zurück. Sie duckte sich und blickte angespannt in die dunkle Gasse.

Die Schatten schienen sich zu bewegen. Es klickte einmal und zwei kristallblaue Augen leuchteten aus dem Dunklen heraus. Konzentriert sahen diese Augen die

Katze an. Ein stummes Gespräch schien zwischen ihnen zu entstehen. Die Katze entspannte sich wieder. Nachgiebig drehte sich die Katze um und verließ wieder den Lichtkegel und rannte schnell wieder über die Straße. Dort sprang sie auf einen Fenstersims, und beobachtete aufmerksam die Gasse.

Eine dunkle zierliche Frau verließ die Sicherheit der Dunkelheit. Im Lichtkegel sah die Frau kurz auf das Rinnsal und ging ebenfalls auf die andere Straßenseite. Die Katze saß noch immer dort. Die Frau blieb vor ihr stehen. Unter der Fedora, ihrem weichen Filzhut, zeigten sich einzelne rote Strähnen. Die kristallblauen Augen taxierten wieder die Katze.

Die Frau berührte kurz ihre rechte Seite, darunter fühlte sie die Halbautomatik. Sie streckte die Hand aus und streichelte der schnurrenden Katze den Kopf.

Anschließend ließ sie von ihr ab und ging die Straße weiter entlang. Die Katze folgte ihr mit einigem Abstand.

Bald würde die Nacht sich dem Ende neigen und die Geschäfte würden wieder öffnen. Die Angestellten würden die Läden vorbereiten und den Müll in die kleine Gasse hinausbringen. Dabei würden sie einen völlig ausgebluteten Mann, mit aufgeschlitzter Kehle und einer Schusswunde zwischen den Augen, hinter den Mülltonnen finden.

Ein alter blauer Pickup raste über den brüchigen Asphalt. Die Farbe blätterte an diversen Stellen ab und Rost hatte sich angesetzt. Es war Nacht und die Straße wurde von vereinzelten Straßenlaternen erhellt. Ein Polizeiauto verfolgte den rasenden Pickup. Die Sirene erschall laut und erfüllte den leeren Raum. Die Straße war verlassen und dunkel vor den beiden Wagen. Rechts und links säumten sich Bäume, deren Schatten tief über dem Asphalt hingen.

„Al, beeil dich," brüllte der junge rothaarige Mann neben Al. Al war ein stämmiger stiller junger Mann. Seine Gedanken waren konzentriert auf die Straße gerichtet. Er wusste, dass bald eine Biegung kommen würde. Dahinter würde er die Bullen endlich abwimmeln, dachte er sich. Jimmys Brüllen machte ihn nervös. Seit einigen Meilen wagte er nicht mehr in den Rückspiegel zu schauen. Auf ihrer Ladefläche transportierten sie kostbaren und mühselig hergestellten Whiskey. Warum hatte er sich von Jimmy nur zu so einen Quatsch überreden lassen? Seine Frau erwartete ihr zweites Kind und das Holzfällen warf schon lange kaum noch was ab. Er wusste genau, warum er sich diesen Gefahren ausgesetzt hatte. Sie hätten nur nie gedacht, dass der alte Bud sie verpfeifen würde. Vor einigen Tagen hatte er sie vor ihrer selbstgezimmerten Hütte im Wald vorgefunden, wie sie betrunken ihren selbstgebrannten Whiskey probiert hatten. Er war jagen. Leidvoll erinnerte er sich daran. Sie hatten ihn verprügelt und verjagt. Ihr Gelächter klingelte noch immer in seinen Ohren.

Jimmy beugte sich vor und sah in den Seitenspiegel. Seine roten Locken wischten über das Armaturenbrett. Er hatte seine löchrige Fedora nach hinten geschoben, um besser sehen zu können. „Wir wimmeln sie ab," brüllte er jauchzend. Endlich erreichten sie die Kurve. Schnell schaltete Al das Licht aus und bog riskant in die Seitenstraße. Sie war noch immer wild überwuchert, wie in seiner Erinnerung. Er stoppte augenblicklich und schaltete den Motor aus. Nervös sah er in den Rückspiegel. Jimmy zappelte ungeduldig auf seinem Sitz und sah immer wieder zurück. Plötzlich schnellte das Polizeiauto mit aufgedrehten Sirenen an der Seitenstraße vorbei, der Hauptstraße weiter folgend. Jimmy und Al atmeten sichtlich erleichtert aus. Al startete wieder den Motor und das Licht. Beide erschraken. Im Lichtkegel stand eine schmale dunkle Gestalt, eingehüllt in einem schwarzen Mantel. Sie stand ruhig da. Über den Kopf trug sie eine Kapuze. Die beiden Männer konnten das Gesicht nicht erkennen. Plötzlich setzte sich die Gestalt in Bewegung und ging auf den Pickup zu. Schließlich an ihnen vorbei und verschwand hinter der nächsten Abbiegung. Keines Blickes hatte sie ihnen gewürdigt. Einfach so verschwand sie aus ihrem Blickfeld. Al und Jimmy saßen noch eine lange Weile vor Angst erstarrt im Wagen. Endlich fuhr Al los, um bei der nächsten Gelegenheit zu drehen. Die überwucherte Straße wurde bereits nach einigen Metern breiter. Al blieb stehen. Die beiden Männer starrten panisch und ängstlich auf das Blutbad, dass sich ihnen bot. Es waren mal zwei Männer gewesen. Sie waren entzweit worden. Ihre Gedärme lagen verstreut um die Leichenteile. Al konnte ihre Gesichter nicht erkennen. Er wollte es auch nicht. Jimmy öffnete die Tür und übergab sich. Schnell drehten sie den Wagen und verschwanden in die entgegengesetzte Richtung der dunklen Gestalt. Al war sich sicher gewesen, dass er kristallblaue Augen unter der Kapuze gesehen hatte, und er war sich sicher, dass es eine Frau war. Ein eisiger Schauer lief ihm über den Rücken.

Sie folgten der Straße eine lange Zeit, bis Jimmy nach einigen Meilen seine Stimme wiederfand. „Wir werden das vergessen. Wir denken jetzt nur an die Mäuse. Fahr jetzt in die Stadt zum vereinbarten Treffpunkt. Mr. Hicks wartet nicht lange. Vergiss nicht er sagte sein Club bräuchte dringend wieder Drinks," sprach Jimmy ernüchternd. Al nickte lediglich. „Das waren die Taten der Mafia, da bin ich mir sicher. Das geht uns nichts an. Irgendwas aus der Stadt. Vergiss es einfach," wiederholte er sich. Al konnte die Verunsicherung aus seiner Stimme heraushören. Die dunkle Frau würde er jedoch nie wieder vergessen.

Kristallblaue Augen sahen sie aus dem Spiegel an. Trauer und Einsamkeit lag in dem Blick. Ihre Gesichtszüge verrieten nichts von dem, was in ihr vorging und nichts davon, wer sie selbst war, sie wusste es ja nicht einmal selbst. Ihre Entscheidung stand noch immer aus. Für Claire stellte sich heraus, dass eine Entscheidung hinsichtlich des Lebens von Edgar ihr schwerer fiel als alles Bisherige.

Manhattan war nicht mehr sicher für Edgar. Claire musste sich eingestehen, dass sie zu weit gegangen war. Immer wieder fragte sie sich, wie sie nur in diese Situation kommen konnte. Den Auftrag hatte sie bereits erledigt, wollte aber nicht weg. Die Arbeit im Club gefiel ihr. Singen und Tanzen war besser als das ganze Blut. Zudem war da noch ihr Boss, der Unterweltboss von Manhattan Edgar Hicks. Wie konnte sie ihn einfach seinem Schicksal überlassen? Sie konnte sich noch erinnern, als er lediglich Clubbesitzer war und nicht viel zu sagen hatte. Durch ihre Hilfe gelangte er bis ganz an die Spitze, nur wusste er das nicht.

Edgar war groß und hatte eine schmale Figur. Er hatte ein sehr markantes Gesicht, das durch die spitze Nase auffiel. Sein Aussehen erweckte den Eindruck, er wäre schwach. Unter seinem Hemd zeichneten sich jedoch starke Muskeln ab. Eine Deformierung seines rechten Fußes verlieh ihm einen schleifenden Gang. In seiner Jugend wurde er von anderen Jungs verprügelt, wegen der zweifelhaften Beziehungen seiner Mutter. Durch seine dunklen Augen und seinen schwarzen Anzügen wurde das Bild eines rachsüchtigen und brutalen Menschen vervollständigt. Seine schwarzen Hosen waren ihm wegen seiner Größe immer zu kurz. Bei guter Laune trug er bunte Socken. Er entschied bereits nach dem Aufwachen, welche Laune er bevorzugte. Claire hatte viel Zeit damit verbracht, ihn zu beobachten und hatte nach all der Zeit eine Freundschaft zu ihm aufgebaut.

Damals suchten sie eine Sängerin für den Club. Für ihren Auftrag musste sie in dem Club arbeiten, daher war es wichtig aufzufallen. Sie wusste, dass sie einen besonderen Reiz auf Männer und Frauen ausübte. Daher entschied sie sich für ein knallrotes Kleid, welches tiefe Einblicke auf ihren Rücken ermöglichte. Ihre weiße Haut strahlte unter dem Rampenlicht und ihre roten Haare fingen Feuer im Licht. Als sie ihre rot bemalten Lippen öffnete, um zum ersten Klang des Klaviers zu singen, durchbrach ihre Stimme die Stille des Saales. Edgar starrte wie gebannt zu ihr auf. Seine Augen hingen an ihren Lippen. Die Zeit schien still zu stehen. Diese Augen, die so viel Wahnsinn in sich hatten, doch Claire wusste auch die Einsamkeit darin zu lesen. Sie kannte dieses Gefühl sehr gut. Er musste immer kämpfen für das, was er wollte, um auf den Moment seiner Rache zu warten. Seine Liebe zu seiner Mutter machte ihn zu dem, der er war. Sie war keine Schönheit und wurde von Männern immer schlecht behandelt. Edgar sah sich als ihren Beschützer. Ein Leben in Angst und Schrecken vor der Gewalt eines Mannes hatten nicht nur seine Mutter begleitet, nein - auch ihn. Ein Mann speziell hatte es ihm angetan. Die Rache an seinem Vater, nachdem er seine Mutter einfach in Stich ließ, hatte ihn den größten Teil seines Lebens begleitet. Misshandelt und missbraucht hatte er sie mit einem Säugling zurückgelassen. Es hatte lange gedauert, doch schließlich bekam Edgar seine Rache. Er tötete ihn hinterrücks und wurde der mächtigste Mann in Manhattan.

Edgar und seine Mitarbeiter waren begeistert von ihrem Aufritt. Sie wurde engagiert. Noch am selben Abend hatte sie Premiere und füllte den Saal mit ihrer wunderschönen Stimme und geheimnisvollen Aura. Edgar wusste, dass er mit Claire einen ganz besonderen Fang gemacht hatte und ermöglichte ihr immer mehr Privilegien. Darunter zählte das Singen im engen Kreis bei Edgar im Haus für seine Gäste, begleitet von ihm selbst am Klavier. Nachdem er endlich Aufstieg, seine Macht in Manhattans krimineller Unterwelt ausbreitete und sein Name Angst und Schrecken verbreitete, stieg auch Claire in seiner Gunst. Jeden Abend füllte sie seinen Club und nach kurzer Zeit waren Prominente, Politiker und andere hochrangige Kriminelle seine Stammgäste. Die Kassen klingelten. Claire wusste, dass der Fall bald kommen würde und machte sich bereit. Bereit dazu eine Entscheidung hinsichtlich Edgar zu treffen.

Claire hatte bereits mehrere Attentate auf ihn verhindert. Heimlich und unsichtbar, denn sie musste aufpassen, dass man nicht entdeckte, wer sie war. Sie zögerte dadurch nur das Vermeintliche hinaus. Schließlich geschah es, wie es geschehen musste. Ein gelangweilter Millionär aus Europa siedelte über nach Manhattan und versuchte, die Stadt an sich zu reißen. Er kandidierte bei der Bürgermeisterwahl. Hierzu versuchte er Edgar als sein Werkzeug zu benutzen und durch ihn unliebsame Rivalen aus dem Weg zu räumen. Er benötigte einzig ein Druckmittel hierfür. Michael Holden entführte Edgars Mutter und erpresste ihn nun mit ihrem Leben.

Seit Tagen versuchte Edgar seine Mutter ausfindig zu machen und erledigte zusätzlich die Aufträge von Holden. Edgar musste ihm unliebsame Gegner aus dem Verkehr räumen. Boris, Edgars engster Vertrauter, wurde in die Organisation von Holden infiltriert, um den Standort seiner Mutter herauszufinden, doch es war gescheitert. Edgar wusste das nicht, doch Claire schon. Zudem wusste sie, dass Edgars Mutter bereits vor Tagen durch Holdens eigene Hände ermordet wurde. Und da wären wir bei der unglücklichen Situation, in die sie sich manövriert hatte.

Sie mochte Edgar gerne, er war für sie über all der Zeit wichtig geworden und sie befürchtetet ihm nicht helfen zu können. Wie sollte sie das Schicksal aufhalten? Er hatte sie öfter aus unliebsamen Situationen gerettet und hatte für sie öfter Kunden vergrault, einzig um ihre Ehre zu schützen. Sein Mitgefühl und seine Zuneigung zu ihr rührten sie. Claire hätte sich aus jeder dieser Situationen selbst befreien können, er sprang so oft zwischen ihr und den aufdringlichen Männern. So einem Menschen war sie noch nie begegnet, der zwei Gesichter hatte. Den eines skrupellosen Gangsters, der auch über Leichen ging, um seine Ziele zu erreichen und den eines mitfühlenden und fürsorglichen Mannes, der sich um seine Familie und Freunde kümmerte, ohne eine Gegenleistung. Jedes weitere Einmischen ihrerseits überstrapazierte immer mehr ihren Aufenthalt hier.

Nun befahl er ihr heute Morgen, sie sollte ihn zu dem Treffen mit Holden begleiten, in der Erwartung Rückendeckung von seinem Vertrauten Boris zu bekommen. Er wusste nicht, dass dieser bereits die Seiten gewechselt hatte, und Claire musste sich entscheiden Manhattan wieder zu verlassen und zu ihrem alten Leben wieder zurückzukehren oder aber Edgar bis zum Schluss zu helfen. Doch sie befürchtete, dass mehr dahintersteckte. Die Gefühle, die sie für ihn empfand, waren ihr fremd und sie wusste nicht, was sie eigentlich noch bei ihm wollte. Die Neugier war es, die es ihr schwer machte, sich zu entscheiden. Sie war schon vielen Männern begegnet, doch so hatte sie noch nie gefühlt. Zudem gab ihr diese Aufgabe das Gefühl frei zu sein und dieses Gefühl war ihr bis vor einiger Zeit völlig unbekannt gewesen. Sie beschloss nach langem hin und her bis zu dem Treffen bei ihm zu bleiben und anschließend zu entscheiden.

„Miss de Fleur! Wo bleiben Sie. Es geht los. Verdammt - bin ich hier nur von unfähigem Personal umgebe," schrie Edgar im Foyer. Claire stand immer noch oben im Badezimmer und begutachtete sich im Spiegel. Sie hatte sich entschieden, die Haare seitlich zu einem geflochtenen Zopf über die Schulter zu legen. Dazu legte sie lediglich roten Lippenstift auf. Sie hatte ein weißes Kleid mit bunten Blumen am Saum gewählt. Es war vorne bis über die Brust geschlossen. Schlichte Schwarze Schnürschuhe rundeten alles ab. Nun fehlten nur noch der beige Mantel und das Messer seitlich am Oberschenkel an einem Gurt befestigt. Auffallen würde sie auf jeden Fall, rein nur wegen ihrer roten Haare und der weißen Haut.

Schnell kam sie die Treppe hinunter und stellte sich neben Edgar, der bereits den linken Arm seitlich anwinkelte, damit sie einhacken konnte. In der rechten Hand stützte er sich auf seinen Gehstock.

„Können wir also endlich gehen?!" fragte er sie. Er sah ihr tief in die kristallblauen Augen. Claire fiel überrascht auf, dass seine dunklen Augen unglaublich erfreut aussahen. Da begriff sie es erst: Edgar dachte Boris hätte seine Mutter gefunden und bereits in Sicherheit gebracht.

„Miss de Fleur, erhalte ich auch eine Antwort?" fragte er sie erneut. „Aber natürlich, Mr. Hicks," antwortete sie schnell.

„Also, der Plan ist, dass wir gemütlich bei diesem Hurensohn sitzen und ein Drink zu uns nehmen werden, während Boris die Männer rein lässt. Sie brauchen sich daher keine Sorgen zu machen," versuchte er Claire zu beruhigen, denn man konnte ihr die Sorgen im Gesicht ablesen. Allerdings wusste er nicht, dass er sich um weitaus mehr Sorgen machen sollte als um sie.

Sie stiegen in den Rolls-Royce Phantom und fuhren in die Innenstadt. Claire musste sich entscheiden, denn der Moment zu Handeln stand kurz bevor. Das konnte sie spüren. Edgar hielt die ganze Fahrt siegessicher ihre Hand und schilderte ihr sein Vorhaben. Er wollte Holden Leiden sehen. Der Chauffeur pendelte sich in den belebten Straßenverkehr ein. Immer wieder musste er Kutschen ausweichen.

„Mr. Hicks, was für eine Aufgabe habe ich eigentlich in Ihrem Plan?" fragte sie zögernd. Überrascht wandte er sich zu ihr und lachte, als wenn er so klar durchschaubar wäre. Claire war bewusst, dass er nur nach Rache sehnte und dabei sein Vertrauen auf die falschen Personen setzte. Jedoch verstand sie noch nicht genau, was sie darin zu suchen hatte. Lieber wäre es ihr gewesen,

Edgar verborgen im Hintergrund zu helfen, so aber würde es unvermeidbar sein, sich ihm zu offenbaren.

„Sie, meine Liebe, werden einfach hübsch dasitzen und Holden durch ihre Erscheinung ablenken," meinte er lächelnd.

Tatsächlich fiel Claire soeben auf, dass er nie jemanden so anlächelte wie sie. Zögernd lächelte sie zurück. Er hielt noch immer ihre Hand. Sie konnte ein überraschtes Aufleuchten in seinen Augen erkennen, doch wandte er schnell sein Gesicht ab und sah aus dem Fenster des Wagens. Hatte er etwa das Mitgefühl in ihren Augen erkannt? Nach einigen Sekunden der Stille fing er erneut an darüber zu sinnen, was er alles Holden antun würde. Ihm würde bald die Lust auf das Sinnen vergehen, wenn er erfuhr, dass seine Mutter bereits tot war.

Der Wagen hielt 149 Broadway, Ecke Liberty Street vor dem Singer Building an. Dort wurden sie bereits von Holdens Sekretärin sowie Bettgespielin Hilde erwartet. Sie trug ein blaues Kleid mit Spitze um den Kragen. Um ihren Hals trug sie eine lange weiße Perlenkette. Ein blauer Topfhut, unter dem sich schwarze kurze Haare versteckten, rundete das Outfit ab. Noch immer verdrängte Claire den Gedanken an eine Entscheidung.

Erst als sie im Fahrstuhl waren, um hoch in die 30. Etage zu fahren, überlegte sie sich, ob sie ihn nicht warnen sollte. Doch da Hilde mit im Fahrstuhl stand, würde es nicht gehen. Verstohlen sah sie zu ihm hoch. Sie war wieder in seinem linken Arm eingehackt und Hilde stand mit dem Rücken zu ihnen.

Sie drückte leicht seinen Arm. Er wandte sich zu ihr und sah ihr mit einem ausdruckslosen Blick in die Augen. Beinah konnte sie spüren, dass er alles wusste. Wusste wer sie war, was sie tat und dass er seine Mutter nie wiedersehen würde. Er schien um Hilfe zu schreien, doch bevor er etwas sagen konnte, öffnete Hilde die Fahrstuhltüren und sie blickten in einen langen hell erleuchteten Flur. Am Ende war ein raumhohes Fenster, durch das sie über Manhattan blicken konnten. Die Aussicht war atemberaubend.

Hilde lotste sie den Flur vor ihnen voran bis ganz an das Ende und öffnete die große Doppelflügeltür zu ihrer Rechten. Holden hatte sie bereits erwartet und kam grinsend auf Edgar zu. „Guten Abend!" begrüßte er Edgar mit einem breiten Lächeln.

„Was haben Sie uns da nur für eine Schönheit mitgebracht… Herzchen was machst du nur am Arm dieses

Freaks?" richtete er sich ohne Umschweif an Claire. Missmutig sah sie ihn an.

Der Raum, in dem sie geleitet wurden, hatte einen traumhaften Ausblick auf Manhattan. Von so weit oben konnten sie am Horizont bereits das Meer glitzern sehen. Die Sonne ging unter. Es war alles schlicht in dunklen Tönen eingerichtet. Seltsame Statuen standen auf der Kommode, die dieser Mann sicher als Kunstwerke bezeichnen würde und Claire eher als ein Klumpen Beton. Ein schwarz glänzendes Klavier stand zur rechten Seite von Edgar und am anderen Ende des Raumes standen ein großer Schreibtisch aus einem dunklen Holz, sowie zwei schlichte Stühle davor.

„Dieser Arm ist stärker, als Ihr denkt und daher bevorzuge ich diesen," antwortete Claire bissig und drückte sich zur Bestätigung enger an Edgar heran. Edgar musste grinsen und zwinkerte ihr einmal zu. Missmutig senkte Holden wieder seinen Arm.

„Ich dachte mir, ich bringe Miss de Fleur mit, damit sie uns was vorspielt, nachdem wir das Geschäftliche geklärt haben, denn schließlich soll heute alles zu Ende laufen und das muss gefeiert werden," schmeichelte Edgar verlogen. Das war nie gut, wenn er so freundlich wirkte, dachte sich Claire. In der Vergangenheit hatte sich oft gezeigt, dass Edgar leicht seinem Gegner Leichtfertigkeit vorspielen konnte, nur um brutaler und schneller zu zeigen, wie viel Macht er besaß.

„Das ist ein guter Einfall gewesen und was die Geschäfte angeht, da sehen wir mal weiter. Setzen wir uns erst mal hin. Hilde begleitest du Miss de Fleur bitte zu den Sesseln? Edgar und ich werden uns an meinen Schreibtisch begeben," dirigierte Holden. Edgar nickte Claire einmal böse grinsend zu und ging bis zum Ende des Raumes. Claire und Hilde setzten sich nahe beim Klavier in zwei Sessel. Verwundert sah sich Claire eine Peitsche auf dem kleinen Tischchen neben ihrem Sessel an. Hilde sah sie verschmitzt an.

Jetzt wurde es langsam brenzlig für Claire, die Entscheidung rückte immer näher und Edgar saß weit weg von ihr. Wenn es zum Kampf kommen würde, müsste sie schnell und gezielt handeln.

Hilde schien ihrem Arbeitgeber gehörig und willenlos. Claire wusste, dass sie sich oft und gerne vor ihm erniedrigt hatte. In ihren Augen gehörte sie zu der Sorte von Frauen, die lieber dumm blieben und sich führen lassen, als Stärke und Macht zu besitzen. „Du bist also der Singvogel von diesem Vogel," stellte sie arrogant fest. Claire sah sie lange eindringlich an. Einfach nur ekelhaft und widerlich war sie in ihrem Inneren, die Seele war verkommen. Claire wusste nicht warum, aber sie konnte all dies einen kurzen Moment lang sehen. Manhattan war voll von diesen Gestalten. Die Stadt triefte vor klebrigem Ekel und es haftete fast an jedem. Eigentlich eine Menge Arbeit für Claire, aber den Auftrag hatte sie erfüllt und mehr durfte es nicht sein. Claire blinzelte kurz, um die Eindrücke wieder loszuwerden. Wieder kehrten ihre Gedanken zu Edgar zurück. Was wird er tun, wenn er erfährt, dass seine Mutter nicht mehr am Leben ist? Kein guter Tag für Claire. Das Singen und Tanzen würde nun enden, doch nach Hause wollte sie auch nicht, da herrschte nur Blut, Hass und Gewalt.

Sie konnte das Ticken der Uhr hören und den ruhigen Atem von Hilde. Diese sah sie verführerisch an und leckte sich dabei über die Lippen. Es vergingen nur einige Minuten und ihre Gedanken wurden durch ein jähes Schreien beendet. Edgar weiß es.

„Wie konntet Ihr das tun! Ich habe doch alles getan, was Ihr verlangt habt!" schrie er. Holden lachte nur.

„Das war es wohl für dich," flüsterte Hilde, nun plötzlich ganz nah bei Claire am Ohr. Claire sah wie Holden einen Revolver aus einer Holzkiste auf seinem Schreibtisch zog. Kurz blickte sie Hilde direkt in die Augen. Ihre Nasen waren lediglich um eine Haaresbreite voneinander entfernt. Sie war schön, jung und in der Blüte ihrer Sexualität. Claire konnte das auf ihrer Haut spüren. So schnell, dass sie es kaum mit verfolgen konnte, zog Claire ihr Messer und stach es unterhalb des Kinnes durch den Kiefer ins Gehirn von Hilde. Die Spitze des Messers ragte ein Stück oberhalb des Hutes heraus. Claire konnte die Verwunderung in ihrem letzten Blick sehen. Schnell zog sie das Messer heraus. Bevor diese zu Fall ging, packte Claire die Peitsche, stand auf und machte einen schnellen Satz in Richtung des Schreibtisches und benutze die Peitsche, um das Stuhlbein von Edgar zu packen. Sie zog diesen zu sich, so dass Edgar zu Boden fiel. Ein Schuss erklang. Nun musste es schnell gehen. Sie rannte zum Schreibtisch. Im Vorbeigehen packte sie die klobige Betonstatue und schleuderte sie in das überraschte Gesicht von Holden. Er war zu erschrocken, um schnell auszuweichen und bekam die Betonstatue direkt zu spüren. Er fiel zu Boden.

Schnell umrundete Claire den Schreibtisch und durchschnitt Holdens Kehle. Sie ließ ihn verblutend liegen. Holden röchelte nach Luft, doch diese würde ihm bald ausgehen. Sie kam zurück und kniete sich vor Edgar auf den Boden.

Er rührte sich nicht. „Edgar, steh auf, wir müssen so schnell es geht hier raus. Boris und die anderen Männer von Holden werden sofort da sein," rief sie ihm zu, doch er lag nur da mit dem Rücken zu ihr und zitterte am ganzen Körper. Sie hörte ihn leise weinen. Drehte seinen Kopf zu sich und zog ihn dabei ein wenig hoch.

„Sie ist tot. Sie ist nicht mehr da, einfach so," flüsterte er bitterlich. Da sah er verwundert in ihre Augen. „Was soll ich jetzt nur tun?" fragte er sie mit tränenvollen Augen. „Erst mal, stehst du jetzt auf und dann müssen wir hier raus," sprach Claire mit ruhiger Stimme. Edgar nickte und richtete sich mühsam auf. Da bemerkte Claire, dass die Kugel ihn doch getroffen hatte. Sein weißes Hemd unter dem Sakko färbte sich rot. Die Wunde schien nicht lebensbedrohlich zu sein. Darum muss ich mich nachher kümmern, dachte sie sich. Schnell nahm sie den Revolver, der auf dem Boden lag und stütze Edgar ab, was ein wenig kläglich aussah, denn sie war gerade mal 1,65 Meter und er beinah zwei Kopf größer als sie. Trotzdem nahm er die Stütze dankend an. „Bist du bereit?" fragte sie ihn und er nickte, nicht auffallend, dass Claire ihn plötzlich duzte. Er warf noch einen vernichtenden Blick auf Holdens Leiche. Um die Leiche von Hilde hatte sich eine große Blutlache gebildet. Ihre Perlenkette lag völlig eingeschlossen darin und glitzerte in seiner neuen Farbe. Beim Herausreißen des Messers, musste die Kette gerissen sein.

Sie gingen in den Flur. Zielstrebig auf den Fahrstuhl zu. Plötzlich kamen von rechts und links jeweils Männer mit angelegten Tommy-Guns. Sie trugen schwarze Anzüge und ihre Hüte hingen tief in ihre Gesichter. Sie mussten die Auseinandersetzung zwischen Holden und ihr mitbekommen haben. „Edgar, du musst dich eben mal an der Wand stützen. Ich kümmere mich schnell um die Beiden," flüsterte Claire ihm zu, dabei drängte sie ihn bereits zur Wand und löste sich aus der Umarmung. „Du? Meine Männer müssten doch gleich kommen?" rief er irritiert. Claire war schon auf dem Weg sich den Männern in den Weg zu stellen. „Meine Herren ich bräuchte kurz ihre Waffen, denn mein Boss und ich würden nun gerne gehen," sagte sie zu den Beiden gefährlich freundlich. Die Männer grinsten sich nur an und zielten auf sie. Claire machte eine seitwärts Bewegung und sprang behänd über ihre Köpfe hinweg. Die Männer drehten sich erschrocken zu ihr um, doch sie stach bereits mit ihrem Messer dem Rechten durch sein Auge und dem anderen trat sie heftig in die Magengrube, so dass dieser gegen die Wand prallte. Als er die Augen öffnete starte er in die Mündungsöffnung des Revolvers. Es krachte einmal laut auf und Rauch stieg aus der Mündungsöffnung. Das Blut spritze in alle Richtungen und besprenkelte Claires weißes Kleid mit kleinen Blutstropfen. Sie roch das Blut und verspürte wie immer das Gefühl von Befriedigung.

„Wer bist du?!" rief Edgar überrascht vom Ende des Flurs zu Claire rüber und hinkte in ihre Richtung. Sie wusste es so oft selbst nicht. Die Antwort würde sie ihm aber noch schuldig sein, wenn das alles vorbei war. Claire sah, dass er nicht viel Blut verlor, jedoch hinkte er schlimmer als sonst. Er musste schlimme Schmerzen haben, dachte sie sich. „Nur dein Singvogel," antwortete sie, dabei zog sie ihr Messer aus dem Auge des Toten und wischte die blutverschmierte Klinge an dessen Anzug ab. Sie zog ihren Rock ein wenig hoch und steckte das Messer wieder in seine Halterung. Edgar beobachtete sie dabei aufmerksam. Claire konnte seine Blicke auf sich spüren und es gefiel ihr, zu ihrer eigenen Verwunderung. Sie hob die beiden Tommy-Guns auf und warf den Revolver weg. Mittlerweile war Edgar bei ihr angekommen und nahm sich eine der Waffen. Claire umschlang mit dem einen Arm seine Hüfte und legte sich seinen Arm um die Schulter. Beide hielten nun in ihren freien Händen eine Waffe und gingen so weiter auf den Fahrstuhl zu.

Vom Fahrstuhl zweigte rechts und links jeweils ein Flur ab. Vorsichtig schauten die Beiden jeweils in die entgegengesetzte Richtung. Claire konnte sehen, wie einige Männer bereits um die Ecke pirschten. Edgar und Claire schossen und hinkten schnell zum Fahrstuhl. Die Kugeln flogen um sie herum, doch keine traf sie beide. Claire erschoss zwei Männer auf der einen Seite des Flures und schwenkte um auf Edgars Seite. Edgar drückte schnell auf den Knopf des Fahrstuhls, der noch oben war und die Türen öffneten sich augenblicklich. Schnell schoben sich die Beiden rein. Claire schoss weiter auf die Männer. Die Holzvertäfelung sprenkelte ab und füllte die Luft mit Holzsplittern. Claire schloss schnell die Türen. Augenblicklich wurde es still um sie. Der Fahrstuhl setzte sich in Bewegung.

Claire konnte den Atem von Edgar im Nacken spüren. Er atmete sehr schwer. Sie warf ihre Waffe auf den Boden und tastete seine Seite ab. Sie betastete die Schusswunde. Es war ein glatter Durchschuss an der Seite. Keine lebensnotwendigen Organe waren getroffen. „Da hast du aber Glück gehabt," stellte sie erleichtert fest. „Aber nur dank dir," erwiderte er. Sie blickte auf und sah ihm direkt in die Augen. Ihre Nasenspitzen berührten sich beinah. Sie konnte seinen schweren Atem auf ihren Lippen spüren.

Edgar hielt sich mit seiner freien Hand an der Wand, damit Claire nicht sein ganzes Gewicht tragen musste. Der Fahrstuhl hielt im Foyer. Sie hob ihre Waffe wieder auf, Edgar war zu schwach und noch voller Kummer, um daran zu denken, seine auch aufzuheben. Die Tür glitt auf und sie sahen in das hell erleuchtete Foyer.

Anscheinend wusste noch keiner, dass die Beiden geflohen waren. „Verdammt noch mal, wo sind meine Männer?" fragte Edgar wütend. „Die kommen nicht, Boris hat sie zurückgeschickt," klärte sie ihn kurz angebunden auf. „Woher weißt du das?" fragte er sie. „Ich weiß es einfach," antwortete sie genervt und humpelte mit ihm weiter zu seinem Rolls-Royce, der noch immer geparkt vor dem Gebäude stand. Edgar lehnte sich an den Wagen. Claire umrundete den Wagen. Der Fahrer war verschwunden. Lediglich Blutspuren erinnerten an sein Dasein. Claire verschwendete keinen Gedanken an den Mann. Schnell stieg sie ein und versuchte den Motor zu starten. Edgar rief zu ihr rüber, während er versuchte in den Wagen zu steigen: „Claire, beeil dich, der Fahrstuhl fährt zu uns runter, sie kommen!"

„Ja, ich beeil mich ja schon," antwortete sie gestresst. Endlich sprang der Motor an. „Steig ein!" schrie sie ihm zu. Er plumpste auf den Sitz. Schnell zog er die Tür zu. In dem Moment öffneten sich die Fahrstuhltüren und vier schwer bewaffnete Männer stiegen aus. Claire gab Gas und schon waren sie außer Sicht- und Schussweite.

Es war still im Wagen. Claire schaute nicht mal in den Rückspiegel, denn sie wusste, dass man sie nicht finden würde. Jetzt war Edgar sicher und sie selbst hatte sich entschieden. Nun musste sie ihn an einen sicheren Ort bringen. Gut, dass sie ein Haus auf dem Festland an der Küste hatte. Sie hatte bei jedem Auftrag immer noch ein weiteres sicheres Haus. Bei diesem Auftrag hatte sie es bisher nicht gebraucht.

Zögernd sah sie zu Edgar rüber, er war still und lehnte seinen Kopf an die Fensterscheibe. Sein leerer Blick ging nach draußen auf die dunklen Straßen.

„Wo fahren wir hin?" fragte er plötzlich, als sie über die Brücke zum Festland fuhren.

„Ich habe ein sicheres Haus," erklärte die zögernd.

„Sicheres Haus, wofür?! Es ist vorbei, sie ist tot," gab Edgar trostlos von sich.

„Wir werden sehen Mr. Hicks!" waren Claires einzige Worte. Es wurde wieder still.

Sie fuhren über einen langen Sandweg durch einen Nadelbaumwald. Vorher hatten sie mehrere Abzweigungen genommen. Edgar war sich sicher, dass man sie nicht finden könnte, da er selbst bereits die Orientierung verloren hatte. Sicher war er dann anscheinend wirklich, vor allem als er das versteckte Haus erblickte, auf das sie zuhielten.

Es war ihm alles egal. Sollte sie ihn umbringen. Es wäre egal. Auch wenn sie ihn gerettet hatte, traute er ihr nicht. Es waren einfach zu viele Fragen. Im Augenblick interessierte ihn das auch nicht mehr. Seine Mutter war tot und schuld daran war dieser Holden. Er hatte ihn reingelegt.

Es würde sich zeigen zu wem Claire gehörte, zu ihm, Holden oder gar einem anderem. Mit ihrer Stimme hatte sie ihn vor so langer Zeit bezaubert und ihre ruhige und stille Art hatte sie bis in sein Herz geführt. Er dachte sie würde ihm gehören. Sie sang, wenn er es befahl und tanzte, wenn er es wollte. Sie war schön und aufregend. Wenn sie tanzte, konnte er seinen Blick nicht von ihr abwenden. Ihre hellen kristallblauen Augen strahlten so viel Kühle und zugleich so viel Güte aus. Schmerzlich erinnerte er sich, dass seine Mutter sie geliebt hatte. Gemeinsam hatten die beiden so manche Abende im Club gesungen und die Tische gefüllt. Anschließend brachte sie sie immer nach Hause und kümmerte sich so liebevoll um Miss Hicks. Aber vielleicht war das nur eine Strategie gewesen, um in seiner Gunst aufzusteigen. Seine Mutter glaubte, dass Claire ihn genauso lieben würde, wie er sie, doch er wusste es besser. Seine Mutter meinte es nur gut mit ihm, doch er war nicht begehrenswert. Durch seine Deformierung im rechten Fuß hinkte er und sein restliches Aussehen machte es nicht besser. Seine Nase war spitz und die Haare standen seitlich ein wenig ab. Nie trug er einen Hut, wie es derzeit Mode war. Das wollte er so, er war ein skrupelloser Unterweltboss, vor dem man sich fürchten sollte. Er konnte tragen was er wollte. Jetzt war er ein Nichts. Seine Männer wussten nicht, was geschehen war und würden ihn bald für tot halten. Er wollte auch nicht mehr leben. Holdens Einfluss hatte an seiner Autorität gekratzt.

Sie waren angekommen. Die trübseligen Gedanken wollten nicht schwinden. Seine Wunde und sein Fuß, wie eigentlich immer, schmerzten. Er sah wie Claire ausstieg und um das Auto herum ging. Sie öffnete die Tür und half ihm raus. Wieder legte sie einen Arm um seine Hüfte und legte seinen Arm auf ihre Schultern.

„Kommen Sie Mr. Hicks, ich habe im Haus Verbandszeug und alles, was ich brauche für die Wunde," versuchte sie ihn zu motivieren, doch Edgar wollte eigentlich nur sterben.

Sie mussten ein paar Stufen hoch auf eine Veranda. Claire lehnte Edgar an die Wand und kramte unter den Blumentöpfen, die auf der Veranda verteilt standen und suchte die Schlüssel.

„Da sind sie ja! Ich habe das Haus vor über drei Jahren gekauft und muss gestehen, ich war noch nie hier," gestand sie und lächelte ihn verlegen an. Er konnte das Mitleid in ihren Augen sehen und auch, stellte er verwundert fest, Trauer. Irrte er sich, oder trauerte sie ebenfalls um seine Mutter? Vielleicht war sie auch aus einem anderen Grund bei ihm, vielleicht… nein. In dieser Situation zu hoffen war falsch.

Er schaute wieder betrübt weg. Kurz konnte er die Enttäuschung in ihrem Gesicht sehen. Sie war ihm ein Rätsel. Wer war sie nur?

Claire öffnete die Tür und bugsierte Edgar hinein. Das Haus war nicht sehr groß. Im Erdgeschoss waren von links orientiert die Räume aufgeteilt. Abstellraum, Wohnzimmer und gegenüber, die Küche und ein kleines Esszimmer. In der Mitte ging es über eine Treppe nach oben zu zwei Schlafräumen und einem Bad. Um das Haus herum war eine Veranda und vom Wohnzimmer konnten sie auf das Meer und einen Sandstrand blicken.

Es war gelinde gesagt „blumig" eingerichtet, konnten sie durch das trübe Licht der Außenbeleuchtung im

Inneren erkenne. Das war im Moment aber egal. Ihr Notfallgepäck war direkt im Eingangsflur abgestellt worden, darunter war auch ein kleiner Teil medizinischer Versorgung dabei. Das gehörte zu ihrem Notfallequipment, auch wenn sie es tatsächlich nun zum ersten Mal benötigte.

Das Mondlicht erhellte den Flur zum Wohnzimmer. Claire schleppte Edgar zum Sofa und legte ihn dort hin. „Interessanter Einrichtungsstil," stellte er sarkastisch fest.

„Ich habe es mit Einrichtung gekauft," erklärte Claire etwas verlegen. „Ich hole schnell etwas für Ihre Wunde und sorge für etwas Licht." Schnell verschwand sie aus dem Raum. Sie suchte im Abstellraum nach dem Schaltkasten und fand ihn schließlich. „Und es werde Licht," flüsterte sie, während sie den Schalter umlegte. Das Licht ging zuerst flackernd an. Claire begann in ihren Sachen zu kramen, auf der Suche nach Nadel, Faden und Wundverband. Nun fehlte noch Alkohol.

Sie kehrte in das Wohnzimmer zurück. Edgar hatte sich bereits angefangen auszuziehen, besser gesagt hatte er es versucht, doch es schien, dass er schwächer war als gedacht. Claire fand im Schrank eine Flasche Wodka und kam schnell zu Edgar.

„Sie haben sehr viel Blut verloren," rief sie erschrocken auf.

„Das fällt Ihnen erst jetzt auf? Sehen Sie sich doch mal Ihr Kleid an."

Claire blickte an ihrer linken Seite runter. Das ursprünglich weiße Kleid mit Blumenmuster war an der Seite und am Saum komplett rot. „Oh, das habe ich in der Aufregung nicht bemerkt, verdammt." Erschrocken ging sie in die Knie vor Edgar und begann sein Sakko auszuziehen und die Knöpfe seiner Weste und die seines Hemdes zu lösen, welches sich mit Blut vollgesogen hatten.

„Sehe ich da Wodka auf dem Tisch?!" während Edgar dies sagte, griff er bereits nach der Flasche und öffnete diese umständlich. Schon hatte er die Flasche am Mund und kippte es mit einem Ruck runter. „Mr. Hicks, das ist eigentlich für ihre Wunde," „Ich habe aber mehr davon, wenn ich es trinke!" zischte er zurück. Claire schüttelte den Kopf und schaute sich vorsichtig die Wunde an. Sie griff hinter Edgar, um zu fühlen, wie groß die Wunde am Austrittsloch war. Erleichtert stellte sie fest, dass es nicht sehr groß war, jedoch musste es schnell genäht werden, sonst würde er zu viel Blut verlieren. Mit Alkohol, wobei Edgar nicht gerne die Flasche hergab, reinigte sie schnell die Wunde und begann diese dann von beiden Seiten zuzunähen. Edgar verzog kaum eine Miene. Das überraschte Claire nicht sonderlich, schließlich hatte er im schnellen Zug die halbe Flasche in sich eingeführt. „Meine Mutter, Meine Mutter," wimmerte er lediglich unter Tränen. Der Alkohol begann zu wirken. Das ist nicht gut, dachte sich Claire. Er muss wieder zu Kräften kommen.

Nachdem die Wunde versorgt war, brachte Claire Edgar mit einigen Anlaufschwierigkeiten nach oben in eines der Schlafzimmer. Die blumige Einrichtung verfolgte sie bis nach oben. Sie legte ihn in das große Bett und zog ihm seine Schuhe aus. Beim rechten Fuß zuckte er zusammen. Er hatte Schmerzen im Fuß, immer noch, stellte sie überrascht fest. „Claire... Bwleiwen Siiie bitte wei miirr... heute Naccchhht!" lallte Edgar. Claire sah in traurig und mitfühlend an. „Mr. Hicks, ich muss mich umziehen. Ich bin voller Blut und ich muss noch ihr Hemd waschen," wimmelte sie ihn ruhig ab. „Schlafen sie einfach," und ging schnell aus dem Zimmer.

Was war das nur für ein seltsames Gefühl? Sie wollte bei ihm bleiben, doch das ging zu weit. Das war nicht gestattet.

Am nächsten Tag wachte Edgar in einem Blumenmeer und sehr starken Schmerzen an verschiedenen Stellen auf. Sein Fuß, seine rechte Seite und sein Kopf pochten vehement, um sein Versagen als Sohn zu unterstreichen. „Claire!" schrie er wütend.

Er hörte jemanden die Treppe aufsteigen. Kurz darauf öffnete sich die Zimmertür. Claire kam strahlend mit einem kleinen Tablett herein, auf dem Wundverband und eine Paste lag. „Sie sind wach!" Sie trug eine weiße kurzärmelige Bluse, dazu einen knielangen schwarzen Rock. Die Haare hatte sie nach hinten zu einer Hochsteckfrisur gesteckt. Eine gewellte Strähne hing im Nacken raus und schmiegte sich auf ihre Elfenhaut. Wie immer kein Schmuck oder Make-Up. Die Sonne strahlte auf ihr Gesicht, als sie um das Bett herumkam. Ihre Haare leuchteten wie Feuer und Edgar dachte sich nur, dass sie wie eine Elfe aus einem Märchen schien. Er musste sie einfach anlächeln. Plötzlich fiel ihm auf, dass er bis auf seine Socken und seine Unterwäsche völlig nackt war und sie dabei dümmlich anstarrte.

„Ich habe unten Frühstück vorbereitet. Wir müssen aber erst mal ihr Verband wechseln," sagte sie, während sie das Tablett auf dem Nachttisch abstellte und sich auf die Bettkante setzte. Edgar konnte sich nicht erinnern, dass sie sich je so nah waren - na ja bis auf letzte Nacht. Sie zog die Decke behutsam zur Seite und sein Oberkörper wurde freigelegt. Er wurde rot. Sie konnte ihm sein Unbehagen ansehen. „Mr. Hicks, Sie brauchen sich nicht zu schämen. Sie sind sportlicher, als einer denkt. Außerdem ist da nichts, was ich nicht letzte Nacht schon gesehen habe," sagte sie lächelnd.

Ja, Sport trieb er, und ja einige Muskeln zeigten sich schon, doch das änderte nichts an seinem Unbehagen einer so schönen Frau gegenüber zu sitzen.

„Machen sie einfach schnell, Miss de Fleur," gab er missmutig von sich. Vorsichtig besah sich Claire den Verband, jetzt nicht mehr so strahlend. Konnte sie es nicht einfach so schnell wie möglich machen und wieder gehen? Es bereitete ihm Unbehagen, ihr so nah zu sein, denn er musste sich eingestehen, dass er in sie verliebt war. Aber es war undenkbar, dass sie die Gefühle erwiderte, denn er sah sich selbst im Spiegel und wusste, wie das aussah. Außerdem konnte er ihr nicht vertrauen. Sie hatte ihm letzte Nacht Seiten an sich gezeigt, die dafürsprachen, dass sie Geheimnisse vor ihm hatte, die ihm gefährlich werden könnten. Ihm und seinem Geschäft.

Claire wechselte schnell den Verband und gab die Paste darauf. Edgar beobachtete sie genau dabei und besah sich die Naht, die andere konnte er seitlich hinten nicht sehen. Sah sehr gut aus. Das machte sie nicht zum ersten Mal, dachte er sich. Claire stand auf und ging zur Tür mit dem Tablett in der Hand. Sie blieb stehen und drehte sich zu ihm um. „Mr. Hicks, ich bin letzte Nacht, nachdem ich sie versorgt hatte, wieder in die Stadt gefahren und habe Boris gefunden. Er ist jetzt bei ihren Männern und wartet auf sein Urteil. Ihre Männer sind informiert, dass es Ihnen gut geht. Ich soll Ihnen von Victor ausrichten, dass die Geschäfte wie bisher gut laufen und das sie auf weitere Instruktionen Ihrerseits warten." Sie wollte sich schon umdrehen, da fiel ihr noch was ein: „Wenn Sie sich nicht wohl genug fühlen, um runter zum Frühstück zu kommen, dann bringe ich es Ihnen hoch." Edgar überlegte einen Moment, dass er sie wohl gekränkt haben musste, doch es war ihm so recht. Sollte sie ruhig denken, er sei kalt. Sie hatte aber gute Arbeit geleistet, sowohl bei seiner Rettung als auch bei der Beschaffung von Boris. Auch wenn er nicht wusste, wie sie das angestellt hatte. Er misstraute ihr immer noch. Warum sollte sie ihm helfen? Welchen Vorteil hatte sie davon? Er hatte nicht mitbekommen, dass sie bereits den Raum verlassen hatte. Zu spät, um zu antworten.

Edgar sah sich in dem Raum um. Zu seiner rechten Seite war ein großes bodentiefes Fenster, durch das er den Nadelbaumwald sehen konnte und über eine Glastür gelangte man auf einen Balkon. Gegenüber seinem Bett stand ein Schrank. Am Türblatt hingen sein Sakko, Weste, Fliege und Hemd. Davor standen seine polierten Schuhe und seine Hose hing über das Bettende. Alles frisch gewaschen und gebügelt. Er fragte sich, wann sie geschlafen hatte.

Die Wände im Raum waren übersät mit Blumen, genauso wie seine Bettwäsche und an der rechten Wand neben der Tür hing, ein Bild von einer malerischen Landschaft mit Schafen. Widerlich blumig, dachte er sich.

Er hatte ihr nicht geantwortet wegen dem Frühstück, doch langsam machte sich ein bekanntes Gefühl in seinem Magen bemerkbar. Sollte er sich doch anziehen und runter gehen oder versuchen sich zu Tode zu hungern? Seine Mutter würde das nicht billigen. So hatte sie ihn nicht erzogen. Dieses Tonband würde er nie wieder vergessen, dass dieser Wichser Holden ihm vorgespielt hatte, und sein Lachen würde er auch nie mehr vergessen. Es war die falsche Zeit für Selbstmitleid. Er musste Boris bestrafen und herausfinden, wer Claire war. Eines hatte ihn seine Mutter gelehrt: Vertraue niemanden und vernichte alles, das dich vernichten kann.

Claire ging die Treppe runter und dann in die Küche. Den Verband schmiss sie weg und sah sich traurig den Toast und die Marmelade an mit der Kanne Kaffee. Was auch immer das für Gefühle waren, die sie empfand, sie durfte sie nicht zulassen. Doch es war so enttäuschend für sie, dass er sie so ablehnte. Ja, er wusste nun, dass sie ein Geheimnis hatte, doch es hatte ja nichts mit ihm zu tun und außerdem war das schon lange erledigt, dachte sich Claire.

Sie überlegte einen Augenblick und entschied sich doch dafür, ihm das Frühstück hochzubringen. Sie stellte alles auf ein großes Tablett, das sie in der Küche gefunden hatte und ging die Treppe hinauf. Ohne anzuklopfen, öffnete sie die Tür. Edgar saß auf der Bettkante und zog sich sein Hemd an. Er war gerade dabei vorsichtig die Knöpfe zu schließen, doch es sah ziemlich gequält aus, denn er verzog dabei ein schmerzerfülltes Gesicht. Seine Seite schmerzte und jede Bewegung zog an der Naht. Claire stellte das Tablett auf dem Bett ab und kam zu Edgar herum. Sie ging in die Hocke vor ihm und begann seine Knöpfe zu schließen. Seine Hände glitten auf das Bett und er sah ihr dabei zu. Die Hose hatte er schon an, doch alles andere würde etwas schwierig werden. Der Rock rutschte ein wenig hoch und gab ihre Beine frei. Claire wurde rot. Sie merkte, wie ihr warm wurde.

Nachdem sie ihm das Hemd zugemacht hatte, half sie ihm noch in die Weste und in sein Sakko. Er steckte sich das Hemd in die Hose und Claire band ihm die Fliege um. Bei seinen Schuhen wollte er keine Hilfe. Er schämte sich zu sehr für seinen rechten Fuß. Es durfte ihn niemand anfassen. Während dieser Zeit sprachen die Beiden kein Wort miteinander. Schließlich war

Edgar fertig und Claire nahm das Tablett wieder auf. Sie verließ den Raum, ohne ein Wort gesagt zu haben. Unten stellte sie alles wieder ab und ging hinaus auf die Veranda. Ihr Blick richtete sich auf das aufschäumende Meer. Sie zog ihre Pumps aus und ging barfuß die paar Stufen runter zum Strand, zielstrebig zum Wasser. Es war angenehm die Füße ins Wasser zu stellen und zu spüren, wie der Sand unter den Füßen weggespült wurde und sie immer weiter einsank. Sie wusste, dass er sie jetzt sicher beobachtete und sie wusste nun auch, dass er ihr nicht traute. Claire hatte sich falsch entschieden. Sie hätte es nie so weit kommen lassen dürfen.

Liebe, was war das? Sie hatte es noch nie so empfunden, außer die Liebe, die sie für Virginia empfand. Ihre Mutter war grausam und hatte sie immer nur gequält und versucht ihr die gleiche Grausamkeit aufzudrücken. Claire blieb jedoch weiterhin in sich gekehrt und verbarg ihre wahren Gefühle. Sie war in ihrem Inneren von so viel Leid gefüllt. Leid, dass ihr zugefügt wurde, ob mit Absicht oder unabsichtlich. In ihrem Inneren hatte sie verloren und ergab sich ihrem Schicksal, ohne sich zu fragen, was sie von ihr verlangten. Sie mordete und tötete, doch quälen würde sie niemals. Schnell und einfach tötete sie. Das war ihre Stärke. Auf diese Weise stieg sie in der Gunst des Herrschers auf und durfte sich einiges erlauben. Unter anderem so lange fortzubleiben.

Claire wusste, dass sie zurückkehren musste, auch wenn sie sich in Edgar verliebt hatte. Das war ihr nun klar. Es war ein schönes Gefühl, doch er fühlte anscheinend nicht so wie sie und selbst wenn er auch so empfand, so traute er ihr nicht und daran konnte Claire nichts ändern. Ihm alles zu erzählen, wäre sein Tod. Abgesehen davon war die Liebe verboten für sie. Edgar würde sie umbringen wollen, wenn sie ihm nicht die Wahrheit gestand. Sie wusste, dass nun ihr Aufenthalt enden musste.

Es war schon später Nachmittag, als Claire wieder in das Haus kam. Sie war gerade dabei sich den Rock und die Füße vom Sand zu befreien, da hörte sie Edgar rufen: „Miss de Fleur, kommen Sie jetzt bitte endlich rein." Sie betrat das Wohnzimmer und sah Edgar auf dem Sofa vor dem Kamin sitzen. Er sah sie gestresst an und gestikulierte mit den Armen, dass sie sich setzen sollte. Sie ging um das Sofa herum und setzte sich auf den Sessel links von Edgar. „Also, ich habe das Telefon im Flur gefunden und mit Victor gesprochen. Morgen früh fahren wir wieder zurück nach Manhattan. Ich bin schon viel zu lange fort," stellte er ungehalten fest.

„Ich bereite dann alles vor, Mr. Hicks," sprach Claire tonlos.

„Schön… Ich habe da noch so einige Fragen an dich, doch die müssen erst mal warten. Zuerst muss ich wieder zurück zu meinem Anwesen und Boris bestrafen. Es dürstet mich nach Blut!" sagte er. In seinen Augen glomm so viel Wut, dass es Claire grauste. Er würde sie umbringen, doch das wusste sie verhindern. Vorher würde sie verschwinden.

„Nun, könntest du mir etwas zu essen machen," bat er sie, diesmal etwas freundlicher als zuvor. Claire nickte nur und ging in die Küche.

Nachdem Edgar etwas gegessen hatte, nahm er sich aus dem Schrank im Wohnzimmer eine Flasche Whiskey und ging auf sein Zimmer. Er ließ sich den Rest des Abends nicht mehr blicken. Claire ging zum späten Abend ebenfalls hoch und wusch sich schnell. Sie zog sich ein luftiges Nachthemd an.

Die Zeit verging, doch sie konnte nicht schlafen, obwohl sie die letzte Nacht gar nicht geschlafen hatte. Claire nahm sich eine Decke und wickelte sie sich um. Barfuß schlich sie sich wieder runter in das Wohnzimmer. Sie machte Feuer im Kamin und sah sich die Bücher an, die im gesamten Raum an den Wänden aufgereiht waren. Die Vorbesitzerin musste eine leidenschaftliche Leserin gewesen sein. Links neben dem Kamin im Regal fand sie schließlich ein interessantes Exemplar. Es war Alice im Wunderland. Sie setzte sich auf das Sofa und begann zu lesen. Sie stellte sich vor genau wie Alice einfach in eine Fantasiewelt zu fallen und zu vergessen. Plötzlich schrak sie auf. Das Buch war ihr aus der Hand geglitten. Sie musste eingeschlafen sein. Da sah sie ihn. Er saß im Sessel und beobachtete sie mit einem seltsamen Blick. „Mr. Hicks, können Sie nicht schlafen?" fragte sie zögernd und begann an ihrem Nachthemd zu ziehen, um die nackte Haut, so gut es ging, zu verdecken. Die Decke lag ihr zu Füßen am Boden. „Wer bist du?" fragte er. Ein Hauch von Whiskey kam ihr entgegen. Er schien nicht stark betrunken zu sein. Die halbvolle Flasche hielt er in der Hand.

„Ich bin Ihr Singvogel, Mr. Hicks!" gab sie zögernd vor.

„Rede kein Unsinn, du bist mehr als nur die Sängerin und Tänzerin, die du vorgibst zu sein." Claire sah ihn wütend an. Verstand er denn nicht, dass sie alles riskierte, nur um bei ihm bleiben zu können?

„Das mag sein, aber ich bin hier, weil ich es will," gestand sie aufgebracht.

„Warum?" fragte er zweifelnd.

Claire stockte, ja warum? Die Wahrheit war ihr unangenehm und eine Lüge fiel ihr auf die Schnelle nicht ein. „Ich... ich weiß es nicht!" aufgebracht stand sie auf. Claire wollte den Fragen entkommen. Die Antworten auszusprechen, geschweige denn zu denken, würden einem Tabu gleichen. Doch Edgar hielt sie am Arm fest. „Wenn du es nicht weißt, werde ich dir nicht helfen können." Nun klang er traurig, beinah enttäuscht, wenn sich Claire nicht irrte. „Dann wirst du mir halt nicht helfen können. Ich bringe dich morgen zurück und das wird meine letzte Tätigkeit für dich sein," kündigte sie an und riss ihren Arm weg. Sie ging nach oben. Claire war wütend und enttäuscht. So dankte er ihr also. Sie tat mehr, als sie sollte oder sogar durfte und dann das. Aber was hatte sie schon anderes erwartet. Claire selbst wusste, dass sie niemanden trauen durfte. Hatte sie nicht in ihrer Ausbildung gelernt, wie sie Gefühle verbarg, sogar löschte. Wie sie schöne Dinge, an denen sie hängen könnte, vergaß und begrub und hatte sie nicht gelernt, dass Liebe verboten war. Trotzdem stiegen ihr Tränen in die Augen.

Den Rest der Nacht packte sie ihr Notfallgepäck zusammen. In den kommenden Tagen würde sie in Auftrag geben, das Haus zu verkaufen und die Abholung ihres Gepäckes beordern. Schließlich legte sie sich bereits fertig angezogen auf das Bett und wartete auf den Morgen.

Edgar stand am frühen Morgen bereits an der Haustür. Er schien ebenfalls nicht geschlafen zu haben. Claire ging schnell an ihm vorbei, keines Blickes würdigend und öffnete die Haustür. Sie öffnete die Beifahrerseite des Rolls-Royce und wartete bis Edgar bei ihr war, um einzusteigen. Er schien ebenfalls wütend zu sein, doch Claire wusste nicht, ob auf sie oder einfach auf die gesamte Menschheit. Sie schloss die Tür und lief um das Auto herum und stieg ein.

Sie fuhren nicht lange, da bemerkte Claire, dass Edgar sie beobachtete. Sie roch seine Fahne, doch sie ignorierte ihn weiterhin. Sollte er sie doch so lange anstarren, wie er wollte. Claire begrüßte die Stille und empfand sie als willkommene Ruhe.

Nach einer Stunde erreichten sie endlich sein Anwesen, ein wenig außerhalb von Manhattan. Edgar stieg aus und seine Männer kamen ihm bereits entgegen. Kaum hatte er das Auto verlassen, fuhr Claire schon wieder los. Einen Drink brauchte sie jetzt, und zwar einen großen.

Claire kam spät in dieser Nacht in ihre kleine Wohnung. Sie brauchte nicht mehr, denn sie war nie lange an einem Ort oder Planeten. Es war ein großer Raum, der lediglich durch Stützen getrennt war. Im hinteren Teil stand ihr Bett. Wenn sie in die Wohnung kam, stand sie direkt vor einem Tisch. Dem Tisch gegenüber befand sich die Küche. Es war nur eine kleine Kochzeile. Links war ein kleines Sofa und vereinzelt standen kleine Schränke. Den einzigen Luxus an dieser Wohnung, den sich Claire gegönnt hatte, war das Bad mit Fenster, zu welchem sie gelangte, wenn sie rechts um die Stütze im Schlafbereich ging. Ein perfekter Ausgang, wenn sie schnell die kleine Wohnung verlassen musste.

Sie betrat ihre Wohnung. Ihr fiel augenblicklich der Geruch nach Aftershave auf. Claire war zu betrunken, um schnell nach ihrer Waffe, aus der Schublade direkt neben der Tür, zu greifen. Sie ging einfach weiter in Richtung ihres Bettes. Sie blieb abrupt stehen. Jemand saß im Dunklen dort. Es gab lediglich zwei Fenster beim Sofa, auf der anderen gegenüberliegenden Seite des Bettes, so dass nur spärlich Licht nach hinten viel. Schemenhaft konnte sie erahnen, wer es war.

„Du kommst persönlich, um mich umzubringen?" fragte Claire überrascht und konnte ein Kichern nicht unterdrücken. Sie vertrug viel Alkohol, doch diesmal hatte sie ihre Grenze überschritten. Sie schwankte und beschloss, ihre Schuhe auszuziehen. Claire drehte sich um und hielt sich am Stuhl fest. Zuerst den einen Schuh, dann den anderen. Sie hörte Edgar schwer atmen, während er zu ihr humpelte. Er umschloss ihre Taille und drückte sie zu sich. Claire schloss die Augen. Es fühlte sich so gut an, ihn so nah bei sich zu haben. Sie durfte nicht, doch sie war zu betrunken, um sich zu wehren. Sie richtete sich auf und lehnte sich an ihn, sie konnte das schnelle Schlagen seines Herzens in ihrem Rücken spüren. Er roch an ihren Haaren.

Plötzlich spürte sie einen Mündungslauf an ihrer Schläfe. „Sag mir, warum?" fragte er. Seine Stimme zitterte. Vor Aufregung? Vor Wut? Oder gar Angst? Es klickte einmal laut. Er hatte die Waffe entsichert.

„Ich weiß es nicht," erklärte sie tonlos.

Edgar schubste sie zu Boden und richtete die Waffe auf sie. Wütend schrie er: „Wie kannst du nicht wissen, warum du bei mir bist. Du verheimlichst mir etwas und darum kann ich dir nicht mehr trauen! Also warum? Ich frage ein letztes Mal!" stellte er sie zur Rede.

Spätestens seitdem Claire mit der Peitsche das Stuhlbein weggezogen hatte, bereute sie es. Wenn er sie jetzt erschießen würde, müsste sie so einiges erklären. Wie zum Beispiel, dass ihre Wunde sich sofort wieder schließen würde. Sie war zu betrunken, um einen Versuch zu starten, ihn zu überwältigen und zu fliehen. Mittlerweile hatte der Whiskey ihr auch die Zunge lockerer gemacht, also sagte sie das, was sie nicht sagen wollte. Sie legte ihren Kopf auf den Boden und erzählte der Decke die Wahrheit.

„Ich hatte einen Auftrag hier in Manhattan, denn habe ich aber bereits vor über einem Jahr abgeschlossen. Die Arbeit in deinem Club sollte mich dem Auftrag näherbringen und es hat auch funktioniert. Niemand hat etwas geahnt oder ihn vermisst. Ihr denkt alle Russo hätte sich zur Ruhe gesetzt. Na ja, Ruhe hat er jetzt auf jeden Fall. Eigentlich hätte ich danach zurückkehren müssen und einen neuen Auftrag annehmen müssen, doch dieses Leben wurde so verlockend für mich. Es hat mir gefallen, so zu sein, wie ich sein wollte und dann warst ja auch noch du da… Das alles aufgeben, wollte ich nicht, zumindest nicht so schnell… Ich habe zum ersten Mal, seit ich existiere, Dinge gefühlt, die vorher nie da waren. Ich dachte, ich würde mich selbst finden und stellte mir vor, nicht mehr allein zu sein, wenn du bei mir bist…," sie stockte, unfähig ihm auch den Rest zu gestehen. Edgar sah sie lange an. Es war still. Totenstill. Das sperrige Licht reichte nicht aus, um sein Gesicht zu erkennen, geschweige um eine Mimik daraus zu lesen.

„Russo ist also tot," stellte Edgar fest. Claire nickte, war sich aber nicht sicher, ob er das sehen konnte. Es war wieder still. „Das ist auf jeden Fall eine Antwort auf mein warum, doch das ist nicht alles. Wer hat dich geschickt und warum Russo?" fragte er, doch da hörte er Claire flach atmen. Er ging umständlich in die Knie. Sie war eingeschlafen. Edgar legte die Waffe auf den Tisch und hob Claire vorsichtig auf. Dabei riss seine frische Naht auf und mit seinem verkrüppelten Fuß wurde es nicht einfacher. Er schaffte es nur mühselig Claire in ihr Bett zu tragen. Er zog ihr umständlich den Mantel aus. Nachdem sie da so lag, setzte er sich neben ihr auf die Bettkante und schaltete die Nachtischlampe an. Er sah sie eine Zeitlang an. Schließlich wollte er aufstehen und gehen, doch Claire öffnete kurz die Augen. Sie hielt seinen Arm fest. „Bleib hier," flüsterte sie.

„Schlaf! Wir sprechen uns morgen in meinem Haus," sagte er leise und strich ihr liebevoll eine Strähne aus dem Gesicht und da war wieder dieses Lächeln, welches er nur ihr schenkte.

Am nächsten Morgen erwachte Claire mit einem mulmigen Gefühl in ihrem Magen. Sie stand auf, zog sich aus und stieg unter die Dusche. Edgar würde sie sicher schon erwarten, also musste sie sich eine Strategie überlegen. Wollte sie wirklich gehen oder blieb sie bei ihm? Liebe war verboten. Das, was sie verbreiteten, hatte nichts mit Liebe gemein. Wie sollte das funktionieren? Sie konnte nicht sterben und er schon. Er würde altern und sie nicht. Zu was sollte das alles führen? Fragte sie sich und musste dabei lächeln. Da blieb die Frage immer noch, ob er sie auch liebte. Sie hatte noch nie das Bedürfnis gehabt, jemanden so nah zu sein wie ihm. Wenn sie ehrlich zu sich war, dann hätte sie auch nie gedacht, dass jemals zu wollen. Jemanden in ihr Leben zu lassen, war schier undenkbar, vor allem einen Sterblichen.

Claire entschied sich für das schwarze Kleid. Die Haare ließ sie offen. Die roten Pumps vervollständigten das Outfit. Nun der schwarze Mantel und roter Lippenstift. Es konnte losgehen.

Als sie zur Straße hinaustrat, stand bereits der Rolls-Royce direkt vor dem Gehweg und einer von Edgars Männern hielt die Tür auf. Man hatte sie überwacht für den Fall, dass sie fliehen wollte. Claire musste grinsen. Sie fuhren durch die Stadt zu Edgars Anwesen. Claire fühlte nach ihrem Messer am Oberschenkel. Sie kannte alle seine Männer, es waren alles sehr gute Freunde geworden. Sie wollte ihnen nichts antun. Der Tag war heute dunkel und bedeckt. Die Sonne konnte sich durch die dichten Wolken nicht durchsetzen.

Schließlich kamen sie an. Einer der Männer öffnete die Tür und Claire stieg aus. Vor ihr war der prächtige

Eingang mit der großen Eichentür. Hinter ihr war die runde Grünfläche mit dem Eichenbaum in der Mitte. Der Baum verlor bereits seine Blätter. „Miss de Fleur, der Boss erwartet Sie bereits!" Claire sah den großen Kerl an und lächelte. Er zwinkerte ihr zu. Die Tatsache, dass sie Edgar gerettet hatte, war ihnen allen schon bekannt und sie konnte sehen, wie ehrfurchtsvoll sie nun betrachtet wurde. Frauen waren in dieser Zeit nur zur Zierde da. Der freie Wille und die Unabhängigkeit würden noch einige Jahrzehnte auf sich warten lassen.

„Aber sicher doch." Mit diesen Worten stieg sie die Marmorstufen hoch und kam in das große Foyer, welches sie vor drei Tagen das letzte Mal betreten hatte, ebenfalls mit einem mulmigen Gefühl. Die gebogene Treppe führte hinauf zu den Privaträumen. Rechts gelangte sie zu den Versorgungsräumen und links in den Loungebereich und in das große Esszimmer mit dem großen Kamin.

Der große Kerl führte sie in das Esszimmer. Mehrere Männer saßen an der großen Tafel. Zu ihrer Linken stand das Klavier. Edgar erhob sich von seinem Stuhl am Kopfende. Hinter ihm war der Kamin. Seine dunklen Augen strahlten sie liebevoll an. Hatte sie vielleicht gestern Nacht mehr gesagt, als sie wollte? Nein, sie konnte sich noch an alles erinnern, da war nicht mehr gewesen. Zaghaft lächelte sie in die Runde. „Miss de Fleur wird uns jetzt beim Mittagessen Gesellschaft leisten und ein wenig auf dem Klavier spielen!" erklärte Edgar in die Runde. Claire zog ihren Mantel aus. Einer der Männer von Edgar, der an der Wand gelehnt stand, kam herbei und nahm ihn ihr ab. Claire setzte sich schnell an das Klavier und begann ein wenig zu spielen. Der Gesellschaft wurde das Essen serviert. Es war dunkel in dem Raum, denn die Vorhänge waren zugezogen und es kam nur spärliches Licht durch die Kerzen und den Kamin. Claire hatte einige Kerzen direkt vor sich stehen, damit sie die Tasten sehen konnte. Edgar mochte es sehr gerne düster, daran war sie bereits gewöhnt. Das mulmige Gefühl wollte aber nicht schwinden.

Der Nachmittag verging, die Herren aßen und tranken. Irgendwann schwenkten sie alle in eine angenehmere Stimmung um und wollten in den Club von Edgar. Er begleitete sie. Claire wartete, bis alle weg waren. Sie wollte gerade aufbrechen, als einer von Edgars Männern zu ihr kam und ihr mitteilte, dass sie auf Edgar warten sollte. Also blieb sie. Zuerst dachte sie, er würde sofort kommen, also blieb sie beim Klavier und spielte. Schließlich stand sie auf und ging um den Tisch herum. Das Essen und die Getränke standen noch auf dem Tisch. Sie ging zum Feuer und sah sich das Bild über dem Kamin an. Es war Edgar, wie er in einem Sessel saß und auf die Leute hämisch herabsah, in seiner besten Manie.

Ihr gingen alle möglichen Gedanken durch den Kopf. Hatte sie ihm doch mehr gesagt oder was war nur los mit ihm? Er hatte sie noch nie hiergelassen. Normalerweise sollte sie immer mit in den Club und da auftreten, doch nun stand sie hier und wartete. Leise begann sie ein Lied aus ihrer Kindheit zu singen. Es war ein trauriges Lied. Sie hörte nicht wie die Tür aufging. Als das Lied zu Ende war, erschrak sie, denn Edgar war im Raum und klatschte. „Das war sehr schön. Welche Sprache ist das?" fragte er. Er sah irgendwie seltsam aus, fast, als wäre er glücklich, dachte sich Claire. „Das war ein Lied aus meiner Heimat," antwortete sie zögernd.

„Ach ist das so? Na ja, Französisch war es auf jeden Fall nicht, dann denk ich mal Claire de Fleur ist auch nicht richtig?!" fragte er zwinkernd. „Claire ist richtig, doch einen Nachnamen habe ich nicht," gestand sie. Er sah sie ein wenig unschlüssig an.

„Ich bräuchte deine Hilfe. Kommst du bitte mit mir nach oben." Es war keine Frage das merkte Claire, doch sie war sich nicht sicher, was er wollte. Er hielt ihr den Arm hin und sie hackte sich wie gewohnt ein. Sie gingen aus dem Esszimmer in das Foyer nach oben, dort gab es mehrere Schlafzimmer. Der rechte Flügel gehörte nur Edgar. Claire spürte, dass er sich auf sie stützte, und er bewegte sich auch steifer als sonst. Besorgt sah sie ihn von unten an. Kleine Schweißtropfen bildeten sich auf seiner Stirn. Sie gingen in sein Schlafzimmer. Claire war bereits öfter hier gewesen, denn sie kümmerte sich darum, dass seine Sachen immer ordentlich im Schrank hingen. Im Kamin loderte bereits ein Feuer und zwei Sessel standen davor, das Bett stand rechts von der Tür.

Edgar ließ Claires Arm frei, humpelte zum Sessel und setzte sich erschöpft hinein. Vorsichtig öffnete er sein Sakko. Auf seiner Weste hatte sich Blut gebildet. Seine Wunde musste aufgerissen sein. Sie erschrak „Wo hast du Verbandsmaterial?" fragte sie hastig und schaute sich schon nach Alternativen um. „Ich wusste, dass du das in die Hand nehmen wirst." Grinsend blickte er ihr in die Augen. „Im Badezimmer müsste irgendwo was liegen," sagte er. Claire hastete ins Bad und suchte danach. Unter dem Waschbecken fand sie es schließlich. Sie rannte schnell zum Sessel und öffnete die bereits blutgetränkte Weste und das Hemd, beides zog sie ihm sofort aus. Der Wundverband war blutgetränkt. Die Wunde selbst war nur leicht gerötet. Das war ein gutes Zeichen. Sie zog ihn ein wenig zu sich und schaute sich die Wunde hinten an. Es war alles in Ordnung, also war nur die Wunde vorne aufgerissen. Sie suchte eine Nadel und einen Faden aus dem Medizinkasten. Nun brauchte sie Wasser und etwas zum Waschen.

„Ich komme gleich wieder, ich muss eben Wasser und Handtücher holen." „Claire, pass auf, dass dich keiner sieht," rief er ihr noch nach. Er wollte wohl nicht, dass seine Männer erfuhren, dass er verletzt war. Sie rannte nach unten in die Küche und holte eine Schüssel. Füllte sie mit warmem Wasser und fand im Hauswirtschaftsraum saubere Handtücher. Oben angekommen, zog sie ihre unbequemen Schuhe aus und hockte sich vor Edgar. Dieser beobachtete sie fasziniert und lächelte ihr zu. „Das du so besorgt um meinetwegen bist!" stellte er lächelnd fest. Er hatte bunte Socken an. Claire entfernte den durchtränkten Wundverband und säuberte es mit dem Wasser und einem Handtuch. Dann nahm sie eine Zangenschere und entfernte vorsichtig den aufgerissenen Faden. „Das wird jetzt weh tun," warnte sie ihn. Sie blickte auf und sah ihm direkt in die Augen. „Ich habe schon so lange Schmerzen, das macht jetzt keinen Unterschied mehr." Claire nickte traurig und begann zu nähen. Ab und zu zuckte er zusammen, doch sonst verhielt er sich ruhig. Seine Hände ruhten auf den Armlehnen und bohrten sich in das Polster.

Endlich war sie fertig und legte ihm einen sauberen Verband an. Noch immer hockte sie vor ihm und sammelte alle Sachen ein.

„Sag mir, wie ist das passiert?" fragte sie ihn dabei.

„Ich habe dich gestern Nacht in dein Bett getragen, dabei muss es gerissen sein."

„Du hast mich getragen?" überrascht schaute sie zu ihm auf.

„Na ja, ich hätte dich da auch liegen lassen können, aber nachdem du so fleißig gesungen hast…," deutete er an und grinste dabei.

„Hmm."

„Glaubst du etwa, ich wüsste nicht, dass es da mehr gibt? Zum Beispiel frage ich mich immer noch, was das Singen und Tanzen speziell mit mir zu tun hat? Warum Russo und vor allem, wer hat dich geschickt?" Er hatte genau das gefragt, was sie ihm alles nicht beantworten wollte.

„Ich... Ähm... Na ja, ... Ähm." Sie war sprachlos. Eigentlich müsste sie einfach gehen und nie wieder zurückkehren. Das alles hinter sich lassen und vergessen.

„Sag mir, wenn ich dir jetzt etwas gestehe, wirst du mir dann die Wahrheit sagen?" fragte er ernst.

„Was willst du mir denn gestehen?" fragte sie neugierig.

„Etwas, was mir peinlich ist, aber ich hoffe... Na ja, das werden wir ja sehen. Ich weiß, ich bin kein schöner Mann, ich habe nicht das, was du hast. Aber ich habe mich, wie es aussieht, na ja- eigentlich ist das schon länger so, doch es ist halt nicht einfach für einen Mann wie mich ähm!" Er fing an zu stottern und sah in ihrem Gesicht die Erwartung. Noch nie war Edgar Claire so unbeholfen und hilflos vorgekommen. Es kostete ihn anscheinend viel Mühe und Überwindung, dass alles zu sagen.

„Edgar, ich kenne mich damit nicht aus. Ich kenne dieses Gefühl auch nicht. Es ist für mich fremd und neu, aber ich würde dir gerne bei dem, was du sagen willst, helfen." Claire stand auf und setzte sich vorsichtig, um nicht seine Wunde zu berühren, auf seinen Schoß. Nahm sein Gesicht in ihre Hände und küsste ihn. Sie spürte, wie er seine Hände auf ihren Rücken legte und sie näher zu sich drückte. Sachte löste sie sich von seinen Lippen und konnte es nicht glauben, das getan zu haben. Sie blickten sich in die Augen und beide sahen bei dem anderen die gleichen Gefühle. Vielleicht war das auch genug Antwort für Edgar. Es bedurfte keiner weiteren Worte und Erklärungen. Sie liebten sich und glaubten in diesem einen Moment, es würde reichen. Während sie da beisammensaßen, merkte Claire, dass ihr das gefiel. Vor allem gefiel ihr das Gefühl, ihn zu spüren. Sie legte die Arme um seinen Hals und lehnte ihren Kopf an seinen. Claire sah wie Edgar die Augen schloss und sich entspannte. Seine Arme lagen noch immer um ihren Oberkörper geschlungen. Es war still im Raum, sie hörten lediglich das Knistern des Holzes im Kamin. Die Zeit verging und als die Uhr im Flur zwölf Uhr schlug erklang ein lauter Gong durch das Anwesen.

Claire erschrak. Eine kalte leblose Hand berührte ihre Schulter. Sie blickte auf und sah in die Augen ihrer Mutter.

In dem Moment, in dem sie in die kalten lieblosen blauen Augen ihrer Mutter sah, geschah etwas mit Claire. Sie sah vor ihrem inneren Auge, wie eine schwarze Gestalt vor ihr saß und sie sah, wie sie selbst ihre Waffe erhoben hatte. Ihr Gesicht war versteinert. Da war nichts. Es vergingen nur Sekunden und sie drückte ab. Kühl und entschlossen. Es erklang nur ein Ton. Kein Laut aus dem Mund der schwarzen Gestalt. Sie konnte nur einen Schrei hören. Sie war es, die schrie. Claire sah zuerst nur einen kleinen roten Punkt auf der Brust der Gestalt, doch der Punkt wurde immer größer. Plötzlich strömte eine Welle schwarzen Blutes auf sie zu. Claire wollte wegrennen, doch das schwarze Blut war schneller und umspülte sie. Sie ertrank in dem Blut der schwarzen Gestalt. Kühle breitet sich in ihrem Herzen aus, bis selbst ihr Herz schwarz wurde, wie das ihrer Mutter. Sie starb. Doch plötzlich lag sie auf einem Aschefeld umringt von zerstückelten Leichen und sie inmitten darin, selbst mit Asche besudelt und nackt. In jeder ihrer Hände hielt sie ein Schwert. Sie sah zum

Himmel. Sie schrie wieder und Tränen liefen aus ihren Augen. Erschöpft schloss sie die Augen, doch dann hörte sie ein Kinderlachen. Claire öffnete verwundert die Augen. Ein Kind lag zerstückelt zu ihren Füßen. Sein Kopf war zu ihr gerichtet. Er hatte strahlende blaue Augen und sie konnte sehen, wie das Leben aus dem kleinen Geschöpf wich. Die Augen wurden trüb, bis sie ganz weiß waren. Eine lockige goldene Strähne hing ihm vor seinen Augen.

Schreiend stürzte Claire auf den Boden. Edgar sprang erschrocken auf und rüttelte sie entsetzt. Er konnte nicht begreifen, was mit ihr los war. In dem einen Augenblick küssten sie sich und im nächsten drehte Claire erschrocken ihren Kopf über ihre Schulter und schrie hysterisch. Was war geschehen?

„Claire, was ist los!?" rief er besorgt. Seine Männer stürmten in das Schlafzimmer und fanden ihren Boss kniend vor Claire, die mit weit aufgerissenen Augen schreiend am Boden lag. Plötzlich verebbte ihre Stimme und ihr Körper erschlaffte.

Es vergingen Tage, bis Claire erwachte. Ihr fiel es schwer, zu begreifen, wo sie war. Sie sah zur Decke auf und konnte das Baldachine des Bettes sehen. Es war ein sehr großes bequemes Bett. Sie strich zärtlich über die weiche weiße Decke. Claire wollte sich umdrehen, doch ihr Kopf schmerzte. Sie tastete über ihre Stirn und fühlte, wo die Schmerzen herrührten. Es war keine Wunde. Sie hatte anscheinend zum ersten Mal das, was sterbliche als Kopfschmerzen bezeichneten. Langsam kam die Erinnerung zurück. Ihre Augen füllten sich mit Tränen. So einen Schmerz hatte sie noch nie empfunden.

„Claire, du bist wach!" rief eine vertraute Stimme und bückte sich über sie. Seine spitze Nase und dieser Geruch. „Edgar," flüsterte sie freudestrahlend und wischte die Tränen weg.

Sie versuchte, sich aufzusetzen. Edgar half ihr und legte ihr noch ein weiteres Kissen hinter den Rücken. Sie blickte sich um. Claire lag im Bett von Edgar. Es war Tag. Die Sonne strahlte durch die Fenster. Edgar hatte anscheinend ihr zuliebe die Vorhänge geöffnet. Sie merkte, dass sie ein weißes Männerhemd trug. Verlegen sah sie zu Edgar. Er verstand ihren Blick und lächelte liebevoll.

„Keine Sorge, Mrs. Brown hat dich umgekleidet, damit du bequem liegen konntest," versicherte er ihr. „Was ist geschehen?" fragte sie verwirrt.

„Was geschehen ist? Das wissen wir auch nicht. Claire, du fingst panisch an zu schreien und schon warst du bewusstlos und dann schliefst du drei Tage," erklärte er besorgt.

Claire sah ihm lange mit einem seltsamen Blick in den Augen an. Sie konnte sich erinnern. Die schwarze Gestalt. Die vielen Leichen. Die drei Sonnen und das Kind.

„Claire, was ist passiert? Du schriest, als wenn Satan persönlich erschienen wäre," fragte er sie besorgt und strich über ihre Hand. Claire reagierte immer noch nicht. Sie sah nur weg. Claire konnte ihm nicht in die Augen sehen. Ein Gedanke formte sich in ihr.

„Edgar, ich bin verwirrt und weiß selbst nicht, was geschehen ist. Ich habe etwas gesehen… Ich kann es nicht erklären," sie stockte und schluckte die Tränen runter. „Kannst du mich bitte allein lassen. Ich brauche Ruhe."

Edgar sah sie enttäuscht an und drehte ihr Gesicht zu seinem und strich über ihre Wange. Er stand von der

Bettkante auf und beugte sich noch mal über sie, um ihr einen Kuss zu geben. Claire ließ es zu. Sie wusste es war der Letzte. Sie konnte in dem Moment die Tränen nicht mehr unterdrücken und nahm Edgar ganz in ihre Arme. Sie schmiegte ihren Kopf an seine Schulter. Sanft löste sich Edgar von ihr und ging um das Bett herum zur Tür. Bevor er diese öffnete, drehte er sich noch einmal um und sah ihr lange in die Augen. Es bedurfte keiner Worte, er ahnte, dass sich etwas verändert hatte.

Nachdem er die Tür geschlossen hatte, lag Claire noch eine geraume Zeit da und sah zur Stelle, an der sie ihre Mutter vermeintlich gesehen hatte. Sie wusste, dass sie nicht wirklich dort gewesen war, doch aus irgendeinem Grund war dies geschehen. Sie sollte das sehen, doch aus einem nicht begreiflichen Grund, wusste sie, dass sie noch nicht bereit dafür gewesen war. Irgendjemand wollte sie warnen, denn genau das war es. Sie sollte gewarnt werden, dass wenn sie weiter diesen Weg beschreiten würde, sie nur den Tod um sich haben würde. Sie musste diesen Ort und Edgar verlassen. Sie sah keinen anderen Weg. Sie musste wieder zurück.

Claire schlug die Decke weg und stand auf. So, wie sie bekleidet war, in Unterwäsche und Hemd blickte sie sich ein letztes Mal im Raum um. Sie wusste sie würde nicht mehr hierher zurückkehren.

Im nächsten Augenblick stand sie in einem Wald, auch dort schien gerade die Morgensonne durch das Blätterwerk. Claire konnte zwischen den Bäumen ein Haus erkennen. Schweren Herzens und mit Tränen in den Augen ging sie barfuß darauf zu. Sie war wieder zu Hause auf Eden, dem Planeten der Engel und des Herrschers, auf seiner Insel Even.

II

Virginia saß auf ihrer Veranda mit dem Blick auf das Meer. Über das Gelände stürzte man 20 Meter in die Fluten und die Klippen.

Sie hatte in der Vergangenheit oft darüber nachgedacht, wie es sich wohl anfühlen würde, wenn sie auf das stürmische Wasser stürzen würde. Wie würde sich der Tod wohl anfühlen? Früher stand sie oft bei Sturm am Geländer und ließ den Gedanken zu. Damals wollte sie nicht mehr leben, aber was bedeutete schon Leben für sie. Sie wurde geschaffen aus Licht und nur dies hielt sie fest. Der Herrscher kannte kein Mitgefühl und verabscheute die Liebe. Für ihn war dies die größte Schwäche der Sterblichen. Dass seine Engel lieben würden, kam ihm gar nicht in den Sinn, denn sie lebten nur durch seine Gnade. Virginia jedoch veränderte sich. Sie sah, was die Sterblichen als Liebe bezeichneten und begann sich danach zu sehnen und als sie glaubte, es gefunden zu haben, wurde sie verraten und aus der Gemeinschaft ausgeschlossen. Lieben bedeutet nur Schmerz. Der Herrscher hätte sie auch vernichten können, doch einzig die Tatsache, dass es kein Sterblicher war, den sie liebte, gewährte ihr Gnade. Ihre Strafe war die Einsamkeit. Sie lebte von da an allein in diesem riesigen Haus, welches früher so voller Leben war. Die Erinnerungen an früher spukten nur noch als Geister durch die Räume und Flure. Sie selbst wurde zu einem Geist.

Bis zu dem Tag an dem sie ihr Claire brachte. Von da an lernte sie wieder zu lieben. Claire war damals ein junges Mädchen. Man hatte sich schlecht um sie gekümmert. Ihre Haare und ihre Haut waren schmutzig und ungepflegt. Sie war übersät mit Schnitten und Wunden. Virginia nahm sie auf. Sie musste, denn das Mädchen wurde auch ausgestoßen, jedoch aus anderen Gründen. Sie war das Kind eines Engels. Der Herrscher glaubte seine Engel wären einzigartig, ohne Gefühle, ohne sterbliche Fähigkeiten, einzig dazu da für ihn zu kämpfen und sich zu unterwerfen. Diese Schmach eines Kindes musste gravierende Änderung mit sich gezogen haben, denn die Gesetze der Engel wurden verschärft und die Kontrollen wurden erhöht.

Virginia wusste bis vor einigen Tagen nicht, was mit dem Engel geschah, der dieses Kind gebar. Sie wusste auch nicht, was sie dem Kind angetan hatten, jedoch wusste sie, dass der Herrscher sich entschlossen hatte, dem Kind die Möglichkeit zu geben, sich der Gemeinschaft ebenbürtig zu beweisen.

Das Kind musste gebildet werden. Die leere Hülle mit Wissen gefüllt werden. Doch Virginia lehrte sie noch mehr, auch wenn es nicht einfach war, dies zu verbergen. Es zeigte sich, dass Claire bereits Kenntnisse in diversen Kampftechniken besaß und vor allem, dass sie bereit war, bis auf das Äußerste zu gehen. Virginia musste sie zu Anfang immer bremsen, bis sie selbst lernte ihre Kräfte einzuteilen. Umso mehr sie in ihre Ausbildung investierte, desto mehr zeigte sich, dass Claire etwas Besonderes war. Sie war schneller als die anderen Engel, die Virginia jemals ausgebildet hatte und sie entwickelte eine schnellere Auffassungsgabe. Ihre Wunden verheilten in unglaublicher Geschwindigkeit. Sie analysierte und handelte präzise und ohne Zögern. Auch was ihren Wissendurst anging, kam Virginia kaum hinterher. So schnell sog sie alles in sich auf. Sie war die perfekte Waffe, wie es sich zeigte. Dieses Wissen hielt

Virginia jedoch zurück. Claire war ihre Chance wieder Teil der Gemeinschaft zu werden. Sie liebte sie wie ihre eigene Tochter. Auch wenn Claire sich in den Gefühlen zurückhielt, so wie es ihr als Engel auch beigebracht wurde, wollte Virginia sie vor dem Herrscher beschützen. Obwohl Claires Ausbildung bereits abgeschlossen war, kam sie trotzdem immer wieder zurück zu ihr, was Virginia nur so verstand, dass sie sich nur hier zuhause fühlte. Das genügte ihr als Zuneigung.

Nun bereiteten ihr neue Nachrichten Sorgen. Vor einigen Tagen war Amelia bei ihr gewesen. Sie war damals auch der Engel, der Claire zu ihr gebracht hatte und Virginia vermutete, dass sie es auch war, die sie so gequält hatte. Amelia selbst war ihr unheimlich. Über ihr Gesicht und die wenige Haut, die man sehen konnte, zeichneten sich schwarze Striemen. Das musste der Herrscher ihr als Strafe zugefügt haben.

Es war mitten in der Nacht, als sie kam. Das laute Schlagen an der Eichentür schallte durch das große leere Haus. Virginia sprang aus ihrem Bett und warf sich schnell einen Morgenmantel über, bemüht darum, dass niemand ihr Spitzennachthemd sah. Eine Waffe benötigte sie nicht. Das lag zum einen daran, dass sie auf der Insel Even lebte und zum anderen, weil es sinnlos war, zu kämpfen, wenn es ihr Ende sein sollte. Der Herrscher konnte sie mit einer Handbewegung vernichten. Sollte es so weit sein, würde sie lieber in Würde entschwinden als in Verzweiflung. Sie ging mit schnellen Schritten barfuß den langen Flur entlang, an der Fensterfront vorbei, die in den Innenhof zeigte. Auf ihren kleinen mit viel Liebe hergerichteten Garten. Der Mond und die Sterne erhellten den Gang. Sie bog um die Ecke und lief schnell die gewundene Treppe hinunter. Über dem Foyer hing ein riesiger Kronleuchter, den sie mit einer Handbewegung zum Erleuchten brachte. Hinter der großen Eichentür zeichnete sich eine dunkle Silhouette. Virginia fasste sich und sah noch schnell in den Spiegel rechts neben der Tür. Ihre kastanienbraunen gelockten Haare standen ungekämmt von ihrem Kopf ab. Ihre grünen Augen sahen sie besorgt an, jedoch war jetzt nicht der Moment für Sorgen. Virginia musste sich zusammenreißen, schließlich stand sie am kürzeren Hebel. Sie sammelte ihre Willenskraft und öffnete entschlossen die Tür. Amelia stand steif vor ihr und sah sie durch ihre kristallblauen Augen an. Die schwarzen ungekämmten und strähnigen Haare hingen ihr wirr herunter. Auf Ihrem Gesicht und den Händen zeigten sich schwarze Striemen. Wie Narben erschien das unregelmäßige Muster auf ihrer Haut. Virginia konnte sich noch an sie erinnern, als sie sie vor so vielen Jahrhunderten ausgebildet hatte. Es schien schon fast so zu sein, als wenn die Erinnerungen nur eingebildet waren, wenn sie sie so sah. Amelia war damals eine schöne junge Frau gewesen, mit schwarzen langen gewellten Haaren und einem freundlichen Wesen in sich. Ein wenig zu nachdenklich, doch lebensbejahend. Selbstverständlich, bevor sie in den Dienst des Herrschers eintrat. Jetzt erschien sie Virginia wie verloren in Hass und Wut. In Ihren Augen konnte sie die Verachtung ihr gegenüber sehen.

„Du hast lange gebraucht," sagte Amelia im ruhigen Ton.

„Es ist ein großes Haus und mein Zimmer ist noch immer da, wo es früher war," erklärte Virginia ihr tonlos. Ihr Misstrauen wuchs. Was wollte der Herrscher zu dieser Stunde von ihr? Fragte sie sich besorgt. Zeigte aber in ihrem Gesicht keine Regung.

„Ich will mit dir reden," flüsterte Amelia mehr zu sich selbst als zu Virginia.

Verdutzt bemerkte Virginia, dass Amelia nervös wirkte und ihr Körper, bei jedem Geräusch hinter ihr aus dem Wald, ungeduldig zuckte. Nervös drehte sie sich um und zuckte zusammen, als Virginia sie sanft an der Schulter berührte.

„Amelia, was ist los?" fragte sie, nun doch mit Besorgnis in der Stimme.

„Können wir rein gehen?" fragte sie zurück.

Virginia nickte und schritt zur Seite, um Amelia eintreten zu lassen. Drinnen schloss sie die Tür und drehte sich zu ihr um. Sie stand vor der Glastür gegenüber der Eichentür und sah in den mit Mondlicht beschienen Garten.

„Früher war ich gerne bei Nacht dort draußen auf der Bank und sah mir die Sterne an," schwelgte sie leise in Erinnerungen.

„Amelia, jetzt sag mir was los ist," forderte Virginia erneut. Mittlerweile bekam sie es doch mit der Angst zu tun.

„Du liebst sie, oder?" fragte Amelia plötzlich und drehte sich zu Virginia um.

„Wen meinst du?" Virginia wurde jetzt auch nervös und fing an ihren Morgenmantel zurecht zu zupfen.

„Claire, deine Meisterschülerin, die Unbesiegbare, das Kind, das ich dir vor so vielen Jahrhunderten gebracht habe."

„Was für eine lächerliche Frage. Sie war meine Schülerin und mehr nicht."

„Du weißt, dass sie keine von uns ist, oder?"

„Ja, aber was soll das jetzt hier?"

„Das war auch mein Zuhause vor so langer Zeit," flüsterte Amelia erneut in sich gekehrt. Virginia bekam immer mehr Angst. Was war nur geschehen. Was hatten sie Claire angetan? „Amelia, die Betonung liegt auf war dein Zuhause. Jetzt erklär mir, was du hier willst. Ich bekomme nicht oft Besuch und schon gar nicht von jemanden wie dir."

„Wie mir! Ich bin, nein ich war, die beste Assassine in der Brigade vom Herrscher, bis er dieses Kind zu dir schickte. Nur ihre Taten bis vor kurzen hielten sie am Leben," schrie Amelia aufgebracht.

„Du hast irgendetwas mit ihr gemacht. Als ich sie dir gab, war sie zerstört, ich habe sie gequält und gebrochen, damit sie unbrauchbar wurde und es endlich ein Ende haben würde."

Virginia erschrak. Die Erkenntnis traf sie wie ein Schlag. „Ja, ich habe sie wieder zusammengeflickt und sie zur besten Kämpferin gemacht. Sie ist stärker, als du es dir jemals vorstellen kannst. Sag mir, was du damit meintest ‚bis vor kurzem'?" fragte Virginia aufgebracht.

„Sie hat einen Fehler gemacht und das ist allein deine Schuld. Du hast ihr das gleiche angetan wie mir. Man hat sie gesehen. Sie liebt einen Sterblichen."

Die beiden Frauen standen sich gegenüber. Stille breitete sich aus. Amelia atmete schwer ein und aus. Sie war wütend und Virginia konnte nicht glauben, was sie da gehört hatte.

„Sie ist deine Tochter," stellte Virginia nüchtern fest. Ihre Augen füllten sich mit Tränen. Ihr kleines schmutziges Mädchen mit den kristallblauen Augen war dem Tode nah.

Amelia drehte ihren Kopf zur Seite und schüttelte sich vor Wut am ganzen Körper.

„Es ist meine Schuld und das Zeichen dafür, trage ich am ganzen Körper." Ihr Gesicht wirkte ausdruckslos, jedoch konnte Virginia den Kampf in ihr spüren.

„Wo ist sie?" fragte Virginia verzweifelt und zugleich ängstlich.

„Sie ist noch auf der Erde bei diesem Mann. Etwas ist passiert. Ich weiß nicht was, aber der Kontakt ist abgebrochen. Sie ist stark, das weiß jetzt jeder. Du kannst ihr nicht mehr helfen," bei diesen Worten brach Amelia ab und verließ gehetzt das Haus durch die große Eichentür. Verbittert dachte sich Virginia, dass ihr jetzt niemand mehr helfen konnte.

Virginia lag zusammengekauert auf der Bank auf ihrer Veranda. Sie zog die Decke runter und saß auf. Die Sonne ging gerade auf. Die ersten Sonnenstrahlen erhellten den Horizont. Die Strahlen tauchten alles in ein rot gelbes Licht und berührten ihr Gesicht. Sie schloss die Augen und genoss die Zärtlichkeit des Lichtes.

Wie sehr sie doch seine Berührung vermisste. Es war nur diese eine und doch hatte diese ihr ganzes Leben verändert. Virginia stand auf und ging in die Küche. Sie machte sich einen warmen Tee und setzte sich an den Küchentisch. Die Blumen in der Vase wurden schon welk.

Plötzlich hörte sie vor der Küchentür, die nach draußen führte, ein Rascheln. Die Tür öffnete sich langsam und da stand sie, Claire. Sie trug nur ein Hemd. Ihre Füße waren schmutzig wie am ersten Tag ihrer Begegnung. Ihre Haare waren länger, als sie sich das letzte Mal gesehen hatten und sie trug sie offen. Virginia konnte die Trauer in ihrem Gesicht ablesen und noch etwas anderes. Etwas hatte sich an ihr verändert.

Claire sah ihr einen Moment traurig in die Augen, dann setzte sie sich auf die Bank ihr gegenüber, verschränkte die Arme und schloss die Augen. Virginia stand auf, kochte einen zweiten warmen Tee und stellte diesen kommentarlos vor ihr auf den Tisch.

Claire war immer in sich gekehrt und sprach wenig, geschweige denn von ihren Gefühlen. Engel taten so etwas nicht.

„Claire, wie hat sich für dich Liebe angefühlt?" fragte sie plötzlich in die Stille voller Ungeduld.

Claire öffnete überrascht die Augen. Erschrocken sah sie sie einen langen Moment an, bis sie schließlich mit einem traurigen Blick antwortete: „Es war wie die Morgensonne, die einem über das Gesicht kitzelt." Virginia lächelte sie liebevoll an und nickte wissend. Sie drehte ihre Teetasse in ihren Händen und überlegte sich, ob sie sie irgendwie retten konnte. Der Herrscher würde sie überall im Universum finden. Betrübt sah sie in ihre Tasse.

„Wie viel Zeit habe ich?" fragte Claire plötzlich tonlos. Virginia sah auf und schüttelte den Kopf: „Ich weiß es nicht. Amelia war letzte Nacht hier und wusste es schon." Für einen Moment blitze etwas in Claires Augen auf. War das Hass? Ob sie wusste, dass sie ihre Mutter war?

Claire stand auf und verließ die Küche. Virginia vermutete, dass sie sich umziehen wollte und dass sie sich zum Herrscher begeben würde. Es war besser sich ihm direkt zu stellen, als es weiter hinauszuzögern. Verbittert und traurig stellte sie fest, dass sie Claire nicht begleiten konnte. Sie war immer noch aus der Gemeinschaft ausgeschlossen. Den Mut zu kämpfen, hatte sie schon lange verloren.

Claire stand in ihrem Zimmer. Das Zimmer war zum Meer hin ausgerichtet und befand sich auf dem Dachboden des Hauses. Von zwei Seiten konnte sie über die großen Dachfenster auf das Meer hinaussehen. Wenn die Fenster geöffnet waren, konnte Claire hören, wie die Wellen sich an den Klippen brachen und die Möwen kreischen. Überall lagen Bücher und Papiere, irgendwelche Mitschriften aus Lehrzeiten, wo auch immer sie landete. Sie dokumentierte immer alles und schrieb es nieder. Es war ihr wichtig, immer nachzuvollziehen, wo sie zuletzt war, denn seltsame Träume plagten sie, die so real waren, dass sie oft die Realität von der Traumwelt nicht unterscheiden konnte. Diese Art und Weise half ihr den Überblick zu bewahren. Sie fragte sich, ob Edgar auch nur einer Traumwelt entsprang. Ein trauriges Lächeln konnte sie nun nicht unterdrücken. Sie verdrängte das, was nun auf sie zukam. Es wurde Zeit, sich dem Herrscher zu stellen.

Claire fragte sich, konnte Liebe eine Krankheit sein, die ihr Virginia eingepflanzt hatte? Sie betrachtete sich im Spiegel an der Wand. Ihre Füße waren dreckig, aber sie konnte noch immer den Geruch von Edgar am Hemd riechen. So sehr sehnte sie sich nach ihm. Sie zog langsam das Hemd aus, Knopf für Knopf und streifte es von ihren Schultern. Rücksichtslos und lieblos fiel es zu Boden. Claire sah dabei mit Tränen in den Augen zu. Nun stand sie nackt vor dem Spiegel. Sie betrachtete ihre makellose helle Haut durch einen Tränenschleier und wünschte sich nur noch Freiheit. Oft wachte sie mit dröhnenden Ohren auf. Die Schreie der Verzweiflung von abertausenden Stimmen hallten noch weiter, dann schrieb sie wie im Wahn die Erinnerung an den Traum auf, der wieder so real gewesen war. Stehend vor fremden Sterblichen im Moment ihres Todes sah sie durch die Augen eines anderen. So viele Schreie, die sie auch in den Tag verfolgten.

In den Jahren, die sie bei Amelia verbrachte, halfen ihr diese Träume, um nicht ganz dem Hass und der Wut zu verfallen. Als sie damals bei Virginia ankam, war da kein Hass und keine Wut. Sie war allein und verfolgt von all diesen Träumen, dass die Liebe, die ihr Virginia schenkte, so fremd war. Sie sog sie auf wie ein Schwamm. Claire liebte sie, wie eine Tochter ihre Mutter liebte, doch sie lernte schnell, dass sie das verheimlichen musste. Sie wusste, dass sie keine Fehler begehen durfte, denn sie war eine Ausgestoßene und sie wurde beobachtet.

Der Herrscher suchte nach einem Fehler und jetzt hatte sie nach all der Umsicht doch einen begannen.

Wäre diese Vision einen Moment früher erschienen, dann wäre alles anders gekommen.

Die Vision! Claire musste sie schnell niederschreiben, bevor sie ging. Sie suchte, noch immer nackt, in ihrem Zimmer nach ihrem aktuellen Notizbuch. Es lag unter ihrem Kissen und schrieb alles nieder, was sie noch vor dem inneren Auge sah. Nachdenklich betrachtete sie den letzten Satz: Die schwarze Gestalt. Die vielen Leichen. Die drei Sonnen und das Kind. Sie schloss es schnell zu und versuchte die Vision zu verdrängen, denn es war Zeit zu gehen.

Im Bad nebenan wusch sie sich und zog die weiße Leinenhose über. Ein weißes Top und darüber eine weite Tunika in Weiß. Die Schuhe waren ebenfalls weiß und aus Stoff.

Schnell lief sie den Flur entlang, an den zahlreichen Bildern von ehemaligen Engeln vorbei. Früher war Virginia eine hoch angesehene Ausbilderin gewesen. Der Herrscher schickte ihr alle neu geschaffenen Engel aus Licht zu. In Kampf und Wissen musste sie sie ausbilden, bis zu dem Tag, an dem sich Virginia in einen anderen Engel verliebte. Claire kannte die Geschichte aus dem Schloss. Die anderen Engel sprachen leise darüber. Der andere Engel jedoch liebte sie nicht und verriet sie an den Herrscher. Zur Strafe verbannte er sie in ihr Haus an der Küste. Seit dem Tag lebte sie allein und zurückgezogen in diesem riesigen Haus, bis sie zu ihr kam. Claire wusste, sie war ihre Chance auf ein Leben in der Gemeinschaft, doch auch dies hatte Claire zunichte gemacht. Der Herrscher würde Virginia die Schuld geben. Claire musste nun versuchen ihn davon abzubringen, auch Virginia zu bestrafen.

Betrübt sah sie in das Foyer herunter. Virginia trug noch immer ihren Morgenrock und stand vor der offenen Eichentür.

Gabriel war gekommen, um sie zu holen und starrte Virginia teilnahmslos an. Claire lief schnell die Treppe herunter und stellte sich neben Virginia. Sie war ein wenig kleiner als Virginia, doch in diesem Moment glaubte sie, dass sie mehr Halt brauchte als sie selbst. Virginia standen Tränen in den Augen. Claire berührte sie an der Hand und drückte sie einmal kurz. Virginia sah kurz zu ihr rüber und wischte schnell die Tränen beiseite. Claire konnte durch die kurze Berührung ihrer Hände so viel Kummer und Leid spüren. Das war auch eine Fähigkeit von Claire, die sie verheimlichte, neben ihren seltsamen

Träumen und dem Teleportieren. Sie konnte spüren, was andere fühlten und wenn sie sich konzentrierte, dann konnte sie sogar die Vergangenheit eines jeden sehen.

„Claire, mach es nicht schlimmer als es schon ist. Komm nun mit," sprach Gabriel gereizt.

Claire ließ Virginias Hand los und trat hinaus. Der weiße Wagen stand bereits vor der Tür. Als sie beide darauf zugingen, fuhren die Türen hinauf und sie konnten sich in die bequemen Sitze hineinsetzen. Die Türen fuhren augenblicklich herunter und der Wagen hob sich in die Luft. Claire konnte das Haus von oben sehen und den großen liebevoll hergerichteten Garten von Virginia im Innenhof. Wenn sie weiter gen Westen sah, konnte sie den Bogen am Horizont erkennen, wo in weiter Ferne das Festland von Avrotad lag, das Land der Sterblichen.

Eden war ein Planet, so wie alle anderen. Der einzige Unterschied war, dass auf Eden die Sterblichen wussten, wer Gott war. Der Herrscher, der mit Grausamkeit und ohne Mitgefühl über sie herrschte. Die Sterblichen lebten auf Avrotad, einem Festland, der den Planeten einmal umkreiste und so die beiden Meere Avrotad Meer und Atlantis Meer trennte. Das Festland wurde Ring genannt. Einzig über dem See der Albträume gelangten sie mit dem Schiff von einem zum anderen, jedoch bekam der See nicht grundlos den Namen See der Albträume. Der Planet Eden war übersät von Monstern und Dämonen, sie siedelten sich überall an. Der Herrscher zog so ein Volk an und sie wimmelten um ihn herum. Die Insel Morog lag im Süden des Planeten, dort hausten sie. Die Bewohner von Avrotad mieden die Insel. Auf der Insel Even lebte der Herrscher mit all seinen Engeln. Es gab keine Städte, nur Festungen und Häuser, in denen die Engel teilweise mehrere Tagesreisen voneinander lebten. Die Sterblichen durften die Insel nicht betreten.

Engel waren keine geselligen Wesen und ganz zum Gegenteil der gängigen Vorstellung waren sie ebenfalls Sterbliche, denn auch ihre Zeit lief ab. Der Herrscher nahm sich das Recht heraus, zu entscheiden, wann sie ablief. Engel konnten sehr lange leben, doch sie waren nur Wesen des Lichts und wenn ihre Energie vorüber war, so erloschen sie auch wie das Licht. Ihre größte Energiequelle war der Herrscher, weswegen viele von ihnen auch in seinem fliegenden Schloss lebten, ganz nah bei ihm. Sie glaubten Engel, die freiwillig so weit abseits lebten, würden nicht mehr existieren wollen, vor allem Engel, die schon lange lebten, zogen weit fort.

Gabriel war ein Engel der ersten Stunde, das heißt er hatte seinen Dienst nie beenden wollen und lebte seit der Schaffung des Lebens an der Seite des Herrschers. Claire wusste das. Die meisten Engel ergriff Furcht, wenn sie auf ihn trafen. Er war ein gutaussehender Engel. Muskulös, ein markantes starkes Gesicht mit schwungvollen Lippen. Seine Haare trug er mit einer Spange geschlossen und lang. Goldene gelockte Strähnen hatten sich gelöst und lagen nun regungslos auf seinen Schultern. Gabriel war bekannt für seine Grausamkeit und seinen Zorn, den er nicht in Zaum halten konnte.

Claire konnte verstehen, was Virginia an ihm gefallen hatte. Er war stark und treu ergeben, doch er konnte nicht lieben. Trauer und Mitgefühl überschwemmten Claire, doch sie zeigte nichts davon in ihrem Gesicht. Das war eine weitere ihrer besonderen Fähigkeiten geworden. Sie konnte ihre Gefühle verstecken, so dass keiner sie sehen konnte. Schmerz war eine Schwäche, die sie sich in den Augen des Herrschers nicht erlauben konnte. In ihrem Leben auf Even war sie ihm bisher lediglich drei Mal begegnet. Bei ihrer Geburt. Bei der Überbringung an Virginia und bei ihrer Zeremonie zur Assassine. Bei keiner dieser Begegnungen hatte er sie direkt angesprochen, dass sie jetzt direkt zu ihm gebracht wurde, verursachte bei ihr ein mulmiges Gefühl im Magen. Es war eine gefährliche Situation für sie. Mit all dem Schmerz in ihr wusste sie selbst nicht, warum sie noch leben wollte. War es Trotz und Sturheit gegen alle, die sie nicht wollten und doch geschaffen hatten? Oder war da was anderes?

Bekümmert drehte sie ihren Kopf weg und riss sich vom Gesicht von Gabriel fort. Sie wusste, dass er sie hasste. Er hasste sie dafür, dass sie hier war, dass sie ihn im Training im Schloss immer wieder besiegt hatte und er hasste sie dafür, dass sie ihn so unverhohlen anstarrte. Sie hatte es wieder in seinen Augen gesehen, doch es kümmerte sie nicht.

Er war nicht der Einzige, der das alles in seinen Augen, ohne es zu verstecken, zeigte, denn ihre Erfolge als Todesengel verursachten immer mehr Neid und Missgunst. Wie kann ein Kind halb Dämon, halb Engel nur besser sein als alle anderen? Ja, Claire fragte sich das auch. War sie doch als Waffe perfekt, doch in ihrem Inneren so fehl am Platz in dieser Welt. Einzig Virginia konnte mit ihren Augen ihr so viel Liebe geben, dass es Augenblicke gab, in denen sie all dies vergaß. Nun hatte sie ihre innere Zerrissenheit zu Fall gebracht. Das würde der Herrscher ihr nicht verzeihen und billigen.

Die Landschaft flog vor ihnen davon. Virginias Haus lag an der westlichen Küste von Even. Das fliegende Schloss vom Herrscher lag an der östlichen Küste in einem Tal über einem sich weit erstreckenden Wald. Auf Even gab es keine Ortsbezeichnungen. Die Engel brauchten so etwas nicht. Warum einem so schönen Land auch einen Namen geben. Als Kind war Claire viel auf der Insel Even gewandert. Es gab so viele zauberhafte Orte und schöne Flüsse mit tiefen Wasserfällen, mit hellem blauem Wasser, in denen sich die Fische tummelten. Die Wälder waren überfüllt von Tieren.

Sie überquerten gerade den großen Wald im Landesinneren. Im Zentrum des Waldes gab es einen riesigen See, an dem es einen großen Baum gab, in dem die Luft zum Stehen gebracht wurde. Jeder schwebte einfach hinauf. Claire hatte ihn untersucht und festgestellt, dass er Pollen absonderte, welche diese Schwerelosigkeit simulieren konnten. Wie oft sie dort geschwebt war und einfach vergaß, wer sie war, konnte sie nicht mehr zählen.

Der Wagen schwebte über die Baumwipfel und wirbelte alles Leben darin auf. Die Vögel stoben auseinander und flogen davon. Claire sah den bunt gefiederten Tieren nach und stellte sich vor, wie sie einfach davonfliegen konnte. Wie der Wind durch ihre Federn wehte und gegen ihr Gesicht peitschte. Erschrocken begann ihre Haut zu prickeln und kleine Flammen tanzten schon auf ihr. Schnell unterdrückte sie das Gefühl. Besorgt sah sie zu Gabriel, dieser sah verwundert auf ihre Arme. Das Feuer war erloschen. So schnell es gekommen war, so schnell war es auch verschwunden, doch er hatte es gesehen. Weder Claire noch Gabriel konnten atmen. Es wurde still. Stiller als zuvor.

Panisch versuchte Claire eine Ausrede zu finden, als Gabriel plötzlich sprach: „Du warst das!" verblüfft und besorgt, oder war das Angst in seinen Augen? „Ich weiß nicht, wovon du sprichst," gab Claire trocken von sich. Sie hatte wieder die Kontrolle über ihre Gesichtszüge und riss sich zusammen. Sie wusste sehr wohl, wovon er sprach. Vor vielen Jahren passierte ihr ein Fehler. Sie war an ihrem Lieblingsort auf Even, auf dem Gipfel eines Berges im südöstlichen Gebirge, als sie sich in einen riesigen Feuerphönix verwandelte und fallen ließ. Sie schwebte majestätisch zwischen den Gebirgsketten. Gabriel hatte sie gesehen. Was er selbst dort zu schaffen hatte, wusste sie nicht, doch er hatte sie nicht erkannt und das war gut so. Claire war damals schnell davongeflogen und kehrte in ihrer engelhaften Gestalt zurück zu Virginia. Nun musste er wohl die Flammen auf ihrer Haut mit der Begegnung in Verbindung bringen.

„Wie machst du das?" fragte er sie interessiert und fasziniert. Er griff blitzschnell nach ihrem Arm und strich zärtlich über ihre Haut. Seine Finger strichen über ihre Venen. Seine Augen folgten der Bewegung. Claire sah ihm erschrocken ins Gesicht. Er war fasziniert von ihr und berührte sie. Claire konnte all die Liebe spüren. Liebe, die verschlossen in seinem Inneren lag, so wie auch ihre Gefühle verschlossen in ihrem Inneren lagen. Er blickte auf. Ihre Gesichter waren nur eine Handbreite voneinander entfernt. Sie konnte alles in ihm sehen. Gabriel zuckte zusammen und lehnte sich schnell wieder zurück. Er ließ sie los. Sein Gesicht verhärtete sich wieder und sie sah wieder nur den Hass in seinen Augen. Er wendete seinen Kopf zur Seite. Claire glaubte bereits, dass er es auf sich beruhen lassen würde. Sie konnte es ihm ansehen. Er ahnte, dass sie es gesehen hatte, seine wahren Gefühle. Gefühle voller Liebe und Einsamkeit.

„Ich werde das niemanden weitergeben, wenn auch du schweigst," sprach er abweisend.

„Ich schweige, wenn du schweigst," war das Einzige, das sie ihm zustand. Auch wenn sie nun die Liebe in ihm erkannt hatte, so besaß er nicht den Mut zur Tat, was ihn in ihren Augen noch schwächer machte.

Den Rest des Flugs verbrachten sie schweigend und mieden es sich anzusehen. Claire verfolgte weiter die Vögel und ließ ihren Blick über den endlosen Wald schweifen auf der Suche nach dem Baum der Schwerelosigkeit. Als sie den großen See im Zentrum überquerten, sah sie ihn und wünschte sich diese Unbeschwertheit wieder zurück, die sie dort immer gefühlt hatte. War es doch das Einzige, das sie als Kindheit beschreiben konnte.

Schon bald lag der See weit hinter ihnen und Claire konnte direkt vor ihnen am Horizont die Zinnen des

Schlosses auf dem riesigen fliegenden Felsen im Tal erkennen. Die Sonne stand in ihrem Zenit und der Tag würde sich schon bald zu Ende neigen. Was sie am Tag darauf erwarten würde, wusste sie noch nicht, aber ein Gefühl des Schmerzes breitete sich in ihrem Inneren aus. Der Vorbote eines sehr schlimmen Schicksals offenbarte sich ihr damit.

Ein tiefschwarzer Stein wurde genutzt, um das Schloss vor vielen Jahrtausenden zu bauen. Claire wusste, dass es anmaßend war, jedoch glaubte sie nicht wirklich daran, dass der Herrscher es bloß mit seinem Willen erbaut hatte. Sie glaubte eher daran, dass es bei seiner Ankunft auf Eden bereits stand. Diese Annahme war jedoch kühn und glich Ketzerei.

Sie hatte sich sehr viele Jahre mit der Geschichte des Universums befasst und wusste, dass angeblich aller Ursprung des Lebens mit dem Herrscher begann. Sie aber zweifelte daran, denn auf ihren Reisen in den Weiten des Universums entdeckte sie immer wieder Bauten und Geschichtsschreibungen, die mathematisch nicht mit der Zeitrechnung des Herrschers übereinstimmten. Keiner befasste sich in der Welt des Herrschers mit der

Geschichtsschreibung. Engel lernten nur, dass was sie auch brauchten. Unbenutzt staubte die große Bibliothek, im Schloss, zu.

Alles darüber hinaus wurde strengsten verboten sowie auch Gefühle. Schmerzlich erinnerte sich Claire an das Gefühl, welches sie empfand, als sie Edgar geküsst hatte. Sie hatte seine Seele gespürt, seine Gefühle und all seine Träume. Dinge, die sie nicht spüren durfte und es doch gespürt hatte.

In der Welt der Engel lebten sie nach strengen Dogmen, die nur mit Regeln und Geboten gefüllt waren. Für Claire bedeutete dieses Leben ein Dasein im Geheimen, denn sie fühlte und wusste immer mehr, als es gut für einen Engel war. Sie fühlte, dass sie in ihrem Inneren nie dazugehören würde. Nie Teil dieser Welt sein würde. Aber sie musste es, denn eine andere Welt gab es nicht und wenn sie nicht hier bestand, dann würde sie nirgendwo bestehen können. Ihre Mutter war ein Engel und ihr Vater ein Dämon und genau dieser Teil in ihr hinderte sie daran, Teil des Universums zu sein. Laut den Dogmen des Herrschers waren die Dämonen Ausgeburten einer anderen Welt, die es zu bekämpfen galt. Claire war eine von seinen Soldaten und ihre Aufträge dienten immer einem höheren Zweck, auch wenn Claire spürte, dass etwas nicht stimmte, so unterdrückte sie dieses Gefühl. Zu gefährlich war es Fragen zu stellen. Engel, die es wagten Fragen zu stellen, verschwanden. Für Claire gab es nur diese Welt und dem Urteil des Herrschers musste sie sich beugen.

Wieder überschüttete sie eine Woge der Angst und Vorahnung. Die Vision schwebte immer noch in ihrem Kopf und machte ihr Angst. Sie hatte schon viel gespürt: Wut, Trauer, Leid, Schmerz, aber noch nie Angst. Bald würde sie ihm gegenüberstehen und würde gewahr werden, was die Vision für sie bedeuten würde.

Gabriel und sie waren zum späten Nachmittag angekommen. Als Claire über die letzten Baumwipfel des großen Waldes die Zinnen des Schlosses erblickte, waren sie noch weit entfernt davon, denn das Schloss überragte um weiten die Vorstellung eines normalen Schlosses. Es bestand ausschließlich aus schwarzen Steinen und einem seltsamen weißen Mörtel, der Stein für Stein hielt. Das Schloss wurde auf einem schwebenden Berg errichtet. Keiner wusste, woher dieser Stein stammte, denn im gesamten Eden gab es keine Form von Gestein die diesen ähnelten. Auch dies wurde nicht hinterfragt. Keinen interessierte diese Abnormalität. Claire hatte schon vor einiger Zeit entdeckt, dass es von einem benachbarten Planeten im selben Sonnensystem stammte. Wahrscheinlich gab es eine Zeit, in der Handel mit diesem Planeten geführt wurde, jedoch musste es der Herrscher untersagt haben. Claire wusste, dass diese Tatsache niemanden unter den Engeln interessierte.

Das Schloss selbst musste von Sterblichen erbaut worden sein. Um den schwebenden Berg gab es noch etliche weitere schwebende Gesteine. Von den tausend Zinnen konnten sie weit in das Tal des fliegenden Berges, wie Claire es getauft hatte, blicken und gen Osten konnte sie in der Weite das Meer glitzern sehen.

Claire liebte den Blick auf das Meer. Für sie gab der Blick auf die unendlich große Wassermasse etwas Beruhigendes. Wenn sie dieser Urgewalt zusah, wie die Wellen bei Sturm auf die Küste schlugen oder bei Windstille ruhig vor sich her glitzerten, dann erschienen ihr ihre Probleme so klein und unbedeutend. Sie selbst war nur eine winzige Figur im Universum und nichts würde sich ändern, wenn sie nicht mehr da sein würde.

Der Wagen landete auf einer der vielen Plattformen, welche unterhalb des Schlosses verteilt waren. Über einen Steg führte er Claire ins Innere des Schlosses. Der Eingang öffnete sich wie ein schwarzer Schlund in den Abgrund. Claire erschien es in diesem einen Moment wie der Eingang in die Hölle. Auf Eden gab es einen Ort, den sie mit der Hölle vergleichen würde, jedoch gab es keinen König der Dämonen. Sie lebten und gediehen dort. Der Herrscher tolerierte sie. Für manche Aufträge setzte er sie sogar ein. So hatten sich Claires Mutter und ihr Vater kennengelernt. Zumindest war es das, dass sie ihr erzählt hatten.

Claire folgte Gabriel. Einen kurzen Augenblick hielt sie vor dem Eingang inne. Sie beschlich das Gefühl, dass nun ein Wendepunkt in ihrem Leben einlenken würde und das sie jetzt, diesen einen Moment die Möglichkeit hatte, um zu wählen. Kaum merklich schüttelte sie den Kopf und übertrat die Schwelle. Im Inneren war es dunkel. Dezente Lichter in der Decke erhellten den Gang, zumindest sahen sie ihre Füße und den Boden.

Gabriel führte sie nicht hinauf zu den sonnigen Terrassen, Sälen und goldenen Fluren, sondern tiefer in den Berg. Treppen über Treppen abwärts, bis sie schließlich in einen Flur abbogen, der direkt auf eine große Eisentür zuführte. Die Tür war schmucklos und doch machte sie Claire plötzlich furchtbare Angst. Sie war noch nie so tief im Berg gewesen. Sie hatte angenommen, dass der Herrscher ein Exempel an ihr verüben würde, doch anscheinend wurde sie abseits der Gemeinschaft verurteilt. Was hatte das zu bedeuten? Ihr war schon früh aufgefallen, dass sie oft gesondert behandelt wurde. Dass sie überhaupt lebte, war schon ein Wunder, war doch Geschlechtsverkehr unter Engeln mit dem Tod bestraft. Der Herrscher hatte nicht nur ihre Mutter verschont, sondern auch sie. Gabriel ging vor. Bevor er jedoch die Tür öffnete, drehte er sich noch einmal zu ihr um.

„Ich weiß nicht, wie du das gemacht hast, jedoch will ich, dass du weißt, dass ich noch nie so etwas Schönes gesehen habe wie diesen Phönix," gestand er. Claire stand ihm sprachlos gegenüber. Für sie war das Thema im Wagen bereits weit weg gewesen. „Niemand von uns hat jemals Freiheit gespürt," gab Gabriel zögernd und ungewohnt traurig zu. Er nickte ihr einmal kurz zu und öffnete die Tür. Claire war fassungslos. Diese Anerkennung von einem wie ihm ließ ihr Herz anschwellen. Teil dieses Lebens zu sein war voller Entbehrungen, aber das einzige Leben, dass sie leben wollte und konnte. Zuversichtlich schritt sie in den Raum hinter der Tür und glaubte, dass sie alles überstehen würde, als sie jedoch in das Gesicht des Herrschers blickte, wurde ihr klar, dass sie die falsche Wahl getroffen hatte.

Mit einem ausdruckslosen Blick betrat sie den Raum. Es war spärlich belichtet. Claire konnte trotz allem eine große Tafel erkennen. Der Raum war sehr groß und die Wände waren schmucklos, einzig einige Fackeln hingen in gusseisernen Haltern an den Wänden. Hundert Engel hätten darin Platz, so schien es ihr. Anwesend war jedoch einzig der Herrscher. Er stand völlig reglos am Anfang der Tafel, direkt bei der Tür. Er trug wie immer ein blendend weißes Gewand mit goldenen Intarsien. Der Herrscher wirkte in diesem Raum fehl am Platz, so wie ein kleines unschuldiges Menschenkind, dachte sich Claire. Seine kalten dunklen Augen hefteten sich auf sie, seit sich die Tür geöffnet hatte.

Der Herrscher war alt, doch sein Äußeres gab den Eindruck, dass er höchstens im mittleren Alter sei. Engel alterten nicht und so schien es auch, dass der Herrscher nicht alterte. Mit seinem Äußeren wollte er einzig den Eindruck von Weisheit und Überlegenheit vermitteln. Claire wusste das. Sie wusste nicht warum, aber sie wusste es. Sein ganzes Äußeres war einzig eine Scharade, um seine Macht zu demonstrieren. Er konnte es verändern je nach Gemütslage. Mal jung und ein anderes Mal alt.

Claire wusste, sie musste aufpassen und ihre Gefühle verschließen. Sie sagten, er könne in das Innere eines jeden blicken.

Sie trat ein, gefolgt von Gabriel, der einige Schritte hinter ihr lief. Er schloss die Tür und positionierte sich davor. Als wenn Claire vor hätte zu flüchten. Selbst wenn sie es wollte, wohin sollte sie schon flüchten können.

Immer noch sah ihr der Herrscher wortlos mit seinen kalten Augen in ihre kristallblauen Augen. Seine Mimik sprach keine Worte und das ängstigte Claire noch mehr. Was würde sie nun erwarten?

Ein kleiner Hoffnungsschimmer erwachte in ihr. Womöglich wussten sie doch nichts von ihr und Edgar. Vielleicht war die Vision von jemand anderen geschickt worden.

„Nun, da bist du endlich," durchbrach der Herrscher mit seiner dunklen und bedrohlichen Stimme ihren Gedankengang. Ein wenig verwirrt sah sie in seinen Augen etwas aufblitzen, doch sie musste sich geirrt haben. War da Angst? Nein, vor wem sollte er sich schon fürchten. Demütig senkte Claire ihren Kopf. Sie verdrängte die Gedanken an Edgar und ihre Gefühle.

„Ich weiß alles, mein Kind," gab er trocken vor. Claire versteifte sich. Sie sah nur seine Füße, die wie ihre in weißen Stoffschuhen steckten und doch spürte sie so viel Macht von ihm ausstrahlen.

„Ich habe dich beobachtet und mir gefällt dein Benehmen nicht. Du siehst, ich will mit dir abseits der Gemeinschaft sprechen, um meine Gnade dir gegenüber erneut zu beweisen." Ein amüsierter Ton mischte sich ein. Für ihn war das alles ein Spiel, dachte sich Claire. Angst herrschte in ihrem Inneren. Gnade war etwas, was sich beim Herrscher weit dehnen ließ. War es doch seine Gnade, dass sie bei ihrer Mutter die ersten Jahre bleiben durfte, so war es eher grausam, denn diese hasste ihr Kind und war es doch Gnade, sie in die Gemeinschaft der Engel ausbilden und leben zu lassen, war es doch nie ihr Wunsch. Sie wollte bei Virginia bleiben und wie ein Licht ohne Energie mit ihr gemeinsam vergehen. Dem grausamen Spiel seit ihrer Geburt ein Ende setzen.

„Virginia hat dich anscheinend doch zu sehr der Gefühle gelehrt…,"

„Nein! Virginia hat mir nie einen Funken Gefühle gezeigt, sie hat mit all dem nichts zu schaffen. Habe ich nicht schon so viele Jahre Euch treu gedient und bewiesen, dass ich euch würdig bin?" unterbrach Claire den Herrscher. Verzweiflung durchflutete sie. Nicht Virginia, bitte nicht Virginia, dachte sie sich und kämpfte gegen die Tränen und ihre Angst.

Der Herrscher fing an zu lachen. „Wie glaubst du, kann ich Virginia noch bestrafen? Sie wird dortbleiben, wo sie ist, sie ist bestraft worden vor vielen Jahrhunderten und so bleibt es auch, aber du, du hast noch nicht gespürt, was es bedeutet, ungehorsam zu sein. Ja, du warst die Beste unter den Assassinen, jedoch erlaube ich keine Fehler." Den letzten Satz zischte er durch zusammen gebissene Zähne.

„Ich stelle dich vor eine Wahl," offenbarte er ihr mit einem herablassenden Grinsen. Die kalten Augen blickten in Claires Seele und ergründeten ihre Angst und ihr

Leid. Claire wusste, was diese Wahl war. In dem Moment, in dem er es sagte, sah sie diese Wahl vor ihrem inneren Auge und wusste, was geschehen würde. Sie wusste nicht, woher sie dies wusste, aber sie sah es und auch dies machte ihr Angst. Was geschah nur mit ihr? Ihre Verzweiflung musste sich in ihrem Gesicht abspielen, denn der Herrscher begann zu lachen. Er ergötze sich an ihrem Leid und ihrer Angst.

„Entweder du tötest ihn oder du bist aus der Gemeinschaft der Engel ausgestoßen. Du solltest wissen, dass er in beiden Fällen sterben wird. Such es dir aus. Entweder du oder ein anderer wird es tun. Gabriel zerstört gerne die Liebe zweier Liebender. Sicher wird er auch das gerne für dich übernehmen." Wieder lachte er. Gabriel regte sich plötzlich hinter Claire und legte ihr eine Hand auf die Schulter. Leicht drückte er diese. Sie wusste, was er ihr damit sagen wollte, dass es besser durch ihre Hand geschah. Er würde keine Gnade walten lassen. Er würde es in die Länge ziehen, so dass man seine Schreie noch bis an das andere Ende des Universums vernehmen würde.

Ergebend senke sie wieder ihren Kopf. Gabriel und der Herrscher verstanden dies als Zustimmung. Der

Herrscher winkte ihr ab und schritt an ihr, immer noch grinsend, vorbei. Als sie nebeneinander standen blickte er noch mal auf sie herab und gab ihr mit diesem einen Blick zu verstehen, dass ihr nie eine andere Wahl geblieben wäre als diese und dass sie die Konsequenzen hätte kennen müssen.

Nachdem der Herrscher den Raum verlassen hatte und der Klang, der sich schließenden Tür, verklungen war, breitete sich eine tiefe unergründliche Stille aus. Vielleicht aber auch nur in Claires Herzen. Gabriel stand noch immer bei ihr und hielt sie an der Schulter fest.

Wusste er, dass in ihrem Herzen sich nun eine Leere ausbreitete und nie wieder gefüllt werden könnte? Erging es ihm vor so vielen Jahrhunderten ebenso? Hatte er Virginia nur verraten, weil ihm die Wahl gestellt wurde? Hatte sie ihn nicht eben noch im Wagen als Feigling tituliert? War sie nicht ebenfalls feige?

Das Leben als Engel bestand nur aus Entbehrungen. Jeder war ein Spielball des Herrschers und rollte dorthin, wo es ihm lieb war. Auf der Erde glaubten viele daran, dass er weise und gütig war, ihr Gott. Hier auf Eden fürchteten sie sich vor ihm. Claire fürchtete sich ebenfalls vor ihm. Hatte er nicht ihr Leben in seiner Hand, seit sie geboren war. Immer auf seine Gnade angewiesen und nun erneut.

„Claire, deine Entscheidung ist die Richtige. Jetzt komm, ich bringe dich zurück zu Virginia," sprach Gabriel leise in die Stille in Claires Inneren.

Bereitwillig ließ sie sich führen. Mit einer ausdruckslosen Mimik lief sie hinter Gabriel und sah auf seinen starken muskulösen Rücken. Der Stoff spannte sich bei jeder Bewegung.

Später wusste sie nicht mehr, wie sie in den Wagen gelangt war und auch nicht wie sie plötzlich vor der Tür vor Virginias Anwesen stand, geschweige wie sie in ihrem Bett gelandet war. Jedoch konnte sie sich an die leeren Schritte und Blicke erinnern. Wie ihre Augen dem immer wunderschönen Sonnenuntergang auf Even nachblickten und wie die Vögel wieder aufgeschreckt über die Baumwipfel davon schwirrten.

Sehnsüchtig wollte sie auch einfach davonfliegen.

Einige Tage später lag sie noch immer in ihrem Bett. Noch immer trug sie die gleiche Kleidung wie zu Beginn. Sie starrte die Decke an. Sie hatte keine Sekunde Schlaf gefunden. Engel brauchten Schlaf oder Nahrung nicht so sehr wie Sterbliche, doch auch ihre Körper brauchten gelegentlich Ruhe. Claire war da anders, der Dämon in ihr zwang sie manchmal zur Ruhe oder aber er hielt sie Jahre wach. Jetzt blieb sie wach und versuchte eine Lösung zu finden. Niemals würde sie es zulassen, dass Gabriel für sie Edgar tötete. Sie selbst konnte es auch nicht. Sie hatte zugestimmt, aber niemals würde sie den Abzug drücken können.

Gehörte sie hierher zu den Engeln? Sie war auch zur Hälfte Dämon, doch der Machtbereich des Herrschers umfasste das gesamte Universum. Claire würde nirgendwo Zuflucht finden können und müsste immer auf der Flucht leben und konnte sie Edgar all dies zumuten? Er wusste nicht, was sie war. Er kannte nicht all die Geheimnisse des Universums. Auf der Erde gab es noch kein Leben im All. Bis die Menschen in das All vordringen würden und die Mondlandung stattfinden würde, müssten dort noch ca. 40 Jahre vergehen. Wieder wusste sie nicht, woher sie das wusste. Sie würde seinen unmittelbaren Tod nur hinauszögern und was würde dann aus ihr werden? Es war nicht bekannt, wie lange ein Halbengel lebt. Dämonen lebten auch sehr lange. Nicht so lange wie ein Engel, doch insgesamt würde auch sie lange fortbestehen können und dann nur auf der Flucht sein. Ihr wäre es nicht möglich, wirklich frei zu sein. Die Entscheidung Edgar zu töten, war der einfache Weg. Edgar war schließlich nur einer von vielen Sterblichen. Sie würde noch immer ihren Platz in der Gemeinschaft der Engel behalten und könnte so ihre Treue dem Herrscher beweisen. Er würde niemals mehr an ihrer Loyalität zweifeln. Vielleicht könnte sie dann ein wenig Freiheit genießen. Gabriel hatte es auch ermöglicht, ein Leben in Frieden zu führen, aber sagte er ihr nicht, dass niemand jemals die Freiheit gekostet hatte? Was wollte er ihr nur damit sagen? Glaubte er, dass sie mächtiger war, als sie glaubte und einfach davonfliegen konnte? Ein Leben unter den Dämonen? Als Auftragsmörderin überall im Universum arbeiten? War Frieden gleichzusetzen mit Freiheit?

Der Gedanke schreckte sie nicht unbedingt ab, jedoch würde sie Virginia verlieren und Edgar wäre trotzdem tot. Außerdem würde der Herrscher sie nicht so leicht entkommen lassen. Er würde sie zeichnen und sie würde weiter in seinen Diensten stehen, jedoch dann als Sklavin. Nein, das war auch keine Möglichkeit. Als Engel blieben ihr noch immer mehr Freiheiten. Sie konnte weiter ihrer Leidenschaft nachgehen: der Wissenschaft. Das Universum ungestört entdecken und erforschen.

Für Edgar gab es keinen Platz in dieser Welt. Durch den Kuss hatte sie ihn bereits gerichtet. Claire liebte ihn noch immer. Umso mehr sich der Moment der Entscheidung näherte, desto mehr wusste sie, was sie tun musste. Sie könnte ihn niemals töten und die Lösung lag direkt vor ihr. Das spürte sie, sowie sie auch gespürt hatte, dass eine Macht sie dazu geführt hatte, die Schwelle in die Burg zu übertreten. Claire wollte nicht feige sein.

Kurz nachdem sie eine Entscheidung gefällt hatte, sprang sie aus dem Bett. Claire suchte sich ihre liebste Kleidung zusammen: ein weißes Hemd, schwarze eng sitzende Hosen, eine schwarze Weste, schwarze flache Stiefel und eine schwarze enganliegende Jacke. Unter der Jacke trug sie ihr Halfter für die geladene schallgedämmte Halbautomatik. Die Haare flocht sie zu einem lockeren Zopf. Mit schnellen Schritten durchquerte sie das Zimmer. Weder würdigte sie sich selbst im Spiegel noch der untergehenden Sonne einen Blick.

Virginia passte sie im Foyer ab. „Claire! Was hast du vor?" rief sie ihr bestürzt hinterher. Sie trug wieder eines ihrer tausend Blumenkleider. Es waren schöne violette Lilien. Ihre offenen Haare flogen hinter ihr her, als sie Claire am Arm fasste, um sie zum Stehen zu bringen. Ein Duft nach Vanille umwehte sie. Claire liebte diesen Geruch. Er erinnerte sie an Zuhause. Als sie in Virginias entsetze Augen blickte, begann sie zu zittern. Tränen liefen ohne Unterlass über ihre Wangen. „Ich muss Virginia. Mir bleibt keine Wahl. Ich liebe dich," gestand Claire ihr mit zittriger Stimme. Sie konnte ihr nicht all ihren Kummer erzählen, geschweige denn ihre Entscheidung. Ohne ein weiteres Wort riss sie sich los und stürmte aus dem Haus, welches ihr so lange als Heim gedient hatte.

Weit weg vom Anwesen nutze sie ihre Fähigkeit, um schnell von einem Ort zum anderen zu teleportieren. Selbst Virginia kannte diese Fähigkeit nicht von ihr. Engel bewegten sich normalerweise anhand Portale, welche verstreut im Universum lagen oder aber mit Raumschiffen. Claire benötigte hierfür lediglich ihre Vorstellungskraft.

Einige Meter vor dem Tor, zum Anwesen von Edgar, erschien sie im Wald hinter einigen dichten Bäumen. Es war Nacht. Die Nacht war klar. Claires Lungen füllten sich mit der angenehmen Luft.

Sie konnte sehen, dass hinter den Fenstern nur im Erdgeschoss Licht brannte. Das Schlafzimmer von Edgar lag nach hinten. Sie wusste nicht, wie spät es hier jetzt war, noch ob Edgar überhaupt daheim war. Sie wollte warten, bis sie sich sicher war, dass er allein war. Nervös kaute sie auf ihrer Lippe. Es erschien ihr, dass Stunden vergingen, bevor plötzlich am Eingang sich Bewegungen einsetzte. Einige Männer schritten aus dem Haus und unterhielten sich mit den Wachen. Plötzlich trat auch er aus dem Haus. Seine Hosen waren etwas zu kurz, so dass man seine polierten schwarzen Schuhe sehen konnte und natürlich die Socken. Im dunklen konnte Claire nicht erkennen, ob sie schwarz oder bunt waren. Er wirkte nervös.

Edgar sprach aufgebracht mit den Männern, dass konnte sie daran erkennen, dass er wild mit den Armen gestikulierte. Er machte auf dem Absatz kehrt und verschwand im Haus. Claire konnte nach einigen Minuten sehen, wie im Obergeschoss einige Lichter angingen und wieder erloschen. Er ging in sein Schlafzimmer. Das war der Moment.

Sie sprang aus ihrer Deckung und ging auf das geschlossene Tor zu. Mit einigen schnellen Schritten und Sprüngen überwand sie dieses und bewegte sich schnell auf den Eingang zu. Die Männer vor dem Tor liefen ihr hinterher und riefen ihr etwas nach. Claire hörte sie nicht. Mit einigen schnellen Tritten lagen sie bewusstlos am Boden. Die Männer am Eingang erkannten sie offensichtlich, doch auch ihr Gesagtes vernahm sie nicht. Nach einigen schnellen Handgriffen und Tritten lagen diese ebenfalls bewusstlos am Boden. Sie öffnete die große Eichentür und betrat das Erdgeschoss. Durch ihren plötzlichen Auftritt hatten sie, sie noch nicht bemerkt. Gleichzeitig zwei Stufen nehmend gelang sie in das Obergeschoss. Es war dunkel. Claire brauchte kein Licht, um den gewohnten Gang zu seinem Schlafzimmer zu finden. Vor der Tür blieb sie stehen. Ein nicht enden wollendes Zittern überfiel sie. Unten an der Schwelle der Tür konnte sie Licht erkennen. Er befand sich dort. Einen banalen Moment durchzuckte sie ein Bild des Inneren des Zimmers, wie Edgar in den Armen einer Frau im Bett lag. Kopfschüttelnd verdrängte sie dieses Bild. In all der Zeit, die sie bei ihm gewesen war, hatte er nie eine andere Frau in seine Nähe gelassen als sie selbst. Dieser eine Moment der Eifersucht entschwand so schnell wie das vorherige Zittern. Mit klopfenden Herzen drückte sie die Klinke herunter und betrat leise den Raum.

Edgar saß, wie so oft, in seinen Ohrensessel am Kamin und schwenkte ein Glas Whiskey in seiner rechten Hand. Claire sah nur ein Teil seines Profils, denn der Sessel stand mit dem Rücken zur Tür. Auf der rechten Seite befanden sich das große Himmelbett und die Tür in das Badezimmer sowie Ankleideraum. Geübt leise schloss sie die Tür und bewegte sich leise auf den Sessel zu. Langsam umrundete sie diesen, bis sie direkt vor ihm stand. Edgars Augen richteten sich auf ihr Gesicht. Da war so viel Liebe in diesem einen Blick, bis sie sich plötzlich weiteten und in die Mündung einer schallgedämpften Halbautomatik blickten. Die Liebe in seinen Augen war noch nicht erloschen, als Claire abdrückte und die Kugel sich tief in sein Herz bohrte. Als seine Augen brachen, konnte Claire zum ersten Mal sehen, wie die Seele aus seinen Augen sprang und sie anklagend zu richten schien. Sie spürte in jeder Faser ihres Körpers seine Seele durch sich gleiten. Er berührte noch wie zum Abschied leicht ihr wundes und leeres Herz. In diesem einen Moment wurde Claire bewusst, dass Liebe Schmerz bedeutet und all ihr Schmerz und Leid der letzten Jahrhunderte sich in ihrer Seele widerspiegelte. Sie spürte alle Seelen und ihren Tod. Sein Tod machte sie unsterblich. Niemals würde sie mehr Liebe empfinden können.

Liebe war vergänglich. Tod ist gegenwärtig. Zeit wird raumlos. Sich nicht seiner Existenz bewusst sein, gehört zum Dasein eines jeden. Vergangenheit. Gegenwart. Zukunft. Alles die reine Zeit, in der wir uns bewegen, ob bewusst oder unbewusst. Die Bewegung der Zeit macht uns lebendig, gibt uns die Luft zum Atmen und lässt uns vergessen, dass am Ende eines jeden Weges der Tod auf uns lauert. Das Leben besteht aus vielen Tücken und Täuschungen, die uns der Tod schickt, um uns abzulenken, ja nicht den nahenden Tod sehend. Er lauert um jede Ecke und nimmt sich, was er kriegen kann, begleitet vom Schicksal. Ein nie endender Kreis aus Leben und Sterben beginnt wieder. Die Seele wandert durch das Universum auf der Suche nach einem neuen

Start, geleitet vom Schicksal in das richtige neue Leben mit neuen Tücken und Täuschungen. Die Bestimmung einer jeden sterblichen Seele.

In einem Moment der Verzweiflung und Trauer beginnt die Reue und sie wollen die Vergangenheit ändern. Durch die Zeit springen und etwas umformen. Nur einen kleinen Teil, der im Universum aber so viel auswirken kann. Ohne Fehler wäre das Leben nicht das Leben.

Claire wusste das nicht. Für sie brach etwas entzwei in dem Augenblick, in dem sie Edgar hielt und weinte. Ihre Seele wollte mit ihm, weit fort. Fort von all dem Leben und Tod, der sie umgab. Sie zerbrach und verlor die Kontrolle. In diesen einen Augenblick stand sie plötzlich wieder vor Edgar. Ihre Halbautomatik steckte noch im Halfter um ihre Hüfte.

Sie sah zweimal durch ihre Augen in seine Augen. Sie war sie selbst, aber ein zweites Mal, diesmal aber mit einer anderen Entscheidung.

Claire wischte sich die Tränen aus den Augen und hielt ihre Hand hin. Edgar ergriff sie und stand auf. Er zog sie zu sich und küsste sie.

„Was ist geschehen?" flüsterte er dabei in ihr Ohr. Er hielt sie fest und streichelte über ihre Haare. Claire konnte es nicht glauben. Edgar lebte. Sie konnte seine Wärme spüren und seine Stimme hören. War es ein Traum? Sie wusste es nicht und es war ihr egal. Dieser Moment war so kostbar. Er war so nah bei ihr. Ihr war es gleich wie lange dieser Traum anhalten würde und wenn er den Rest ihrer Unsterblichkeit andauern sollte, dann würde sie jede Sekunde dieser Zeit genießen.

„Edgar wir müssen fort, sie werden dich sonst vernichten," flüsterte sie ängstlich mit zittriger Stimme.

„Wer will mich vernichten?" fragte er und hielt ihr Gesicht in seinen Händen. „Claire, was ist geschehen und wo warst du?" fragte er besorgt.

„Meine Leute, sie werden kommen, wenn sie erfahren, dass ich dich nicht getötet habe. Edgar du musst mir vertrauen. Ich erkläre dir alles später, aber erst mal müssen wir hier weg," flehte Claire ihn an. Sie glaubte der Traum würde bald enden und sie wollte erst so viele Lichtjahre wie möglich zwischen sich und dem Herrscher bringen, bevor sie wach werden würde. Der Glaube daran ihn irgendwie gerettet zu haben, war nun ihr größtes Bestreben.

Edgar sah ihr lange in die Augen. Sie konnte die Zweifel darin lesen, aber auch die Liebe. Er nickte. Claire war schon sehr oft teleportiert, doch noch nie hatte sie jemand dabei begleitet. Sie fürchtete sich, doch sie wollte ihn nicht nochmal verlieren.

Claire umarmte ihn, drückte ihren Kopf fest an seine Brust und der Raum begann sich zu drehen. Als beide wieder zum Stillstand kamen, sah sie, dass Edgar die Augen geschlossen hielt, doch ansonsten schien er die Teleportation unbeschadet überstanden zu haben.

Es war warm und es roch nach Natur. Claire war schon oft im Universum gereist und hatte sich für die ihr bekannte entferntste Galaxie entschieden. Sie waren nun auf dem Planeten Mihum. Es gab nicht viel Zivilisation, doch die Sterblichen, die hier lebten, waren friedvoll und begegneten Fremden mit Gastfreundschaft.

„Du kannst deine Augen öffnen," flüsterte Claire in Edgars Ohr. Er öffnete seine Augen und sah ihr wieder lange in die Augen, schließlich richtete er sich gerade auf und sah sich verwundert und beeindruckt um. Sie standen an einem Abhang. Hinter ihnen der Wald voller Tiere und unter ihnen ein Dorf aus dem das Leben zu ihnen rief.

Die Sonne stand bereits tief und die Sonnenstrahlen ragten gerade so über die Baumwipfel und erhellten das Tal unter ihnen in einem Farbenspiel aus rot, gelb und orange. Die Schilfdächer glitzerten in der Spiegelung des Flusses, der sich durch das Dorf wie eine Schlange schlängelte. Am Horizont erhoben sich Klippen, über denen der Wald sich beinah unendlich zu erstrecken schien. Claire konnte in den Augen von Edgar die Tränen glitzern sehen. So etwas Schönes hatte er noch nie gesehen und musste bei diesem Anblick an seine Mutter denken, die vor Freude geweint hätte.

„Wo sind wir?" fragte er ehrfürchtig. Claire ergriff seine Hand und schlang ihre Finger um seine. „Wir sind auf Mihum. Einem Planeten in der MC 730 Galaxie," antwortete sie ihm.

„Wie hast du das gemacht? Verdammt Claire, wer bist du?" fragte er sie überrascht. „Ist das alles überhaupt echt?"

Claire hielt die Luft an. Sie musste es ihm erklären, wie sollte er ihr sonst weiter vertrauen. Vielleicht war er auch nicht der Erste, der all das Erfahren würde. Schließlich gab es genügend Sterbliche von der Erde, die vom Herrscher gesprochen hatten. Claire atmete ruhig wieder aus und nickte Edgar zustimmend zu.

„Wir müssen runter in das Dorf, dort kenne ich jemanden, der uns Zuflucht geben wird und wo wir die Nacht verbringen können. Auf dem Weg runter, werde ich dir alles erklären," versprach sie ihm.

Edgar löste seine Versteifung und nickte ihr ebenfalls zu.

Claire wandte sich zur Seite und führte ihn einen Trampelpfad durch den Wald runter zum Dorf. Im Wald war so viel Leben. Sie konnten die Blätter und Büsche rascheln hören und hier und da erklang der letzte Ruf von den Lebewesen des Waldes kurz vor der Nacht. Als wenn sie sich noch eine „Gute Nacht" wünschen würden.

Claire löste ihre Finger immer noch nicht von denen von Edgar und er auch seine nicht. Sie wussten beide, dass sie gerade jetzt den Halt gegenseitig brauchten. In Claire tobte noch immer ein Wirbelsturm aus Gefühlen der Scham und Trauer, dazu mischte sich jedoch das Gefühl von Glück. Glück darüber Edgar zu spüren, auch wenn dieses Gefühl irgendwie seltsam war. Es erschien ihr immer noch nicht echt. Wurde sie nun verrückt? Wie war das überhaupt möglich?

„Ich komme vom Planeten Eden, von der Insel Even. Dort bin ich geboren. Halb Engel, halb Dämon. Ich wurde trotz Halbblutes zur Assassine ausgebildet. Ihr Sterblichen auf der Erde kennt Engel, doch ihr habt eine falsche Vorstellung von uns. Güte und Vergebung ist nicht wirklich das, was wir verbreiten. Wir sind Soldaten des Herrschers, der über uns bestimmt. Geboren aus Licht, sind wir vergänglich und völlig dem Herrscher ausgeliefert. Wir werden losgeschickt als Armee oder wie ich in dein Leben getreten bin, als Auftragsmörderin. Manhattan war in den Fängen von Russo. Die Kämpfe, die er durch seine Machtgier hervorbrachte, waren nicht im Einklang der Politik des Herrschers. Er leitet die Erde im Verborgenen und kann sich so eine Konkurrenz nicht erlauben. Du erschienst ihm nicht gefährlich genug, dass du aber für mich so gefährlich sein würdest, daran hatte er nicht gedacht. Im muss gestehen, dass ich mich in dich verlieben würde, damit habe ich niemals gerechnet. Ich bin nur ein Halbblut und nie Teil der Gemeinschaft gewesen, das haben sie mich immer spüren lassen. Ich bin, nein - war, die beste

Assassine in seinem Heer," Claire stockte. In der Ferne konnten sie das Dorf bereits hören. Stimmen, die lachten und Musik drang zu ihnen. „An dem Abend, an dem wir uns geküsst haben, hatte ich eine Vision. Ich wusste, ich muss wieder zurück. Mit meiner Anwesenheit würde ich dich immer mehr in Gefahr bringen, doch es war zu spät… Mein neuer Auftrag lautete, dich zu töten… Ich tat… Ich konnte es nicht." Tränen liefen ihr über die Wangen. War es nur ein Traum oder stand er wirklich gerade neben ihr und drückte ihre Hand? Edgar blieb stehen und nahm ihr Gesicht in seine Hände.

„Claire, ich weiß nicht, ob ich das alles wirklich glauben soll, doch diese Welt um uns herum ist so unglaublich. Ich weiß nicht, ob das alles nur ein Traum ist oder doch die Wirklichkeit. Vielleicht bin ich bereits tot…" Claire erschrak. Fühlte er das, was sie verdrängte, zu wissen? Ihr stand die Angst in den Augen „…aber ich weiß eines gewiss. Ich liebe dich und kann nicht zulassen, dass dir etwas geschieht. Was wird nun geschehen, da wir geflohen sind?" fragte er sie besorgt.

Die Angst stand ihr noch immer in den Augen. Leben und Tod waren so nah beieinander. Es erschien ihr immer mehr wie ein Traum, aber irgendwie auch wie ein

Traum, den sie schon kannte. Was geschah nur mit ihr? Wo war sie gerade wirklich. Es zog in ihr. Wieder sah sie alles zweimal durch ihre Augen. Alles verschwamm vor ihren Augen. Die Wärme seiner Hände löste sich von ihren Wangen und Claire schien zu schweben. Sie schloss ihre Augen. Ihr fiel der Satz ein: die Zeit wird raumlos. Sie fühlte die Zeit durch ihre Adern fließen. Sie sah in weiter Ferne Virginia. Sie kniete in ihrem kleinen Garten und weinte. „Gabriel, ich bitte dich, vergiss mich nicht. Ich liebe dich," ihre Stimme brach abrupt und ein helles Licht erglühte. Virginia entschwand langsam. Claire entfernte sich wieder aus dieser Zeit. Sie konnte den Sog spüren. Sie hörte einen Schrei. Einen Schrei, der einem durch Mark und Bein ging, bis sie begriff, es war ihr Schrei und Tränen liefen über ihre Wangen. Fassungslos berührte sie ihre Wangen und sah die Tränen auf ihren Fingern. Claire spürte, wie sie die Kontrolle verlor, immer schneller bewegte sie sich durch die Zeit. Der Sog wurde immer stärker. Sie fürchtete sich vor dem Aufprall, doch plötzlich berührte sie jemand an den Schultern und rüttelte sie.

„Claire, wach auf." Es war Edgars Stimme. Sie hörte die Angst darin. Langsam öffnete sie die Augen. Wieder sah sie zweimal durch ihre Augen. Edgars Kopf schwebte über ihrem Gesicht. Seine Augen waren voller Sorge. „Wo bin ich?" fragte Claire mit brüchiger Stimme und versuchte sich aufzurichten. Sie spürte, dass sie auf einem weichen Untergrund lag. Nun erkannte sie auch, dass sie sich wohl in einem Raum befand. Über ihr erkannte sie ein Schilfdach. Edgar saß auf ihrer weichen Matratze aus Stroh. Er lehnte sich zurück und sah sie weiterhin besorgt an. Edgar trug eine braune Tunika und eine leichte Stoffhose, zudem schien er sich schon einige Zeit nicht rasiert zu haben. Ein dichter Bart wucherte in seinem Gesicht und seine Haare waren zu einem Zopf gebunden. Er schien sich vom Wesen verändert zu haben. Sie durchzuckte bei seinem Anblick plötzlich Erinnerungen. Sie sah vor ihrem inneren Auge, wie sie und Edgar am Feuer saßen, über ihnen leuchteten die Sterne. Um sie herum saßen Menschen im Kreis. Sie trugen wie Edgar Tuniken oder Kleider. Manche sangen, andere lauschten der Musik. Sie schienen alle glücklich. Claire hörte sich lachen und spürte wie Edgar seine Arme um ihre Schultern legte und sie an sich drückte. Er streichelte ihr über die Wange. Sie sah sich gebückt über die Felder laufen und Samen verteilen mit den anderen Frauen aus dem Dorf.

Ihr wurde klar, dass all das bereits passiert war und dass sie und Edgar bereits eine Weile hier im Dorf waren. Sie hatten ihre eigene Hütte errichtet. Sie konnte sich daran erinnern, wie Edgar sie mit einigen anderen Männern des Dorfes gebaut hatte. Ihm schien das einfache Leben zu gefallen. Er hatte sich angepasst. Sein verformter Fuß hinderte ihn daran alles allein zu schaffen, doch die Mihumianer halfen ihm gerne. Die Grausamkeit und die Macht, die ihn früher beflügelt hatte, schien ihm hier nicht zu fehlen. Er hatte gelernt zu lieben, doch Claire war nicht glücklich, das fühlte sie und Edgar wusste es auch. Seit ihrem ersten Tag hier hatten sie nicht mehr über ihre Vergangenheit gesprochen. Beide fürchteten sich vor den Worten. Angst davor die Wahrheit zu erkennen.

„Ich erinnere mich," flüsterte Claire. Sie lächelte Edgar an. Er legte sich zu ihr hin und zog sie in seine Arme. Den Rest der Nacht blieb er in ihrem Bett bei ihr liegen und drückte sie fest an sich. Angst davor sie wieder zu verlieren.

Claire blieb wach und lauschte seinem ruhigen Atmen. Er hatte sich verändert. In Manhattan war er nach außen ein machtgieriger grausamer Mensch gewesen. Sie wusste, dass die Liebe in seinem Herzen verschlossen war, einzig seine Mutter hatte den Schlüssel zu seinem Inneren gehabt und nun auch sie. Claire hatte ihn verändert, doch sie hatte auch was anderes verändert. Das spürte sie. Etwas stimmte nicht. Das Gefüge des Universums war verschoben. Ein Beben erstreckte sich und sie war die Ursache dafür. Sie spürte einen Sog, einen Drang etwas zu ändern.

Er war hier so glücklich, aber Claire hatte sein Leben gerettet, um dafür Virginia sterben zu lassen. Der Herrscher musste sie getötet haben, nachdem sie geflohen waren. Wie das passieren konnte, wusste sie nicht, auch war ihr nicht klar, wie sie Edgar retten konnte. Er war doch tot? Vielleicht war das alles doch kein Traum und sie war wirklich hier? Hatte sie die Macht, die Zeit zu ändern? Ihr schwirrten so viele Fragen durch den Kopf. Was war sie nur? Engel? Dämon? Halbblut? Assassine? Sie hatte so viele Namen auf der Zunge und doch schien davon nichts zu passen. Die Zeit wurde raumlos. Das dumpfe Licht der Lampe in ihrer Hütte formte Schatten an die Wände. Claire begann sich wieder zu fürchten. Kontrolle! Was war das alles nur?

Sie hob ihre Hand vor ihren Augen und sah, wie diese sich verformte. Das Licht schien durchzuscheinen. Ihre Hand warf keine Schatten an die Wand. Claire wandte sich zu Edgar und sah in sein friedliches Gesicht. So wollte sie ihn in Erinnerung behalten. Friedlich mit Glück beseelt und lebend. Schließlich schloss sie die Augen und entschwand erneut der Zeit und ließ Edgar in dieser Zeit zurück.

Nach einiger Zeit merkte Claire, dass sie wieder in ihrem Zimmer auf ihrem Bett lag. Es roch vertraut und sie konnte das Meer hören. Hatte sie doch geschlafen und das war nur einer ihrer Träume? Sie öffnete die Augen und sah sich um. Wieder sah sie alles zweimal. Nein. Sie trug ihre Kleidung und ihr weißes Hemd sowie ihre Hände wiesen Blutspuren auf. Sie konnte sich noch daran erinnern, wie sie ihn festgehalten und geweint hatte. Das Whiskeyglas zu ihren Füßen. Sie konnte aber auch noch immer seine Wärme spüren, wie er sie im Schlaf hielt. Sie war zerbrochen und doch erwacht. Hier war sie nun und wollte nur noch sterben und konnte es ja doch nicht. Sie konnte es genau spüren: ihre Unsterblichkeit. Edgar war fort. In einer anderen Zeit lebte er und in dieser Zeit war er tot. Irgendetwas war mit ihr geschehen, als sie ihn sterben sah. Sie war nicht nur zerbrochen, nein - auch eine neue Kraft hatte sich in ihr freigesetzt. Claire konnte die Zeit ändern und sich in ihr bewegen, als wenn ihr Körper raumlos war. Ihr wurde klar, dass all diese Träume, die sie in ihren Büchern festgehalten hatte, keine Träume waren, sondern tatsächlich geschehen waren. Sie wanderte ohne Kontrolle im Schlaf durch die Zeit, doch es war nicht ihr Körper sowie mit Edgar, es war einzig ihre Seele, die gewandert war. Angst beschlich Claire. Es war wichtig, dass sie es lernte zu kontrollieren. Niemals durfte der Herrscher davon erfahren.

In ihr formte sich eine Frage. Eine Frage, die sie zu beantworten hatte und das schnell. Wer bin ich?

„Claire!" rief Virginia durch die geschlossene Tür. Claire blickte auf und wischte erneut die Tränen weg. Schnell stand sie auf und öffnete die Tür. Virginia stand vor ihr mit zerzausten Haaren und in ihrem Morgenmantel. In ihren Augen standen so viele Sorgen und Angst. Bei dem Anblick von Claire begannen sich diese mit Tränen zu füllen. Sie sah an Claire runter und sah all das Blut. Claire hielt noch immer die Halbautomatik in ihrer rechten Hand fest, das wurde ihr erst jetzt bewusst.

„Was hast du nur getan?" fragte Virginia geschockt. Claire schwieg. Ja, was hatte sie nur getan? Sie hatte den Mann, den sie liebte, getötet. Anschließend hatte sie das Gefüge der Zeit verändert, um ihn wieder bei sich zu haben. Dabei hatte sie nicht nur die Zeit verändert, auch den Mann hatte sie verändert. Als wenn sie seiner Seele eine neue Bestimmung gegeben hatte mit sich selbst an seiner Seite. Sie hatte das Schicksal betrogen. Umso mehr sie sich daran erinnerte, desto seltsamer erschien ihr Edgar auf Mihum. Ihr war immer noch nicht klar, was genau seltsam daran war, doch sie hatte irgendwie das Gefühl, dass ihr auch das bald klar sein würde.

„Claire!" Virginia fürchtete sich vor Claire, etwas hatte sich in ihr verändert. Sie packte sie an den Schultern und schüttelte sie. „Verdammt noch mal, sprich mit mir!" schrie sie unter Tränen. Claire schüttelte ihre Hände ab und ging einen Schritt zurück.

„Ich habe getan, was von mir verlangt wurde. Ich werde hier weggehen. Leb wohl." Ihre Worte trafen sie wie Pfeile. Nicht nur die Worte verletzten sie, auch der Ton. Claire sprach ohne Gefühl, ohne Rücksicht, da war keine Wärme mehr.

Claire hörte es selbst. Sie konnte sehen, wie es Virginia schmerzte, doch es war nun Zeit für sie. Etwas lenkte sie, sie musste ihre Bestimmung erfüllen. Noch war ihr nicht klar welche. Zudem war ihr immer noch nicht klar, wer sie wirklich war. Aber sie wusste, dass der Weg sie leiten würde. Bevor sie entschwand, ging sie noch einmal auf Virginia zu und umarmte sie. Kommentarlos verschwand sie anschließend und ließ ihre Ziehmutter stehen. Für Virginia war es klar, dass der Herrscher sie nun vollends unter Kontrolle hatte. Ihr war auch klar, dass Claire mehr war als das, was sie vorgab. Bald schon würde sich alles ändern und sie war sich sicher, dass diese Veränderung mit Claire einher gehen würde.

III

Die dunkle Zeit begann. Die Sonne war schon lange am Firmament untergegangen. Wolken bedeckten den Himmel und ließen das Licht der Sterne und des Mondes kaum durchstrahlen. Der Himmel war beinah gänzlich schwarz. Die Soldaten liefen Wache auf den Zinnen der Grenzmauer. Einzig die Fackeln spendeten ein wenig Licht, doch sehen konnten sie trotzdem nicht, was auf sie zukam.

Arem hatte endlich genug Sold zusammengespart, um sich eine Braut zu kaufen. Morgen früh würden die neuen Bräute, auf dem großen Markt in der Stadt, zum Kauf angeboten werden und dann würde er endlich eine Familie gründen können. Es waren schwere Zeiten für sein Volk in denen er lebte, denn die vielen Kriege an den Grenzen des Landes hatten ihren Sold eingebüßt. Es gab wenig zu essen, da die Männer auf dem Feld fehlten und es gab zu viele Mäuler, die gestopft werden mussten. Das Land versank immer mehr in Armut.

Das Gesetz erlaubte nicht, den Frauen eine Wahl zu lassen. In seinem Land suchte sich ein Mann seine Frau aus und sie musste gehorchen.

Arem hatte sehr früh die Grausamkeit seines Königs spüren müssen, denn als kleiner Junge wurde er auf dem Hof seiner Eltern aufgegriffen und fortgeschleppt. In den Dienst des Königs berufen, denn der älteste Sohn einer jeden Familie gehörte dem König und musste für seine Zwecke dienen. Arem hatte schon viele Schlachtfelder gesehen. Jetzt sehnte er sich nichts mehr herbei als eine glückliche Familie zu haben, so wie seine eine war, als er noch ein kleiner Junge gewesen war. Seine Eltern hätten ihn eigentlich nach der Geburt abgeben müssen, da er der erstgeborene war, doch seine Eltern versteckten ihn. Das ging gut bis zu dem Tag, an dem dieser eine Soldat bei ihnen vorbeikam und nach dem Rechten sehen wollte. Die Ernte seines kränkelnden Vaters war in dem Jahr sehr schlecht gewesen. Dieser hatte, so wie nun auch Arem, lange Jahre dem vorherigen König gedient und nach Abschluss seiner Lehnstreue gab man ihm das Land zu bestellen. Arem würde sich auch wünschen, Land zu bekommen, dann könnte er seine Kinder in den Feldern spielen und seine Frau im Haus am Herd hören, wie sie ein bezauberndes Lied sang, während sie ihnen ein Mahl zubereitete. Ja, nach diesen Tagen sehnte sich der Soldat Arem in dieser Nacht und den vielen Nächten davor.

Er hörte und sah nicht wie der Tod zu ihm kam, einzig das Gesicht einer Frau mit rotem Haar sah er im Augenblick seines Todes. Auch Claire sah und fühlte, was Arem sich wünschte. Sie hatte jedoch schon lange aufgehört, diese Bilder zu berücksichtigen. Claire schob die Bilder beiseite, wie auch Arem.

Ihr Auftrag war klar und deutlich gewesen. Sie musste schnell in die Stadt und den Priester Kyarn finden und töten. Warum? Das war ihr egal. Sie war lautlos die hohe Steinmauer hinaufgeklettert und hatte den Soldaten ausgeschaltet, bevor dieser Alarm schlagen konnte. Seinen Namen und seine Träume hatte sie in dem Moment vergessen, in dem dieser leise zu Boden glitt, immer noch den überraschten Blick auf sie gerichtet. Blut lief an seinem Hals hinab. Sie würdigte ihm keines Blickes mehr und lief geduckt an der Mauerseite zur Stadt entlang, so dass sie keiner von unten sehen konnte. Immer den Lichtkegel der Fackeln ausweichend.

Sie mochte diese Welt nicht. Auf dem Planeten Farr erblühte vor einigen hundert Jahren eine weit fortgeschrittene Gesellschaft. Zugleich lebte ein weiteres Volk auf dem Planeten. Diesem Volk dürstete es nach Krieg und Blut. Die beiden Völker bekriegen sich nun schon seit etlichen Jahrzehnten. Keiner duldet das Atmen des anderen, so erschien es Claire. Kriege und Hungersnöte hatten die Sterblichen beinahe vollständig ausgerottet. Sie nannten sich Ohns und Rauns. Für Claire war dieser Planet verloren, jedoch glaubte der Herrscher, er könnte hier etwas verändern, um auch diesen Planeten unter seine Gewalt zu bringen. Ihr war es gleich, was nun mit den Ohns geschehen würde. Für sie war es ein Auftrag, den sie bereitwillig erfüllte.

Auf leisen Sohlen schritt sie die steinerne Treppe der ersten Mauer hinunter. Im ersten Ring lebten die Ohns aus der untersten Schicht. Es brannte vereinzelt Licht aus den einfachen Holzhäusern in den Straßen. Geschickt huschte sie zwischen den Häusern auf der Straße hin und her. Immer im Schatten bleibend.

Im leichten Licht der Sterne und des Mondes konnte sie die Umrisse der großen Pyramide des

Herrschaftssitzes des Königs erkennen, daneben stand die um einige Meter kleinere Pyramide des Tempels.

Die Stadt Gral war die Hauptstadt der Ohns und bildete das Zentrum ihrer Welt. Der Planet war sehr klein. Es war beinah Ironie, dass ausgerechnet auf so einem kleinen Planeten sich die einzigen zwei Völker so sehr verabscheuten und bekriegten. Noch nie gab es einen Versuch Frieden zu schaffen, denn diese Welt wurde einzig von den Männern der Gewalt beherrscht und lebte von deren Unterdrückung.

Die Ohns waren vielleicht fortschrittlicher, was die Astronomie und die Wissenschaft angingen, doch verkauften sie noch immer ihre Frauen auf dem Markt und lehrten sie einzig das Gehorchen.

Die Rauns pflegten ein Leben in der Steppe und ritten ihre Umias. Claires Meinung nach waren diese riesigen gutmütigen Tiere, das einzig schöne auf Farr. Sie verehrten sie wie Götter. Ihre Frauen hatten Biss und würden es niemals zulassen, von einem Mann unterdrückt zu werden. Jedoch waren sie gewaltbereit und zögerten nicht ihrem Feind den Kopf abzuschlagen, bevor sie einen Gedanken an Frieden zuließen.

Claire war bewusst, dass der Herrscher lieber die Rauns an der Spitze der Herrschaft sehen wollte. Mit viel Geduld und Fürsorge konnte man die Rauns zu einer wirkungsvollen Waffe formen, die er in diesem Quadranten der Galaxie dringend benötigte. Die Rauns waren noch nicht so weit in den Weltraum vorzudringen, doch mit den richtigen Verbündeten würde auch dies umsetzbar sein. Ihre Kampfkraft war für ihn unersetzlich.

Claire bewegte sich schnell von Schatten zu Schatten, um zügig zum Tempel zu gelangen. Es gab insgesamt drei Stadtmauerringe. Im inneren Ring befanden sich die drei Pyramiden der Stadt, die die Grundpfeiler der Ohns bildeten. Der Herrschaftssitz, der Tempel ihrer dreizehn Götter und der Sitz des Todes. Die rechte und die linke Hand des Königs. Leben und Tod. Der Priester der dreizehn Götter verstarb vor einigen Tagen. Mit seinem Tod hatte Claire nichts zu schaffen. Ihre Quellen gaben an, dass er anscheinend den Kampf gegen das Alter verloren hatte. In diesem geschwächten Zustand musste sie schnell handeln. Der Hohepriester des Todes musste ausgeschaltet werden, dann könnte dieser Krieg endlich ein Ende finden und Claire konnte sich dieses leidlichen Auftrages endlich entledigen. In dem

Durcheinander würden die Rauns ein leichtes Spiel haben, die Stadt einzunehmen.

Unbemerkt überquerte sie die nächsten zwei Stadtmauern, diesmal ohne Tote. Claire verstand nicht wie die Ohns überhaupt so lange schon gegen die Rauns bestanden. Offensichtlich wurde nur der erste Stadtring streng bewacht. Es liefen lediglich vereinzelt Patrouillen durch die Straßen. Einer kleinen Gruppe von Rauns würde es ein leichtes Sein, aus ihrem Inneren heraus, schnell und ohne viel Blutvergießen, die Stadt einzunehmen.

Kopfschüttelnd stellte sie zudem fest, dass die Pyramide des Todes lediglich von zwei Wachen am Fuße der Treppe bewacht wurde. Sie trugen Schutzkleidung und ihre Laserwaffen, ihr einziger Schutz gegen den roten Teufel, der im Dunkeln auf sie wartete. Eine einzelne elektrische Fackel bildete um sie herum einen Lichtkegel.

Der bewölkte Nachthimmel kam Claire nun zugute. Sie zückte ihre zwei Messer aus der Halterung auf ihrem Rücken und pirschte sich im Schutz der Schatten an die Wachen heran.

Geübt durchschnitt sie dessen Kehlen. Auch diese beiden Ohns sahen einzig ihr Gesicht, bevor ihre Seelen ihre Körper verließen. Sie wischte ihre blutverschmierten Klingen an der Uniform des Ohn ab und steckte diese wieder in die Halterung auf ihrem Rücken. Claire war schnell. Schneller als jemals ein Engel sein konnte. Schneller als ein Dämon war. Für sie war es ein Leichtes, durch die raumlose Zeit zu laufen und ihre Opfer zu töten. Das machte sie für den Herrscher zur wichtigsten Assassine. Auch wenn er immer noch nicht wusste, wie ihre Fähigkeiten wirklich aussahen. Claire verbarg diese geschickt vor ihm und der Gemeinschaft der Engel.

Einen kurzen Moment blieb sie noch im Lichtkegel der Fackel stehen und zögerte. Sie wusste nicht genau, was sie zögern ließ. War sie es selbst oder doch etwas anderes? Schnell schüttelte sie diese Gedanken fort. Sie musste ihr Anderssein von sich schieben und endlich ihren Platz im Universum finden.

Die Zeit drängte und sie musste die Pyramide erklimmen und zum Hohepriester Kyarn gelangen, um so den Rauns einen Vorteil zu verschaffen. Sie trat aus dem Lichtkegel und hechtete die Stufen hinauf. Bereits nach einigen Minuten stand sie auf der obersten Plattform und konnte über ganz Gral blicken. Einzelne Lichtpunkte waren in der Stadt verstreut. Die meisten Ohns schliefen friedlich, überzeugt davon, dass sie niemals etwas Böses des Nachts überrennen würde und ihre ganze Existenz vernichten würde.

Von der Plattform gelangte sie direkt in die Privatgemächer des Hohepriesters. Es drang Licht aus dem Inneren. In dieser Region herrschte eine stete Hitze, daher waren die Räumlichkeiten so weit oben in der Pyramide lediglich mit Vorhängen zugezogen, so ließ sich die Hitze besser ertragen.

Claire zückte ihr Messer und näherte sich leise den Vorhängen. Von Innen drangen keine Geräusche zu ihr. In ihrem Rücken breitete sich die Dunkelheit aus, nur das Licht vor ihr erfasste ihre Augen vollständig. Ein Gefühl durchfuhr sie plötzlich, als sie die Vorhänge mit ihren Fingern berührte, das Messer immer noch fest in der Hand. Angst! Was war das nur? Eine Vorahnung beschlich sie, doch sie unterdrückte wie immer die Bilder. Die Zeit sollte ihr nicht wieder einen Streich spielen.

Sie gab sich einen Ruck und zwang ihre Gefühle zurück. Claire betrat den Raum und ließ die Vorhänge hinter sich zurückfallen. Der Raum war groß und unübersichtlich. Direkt vor ihr lagen Kissen um einen niedrigen Tisch zum Sitzen. Auf dem Tisch standen Essensreste und Karaffen. Eine Wandscheibe trennte die Sitzgruppe vom Schlafbereich. Einige Kerzen erhellten den Tisch. An den Wänden hingen Wandteppiche, die den Tod in seiner ausführenden Tätigkeit darstellten.

Bei der Betrachtung der Bilder durchlief Claire ein Schaudern. Etwas in ihr fühlte sich dazu verbunden, doch sie konnte es nicht begreifen. Sie ließ die Arme sinken und konnte ihren Blick nicht von einer speziellen Darstellung wegreißen. Ein skelettförmiges Wesen stand auf einem Berg aus Leichenteilen. Es formte seine Hände nach innen und streckte die Arme auseinander. Wie ein Kreuz stand es dort, doch was Claire in den Bann zog, waren seine Augen. Sie strahlten in einem roten Licht auf sie hernieder. Sie begann am ganzen Körper zu zittern, doch was sie am meisten schockierte, war das Gefühl der Verbundenheit. Sie fühlte sich zu diesem Skelettwesen hingezogen. Etwas verband sie mit dem Wesen. Unbewusst steckte sie die Messer wieder in die Halterung auf dem Rücken und berührte das Bild. Bei der Berührung sah sie Bilder vor ihrem inneren Auge.

Sie konnte die Bilder nicht fassen. Sie waren unkontrolliert. Es waren lebende Wesen und auch tote Wesen, die zu ihr sprachen. Manche lachten und andere weinten. Sie konnte all ihre Gefühle spüren wie Wut, Hass, Erleichterung und Liebe. Es schien, als wenn sie manche kennen würde und andere waren ihr völlig fremd und doch stand sie bei ihnen. Plötzlich begriff Claire, dass es keine Körper waren, es waren Seelen und sie spürte den Drang sie zu führen.

Völlig außer Atem und Erschöpfung riss sie sich von dem Bild fort. Ihre Beine wollten sie nicht mehr tragen. Claire brach zusammen und kniete nun vor dem Bild immer noch nach Luft schnappend. Sie begriff, dass es keine Vision war. Es war viel mehr. Es waren Erinnerungen an längst vergangene Tage. Tage in denen der Tod herrschte. Unbemerkt hatte sich jemand von hinten an sie geschlichen.

„Was hast du gesehen?" fragte sie der Unbekannte. Claire drehte sich erschrocken um. Vor ihr stand der Hohepriester Kyarn. Er trug lediglich eine weite Robe in Schwarz, die mit silbernen Fäden durchzogen war. Er hatte die typische Gesichtsform der Ohns. Die Stirn lag weit nach hinten und die Ohren waren lediglich kleine

Muscheln an den Seiten. Seine Haut war gebräunt, wie bei allen auf dem Planeten Farr. Der Rest war dem der Menschen auf der Erde gleich, mit Ausnahme, dass die Ohns alle ziemlich groß waren. Der Hohepriester musste in etwa zweimeterfünfzig sein. Wie es bei den Männern üblich war, rasierte er sich den Kopf.

Claire wurde klar, dass die Frage freundlich gemeint war. Er fürchtete sich nicht vor ihr, dabei musste sie ihn irritieren. Sie glich keinem Wesen auf Farr.

Noch immer verwirrt und erschöpft sah sie zu ihm auf. Ihr war nicht wohl an diesem Ort. Sie spürte eine Bedrohung.

„Ich sah das Leben und den Tod aus vergangenen Zeiten," gestand sie. Sie wusste selbst nicht, warum sie ihm wahrheitsgetreu antwortete. Die Sprache der Ohns war weich und schnell auszusprechen, doch war Claire trotzdem überrascht, dass sie sie sprechen konnte, hatte sie es nicht für nötig gehalten, diese zu lernen vor ihrer Anreise hierher. Wie konnte sie diese jetzt doch fließend verstehen und sprechen?

Der etwas in die Jahre gekommene Hohepriester nickte wohlwissend und gab ihr ein Zeichen aufzustehen. Claire richtete sich zögernd auf. Nun stand sie ihm gegenüber, immer noch nicht verstehend, was passiert war und unklar, was sie jetzt tun sollte.

Der Hohepriester beugte sich vor, um ihr direkt in die Augen sehen zu können. Seine Augen lagen tief, so dass seine braunen Augen beinah schwarz wirkten. Claire konnte in ihnen das Leben sehen. Er berührte sie mit den Fingern an der Stirn und sprach ein kurzes Gebet. Schließlich richtete er sich wieder auf.

„Ich habe ein Meer aus Asche und Blut gesehen und du standest darin. Du wurdest darin wiedergeboren. Der Tod wird wiederkehren!" sprach er beschwörend und drehte sich anschließend um. Er ging zu den Vorhängen und betrat die Plattform dahinter. Claire folgte ihm fassungslos. Er hatte die zweite Vision beschrieben. Angst schnürte ihre Kehle zu. Die erste Vision hatte sich erfüllt, sollte nun auch die Zweite sich erfüllen? War er ein Bote oder gar der Überbringer der gesamten Vision?

Als sie den Vorhang wieder hinter sich fallen ließ, sah sie wie der Hohepriester vorbei am Altar ging und sich kniend zum Himmel richtete und seine Arme ausbreitete, wie zum Gebet erhoben. Claire ging auf ihn zu und fragte ihn, ob er mehr wüsste über die Vision, doch er reagierte nicht mehr. Sie konnte im spärlichen Licht der Sterne, die durch die Wolken gelegentlich durchbrachen, sehen, dass er die Augen geschlossen hielt. Anscheinend wartete er auf etwas. Ungläubig stand sie dort oben auf der Plattform und sah auf den Priester nieder.

Plötzlich begriff sie, dass er seinen Tod gemeint hatte, er wartete darauf erlöst zu werden. Tränen der Wut liefen über ihre Wangen. Was oder wer auch immer ihr diese Rätsel schickte, wollte ihr keine Lösung zukommen lassen. Ihre Gefühle und all diese Bilder verwirrten sie. Ihre Arme zitterten. Sie griff nach einem Messer auf ihrem Rücken und schnitt dem Hohepriester die Kehle auf. Das Blut bespritzte ihre schwarze Kleidung. Sie wich nicht aus. Stand einfach immer noch vor Wut zitternd vor dem Priester, der in sich selbst zusammengesackt war. Eine Blutlache bildete sich rund um ihn. Claire stand mitten darin. Schließlich drehte sie sich um und lief schnell die Stufen hinunter. Genauso wie sie gekommen war, ging sie auch wieder. Einzig ihre blutigen Fußabdrücke hinterließ sie auf den Stufen.

Nach wenigen Minuten stand sie in dem Wald vor den Stadtmauern und hörte, wie die Glocken geläutet wurden. Sie hatten die Leichen entdeckt. Zu spät wurden die Alarmglocken geläutet.

Immer noch vor Wut kochend ging Claire schnell zu ihrem Umia, welchen sie an einen der Bäume gebunden hatte. Er scharrte nervös mit seinen Krallen über den Boden. Sein silbriges Fell glänzte leicht im dämmrigen Licht des Waldes. Seine flache Nase stieß weiße Wolken aus und seine flachen Ohren zuckten nervös. Er stand auf seinen vier Pfoten aufrecht vor Claire, bereit zum Rennen. Kurz angebunden betrachtete sie das wunderschöne Tier. Es glich dem Wolf, von der Erde, jedoch war es massiger und wesentlich größer. Als Claire direkt neben ihm stand, wurde ihr wieder einmal bewusst, wie klein sie war. Der Umia betrug ein Schultermaß von ca. zwei Metern.

Claire zog sich am Gurt hoch auf seinen Rücken und gab ihm mit ihrem Becken die Richtung vor. Er ließ es sich nicht zwei Mal sagen und rannte sofort in die Dunkelheit hinein und ließ den Lärm der Glocken schnell hinter sich. Claire tat der Wind im Gesicht gut, er löschte die Wut und machte Platz für ein Gefühl, dass sie so noch nicht oft erlebt hatte: Angst.

Sie fürchtete sich vor der Vision. Die letzte hatte sie in ein tiefes Loch fallen lassen. Das lag bereits lange zurück.

Die Zeit verging für Engel schnell. Hunderte Jahre waren lediglich wie ein Wimpernschlag vergangen. Sie hatte Edgar und alles darum verdrängt und versucht die Liebe zu vergessen. Nun kehrten all diese Gefühle zurück und verwirrten sie erneut.

Die Bilder, welche sie gesehen hatte, als sie den Wandteppich berührt hatte, verwirrten sie mehr. Es hatte sich wie ein anderes Leben angefühlt. Wo sollte all das hinführen?

Sie musste schon Stunden geritten sein, als sie endlich die Lichtung durchbrachen, auf der sie ihr Lager aufgeschlagen hatten. Ihr Zelt stand nicht weit weg von denen der Rauns.

Die Krieger, die Wache hielten, zielten mit ihren Laserpfeilen auf sie. Sie näherte sich dem violetten Licht, so dass sie erkennen konnten. Schnell senkten sie ihre Waffen und nickten ihr zu. Wortlos schritt Claire mit ihrem Umia an ihnen vorbei.

Die Rauns sahen anders aus als die Ohns. Ihre Körper glichen denen der Menschen auf der Erde. Sie unterschieden sich lediglich in ihrer Ausdauer, Kraft und ihren besonderen Augen. Ihre Augen waren violett. Sie besaßen keine Pupillen. In der Nacht sahen sie wie bei Tag. Die meisten Männer waren groß gewachsen und durchtrainiert. Der Kampf beherrschte ihren Alltag. Sie lebten in einfachen Zelten aus Fellen in der Steppe in kleinen Gemeinden und wanderten mit den Tieren. Wenn sie von ihrer Mentalität nicht so aggressiv wären, könnte man sie beinah als harmonisch bezeichnen. Jedoch schreckten viele ihrer Bräuche und Traditionen ab. Claire interessierte sich für ihre Kultur nicht sonderlich. Ihre Zeit bei ihnen war lediglich begrenzt und für sie nur, wie ein Wimpernschlag.

Claire durchquerte das Zeltlager der Krieger nicht, sondern bewegte sich sofort zu seinem Rand. Abseits aller Zelte stand ihres. Sie stieg ab und löste den Gurt des Sattels um den Umia. Er zitterte vor Erschöpfung am ganzen Körper und freute sich auf das Wasser im kleinen Teich unweit des Lagers sowie die Sicherheit seiner Herde. Er trottete wie auf Kommando auf die freie

Fläche ins Dunkle hinaus, dort standen auch die anderen Umias der Rauns.

Bald schon würde der Tag anbrechen und die Rauns würden ihren letzten Feldzug gegen die Ohns beginnen. Endlich würde dieser jahrzehntelange Krieg ein Ende finden. Claire fühlte sich noch immer nicht verantwortlich für diesen Kampf, hatte sie ihn nicht begonnen. Sie würde ihn lediglich beenden. Welche Seite die bessere gewesen wäre, lag nicht in ihrem Ermessen.

Sie beschäftigte einzig das, was sie gesehen hatte und was es für sie bedeuten sollte. Seit dem Tod von Edgar, war das Vertrauen des Herrschers in sie stärker denn je. Sie war bei ihm geblieben und diente ihm nun schon etliche weitere Jahrhunderte. Sie wurde seine Vollstreckerin und beste Assassine.

Die Vision schien ihr einen anderen Weg weisen zu wollen, den sie noch finden musste.

Die Bilder von lebenden und toten Seelen, könnten etwas mit dem Glauben der Rauns und Ohns zu tun haben. Sie glaubten an die Wiedergeburt, dass die Seele eines jeden Sterblichen, nach dem Niedergang ihrer sterblichen Hülle, vom Tod zu ihrem nächsten Leben geführt wurde. Hatte sie womöglich nur diese

Geschichte gesehen? Sie verstand das Gefühl der Verbundenheit nicht. Es glich dem Gefühl der Liebe, was sie wiederum an Edgar erinnert hatte.

Entschieden schüttelte sie den Kopf und schüttelte damit all diese Gedanken fort. Claire betrat ihr Zelt. Ein kleines Feuer brannte in der Mitte. Ein Bett aus Fellen lag direkt davor und eine Schüssel mit Wasser stand nicht unweit davor. Sie kniete sich vor die Schüssel und wusch sich die Blutspritzer vom Gesicht und den Händen.

Das Wasser mischte sich mit dem Blut des Hohepriesters. Claire konnte den Blick nicht davon reißen. Sie beschlich wieder dieses seltsame Gefühl der Vorahnung. Ein Hauch des Schicksals lief ihr über den Rücken. Ihre Härchen stellten sich auf ihren Armen auf.

„Verdammt, was soll das alles nur!" japste sie erschrocken. Schnell richtete sie sich auf und rannte förmlich aus dem Zelt.

Zügig durchquerte sie nun das Zeltlager. Zu ihrer Rechten und Linken saßen die Männer und Frauen. Die meisten waren bereits fertig gerüstet für den Kampf.

Claire konnte spüren, wie sie ihr nachsahen.

Die meisten von ihnen fürchteten sie, dabei hatten sie sie noch nie im Kampf erlebt. Es war ihre Aura. Sie war anders und sie sahen es ihr an. Bei den Rauns gab es keine Frauen mit roten Haaren. Sie hatten alle schwarze Haare und trugen ihre Frisuren sehr kurz, sowohl Männer als auch Frauen. Ihre Haut war gebräunt, sowie die der Ohns. Claires Haut war jedoch weiß, zudem war sie im Vergleich zu den Frauen sehr klein. Ihre Haare lagen zu einem langen kunstvoll geflochtenen Zopf über ihre Schulter.

Bisher gab es noch keine brenzligen Situationen, in denen sie sich verteidigen musste. Sie strahlte genügend Gefahr aus, so dass sie ihr lieber aus dem Weg gingen. Der einzige Grund, dass sie in deren Nähe sein durfte, war die Lieferung von Waffen und Informationen über die Standorte der Soldaten der Ohns. So hatten sie sich einen bedeutenden Fortschritt in den Schlachten gegen die Ohns erkämpft.

Claire ekelte sich vor den Rauns. Egal, wo sie hinblickte in den Schlachten und Überfällen auf den Höfen, im Umland der Ohns, wurden die Frauen, Männer und Kinder vergewaltigt und anschließend bestialisch ausgenommen. Nach Ende einer Schlacht wurden den toten

Feinden die Herzen herausgeschnitten und verspeist. Die Rauns waren gefährlich und nicht umsonst fürchteten sich die Ohns vor ihnen.

Claire war nicht hier, um zu richten. Sie erkannte die Stärke in ihnen und ihr war klar, dass der Herrscher sie dringend benötigte, in seinem großen Plan das gesamte Universum zu beherrschen. Noch immer gab es Widerstände und etliche Galaxien waren noch nicht erreicht worden. Das war ihr damals nicht bekannt. Sie nahm an, dass das Universum dem Herrscher bereits zur Gänze habhaft war. Claire war einzig zum Rekrutieren auf Farr.

Schnell lief sie an den schreienden und kämpfenden Rauns vorbei. Manche wälzten sich nackt auf dem Boden und vergnügten sich vor den Augen der anderen miteinander.

Claire richtete jedoch stur ihren Blick nach vorne und versuchte, all dies nicht zu sehen. Es lag nicht in ihrer Verantwortung.

Inmitten des Zeltlagers befand sich das größte Zelt, das des Anführers.

Bei den Rauns gab es keinen König, da sie unter normalen Umständen in ihren kleinen Gruppen durch die Steppe und den Wäldern reisten und lebten.

Auch hierbei hatte Claire ihre Finger im Spiel. Sie hatte ihn ausgewählt zu führen und ihm mit den gelieferten Waffen die Möglichkeit gegeben, sein Volk zu vereinen und gemeinsam gegen die Ohns vorzugehen. On Mar war groß und stark und hatten den Willen, sein Volk zu führen.

Die Wachen vor dem Zelteingang ließen sie wortlos ein. On Mar stand vor der Feuerstelle mit dem nackten Rücken zu Claire, er trug lediglich eine ledernde Hose und schien in Gedanken versunken zu sein.

Im Zelt standen diverse Truhen gefüllt mit den erbeuteten Schätzen der Ohns. An der rechten Seite türmte sich ein Berg aus Fellen und Kissen, darin lagen drei nackte Raunerinnen. Sie schliefen tief und fest.
Claire konnte ein sarkastisches Lächeln nicht verbergen.

„On Mar, ich bin zurück und bringe gute Nachrichten," begann Claire ohne Umschweif. Er drehte sich um und sah ehrfürchtig auf sie herunter. Seine Muskeln spannten sich. Claire konnte sehen, dass er nervös war. Eine große Bürde lastete auf seinen Rücken. Hatte er nicht seinem Volk endlich Frieden versprochen und das Ende der Ohns herbeigerufen. Nun fürchtete er sein

Versagen. Es war unbegründet, doch Claire begriff auch die Tragweite seiner Last.

Er war stark und kampferprobt, doch war es ein langer Weg gewesen sein Volk zu vereinen. Immer wieder musste Claire im Verborgenen ihm Vorteile verschaffen. Verborgen vor aller Augen hatte sie seine Gegner aus den eigenen Reihen geschwächt, bevor diese sich ihm widersetzen konnten. Ihr war klar, dass On Mar das vermutete und daher zweifelte er an sich selbst.

Allerdings war nun nicht die Zeit für Einfühlungsvermögen. Sie brauchte einen Anführer.

„Die Priester sind beide tot. Im Morgengrauen musst du die Stadt einnehmen. Der König steht allein und ist dir völlig ausgeliefert. Seine restlichen Soldaten haben sich wie Kinder in ihren Häusern verschanzt und werden kaum Gegenwehr bieten," erklärte sie ihm vehement.

On Mar straffte seine Muskeln und lächelte ihr erfreut zu. Die Nervosität verschwand endgültig. Ein wenig seiner Last konnte sie ihm damit nehmen.

„Dann werden wir morgen früh siegen und endlich wird es Frieden geben," erklärte er ihr. Claire nickte und reichte ihm ihren rechten Arm. On Mar tat es ihr gleich und umschloss ihn. Es war eine Geste unter Freunden und Verbündeten, doch Claire spürte wieder dieses Gefühl in On Mar. Immer wenn sie sich berührten, konnte sie es spüren. Er begehrte sie, vielleicht sogar mehr noch, doch für Claire war er, wie sein restliches Volk, ein Mittel zum Zweck. Ein Auftrag, den sie schnell beenden wollte.

Schon bald würde sie nach Eden zurückkehren und anderen den Kampf in dieser Galaxie überlassen.
Claire nickte bestimmend und ließ seinen Arm los. Wortlos drehte sie sich um und verließ wieder das Zelt. Schnell durchschritt sie wieder die Zeltreihen.

In ihrem Zelt setzte sie sich auf ihre Felle und blickte wartend in die Flammen. Nicht mehr lange und all das würde zu Ende sein und sie wäre erlöst von dieser Welt und vielleicht auch von diesen Gedanken.

Leise und unauffällig, beinah bewusst, bewegte sich der Tautropfen runter von der Spitze des Grashalms dem Erdreich entgegen. Der Aufprall auf dem Erdreich erinnerte an einen Schlag auf eine Trommel, der durch das wilde Geäst der Grashalme zu erklingen schien.

Claire konnte diesen Tautropfen vibrieren spüren, wie er immer mehr kreisrunde Bewegungen verursachte, bis er schließlich völlig im Erdreich verschwand.

Es war einzig ein Tautropfen von Nöten, um den Startschuss zum Kampf zu geben, doch für Claire war es viel mehr. Sie spürte vor allem anderen den Tod, der sich näherte.

Ihr ganzer Körper begann zu vibrieren und zu zucken. Etwas würde in diesem Morgengrauen geschehen. Das spürte sie, so wie sie die Schwertgriffe in ihren Händen spüren konnte und den schnellen Herzschlag des Umias zwischen ihren Beinen. Er schnaufte und spürte, genau wie seine Artgenossen zu seiner rechten und linken Seite, dass bald alles ein Ende haben würde.

Sie ritten Seite an Seite über die Wiesen und Felder vor dem ersten Stadtmauerring auf die Stadtmauer zu. Ihre Umias setzten sich kurz vor ihrem Sprung auf ihre starken muskelbepackten Hinterbeine auf und setzten mit einem Sprung über die Mauer an. Die dünnen Häute zwischen den vorderen Pfoten der Umias blähten sich auf.

Claires Haare, die sie offengelassen hatte, wehten im Wind. Sie spürte das bekannte Verlangen ihrer Haut, zu brennen und den Feuerphönix herauszulassen, doch sie widerstand dem Drang.

Sie flog Seite an Seite mit den Rauns und den Umias über die Stadtmauer. Sie landeten verteilt im ersten Stadtring. Die Ohns hatten den Kampf nicht erwartet und rannten schreiend und ängstlich vor ihnen fort. Die wenigen Soldaten, die zu dieser Stunde gerüstet waren, versuchten sie abzuwehren, doch das Überraschungsmoment lag auf ihrer Seite.

Claire saß aufrecht auf ihren Umia und suchte On Mar in der Menge. Sie musste ihn beschützen und bis zum König bringen. Nur er allein musste den Krieg beenden und endlich das ersehnte Ende schaffen.

Sie sah ihn hoch aufgerichtet auf seinem Umia um sich schlagend mit seinem Speer.
Erneut musste sie über ihn lächeln. Sie brachte ihm die Technologie der Ohns, mit ihren Laserwaffen und doch nutzte er lieber Speer und Bogen im Kampf.

„On Mar!" schrie sie. Er drehte seinen Kopf in ihre Richtung. Claire wies mit einem ihrer Schwerter in Richtung der Pyramiden. On Mar verstand und nickte ihr zu. Er gab seinem Umia die Sporen und ritt um sich schlagend durch die Absperrungen der Ohns, die mittlerweile den Rest ihrer Armee zusammengerufen hatten.

Claire gab ihrem Umia per Gedankenkraft den Befehl sich in Bewegung zu setzten und folgte On Mar dicht auf den Fersen.

Sie überholte ihn und ebnete ihm den Weg. Ihre Schwerter zuckten von einer Seite zur anderen in einem schnellen Tempo.

Bereits nach kurzer Zeit standen sie auf dem großen Platz vor der Pyramide des Königs.

Die goldene Armee des Königs erwartete sie bereits. Hinter ihnen hatten sich einige der Rauns mit ihren Umias angeschlossen, die kampfbereit die Zähne fletschten und nach Blut dürsteten.

Claire konnte den König nicht sehen. Sie wusste aber, dass er nicht entkommen konnte. So wie sie die Westseite der Stadtringe überrannt hatten, so waren Gruppen von Rauns über die Ost-, Süd- und Nordseite über die Stadt hergefallen. Die Ohns hätten nie gedacht, dass die Rauns jemals eine Armee in dieser Größe zustande bringen konnten und wurden durch das Überraschungsmoment überrannt. Der Sieg war nah.

„Hier werden wir das Blut unserer Feinde trinken!" rief On Mar siegessicher.

Claire schauderte und blickte kurz nach links zur Pyramide des Todes. Sie konnte in der aufgehenden Sonne noch immer ihre blutigen Abdrücke auf den Stufen erkennen. Immer mehr Sonnenstrahlen durchbrachen das Firmament und erhellten den Platz. Sie stockte und konnte sich nicht von dem Anblick losreißen.

Entsetz stellte Claire fest, dass der Kampf bereits begonnen hatte. Sie hatte nicht gemerkt, wie die Zeit verronnen war. Blut und Gedärme breiteten sich über den Platz aus. Immer mehr Rauns auf ihren Umias erreichten den Platz. Siegessicher schrien sie und warfen sich ins Getümmel aus Leichen und Kämpfenden.

Claire versuchte sich zusammenzureißen und sprintete in die Mitte des Platzes, darauf bedacht die Treppe der Pyramide des Königs zu erreichen. Sie konnte On Mar erkennen, wie er mit einigen Rauns die Stufen erklomm. Bald ist es vorbei.

Abrupt blieb Claires Umia stehen und warf sie von sich. Claire landete behänd in der Mitte des Platzes. Erschrocken sah sie ihrem Umia hinterher, der panisch versuchte den Platz zu verlassen und sich durch die kämpfenden Rauns und Ohns durchschlängelte.

Fassungslos stand sie da und begriff, dass er sich vor ihr fürchtete. Entsetzt stellte sie fest, dass alle Umias um sie die Flucht antraten.

Sie konnte die Angst und das Entsetzten der Tiere spüren. Etwas geschah mit ihr.

Eine Ansammlung bildete sich um sie. Die Kämpfenden in ihrer direkten Nähe hielten inne, als wenn die Zeit stehen blieb. Der Himmel verdunkelte sich. Claire ließ ihre Schwerter fallen und sah auf ihre Hände.

Um sie herum lagen Tote und Verletzte. Sie stand in ihrem Blut und fühlte ihre Schmerzen und konnte all ihre Schreie hören, auch wenn ihre körperlichen Hüllen verstummt waren. Es waren ihre Seelen. Sie blickte auf. Sie stand auf einem Berg Leichen. Plötzlich sah sie all die Seelen, die um sie herumstanden. Sie waren bewegungslos und sahen sie teilnahmslos an. Ihre Münder waren geschlossen, doch Claire konnte ihre Schreie immer noch hören. Sie hielten ihre Wunden nicht fest und doch konnte sie den Schmerz spüren. Der Wind und die Sonne waren fort, einzig sie stand noch da, umzingelt von all diesen Seelen im düsteren Licht.

Das Prickeln begann erneut auf ihrer Haut und sie begann zu zittern. Wieder sah sie auf ihre Hände. Ihre weiße Haut glühte. Es war aber nicht das gewohnte angenehme Brennen, mit dem sie sich in den Feuerphönix verwandelte.

Das Glühen wurde immer intensiver. Claire schrie und krümmte sich vor Schmerzen. Sie fiel auf ihre Knie und konnte nicht die Augen von ihren Händen abwenden. Die Haut und das Fleisch darunter verdampften zu einer Wolke. Ihr Blut tropfte herunter und verdunstete augenblicklich. Übrig blieben ihre Knochen. Entsetzt sah sie, wie es sich über ihre Arme ausbreitete. Alles verdunkelte sich vor ihren Augen und eine dunkle schwarze Wolke umhüllte sie. Sie sah sich selbst auf dem Berg aus Leichen und Blut. Sie war das Skelett. Sie war selbst der Tod, den sie die ganze Zeit gespürt hatte. Wut durchzog all ihre Sinne. Wut auf sich selbst. Wut auf das Leben. Wut auf die Rauns und vor allem Wut auf den Herrscher. Der Drang etwas zu ändern, wurde übermächtig und sie ergab sich ihren Gefühlen. Sie schloss die Augen.

Ein Beben ging über den Platz. Die schwarze Wolke inmitten des Platzes breitete sich aus und umhüllte schnell das gesamte Areal. Legte sich über den dritten Stadtmauerring, den zweiten, den ersten, die Waldgrenze, und über den Wald hinaus. Unaufhörlich breitete sich die schwarze Wolke über den gesamten Planeten aus.

Claire spürte nur noch Wut und wollte etwas ändern. Sie spürte, wie das Schicksal und insbesondere ihre Vision sie lenkte.

Das alles war vorbestimmt. Nun war die Zeit des Erwachens.

Sie konnte alle Seelen spüren. Die Toten als auch die Lebenden. Sie konnte sehen, wer sie alle waren. Sie sah ihre Vergangenheit, ihre Gegenwart und ihre Zukunft. Sie hatte alles in ihren Sinnen. Das gesamte Wissen.

Claire richtete sich auf, sie spürte, dass sie ihre körperliche Form verlassen hatte. Sie war das Skelett in der schwarzen Hülle. Als sich ihre Augen öffneten, glühten sie rot auf. Sie war der Tod und würde all das beenden.

Es war nur ein Gedanke notwendig. Doch als Claire wieder die Augen schloss und wieder öffnete, blieb nur ein Hauch des Roten, bis es verschwand und anstatt dessen das Kristallblaue wieder leuchtete.

Die Sonne schien wieder auf ihr Haupt hernieder und wärmte ihre kalte Haut. Fassungslos, über das gerade Geschehene, blickte sie sich um und sah in die Gesichter tausender entsetzter Ohns. Claire sah erneut auf ihre Hände. Die Haut war wieder da, als wenn nichts gewesen wäre, doch sie stellte überrascht fest, dass sie nackt und der Boden zu ihren Füßen nicht mehr blutgetränkt war, sondern eine dünne schwarze Staubschicht über den gesamten Platz ausgebreitet lag. Sie roch kein Blut und der Tod war fort und doch war er immer noch an ihrer Seite. Sie konnte ihn immer noch spüren.

Wieder blickte sie auf und erkannte, dass die Ohns über und über mit einem schwarzen Staub bedeckt waren. Claire erkannte, um was es sich handelte. Sie konnte es spüren. Die Wut hatte Trauer Platz gemacht.

Tränen liefen über ihre Wangen. Das Prickeln auf ihrer Haut begann wieder, doch diesmal war es die gewohnte Wärme. Die Menge rannte schreiend davon, als Claire sich in den riesigen Feuerphönix verwandelte. Sie breitete die Flügel aus und erhob sich behände in die Luft. Ihr langer Feuerschweif wehte den schwarzen Staub auf. Mit schnellen Schlägen erhob sie sich und brachte schnell einen großen Abstand zwischen sich und der Stadt Gral. Weit weg wollte sie nur noch. Fort und der Trauer Platz lassen.

Sie durchbrach die Atmosphäre und sah all die tausend Sterne und die Planeten in unmittelbarer Nähe sowie die Sonne.

In den Weiten des Universums konnte sie die Leere spüren und genau diese Leere brachte sie wieder zur gewohnten Ruhe. Immer weiter flog sie durch das Universum. An Sternen und Sonnen vorbei. Bis sie nicht mehr konnte und auf einem Meteoriten Halt machte. Er flog durch das Universum. Einem unbekannten Ziel folgend. Claire verwandelte sich zurück. Auf ihrer nackten Haut konnte sie die Kälte des Universums spüren, sowie den Zug des Meteoriten, auf dem sie nun flog. Sie setzte sich hin, umschloss ihre Beine und begann hemmungslos zu weinen. Endlich konnte sie die verdrängten Gedanken und Gefühle zulassen.

Sie waren alle tot. Sie hatte alle Rauns auf dem Planeten getötet. Zu Asche waren sie gefallen. Keine Leichen. Kein Blut. Nur noch Asche blieb von ihnen übrig, der im Wind verwehte. Sie war das gewesen. Claire konnte sich noch an all diese Wut erinnern. Es war aber keine gerechte Wut gewesen. Sie war wütend auf sich selbst. Sie hatte ihre Liebe getötet. Sie hatte sich dem Herrscher ergeben und vor allem hatte sie sich selbst verleugnet.

Die Erkenntnis traf sie hart. Die Vision war eine Warnung gewesen. Wandel weiter auf diesen Pfad und du wirst nur Leid spüren. Sie hätte Edgar nicht töten und sie hätte nicht beim Herrscher bleiben dürfen. Doch was war ihr Pfad? Und war das wirklich die Vision?

Auf Farr hatte sie all die Leben der Rauns gesehen. Wie ihre Seele seit Beginn des Lebens wandelte und den Tod immer als Begleiter hatte, doch was sollte das bedeuten?

Claire glaubte, zu erkennen. Konnte der Tod in Person erscheinen? War er vielleicht genau wie alle anderen Lebewesen auch nur eine Seele, die im Universum wandelte und immer wieder aufs Neue wiedergeboren wurde, bis die Seele endlich einen passenden unsterblichen Körper gefunden hatte - den ihren?

Engel waren nur so lange unsterblich, wie sie ihr Licht am Herrscher aufladen konnten. Dämonen waren Wesen aus einer dunklen Welt, die bisher unbekannten Ursprungs waren, waren jedoch auch nicht gänzlich unsterblich. Nach dem Tod von Edgar hatte Claire jedoch etwas verändert. Sie konnte Jahrzehnte ohne den Herrscher verbringen und fühlte sich nicht schwächer. Der Tod von Edgar hatte sie wahrlich unsterblich gemacht.

Hatte er nicht dann ihr Schicksal endgültig besiegelt, dass sich alle Visionen erfüllen würden?

Der Tod gehörte zum Leben, wie das Leben zum Tod gehörte. Sie war notwendig.

Wieder sammelten sich Tränen in Claires Augen. Die Erkenntnis schmerzte sie. Sie hatte nie eine andere Wahl gehabt. Edgar musste sterben sowie die Rauns, damit der Tod erwachen konnte. Das war die ganze Zeit der Plan des Schicksals gewesen.

Kein Leben unter den Engeln. Kein Leben jemals.

Die Vision war keine Warnung gewesen, es war ihre Zukunft. Tränen liefen über ihre Wangen.

Noch eine Weile saß Claire auf dem Meteoriten und sah die Sterne an sich vorbeiziehen. Sie wusste nicht, was nun ihr Ziel sein sollte.

„Du musst mir vertrauen," flüsterte plötzlich eine ruhige Stimme in ihrem Inneren. Es war ihre eigene Stimme in ihrem Kopf.

„Wer bist du?" fragte Claire laut. Die Stimme in ihrem Kopf antwortet sofort: „Ich bin das, was du sein musst."

„Und was ist, wenn ich das nicht will," gab Claire zynisch zurück.

„Wenn du dich wehrst, wird es nur schlimmer für dich."

Claire wusste, dass damit die dritte Vision gemeint war. Sie wurde wütend. Der Tod in ihr wollte sie lenken, doch sie wollte nur eins. Frei sein.

Wütend ballte sie die Fäuste und stand endlich auf. „Ich lass mich nicht bedrohen," schrie sie aufgebracht.

„Ich drohe dir nicht. Deine Zukunft liegt in deinen Händen. Zeit und Raum ist für dich nicht mehr real."

„Was soll das heißen?" fragte sie wütend, doch die innere Stimme war verstummt. Claire tobte noch eine Weile, es war jedoch zwecklos.

Es schien, dass sie noch immer nicht gänzlich das große Ganze erfasst hatte, vielleicht wollte sie es auch nicht.

Vor Wut kochend stand sie da und stachelte sich in ihre Verzweiflung immer weiter auf. Wieder spürte sie dieses ungewohnte Prickeln. Sie sah auf ihre Hände und wieder verdampfte alles, diesmal schneller. Ihr Körper begann sich bereits an diesen Umstand zu gewöhnen.

Trotzdem musste Claire vor Schmerzen wieder aufschreien. Sie krümmte sich und fiel auf die Knie und schloss die Augen.

Als sie diese wieder öffnete, war alles um sie verdunkelt. Ein kleines Licht konnte sie jedoch erkennen. Sie bewegte sich darauf zu und irgendwie doch nicht. Es schien, als wenn das Licht und sie aufeinander zugeführt wurden, doch blieben beide stehen, wo sie waren.

Claire spürte ihre Seele, wie sie ihre Aufgabe verrichten und damit auch ihr Schicksal besiegeln wollte. Endgültig erwachen.

Sie fühlte nichts, keine Angst mehr. Keine Zweifel mehr und auch kein Bedauern mehr. Das Licht durchbrach sie. Sie kniff die roten Augen zu.

Als sie diese wieder öffnete, stand sie in einem kleinen grauen Raum. Auf dem Boden lagen vereinzelt kleine Teppiche, die ihre guten Tage schon lange hinter sich hatten. An der rechten Seite war oberhalb ein, schmales verdrecktes Fenster. Die aufgehende Sonne strahlte ihr vergilbtes Licht hindurch und erhellte das Bild vor Claire. An der linken Seite stand ein großes Bett, das über und über mit verdreckten und Flicken übersäten Decken überhäuft war. Zwischen all den Decken konnte Claire einen kleinen blonden Schopf erkennen. Es war ein kleiner Junge. Seine Stirn glänzte vor Schweiß. Eine Frau in zerlumpten Kleidern lag neben ihm auf den ganzen Decken. Ihre Tränen unterlaufenden Augen waren geschlossen. Sie atmete ruhig ein und aus. Die Frau schlief.

Neben dem Bett lagen diverse Ampullen Medizin auf einem wackeligen Stuhl, sowie eine Schüssel mit dreckigem Wasser und einem Schwamm.

Claire trat näher. Sie stand nun links vom Bett des Kindes und sah auf sein kleines glänzendes Gesicht. Seine Wangen waren eingefallen und dunkle Ringe lagen um seine Augen.

Seine Augen waren starr auf sie gerichtet. Beinah anklagend. Sie waren blau, wie die von Claire.

Claire fühlte sich in ihren Bann gezogen. Sie spürte keine Trauer oder Bedauern. Der Junge würde gleich sterben, das spürte sie und sie wusste nun, dass sie zu diesem Zweck hier war. Das war ihr Schicksal.

Sie hob ihre Skeletthand und hielt sie dem Jungen hin. Seine Seelenhand streckte sich ihr entgegen unter der Decke.

Plötzlich schreckte die Frau auf. Sie sah auf den Jungen runter. Sie sah, wie seine Augen nach rechts gerichtet waren - ins Leere. Er sah noch immer Claire an. Die Frau begann zu weinen.

„Bitte nimm nicht ihn, nimm mich. Rette ihn!" flehte sie den unsichtbaren Tod an. Claire löste sich aus dem Blick des Jungen und sah der Frau ins Gesicht. Plötzlich schrie die Frau erschrocken auf. Sie konnte Claire sehen. Claire flüsterte: „Ein Leben für ein Leben!"

IV

Das dunkle Wasser schäumte auf und warf seine Wellen gegen die Klippen. Immer wieder zerbrach das Wasser an den Klippen, wie in einem ewigen Kreislauf.

Über den Klippen ragte der dichtgewachsene dunkle Wald herauf und strömte im dunklen Licht der Dämmerung eine unheimliche Stille aus. Kein Laut konnte die Stille durchbrechen. Selbst die laut aufschlagenden Wellen vermochte es nicht zu durchdringen.

Über den Kronen sah man auf ein dunkles grünes Meer, welches sich bis an den Horizont erstreckte. Weit und breit war nur der dunkle Wald. Im Rücken das weite schwarze Meer. Beinah ehrfurchtsvoll saß ein kleiner Spatz auf einem Ast und sog den Anblick auf. Der Wind pfiff durch sein Gefieder und er musste sich an den kleinen dünnen Ast festkrallen. Der Wind kam vom Osten und brachte etwas Neues mit sich. Eine Veränderung, denn das Erwachen hatte begonnen.

Plötzlich, beinah aus Versehen, ließ der kleine Spatz den Ast los und ließ sich vom Ostwind über das Meer der Baumwipfel treiben. Die letzten Sonnenstrahlen sah der kleine Spatz im Westen untergehen, doch er flog weiter, immer schneller, immer weiter auf den Berg zu, der sich in seiner Silhouette gegen den Horizont abzeichnete.

Ein Berg tauchte auf, ganz in schwarz, schwebend über den Baumwipfeln in einem Tal und oben darauf standen Türme, Bögen und Hallen voller Pracht und Prunk, doch ohne Leben.

Das war aber nicht das Ziel des kleinen Spatzen. Er flog direkt auf den Berg unterhalb des Schlosses zu. Dort versteckte er sich schnell, schützend vor dem Wind in einer kleinen Höhle neben seiner Braut. Sein kleines Herz pochte schnell, denn die Zeit hatte begonnen zu schlagen, um damit das Gleichgewicht herauf zu brechen.

Im obersten Turm des Schlosses schloss der Herrscher seine Fenster vor dem Ostwind, denn auch er spürte die nahende Zeit, die die Veränderung herbeirief. Etwas war geschehen, das wusste er.

„Gabriel! Komm sofort zu mir!" rief er angespannt in seinem Kopf. Gabriel erreichte die Nachricht augenblicklich.

Die Tür schwang sofort auf und er betrat die Privatgemächer des Herrschers. „So schnell?" fragte der Herrscher überrascht. Mit verschränkten Armen stand er direkt vor seinem großen gewundenen Eichentisch. Er trug noch immer den schwarzen Anzug. Vor wenigen Minuten hatte er noch eine wichtige Unterredung mit seinem Untermenschen auf der Erde geführt.

„Ich war schon auf dem Weg zu Ihnen… Ich bringe Neuigkeiten…," Gabriel zögerte. Er trug einfache graue Leinenhosen und eine graue Tunika. Darüber einen Stoffüberwurf aus Baumwolle in grau.

Der Herrscher gestikulierte ungeduldig mit seiner Hand zu Gabriel und bedeutet ihm weiterzusprechen. Der Raum wurde immer dunkler, denn die Nacht brach herein. Lediglich vereinzelt standen Kerzen. Der Herrscher mochte das künstliche Licht nicht sonderlich, auch wenn er es im gesamten Schloss installieren ließ, sowie diverse andere technische Feinheiten. Seine eigenen Privatgemächer hielt er jedoch weiterhin privat.

Hier zog er sich zurück und erinnerte sich an längst vergangene Zeiten.

Ungeduldig wartete er auf Gabriel, der zögerte immer noch.

„Herr, ich habe, so wie Sie mir geheißen haben, Claire beobachtet. Sie hat zuerst alles so verrichtet wie gewünscht, doch etwas ist geschehen...," wieder zögerte er und rieb sich nervös am Arm. Dem Herrscher viel sein Zögern und die Nervosität auf. Es musste etwas Schlimmes passiert sein.

„Nun sprich endlich!" schrie auf einmal der Herrscher wütend und schickte sich an Gabriel zu schlagen, doch er konnte sich noch beherrschen und blieb ruhig stehen.

„Es wurde alles schwarz. Ich konnte nicht sehen, wie es geschah, aber ich sah alles danach... Herr, Claire hat die Rauns vernichtet... Alle auf dem Planeten mit einem Schlag... Sie waren nur noch Asche...," der Herrscher unterbrach Gabriel mit einem wütenden Geschrei und stellte sich direkt vor ihm. Es wurde wieder still. Lauernd sah er in Gabriels Augen. Er versuchte eine Lüge dahinter zu erkennen, doch er sah nur die bekannte Angst darin. „Was hast du getan?" fragte er mit bedrohlich leiser Stimme.

„Nichts Herr, sie verschwand anschließend. Sie verwandelte sich in einen riesigen Feuerphönix und durchbrach die Atmosphäre. Ich konnte ihr nicht weiter folgen," gestand Gabriel entmutigt.

Der Herrscher drehte sich wütend um und gab Gabriel ein Zeichen, die Räumlichkeiten wieder zu verlassen. Seit dem Tod von Virginia war Gabriel gebrochen und zu nichts mehr zu gebrauchen. Claire hatte ihn einfach in dem Chaos verlassen. In seiner Wut auf sie, hatte er Virginia die Schuld gegeben und sie getötet. Nur einen kurzen Moment gab ihm dies Befriedigung.

Er durchschritt den Raum mehrfach und dachte nach. Die Wut kochte in ihm. Er hätte ihr nie trauen dürfen. Etwas war damals mit ihr auf der Erde geschehen. Nun war etwas auf Farr vorgefallen.

Das Beben, das er im Universum gespürt hatte, hing wahrscheinlich mit ihr zusammen. Alles wurde schwarz? Und die Asche? Er hatte schon einmal so etwas gesehen, jedoch lag dies nun so weit in der Vergangenheit zurück. Konnte es sein? Ging das Beben mit dem Erwachen des Todes einher?

Jahrtausende hatte er ihn gejagt, bis er ihn endlich vernichtet hatte und seine Seele nahm. Wie hatte die Seele fliehen können? Hatte er etwas bei Claire übersehen? Wiedergeboren in diesem kleinen Körper? Konnte das sein?

Er musste Claire finden und ihre Seele ergründen, nur so ließen sich alle Zweifel und Fragen beantworten.

Für diese Aufgabe brauchte er jemanden unterwürfigen und gehorsamen und keinen, der ihn fürchtete, sondern liebte. Er brauchte Amelia. Sie würde ihm das bringen, was er wollte. Der Herrscher konnte sich ein niederträchtiges Grinsen nicht verkneifen und rief in Gedanken seine dunkle Assassine zu sich. Sie würde seinem Ruf nachkommen und zu ihm zurückkehren.

Aus dem Dreck und Unrat der Dämonenwelt blickten zwei kristallblaue Augen zum Himmel und folgten dem Ruf ihres Herren. Lange war es her gewesen, dass sie nach ihr riefen. Lange war sie nun nicht mehr zuhause gewesen. Auch sie hatte das Beben gespürt. Etwas würde sich auch für sie ändern.

Langsam, nur ganz zaghaft, durchbrachen die Sonnenstrahlen das Firmament. Der Horizont glitzerte wie tausend Edelsteine. Sie bewegten sich und formten sich zum Schluss zu weißen Wellen, die sich in der Brandung brachen. Ihr Rauschen bezauberte den Zuhörer. Eine unstillbare Stille breitete sich aus und erfüllte den Raum und die Zeit schien stillzustehen.

Die Gischt breitete sich schnell auf dem Sand aus und zog sich wieder zurück. Sie hinterließ ihre dunklen Spuren im Sand, nur um sie immer wieder mit neuen zu übertünchen. Ein Krebs wurde in einer dieser Spuren hinterlassen. Sobald er den Wind spürte, begann er der Gischt hinterher zu krabbeln, doch die Gischt schob ihn immer wieder aufs Neue zurück. Das Meer schien diesen kleinen Krebs nicht mehr zu wollen.

Der Krebs berührte plötzlich, in seinem Kampf gegen die Gischt, nackte Haut. Eine Hand griff nach ihm und führte ihn hoch in die Luft.

Er schwebte plötzlich fort von der Hand weit ins Meer zurück, weit weg von den Wellen, die ihn so unnachgiebig hinausgezogen hatten.

Die Sonnenstrahlen berührten ihr Gesicht und ließen ihre Haare in Flammen aufgehen. Claire strich sich die wehenden Haare zurück. Den Blick richtete sie gen Horizont.

Bald würden die Sonnenstrahlen auch sein Zimmer erhellen und er würde erwachen. Ein weiterer Tag im Paradies. Es waren nun beinahe drei Jahre her, dass sie ihn hierhergebracht hatte.

Der Wind umwehte das weiße Haus über ihr. Es stand etwas erhöht. Ein steinerner Weg führte hinunter in die kleine Bucht, umsäumt von leuchtenden Blumen und Sträuchern. Claire liebte diesen Ort. Es wurde ihre Heimat. Ihr ganzer Lebensinhalt.

Hinter dem Haus erstreckte sich ein Wald, der auf der anderen Seite der Insel an einer Klippe endete.

Die Insel war der perfekte Zufluchtsort für sie beide. Ihre Kräfte hielten unliebsame Besucher fern. Oft sahen sie am Horizont Schiffe vorbeikommen. Sie hatte eine unsichtbare Kuppel über die Insel gelegt, die nur sie öffnen konnte. Von außerhalb konnte nichts und niemand die Insel erfassen.

Claire musste ihr neues Leben schützen, nicht nur vor dem Herrscher, auch vor ihrem Schicksal. Sie hatte nicht auf die Stimme in ihrem Inneren gehört. Sie wollte endlich leben. Sich als Frau und vor allem nun als Mutter fühlen.

Alex war ihr ganzes neues Leben. Er war so klein gewesen und brauchte so viel Liebe. Sie hatte endlich begriffen, was Liebe wirklich bedeutete. Jemanden so sehr zu lieben, dass sie wirklich alles dafür tun würde, dass ihm niemals ein Unheil geschehen würde.

Deswegen lebten sie beide nun auf dieser Insel. Sie lag auf der Erde. Gut verborgen vor allem. Im Zentrum der Macht des Herrschers.

Der Tag begann für Claire immer gleich. Sie begrüßte die Sonne, anschließend machte sie eine Runde auf der Insel. Sie sah nach, ob vielleicht die Nacht doch einen unliebsamen Gast vorbeigebracht hatte.

Die Angst lag schwer auf ihren Schultern. Sie war sich sicher, dass der Herrscher nach ihr suchen ließ. Gabriel hatte ihm berichtet, was geschehen war und nun sah er sie als Bedrohung, dem war sie sich sicher. Immer wieder erneuerte sie den Zauber, der auf der Insel lag. Immer wieder beobachtete sie den Horizont und das Firmament, auf der Suche nach einer Bedrohung.

Niemals würde sie es zulassen, dass Alex ein Haar gekrümmt werden würde. Er wurde ihr ganzes Sein.
Wenn sie das Haus betrat, lag er in ihrem Bett und wartete gespannt auf sie. Sie legte sich zu ihm und sie

kuschelten eine Weile. Er erzählte ihr dann von seinen fantasievollen Abenteuern in seinen Träumen.

Alex träumte von fliegenden Schiffen und versteckten Schätzen. Claire wurde klar, dass er vom Fortgehen träumte.

Sie lachten beide und Claire kitzelte ihn, bis ihm vor Lachen die Tränen kamen. Er nahm ihr Gesicht in seine kleinen Hände und sah ihr in die kristallblauen Augen und nannte sie Mama. Seine wahre Mutter hatte er schon lange vergessen, war er damals doch so jung gewesen.

Mit Alex verging die Zeit langsamer. Sie hatte ihn durch Raum und Zeit, schlafend in ihren Armen, hierhergebracht. Claire wurde seine wahre Mutter und er schenkte ihr mehr Liebe, als sie zu hoffen gewagt hatte.

Gemeinsam bereiteten sie ihr Frühstück vor und saßen auf der Veranda und planten ihren Tag. Heute würden sie Blätter sammeln und daraus Girlanden basteln. Der Herbst hinterließ auch auf der Insel seine Spuren. Gelb und orange leuchteten die Bäume.

Sie schlenderten zwischen den Bäumen. Zu jedem Blatt hatte Alex etwas zu erzählen. Wieder glaubte er, nach einem Schatz zu suchen. Tief verborgen unter all dem Laub. Ein Igel huschte schnell vor ihm fort und Alex rannte ihm begeistert hinterher.

Lächelnd beobachtete Claire ihn. Ihr Kind. Ihr Leben. So musste es sich anfühlen, wahrhaftig zu leben.

Die Tage wurden durchschnitten, wenn Schwarzbart mit seinem Schiff kam und Proviant und andere kleine Wünsche zu Claire brachte.

Er war Pirat und mochte Claire und Alex sehr. Heute würde er wiederkommen. So hatten sie es vereinbart. Alex mochte den kauzigen Piraten. Schwarzbart hatte nur ein gesundes Auge und wie sein Name es verriet einen schwarzen Bart. Sie konnten kaum sein Gesicht unter dem Bart erkennen. Seine schwarzen Haare, unter dem riesigen Hut, mit der großen violetten Feder, waren durchseht mit grauen Strähnen. Der Bart blieb jedoch schwarz. Claire verdächtigte den alten Piraten eitel zu sein und dass er sich diesen färbte. Bei dem Gedanken musste sie wieder schmunzeln.

Am Nachmittag, nachdem Claire und Alex genügend Girlanden gebastelt hatten und diese nun die Fassade des Hauses und des Geländes schmückten, begaben sie sich zum Strand.

Alex trug warme Wollsocken und eine schöne dicke Hose. Seine Jacke war gelb so wie seine Gummistiefel.

Immer noch tapsig, aber sicher auf den Beinen, lief er den Wellen hinterher und rannte überrascht weg, wenn sie ihn zurückjagten.

Lächelnd beobachtete Claire ihn. Hier war er auch glücklich. Plötzlich hörten sie ein erst leises Summen und dann ein immer lauteres. Claire sah zum Horizont und erblickte die Prometheus.

Mit ihren langen Flügeln flog sie langsam über das Wasser auf die Insel zu. Das Summen der Maschinen wurde umso lauter. Auch Schwarzbart sah die Insel nicht, doch er kannte die Koordinaten und wusste, dass Claire für ihn einen Spalt in der raum- und zeitlosen Hülle öffnen würde.

Just in dem Moment, in dem sie die unsichtbare Grenze zu überqueren drohten, öffnete diese sich und die Insel wurde sichtbar. So schnell wie er sich öffnete, so schnell schloss sich der Spalt auch.

Gespannt sahen Claire und Alex dem Schiff entgegen. Alex jauchzte vor Freude. Schwarzbart brachte ihm immer ein Geschenk mit. Er rannte bereits zur Anlegestelle. Claire rief ihm noch besorgt zu, er solle warten, bis sie angelegt hatten, doch Alex war bereits dort. Durch das Summen der Maschine konnte er sie auch nicht mehr hören. Ängstlich teleportierte sich Claire an die Seite von Alex. Schnell ergriff sie seine kleinen Finger.

Das Schiff wurde langsamer, bis seine Motoren ganz erstarben. Nur einige Meter über dem Wasser blieb es stehen und setzte auf dem Wasser, mit seinem großen Rumpf, auf. Das violette Schiff bestand komplett aus Metall und glänzte in der Herbstsonne. Rundherum durchzog es einen silbernen Streifen. Durch die Bullaugen konnten sie die Gesichter der Mannschaft sehen, die neugierig Claire und Alex beobachteten.

Ein Tor schob sich auf der Seite auf und ein metallener Steg fuhr auf den Anleger heraus. Ein breitschultriger kleiner Kautz mit einem vollen schwarzen Bart und einem riesigen mit Federn besetzten Hut lief über den Steg. Seine schwarzen Stiefel waren zu groß für einen Mann seiner Statur.

Über sein ganzes Gesicht lächelte er sie an. Sein Auge strahlte so viel Liebe aus. Überschwänglich zog er Claire in seine Arme und drückte sie so fest, dass ihr einen Moment die Luft wegblieb. Nachdem er sie losließ, atmete sie erleichtert aus. Schwarzbart lachte nur und bückte sich zu Alex herunter.

„Na kleiner Pirat, große Abenteuer erlebt?" fragte er ihn schelmisch. Alex stand ungeduldig und zappelnd an Claires Hand.

„Ich bin fünf Zentimeter gewachsen. Bald darf ich mit dir mit und dann bin ich kein kleiner Pirat mehr," rief er stolz aus. Sein ganzes Gesicht leuchtete vor Freude und Stolz.

Schwarzbart lachte und nahm Alex auf den Arm. Alex beugte sich vor und umschlang mit seinen kleinen Ärmchen seinen Hals.

„Du musst mir alle deine neuen Abenteuer erzählen," flüsterte Alex ihm ins Ohr. Er wusste, dass seine Mutter diese Geschichten nicht mochte.

Schwarzbarts grünes Auge leuchtete vergnügt auf. Das andere Auge wurde mit einer Augenklappe verdeckt. Verstohlen sah er zu Claire. Sie schüttelte aufgebend den Kopf.

„Wollen wir nicht raus aus der Kälte und uns einen warmen Tee gönnen," bot sie freundlich an.

Schwarzbart nickte freundlich. Bevor sie den steinernen Weg hinauf zum Haus gingen, gab er noch schnell vier seiner Matrosen die Anordnung, die Waren geschwind auf den Anleger abzustellen und dann wieder auf das Schiff zurückzukehren.

„Dass mir keiner von euch die Insel betritt!" rief er noch über die Schulter zu ihnen.

Claire erlaubte es nicht. Die Insel war für jedermann unantastbar. Jeder, der die Insel betrat, ohne ihre Erlaubnis würde verbrennen. Sie konnte es spüren.

Zu Beginn der Lieferungen vor über drei Jahren, war einer der Matrosen zu neugierig. Das hatte ihn das Leben gekostet. Seitdem musste Schwarzbart die Drohung nicht mehr aussprechen, doch sicherhalbweise erwähnte er es immer wieder. Damals hatte es ihm viel Überredungskunst gebraucht, seine Mannschaft vor einem Angriff auf Claire abzubringen. Schließlich wären sie dann alle mittlerweile tot. Was das Betreten der Insel anging, war Claire streng und unnachgiebig. Schwarzbart wusste nichts über Claires tatsächliche Macht und Kräfte. So sollte es auch bleiben. Sie wollte nicht, dass er Angst vor ihr haben würde.

Gemeinsam betraten sie das Haus. Durch die Tür, auf der Veranda, gelangten sie in die helle Küche und den Essbereich. In einem Erker war eine runde Bank mit blau-weiß gestreiften Sitzkissen und einem schönen dunklen Holztisch. Die Kiste mit den Bastelutensilien stand noch darauf und einige Blätter lagen auf dem Tisch verstreut. Schwarzbart setzte sich mit Alex auf die Bank und rutschte ein Stück weiter, um für Claire Platz zu machen.

Claire umrundete die Frühstückstheke und suchte alles für den Tee zusammen. Für sie einen Kräutermix und für Schwarzbart einen kräftigen Schwarztee. Alex mochte am liebsten den Früchtetee mit Erdbeeren.

Der Wasserkocher stand auf dem Gasherd und köchelte vor sich hin. Claire lauschte Schwarzbart und Alex. Alex wollte wissen, wo Schwarzbart in den letzten Monaten gewesen war.

Er fing an von fremden Planeten zu berichten und was für lustige Wesen er dort angetroffen hatte. Wolfsmenschen, die den Mond anheulen und fliegende Segel in der Milchstraße.

Lächelnd sah sie nach rechts aus dem Fenster zum Strand runter. In der Bucht war die Mannschaft von Schwarzbart fleißig dabei große Kisten hinauszuschleppen. Mit einer Handbewegung von Claire schwebten diese in die Luft hinauf hinter das Haus vor der

Scheune. Knarzend öffnete sich das Tor dort und die Kisten stellten sich in eine Reihe. Sie würde diese später öffnen und alles einräumen.

„Schwarzbart, hast du mir den roten Stoff besorgen können?" fragte sie schnell, bevor sie es wieder vergessen würde. Seit Alex in ihr Leben getreten war, musste sie sich alles aufschreiben, sonst vergaß sie es. Er nahm ihre ganze Gedankenwelt ein.

„Aber sicher doch. Ich musste es einem schmierigen Glob mopsen. Der wollte tatsächlich 1000 Gin dafür…," lachend fing er an die ganze Geschichte zu erzählen, doch Claire war weit fort von ihm und Alex.

Tief in ihrem Inneren schlummerte eine Kraft, die sie noch nicht gebändigt hatte und auch nicht in sich haben wollte. Sie drückte sie nieder, immer wieder aufs Neue. Die Schreie der verzweifelten Seelen verfolgten sie, doch wenn sie schweißgebadet aufwachte, war Alex bei ihr und sie konnte ihr schnell pochendes Herz beruhigen und vergessen. Vergessen, wer sie früher war, vergessen, wer sie eigentlich sein sollte, vergessen, was ihr Schicksal war. Dieses fröhliche und glückliche Kind erwärmte ihr schwermütiges und einsames Herz.

Das Wasser kochte und Claire goss es in die bereitstehenden Tassen. Mit einer Handbewegung schwebten die Tassen auf den Tisch.

Dankbar nahm Schwarzbart seine in die Hand und trank den Tee in einem schnellen Zug. Tee und Suppen mussten für ihn immer kochend heiß sein, dann waren sie perfekt. Alex trank ebenso schnell. Verwundert blickte er auf und sah seine Mutter fragend an. Claire konnte ein Lächeln nicht unterdrücken. Sie zwinkerte ihm zu. Sie wusste, dass er Schwarzbart imponieren wollte und hatte ihm daher noch ein wenig kaltes Wasser eingegossen.

Bis zum Abend erzählten sie sich die neusten Geschichten. Manchmal erinnerte sich Schwarzbart auch an eine alte und erzählte sie zum x-ten Mal. Alex störte es nicht. Begierig hing er an seinen Lippen und lauschte all den Wundern im Universum. Gemeinsam aßen sie zu Abend und unterhielten sich weiter bei einer Tasse warmen Kakao.

„Schwarzbart, wann darf ich mit dir mit auf eine Reise?" fragte er schließlich. Seine kleinen Hände kniff er zu Fäusten zusammen und starrte ihn erwartungsvoll an. Angst davor ausgelacht zu werden.

Schwarzbart strich ihm über seinen blonden Schopf und lachte voller Inbrunst. „Eines Tages sicher, wenn deine Mutter dich natürlich gehen lässt," versicherte er ihm.

Alex Augen leuchteten auf und ein breites Lächeln lag auf seinen Lippen. Voller Unschuld sah er zu seiner Mutter auf.

Claire schwieg seit Schwarzbarts Ankunft und blickte voller Sorge in die Augen ihres Kindes.

„Eines Tages wirst du ein Mann sein und dann wirst du reisen, mein Kind," versprach sie ihm und strich ihm liebevoll über das Gesicht. Er nickte ihr erleichtert zu.

„Alex, es ist nun schon spät, du musst ins Bett," sagte Claire.

„Ich bin aber noch gar nicht müde," erklärte er ihr, während er über den Schoß von Schwarzbart kletterte und dabei immer wieder gähnte. „Hahaha... Kleiner Pirat, ich glaube du bist schon Hundsmüde," sagte Schwarzbart lachend. Entrüstet drehte er sich zu ihm um und schüttelte den Kopf, dabei rieb er sich unbewusst die Augen.

„Gute Nacht, kleiner Pirat!" rief er ihm nach. Alex war schon zu müde, um den alten Piraten das gleiche zu wünschen. Stolpernd folgte er seiner Mutter. Zähne putzen und dann schnell den warmen Schlafanzug anziehen. Schließlich ab ins Bett.

Claire strich ihm über seinen Kopf. Mit ihren Fingern malte sie sein Gesicht nach. Jeden Abend tat sie das. Alex liebte es und lächelte sie liebevoll an.

„Wenn ich mit Schwarzbart auf Reisen bin, bringe ich dir einen riesigen Schatz mit, dann bist du die reichste Mutter der Welt," versprach er ihr müde. Sie beugte sich über ihn und gab ihm einen Kuss auf die Stirn.

„Schlaf jetzt, mein Kind," flüsterte sie noch. Eine Weile sah sie ihm beim Schlafen zu. Eine Träne lief ihr über die Wange. Ihn zu verlieren, würde sie innerlich zerreißen.

Schwermütig kam sie zurück in die Küche und setzte sich zu Schwarzbart mit zwei Gläsern Whiskey.

„Er wird bald mehr wollen, das weißt du doch, oder?" fragte er sie schließlich. Claire hatte eine Weile schweigend in ihr Glas gesehen, auf der Suche nach der Antwort.

„Ja, ich weiß, mein alter Freund," antwortete sie ihm und nahm einen großen Schluck vom Whiskey.
Eine Weile saßen sie beide still beisammen und hingen ihren eigenen Gedanken nach. Schließlich nahm

Schwarzbart seinen Whiskey und schluckte alles auf einmal hinunter. Er griff nach der Flasche und goss sich und Claire nach.

„Weißt du noch, wie wir uns kennenlernten?" fragte er mehr sich selbst als sie. Claire lächelte und nickte.

„Ich dachte, du wärst tot, wie du in dem kleinen Holzboot auf dem Meer schaukeltest. Als wir näher flogen und sahen, dass du eine Frau warst, haben wir dich hinaufgezogen auf unser Schiff…," sein Auge leuchtete sie an. Es lag immer noch so viel Liebe ihr gegenüber darin. Claire strich ihm liebevoll über die Wange und er schmiegte sein Gesicht an ihre Hand. Plötzlich sah sie eine immense Traurigkeit in seinem Auge. „…Ich sah dir die Einsamkeit schon immer an. Du kämpftest an unserer Seite gegen diese Vampire und halfst uns, zu siegen. Noch nie habe ich jemanden so kämpfen gesehen. Vor über drei Jahren als du mich riefst zu diesem Planeten und ich dich mit dem Jungen sah, konnte ich es nicht glauben. Du hattest dich von deinen Ketten befreit und sahst so glücklich aus…," er schwieg einen Moment und schloss müde die Augen. „…Damals dachte ich… Wir drei… Aber ich glaube, dein Herz gehört einem anderen…," eindringlich sah er in ihre

Augen auf der Suche nach Hoffnung, doch da war nichts. „Claire, wie lange willst du dich noch vor ihm verstecken? Wenn er dich findet, wird er all das zerstören und Alex. Ich will gar nicht daran denken, was mit ihm geschieht." Schwarzbart schwieg. Schwer schluckte er seine Angst hinunter. Claire sah in ihn hinein und sah seine Angst. Sie sah, was er die letzten Monate alles gesehen hatte. Den Krieg, die Verwüstung und Zerstörung.

„Das ist nicht mein Krieg, Schwarzbart. Ich bin endlich frei und werde mein neues Leben nicht für das Schicksal des Universums aufgeben!" gestand sie ihm wütend. „Was glaubst du, soll ich tun? Ich habe so viel Zeit meines Daseins ihm gegeben, nun bin ich an der Reihe." Für sie war das Thema beendet, doch Schwarzbart hatte Angst um sie und den Jungen. Sie konnte seine Angst fühlen, sehen und schmecken. Sie griff nach seiner Hand und drückte sie kurz. „Ich werde nicht zulassen, dass Alex etwas geschieht," versprach sie ihm.

„Er wird aber gehen wollen. Er wird ein Mann werden und sein eigenes Schicksal suchen wollen. Wie willst du ihn dann noch beschützen?" fragte er sie zweifelnd.

Claire sah ihre Vision vor Augen und wusste, dass wenn Alex ein Mann sein würde, er sicher wäre. Sie wussten nichts von Alex, dies ließ sie hoffen. Eine kleine Stimme ganz tief in ihr jedoch wisperte von Schicksal und machte ihr Angst.

„Er wird bei dir sein und du wirst ihn beschützen, das weiß ich," erklärte Claire ihm beruhigend.

„Ich werde ihm alles lehren, was ich weiß," versprach er ihr.

V

Ein eisiger Wind pfiff durch die kahlen Baumkronen. Das leise Zischen erfüllte den leeren Raum im Wald. Schnee rieselte leise vom Geäst und schlug sanft auf dem Boden auf. Hier und da hörte man bereits das leise Tropfen von geschmolzenem Schnee. Der Frühling nahte und würde den Wald wieder mit all seinen Farben und Gezwitscher erfüllen.

Der Schnee knirschte unter seiner Sohle. Leise schlich er durch das Unterholz. Sein Pfeil lag fest gespannt in seinem Bogen, bereit zum Schuss. Langsam hob er die Arme und zielte auf sein Opfer. Aus dem Gebüsch, einige Meter vor ihm, sprang ein dicker Hase heraus. Er richtete sich auf und spitze die Ohren. Alex atmete ruhig ein und beim Ausatmen ließ er den gespannten Bogen los. Der Pfeil flog zielgenau in das schwarze Auge des Hasen.

Das Leben war so vergänglich, stellte Alex trübsinnig fest. Seit einigen Tagen schon schwirrten ihm solche

Gedanken im Kopf. Morgen würde er aufbrechen und alles würde sich ändern.

Er nahm den Hasen und legte ihn zu den anderen in seiner Stofftasche. Nun konnte er Heim gehen. Den Bogen hängte er sich über die linke Schulter.

Alex machte sich Sorgen um seine Mutter. Wie würde sie mit der Veränderung klarkommen? Auf seinem Weg streifte er jeden Baum, wie zum Abschied eine letzte Berührung. Jeden von ihnen kannte er auf dieser Insel, die schon so lange seine ganze Welt gewesen war. Seine Zukunft machte ihm Angst, doch ihm war klar, dass diese Insel nicht mehr seine Welt sein konnte. Seine Mutter hatte ihn vor Wochen beim Frühstück in der Küche eröffnet, dass er mit Schwarzbart gehen würde, wenn er wiederkommen würde. Sie sagte ihm, dass ein junger Mann seinen eigenen Weg im Leben finden müsste und sie ihm alles gelehrt hatte, was sie wusste, dass er brauchen würde. Doch dort draußen in der Welt würde es noch so viel zu sehen geben, dass er nicht verpassen dürfte. Alex war damals überrascht gewesen, schließlich wollte er immer eines Tages fortgehen, doch er hatte Angst um seine Mutter. Sie wäre allein ohne ihn. Was würde sie nur tun? In den letzten Tagen hatte er bereits mehrfach versucht, sie zu überreden mitzukommen, doch sie lächelte ihn nur an und strich ihm liebevoll über die Wange.

Wie würde er diese Berührung vermissen. Er liebte sie so sehr. Alex wusste, dass sie Geheimnisse vor ihm hatte. Da waren ihr Geschick im Kampf mit jeglicher Waffe, das Wissen über die Geschicke verschiedenster Planeten und natürlich ihre Fertigkeiten in der Magie. Wie oft hatte er versucht ihren Bewegungen zu folgen, um das gleiche Resultat zu sehen, doch nichts geschah. Seine Mutter lachte und erklärte ihm aufs Neue, dass er keine Magie in seinem Blut besaß. Schwarzbart hatte ihm vor einigen Jahren erklärt, dass das daran liege, dass er nun mal sterblich sei. Damals verstand er es nicht, doch mittlerweile begriff er es. Letztes Jahr hatte er sich bei seinen Übungen mit dem Langschwert eine schlimme Wunde in seinem Unterarm zugezogen. Seine Mutter hatte fürchterlich geschimpft und ihm die Wunde gereinigt und genäht. Dabei fiel ihm auf, dass seine Mutter nicht einen Kratzer oder eine Narbe besaß. Darüber hinaus fiel ihm auch auf, dass er sie noch nie bluten gesehen hatte. Am folgenden Tag schnitt er sie vermeintlich aus Versehen am Arm beim gemeinsamen

Kochen. Er konnte mit eigenen Augen sehen, wie sich die Wunde in Sekunden wieder schloss und eine glatte weiße Haut zurückließ. Seine Mutter sah ihm dabei wissend in die Augen. Er fragte sie, ob sie unsterblich sei und warum er es nicht wäre. Sie nickte nur und sagte, dass es noch nicht so weit wäre.

Morgen würde er abreisen. Vielleicht würde er dann seine lang ersehnten Antworten bekommen. Wer war sein Vater? Diese Frage beschäftigte ihn mehr als die ganzen Geheimnisse seiner Mutter. Was war er für ein Mann und was für ein Mann würde er nun selbst werden? Alex fühlte sich nicht bereit zu gehen, wenn er nicht wusste, wer er war. Heute musste sie, es ihm sagen. Er wollte sie zur Rede stellen.

Zwischen den Bäumen konnte er die alte Scheune sehen und darüber die Spitze des Daches des Hauses. Als er die letzten Bäume vor dem großen Garten passierte, sah er zu seinem Zimmer rauf.

Wie oft hatte er dort gestanden und die ständig wechselnden Jahreszeiten beobachtet. Wie die Vögel kamen und blieben. Wie sie wieder gingen und weit über das Meer zum Festland flogen. Sie brachten ihm immer wieder neue Gerüche aus der weiten Welt vorbei und er konnte sie nur ganz leicht auf der Zunge spüren. Sein Herz begann aufgeregt zu pochen. Morgen würde er all diese Welten schmecken, fühlen und sehen können.

Alex betrat die Veranda und sah noch einmal zu der Bank auf der seine Mutter gesessen und ihm beim Spielen im Garten beobachtet hatte. Oft hatte sie dabei gelesen. Wenn es geregnet hatte, saß er ihr zu Füßen und spielte mit seinen kleinen selbstgebastelten Figuren oder malte ein Bild. Er konnte sich an so viele solcher Tage erinnern. Wenn der Schnee den Boden mit seiner weißen Decke zudeckte und die Nacht alles zum Leuchten brachte, saßen sie im Kerzenlicht auf der Bank, eingewickelt in Decken und sahen sich die Sterne an. Seine Mutter sang ihm dabei ein Lied vor und strich ihm über den Kopf. Sie küsste ihn und flüsterte ihm ins Ohr, dass er ihr ganzes Leben sei.

Alex verstand, dass sie wollte, dass er geht, doch er begriff nicht, wie sie ihn gehen lassen konnte. Hatte sie denn keine Angst vor der Einsamkeit?

„Alex! Nun komm doch endlich rein, es ist kalt!" rief sie aus dem Haus. Alex musste grinsen, denn seine Mutter wusste immer genau, wo er war. Egal was er versucht hatte, er konnte sich nie vor ihr verstecken.

„Ja, ich komme!" Er stellte die Tasche mit den Hasen neben der Tür ab und öffnete die Haustür. Alex ging an der doppelflügeligen Tür in den Salon vorbei, direkt auf die Tür in die Küche zu. Da saßen sie. Schwarzbart und seine Mutter. Tee und Gebäck standen auf dem Tisch. Für ihn stand bereits eine Tasse bereit.

„Na mein Junge, war die Jagd erfolgreich?" fragte Schwarzbart verschmitzt. Er trug wie immer die gleichen Kleider. Eine schwarze Stoffhose aus schwerem Material, große schwarze Stiefel und natürlich seine schwarz violett gestreifte Jacke mit den vielen kleinen Taschen. Aus einer hing die Kette einer altmodischen Taschenuhr. „Die bringt mir Glück!" hatte er ihm mal gesagt. „Sie sagt mir immer die rechte Zeit, wenn es Zeit wird, abzuhauen," dabei lachte er, dass sein ganzer Bart im Takt wackelte.

„Ja, ich habe einige erlegt," sagte er nickend. „Die Tasche habe ich neben der Tür abgelegt, Mutter," erklärte er. Sie nickte und lächelte ihn traurig an. Auch ihr schien der Abschied nicht zu gefallen. Alex zog seinen braunen Mantel aus und legte ihn über die Stuhllehne. Er rutschte über die Bank neben Schwarzbart und griff nach der noch heißen Tasse. Schnell griff er nach den

Keksen und stopfte sich eine Handvoll rein. Schwarzbart erklärte währenddessen seiner Mutter die nächste Route. Alex begriff, dass es auch seine Route sein würde. Plötzlich stand er auf. „So meine Lieben, ich muss jetzt auf mein Schiff. Wir werden morgen in aller Frühe aufbrechen. Ich will beim ersten Tageslicht den Wind unter meinen Kiel fühlen," er zwinkerte seiner Mutter vertraut zu und drückte Alex fest, aber liebevoll, noch die Schultern. Mit schnellen Schritten verließ er die Küche und ging den steinernen Weg runter in die Bucht. Alex verfolgte ihn mit seinen Augen. Es war mittlerweile später Nachmittag und Alex wollte noch seine Tasche durchsehen, ob er nichts vergessen hatte.

„Alex, bleibst du bitte noch eine Weile hier bei mir sitzen?" fragte seine Mutter zögernd. Schlagartig machte er sich Sorgen. Sie klang so zerbrechlich und ängstlich. So kannte er seine Mutter nicht.

„Was ist los?" fragte er besorgt und sah ihr direkt in die Augen. Ihre Augen leuchteten kristallblau auf. Sie zog schwer die Luft ein, schloss einmal die Augen, dann atmete sie aus.

„Ich bin dir viele Antworten schuldig. Jetzt ist der richtige Moment dafür, denn sie werden dir nicht gefallen und dann wirst du eventuell nicht zurückkehren. Das wäre vermutlich auch das Beste für dich…," fing sie zögernd an. Sie kniff ihre Hände zusammen. Schnell griff sie nach ihrer Tasse, als wenn sie nach Halt suchte. Alex schluckte schwer. Was würde jetzt kommen? So sehr wünschte er sich die Antworten, doch so sehr fürchtete er sich auch davor. Alex nickte seiner Mutter auffordernd zu. „Ich werde dich anhören, doch du irrst Mutter, ich werde immer zu dir zurückkehren, denn…," „Nein, Alex warte…," unterbrach sie ihn. „Hör mich bitte erst an," bat sie ihn. Verwirrt und besorgt zugleich nickte er.

„Ich denke, ich fange da an, wo es wichtig ist…," sie stockte und wischte schnell eine Träne weg. Alex wollte sie in die Arme nehmen, doch sie wies ihn zurück. Er setzte sich wieder.

„Ich bin im Herzen deine Mutter, doch deine wahre Mutter ist vor langer Zeit gestorben," gestand sie ihm. Alex stockte der Atem. Was sollte das heißen? Entgeistert sah er sie an und schüttelte widerwillig den Kopf, doch sie redete weiter.

„Ich nahm dich auf und brachte dich hierher und zog dich groß wie mein eigenes Kind. Du gabst mir ein

Leben. Ein Leben als Mutter das mir verwehrt zu sein schien, doch mit dir fand ich endlich Glück und wahre Liebe. Dein Vater war vor deiner Geburt gestorben. Ich kannte weder ihn noch deine Mutter, doch ich kann dir ihre Namen nennen und den Planeten, auf dem du geboren bist. Wenn du deine Angehörigen suchen willst, steht dir das frei." Sie wischte wieder eine Träne weg. Alex sah sie immer noch entgeistert an, nicht in der Lage ein Laut von sich zu geben. Stille legte sich über den Raum. Seine Mutter sah ihn immer noch mit diesen traurigen Augen an, die so viel Liebe ausstrahlten. Schließlich stand er auf und verließ kommentarlos die Küche und ließ seine vermeintliche Mutter allein. Er wollte nun allein sein. Ein Teil von ihm schien zerbrochen zu sein. Sein junges Herz konnte all dies nicht begreifen.

Als Kind hatte er sich oft vorgestellt, dass seine Mutter eine Feenprinzessin war, die geflohen war, nachdem sie mit ihm schwanger war. Angst um sein Leben. Sein Vater war in seiner Fantasie ein Gefangener des Königs und verrottete im Kerker. Seine Mutter war unsterblich, doch er war ein Halbblut und besaß die Kraft seines Vaters. Alex wünschte sich nun, dass dies seine Geschichte sei und nicht nur die Hirngespinste eines zwölfjährigen Jungen. Seine Mutter sollte auch wirklich seine Mutter sein.

Tränen liefen über seine Wangen. Seit Tagen nun erinnerte er sich immer wieder an all die schöne Zeit hier auf der Insel mit seiner Mutter. War denn diese Zeit nicht kostbarer als alles andere? Kostbarer als die Wahrheit? Sie liebte ihn und sollte das nicht reichen? Plötzlich fing er an zu schluchzen. Alex schämte sich, war er doch ein Mann und kein Kind mehr.

Er wusste nicht, wie lange er so auf seinem Bett gesessen hatte, doch irgendwann klopfte es an der Tür. „Alex, darf ich hereinkommen?" fragte seine Mutter zögernd. Alex schluckte die letzten Tränen hinunter. Er hatte sich entschieden. „Ja, komm herein," antwortete er mit erstickter Stimme. Es war ihm peinlich, dass sie an seiner Stimme hören konnte, dass er geweint hatte. Schnell hustete er einmal und wischte sich die Wangen trocken.

Claire öffnete die Tür. Die späte Nachmittagssonne tauchte das Zimmer in ein goldenes Licht. Alex Haare leuchteten golden. Es standen lediglich ein Schrank, ein Bett und ein Schreibtisch in seinem Zimmer, doch es quoll über von all seinen Bildern und Büchern. Über die Jahre zeigte sich, dass Alex ein gutes Auge für das Malen hatte. Auf so vielen sah sie sich selbst. Ihr Herz lag schwer in ihrer Brust. Langsam schritt sie um das Bett und kniete sich vor Alex. Sie nahm seine Hände in ihre und sah zu ihm herauf.

„Es tut mir leid," sagte sie mit belegter Stimme. Alex drückte ihre Finger. Seine Augen und Wagen waren gerötet. Auch ihre Augen waren gerötet.

„Mutter, warum hast du mir das nicht schon früher erzählt?" fragte er traurig. „Na ja, zuerst warst du einfach zu jung und später ließ sich nie der richtige Moment finden. Mir war aber wichtig, dass du es vor deiner Abreise erfährst," erklärte sie mit zittriger Stimme. Auch sie unterdrückte die Tränen. Alex atmete schwer aus.

„Ich denke, das kann ich verstehen. Du sagtest, ich hätte noch Angehörige?" fragte er. Claire nickte.

„Warum bin ich nicht bei ihnen aufgewachsen?" Claire überlegte wie viel sie ihm sagen sollte. Für die gesamte Wahrheit war sie nicht bereit.

„Ich fand dich dort. Der Ort, an dem du geboren bist, war damals durch Krieg und Hunger zerstört. Deine Angehörigen. Alex, du hättest nicht überlebt. Ich musste dich davor bewahren. Es tut mir fürchterlich leid," schluchzend legte Claire ihren Kopf auf seine Hände. Alex beugte sich vor und küsste den Kopf seiner Mutter.

„Ich bin dir nicht böse oder wütend. Ich bin einfach so enttäuscht. Auch mir tut es leid, Mutter," erklärte er mitfühlend. Sie richtete sich auf und nahm ihn in ihre Arme. „Ich liebe dich so sehr, mein kleiner Stern," flüsterte sie und strich ihm über den Kopf. Alex erwiderte die Liebkosung. So blieben sie eine Weile sitzen. Jeder gab dem anderen den Halt, welchen sie gerade brauchten. Ihre Herzen waren für immer vereint. Jeder hatte vom anderen einen Teil.

Schließlich löste Claire die Umarmung und stand auf. Liebevoll strich sie Alex noch über die Wange und verließ sein Zimmer. Alex blickte noch eine lange Zeit auf die geschlossene Tür. Seine Tasche stand neben der Tür. Bereit zum Aufbruch. Er schloss die Augen und legte sich schlafen, so wie er gekleidet war. Ein langer emotionaler Tag war nun vorbei.

„Packt eure Matten ein und steigt in eure Stiefel, ihr Deckratten. Wir wollen das Brummen der Motoren wieder unter unseren Ärschen fühlen," schrie Schwarzbart in den Schiffsbauch. Das Deck war nur eine kleine Plattform oben auf dem Schiffskörper und diente lediglich als Ausguck. Unten rumorte es und der Lärm übertünchte das Zetern der Matrosen. Insgeheim freuten sie sich auf die nächste Jagd nach einem Schatz, doch die Pause an der Insel fiel diesmal kürzer aus als sonst. Schwarzbart blickte sich an Deck um und besah sich nochmal die Insel, die im Dämmerlicht einen schaurigen Anblick bot. Ein Schauer lief über seinen Rücken. Er ahnte, dass er hierher nie mehr zurückkehren würde. Das Schicksal saß immer nah bei ihm auf der Schulter, deswegen lebte er schon so lange. Er ahnte immer voraus, was sein nächster Schritt sein würde oder sein sollte.

Im Haus regte sich schon was. Das Licht in der Küche war an. Es war die ganze Nacht an gewesen. Schwarzbart wusste, dass es eine harte Nacht für beide gewesen war. Es musste ihr schwer gefallen sein, dem Jungen die Wahrheit gesagt zu haben. Die Tür ging auf und Alex ging mit hastigen Schritten den steinernen Weg hinunter. Über seine Schulter trug er einen Seesack. Er hatte ihm diesen persönlich geschenkt. Speziell für diesen

Augenblick. Sein Herz machte einen freudigen Hüpfer. Er freute sich auf den Jungen. War er ihm schließlich wie sein eigenes Kind ans Herz gewachsen.

In einigem Abstand folgte ihm Claire. Sie trug noch immer das gleiche Kleid wie am Vortag. Sie hatte wahrscheinlich kein Auge zugetan. Ob sie überhaupt Schlaf brauchte? Eines von vielen Dingen, die er über Ihresgleichen nicht wusste. Alex blieb am Anlieger stehen. Die Rampe war noch ausgefahren. Claire gesellte sich zu ihm. Schwarzbart kamen die Tränen. So einen rührseligen Kram mochte er nicht leiden. Schnell verschwand er unter Deck.

Alex sah die Rampe hinauf in das Schiffsinnere, dann drehte er sich um und sah seiner Mutter tief in die Augen. Er war mittlerweile so groß geworden, dass er zu ihr herunterschauen musste. Sie sah so zierlich und zerbrechlich aus. So allein. „Mutter, ich habe noch eine letzte Frage," sagte er mit belegter Stimme. Sie sah ihn mit einem undurchschaubaren Blick an. Alex zögerte noch einen Moment, doch ihm war die Frage wichtig. Schließlich überwand er sich. „Wer bist du?" fragte er bestimmt. Seine Mutter sog die Luft scharf ein und wieder aus. Ihre Arme verkrampften sich.

„Ich war eine Assassine des Herrschers. Ich bin halb Engel, halb Dämon, doch ich habe in all den Jahrtausenden gelernt, dass ich nicht das sein muss, als das ich geboren bin. Merke dir das, mein Sohn," erklärte sie. Alex schluckte schwer. Er wusste alles über das Reich des Herrschers. Seine Mutter hatte ihm alle politischen Geschicke im Universum beigebracht. Er wusste auch, was Engel waren. Jetzt begriff er vollständig. Darum hatten sie all die Jahre hier im Verborgenem gelebt. Sie war eine Verstoßene. Konnte er sie noch mehr lieben? Sie hatte ihr Leben für ihn aufgegeben, nur um ihn zu beschützen. Alex drückte sie fest an sich. „Mutter, ich kehre sicher wieder zu dir zurück. Ich liebe dich," flüsterte er in ihr Ohr. Schließlich gab er ihr einen Kuss auf die Wange und drehte sich schnell um und betrat mit festen Schritten das Schiff. Claire ließ er mit all der Traurigkeit zurück. Tränen liefen über ihre Wangen.

So ging ihr Sohn. Kaum verschwand er im Schiffsrumpf, fuhr die Rampe ein und das Tor schloss sich. Schwarzbart winkte ihr zum Abschied noch vom Deck. Alex gesellte sich zu ihm und sie winkten gemeinsam.

Claire hob ihren Arm. Die Prometheus setzte auf und schwebte einige Meter raus aus der Bucht, bis die zwei Flügel aus gewobenem Metallstoff je an einer Seite herausfuhren und anfingen zu schwingen. Das Schiff hob ab, immer höher dem Himmel hinauf. Claire öffnete einen Spalt des unsichtbaren Schutzschildes und das Schiff flog, den noch dunklen Himmel hinauf und verschwand. Ein kleiner Lichtschimmer breitete sich am Horizont aus und versprach einen wunderschönen Tag, doch für Claire begannen jetzt die dunklen Tage.

Die unzähligen und unsichtbaren Teilchen des Universums schwirrten an der Prometheus vorbei. Es war wie das Rauschen der Brandung. Das Schiff gleitete über ihnen und hinterließ keine Spuren. Vor ihnen sprangen die Teilchen auseinander und hinter ihnen schlossen sie sich wieder und formten das Universum. Dunkelheit lag vor ihnen und Dunkelheit lag hinter ihnen. In weiter Ferne konnten sie Lichter sehen, die nach Abenteuern riefen, mit ihren Schätzen lockten. Sie flogen an ihnen vorbei. Ihr Ziel war eine andere Galaxie, ein anderer Schatz.

Alex stand an der Brücke und konnte den Blick nicht mehr abwenden. Immer weiter nach vorne. Er war nicht bereit zurückzublicken. Voller Tatendrang strich er sich seine kurzen Haare, die ihm wieder mal im Gesicht störten, zurück und drehte sich zu Schwarzbart um, der am Steuer stand und die Instrumente beobachtete. Sie flogen gerade durch ein gefährliches Gebiet. Hier gab es überall Patrouillen des Herrschers, denn sie bewegten sich an den derzeitigen Grenzen seines Reiches. Es gab immer wieder Kämpfe und Aufstände und Flüchtlinge versuchten immer wieder die Grenze zu überschreiten. Leider, wie Schwarzbart ihm erklärte, flauten die Wellen der Flüchtlinge immer mehr ab, denn immer mehr der Unterdrückten ergaben sich ihrem Schicksal. Er hörte immer mehr Ausrufe der Zufriedenheit. Sie glaubten in Frieden und Freiheit zu leben, doch allzu oft verwechselten sie Freiheit mit Unterdrückung.

Der Herrscher gab ihnen alles, was sie benötigten, um zu leben, doch dafür gaben sie ihren freien Willen auf. Sie verlernten es eine eigene Meinung zu haben und verließen sich allzu oft auf das Lenken der herrschenden Macht.

„Es scheint ihnen zu gefallen, dass ein anderer für sie die Entscheidungen fällt," erklärte Schwarzbart. Alex war entsetzt. Der freie Wille eines jeden sollte unantastbar sein. Freiheit und Gerechtigkeit führt einzig zur Zufriedenheit, doch sie legten ihre Waffen nieder und ergaben sich ihrem Schicksal.

Schwarzbart folgte einer bekannten Schmugglerroute. „Bist du dir sicher, dass es hier sicher ist?" fragte Alex zweifelnd. Es war sein erster Flug und er wusste jetzt schon, dass er es mehr als alles andere liebte. Um ihn herumsaßen oder standen Schwarzbarts Crewmitglieder und behielten ihre Bildschirme im Auge. Die Anspannung im Raum war zum Greifen nah. „Ach, Junge, du bist jetzt Pirat, vertrau auf deinen Kapitän," gab ihm Schwarzbart mit seinem einem Auge zwinkernd zurück. Alex musste grinsen. Er war nun Pirat. Die Männer an Bord gaben ihm neue Kleider und einen neuen Namen. Schwere schwarze Stiefel, eine dicke schwarze Stoffhose, ein schwarzes Hemd und darüber trug er nun eine Weste, gestreift in schwarz und violett.

„Frischling, du wirst unten auf dem Kanonendeck gebraucht," rief Kalm durch die alten Lautsprecher, die über den Schotttüren hingen.

Schnell rannte Alex auf die Schotttür zu. Schwarzbart nickte ihm liebevoll zu. Sein eines Auge strahlte so viel Stolz aus. Alex war sich der großen Erwartungen Schwarzbarts bewusst und hoffte, sie erfüllen zu können.

Die Schotttür war noch eine zum Aufkurbeln. Ein separater Griff diente als Türgriff, mit dem sich die Schotttür aufziehen ließ. Laut knackte und quietschte es, als Alex durch diese trat und den langen engen Flur entlang rannte auf das Kanonendeck weiter unten im Schiffsrumpf. Der Flur war noch mit alten Röhrenlampen versehen. Allgemein war das Schiff in keinem guten Zustand, doch es erfüllte seinen Zweck. Immer wieder konnten sie das Knacken und Drücken des Schiffes hören, doch offensichtlich machte sich keiner der Männer an Bord sorgen um diesen Zustand.

Alex sprang schnell durch die Luke nach unten, indem er sich mit den Füßen und Händen an den Griffen runter gleiten ließ. Unten sprang er in den Flur und die nächste Luke herunter. Die Schotttüren zu den Kanonendecks rundherum waren offen und Alex konnte die Männer an den Sitzen hantieren sehen. Kalms verrücktes Gesicht blickte ihn aus einer der Schotttüren an.

Seine wirren weißen Haare standen in alle Himmelsrichtungen. Er kam in den Flur und gestikulierte wild mit den Armen in Alex Richtung. „Frischling, beweg dich. Ich habe dir einen Platz hinten neben Quan vorbereitet." Er zog ihn bereits am Ärmel nach hinten. Alex setzte sich in den vorbereiteten Sitz und griff nach den Bedienelementen für die Geschütze. Vor sich sah er nur die Schiffsinnenwand. Kalm setzte ihm den Helm auf. An dem linken Bedienelement war ein roter Knopf, mit dem betätigte er das virtuelle Sichtfeld seines Geschützes. Sofort sah er das Universum vor sich in einer violetten Farbe, damit konnte er feindliche Schiffe besser erkennen und anzielen. Kalm hatte ihm das bereits letzte Woche erklärt und gezeigt, wie er das Geschütz bedienen musste.

„Müssen wir uns Sorgen machen um die Patrouille?" fragte Alex nervös. Kalm sah ihm einen Augenblick tief in die Augen. Plötzlich wurde Alex bewusst, dass dieser alte Mann von Nahem betrachtet, gar nicht so verrückt war, es lag eine tiefe Weisheit in ihm. „Frischling, versuch weniger zu denken und achte mehr auf deine Aufgaben," erklärte er ihm wirsch. Alex drehte sich weg und sah auf das Universum hinter ihnen. Mittlerweile waren alle Geschütze besetzt. Die Anspannung war zum Greifen nahe. Alex begriff Schwarzbarts Gelassenheit nicht. Ganz offensichtlich waren alle an Bord angespannt und nervös. Schweiß lief ihm an der Schläfe runter und tropfte auf seine Brust.

Stille breitete sich aus. Das Atmen seiner Kameraden dröhnte ihm im Ohr. Nervös leckte er sich über die Lippen. Plötzlich sah er ein Aufblitzen in seinem virtuellen Sichtfeld. Ein Schiff. „Männer, macht euch bereit, sie haben uns entdeckt!" rief ihr Kapitän durch die Lautsprecher. Nun würde sich zeigen, ob Alex ein Pirat war oder doch nur der kleine Junge von der Erde. „Feuer!" rief Schwarzbart. Er atmete ruhig ein und beim Ausatmen schoss er auf das Schiff hinter ihnen, das er mit seinem Fadenkreuz anvisiert hatte. Es war ein längliches großes Schiff. Sein Nachbar schoss ebenfalls. Auch die anderen Geschütze drehten sich nach hinten und schossen auf die Patrouille. Die Plasmageschosse trafen ihr Ziel und das Schiff explodierte lautlos im Universum.

Alex sah die Explosion in seinem Sichtfeld. Es müsste sich eigentlich Erleichterung in ihm breit macht, doch irgendwie schmeckte ihm dieser Sieg nicht. Er drehte sich zu seinem Nachbarn um. Ihm wurde bewusst, dass um ihn herum die Männer jubelten. Sie waren nun über die unsichtbare Grenze und hatten eine Patrouille des Herrschers abgeschossen. Für sie war es ein Erfolg im Kampf gegen die unterdrückte Herrschaft. Alex stand auf und suchte schnell seine Kajüte auf. Er teilte sie sich mit Kalm und musste oben schlafen. In seiner Brust pochte sein Herz ununterbrochen. Ihm wurde klar, dass er soeben zum ersten Mal jemanden getötet hatte, die Besatzung des feindlichen Schiffes. Alex erinnerte sich daran, als er seinen ersten Hasen getötet hatte und seine Mutter ihm verstehend die Schulter drückte. „Alles Leben ist vergänglich und es gehört zum Kreislauf des Lebens," hatte sie ihm damals erklärt, trotzdem hatte er sich übergeben müssen. Heute sah es anders aus. Er hatte die Besatzung nicht gesehen und trotzdem wurde ihm klar, dass auf diesem riesigen Schiff sicher viele Soldaten nur ihre Pflicht getan hatten.

Seine Mutter und Schwarzbart hatten ihm die letzten Jahre beibringen wollen, dass die Herrschaft des Herrschers grausam wäre und er gestoppt werden müsste, doch es war nicht sein Krieg. Alex war jung und wollte einfach leben. Abenteuer erleben. Er ärgerte sich über sich selbst. Kalm hatte ihm letzte Woche erklärt, welche

Aufgabe er am Geschütz erfüllte und ihm war auch bewusst, dass es entweder sie oder die anderen hieß. Es fiel ihm trotz alledem nicht leicht.

Alex lag eine lange Zeit nur so da und starrte die Decke über sich an, als plötzlich die Schotttür geöffnet wurde und Schwarzbart eintrat.

„Moin mein Junge, ich denke du weißt, warum ich hier bin?" fragte er ihn freundlich.

„Ich habe dich enttäuscht. Ich bin wohl doch kein Pirat," erwiderte Alex mit belegter Stimme. Schwarzbart lachte aus voller Kehle.

„Ach Alex, du bist jung und dieser Krieg ist kein Spiel. Du wirst es schon lernen und du hast mich in keiner Weise enttäuscht," er schwieg kurz, als wenn er überlegte. Es lag ihm noch etwas auf der Zunge, doch er schüttelte unmerklich seinen Kopf.

„Wir sind nun in der Skraps Galaxie und nehmen Ziel auf Nohj… In zwölf Stunden sind wir da," Schwarzbart zwinkerte ihm zu.

„Sowas hast du noch nie gesehen. Hat dir deine Mutter von den Inseln auf dem Scheibenplaneten erzählt?" fragte er ihn. Erstaunt blickte Alex ihn mit großen Augen an. Eifrig nickte er. Schwarzbart lachte und verlies wieder die Kajüte. Alex sprang aus seinem Bett und lief zu Kalm. Dieser stand zwischen den Sitzen im Kanonendeck und überprüfte die Verkabelung. Seine Weste hing über den Sitz und seine Ärmel waren hochgekrempelt. Er blickte nur kurz auf als Alex zögernd den Raum betrat. „Ich nehme an, du hast keine Strafe erhalten für das Verlassen deines Postens?" fragte er ihn griesgrämig.

„Ich nehme lieber eine Strafe von dir an, das wäre nur gerecht," erwiderte er beschämt. Kalm konnte ein Grinsen nicht verkneifen.

„So so… Na gut… Hmm, lass mich mal überlegen…," Kalm richtete sich auf und gab vor überlegen zu müssen, dabei sah er hoch und tippte sich immer wieder auf die Lippen. Natürlich schwebte ihm bereits eine Idee im Kopf. Er strahlte Alex an. „Ja ich weiß. Deine Aufgabe wird sein die nächsten Wochen, die Decks zu wischen. Wohlgemerkt überall," ein schelmisches Grinsen konnte er sich wieder nicht verkneifen. „Zusätzlich zu deinen Aufgaben hier auf dem Kanonendeck natürlich," ergänzte er.

„So, nun wischen wir dieses unleidliche Thema weg." Auffordernd zeigte er auf die offene Klappe am

Bedienelement. Alex hockte sich sofort zu ihm und ließ sich von Kalm erklären, wie die Elektronik funktioniert.

Das Wasser lief in einem langen Strom abwärts über den Rand des Planeten und verlor sich in den Unweiten des Universums. Es bildete sich zu riesigen Eisklumpen, die unterhalb des Planeten schwebten. Oberhalb lagen dutzende kleine Inseln auf dem Wasser. Weiße Strände, schwarze Stämme und graues Blätterwerk säumten die Inseln. Sie sahen kein Leben. Alex stand auf der Brücke und konnte den Blick nicht abwenden. Wie oft hatte er sich dieses Naturschauspiel vorgestellt. Es widersprach all seinem physikalischen Wissen und doch, da lag der Planet. Das Wasser lief in einem riesigen Wasserfall um den Planeten hinunter. Ihr Schiff kam dem Wasser immer näher, schließlich setzten sie auf dem Wasser auf und fuhren zwischen den Inseln hindurch. Alex rannte schnell zum Deck hinauf und öffnete die Luke. Es roch feucht und modrig nach der unterschiedlichen Vegetation, die teilweise ins Wasser überwuchs. Der kühle Fahrtwind, der ihm entgegenkam, brachte ihm eine neue Welt. Voller Begeisterung konnte er sich kaum satt sehen an all dem Neuen und Fantastischen. Zwischen dem Gewächs und den Bäumen konnte er Augen aufleuchten sehen, die ihn aufmerksam verfolgten. Der Himmel über ihm war dunkel und Sterne erleuchteten das Schauspiel von Licht und Schatten, dass sich zauberhaft im Wasser spiegelte. Eine dünne Atmosphäre verlieh dem Ganzen eine Hülle, unter der sich Sauerstoff ansammeln konnte. Auf diese Weise konnte auch Leben und Vegetation entstehen.

Alex richtete seinen Blick nach vorne und sah ihr Ziel. Ein kleiner Hafen und dahinter die Lichter der Stadt Joh. Die einzige Stadt auf Nohj. Die Anlieger waren beinah zur Gänze gefüllt. Schwarzbart lenkte mit Leichtigkeit das Schiff zwischen ihnen. Über die Luke des Oberdecks kamen einige Piraten heraus und kletterten an den Leitern, an der Schiffsaußenhaut, hinunter. Sie öffneten kleine Klappen an der Anliegerseite und zogen die dicken Taue hinaus, mit denen sie die Prometheus am Anlieger antauen konnten.

Alex kletterte ebenfalls hinunter und half ihnen dabei. Schwarzbart kam auf das Oberdeck und sah sich zufrieden um. Er blickte runter zu seinen Männern und dem Jungen. „So ihr verlausten Piraten, geht in die Stadt und sucht euch einen Schuppen und betrinkt euch, dass mir keiner nüchtern zurückkommt," rief er ausgelassen. Alex konnte die Männer unter Deck jubeln hören. Das große Tor an der Seite öffnete sich und die Männer liefen freudestrahlend heraus. Sie strömten in die Stadt. Alex sah ihnen nach. Plötzlich stand Kalm neben ihm. „Na, Frischling, Lust auf einen Krug Bier?" fragte er schelmisch. Alex nickte ihm zögernd zu. Schwarzbart stand nun am Tor und nickte ihm auffordernd zu. Die Hafenwache kam den Steg entlang. Sie erwarteten eine Gebühr für das Anliegen. Alex und Kalm liefen an ihnen vorbei. Er starrte die beiden Männer erstaunt an. Sie trugen hohe Stiefel mit Absatz und Schleifen, eine grüne Strumpfhose und eine Art Tunika mit einer besonderen Stickerei. Ihre Haare waren kurz und grau. Einer von ihnen trug einen Säbel und eine Schusswaffe am Gürtel. Er sah Alex misstrauisch hinterher.

„Frischling, du musst achtgeben, wie du die Leute hier ansiehst. Die mögen gar nicht angestarrt werden," flüsterte Kalm. Schnell sah Alex vor sich. So eine Aufmachung hatte er noch nie gesehen. Die Bewohner der Stadt sollen ihn noch mehr überraschen. Alle Männer trugen diese Art von Kleidung. Die Frauen trugen enganliegende Hosen und Jacken oder kurzärmelige

Oberteile. Alles in dunklen Farben. Viele von ihnen trugen einen Säbel bei sich. Die Fremdländischen konnte er sehr schnell von den Bewohnern unterscheiden. Er sah Kleider, lange Gewänder oder Umhänge. Manche liefen beinah nackt zwischen den engen Gassen. Die Stadt war dunkel und trübe graue Lampen legten über die Stadt einen düsteren Hauch. Die Häuser waren zum Teil drei Stockwerke hoch. Hier und da sah er Tiere, die dem Erdenhund ähnelten, doch sie versteckten sich, sobald Alex einen genaueren Blick auf sie werfen konnte. Aus den Schatten und Dunklem verfolgten sie die Leute mit ihren leuchtenden Augen.

Plötzlich sahen ihn seltsame goldene Augen aus einer dunklen Gasse an. Es musste ein Bewohner sein, dachte sich Alex, oder ein großes Tier. Diese Augen verfolgten ihn den Rest des Tages. Es war so viel Traurigkeit in ihnen gewesen. Sie erinnerten ihn an die Augen seiner Mutter, wie sie ihm nachgeblickt hatte, als er ging. Beschämt stellte er fest, dass er seit Beginn seines Abenteuers nicht mehr an sie gedacht hatte. Unbewusst fühlte er seine Brusttasche. Dort lag der kleine Zettel mit der Wahrheit über ihn. Zum Abschied hatte sie ihm den in der Küche wortlos überreicht. Sein

Geburtsplanet und sein Familienname standen darauf, doch Alex hatte noch nicht die Kraft und das Bedürfnis gehabt, zu lesen, was dort stand. Er wusste, dass er es eines Tages wissen wollen würde, doch im Moment wollte er einfach leben und die Vergangenheit ruhen lassen. In einigen Monaten würde er zu seiner Mutter zurückkehren und ihr über all seine Abenteuer berichten und sie in seine Arme nehmen. Er liebte sie immer noch, trotz der Wahrheit über sie und sich. Kalm führte ihn in eine Kneipe. Neben der Tür saß ein zerlumpter und betrunkener Mann. Sein kürzlich Erbrochenes überlagerte das alte Erbrochene. Er wischte die traurigen Gedanken beiseite und freute sich seine Kameraden in der Kneipe anzutreffen. „Willkommen im Krähennest!" rief Kalm freudestrahlend und lotste ihn zu den Tischen seiner Kameraden. Einige standen auf und machten Kalm und ihm in ihrer Mitte Platz. Dankend nickte Alex ihnen zu.

Schwarzbarts Crew hatte ihn erst misstrauisch betrachtet, da sie seine Mutter immer nur von Weiten gesehen hatten und sich nicht sicher waren, dass er womöglich auch so war wie sie. Seine Mutter war ihnen unheimlich. Doch er stellte schnell klar, dass er genauso wie sie nur ein Sterblicher war. Die meisten von ihnen kannten ihn bereits, seit er ein kleiner Junge war und oft hatte Schwarzbart ihn mit auf die Prometheus genommen und ihm gezeigt, was ihn später erwartete. Schließlich warfen sie ihr Misstrauen ab und nahmen Alex als einen von ihnen auf. Nun saßen sie beisammen und er trank sein erstes Bier mit ihnen.

Alex griff nach dem Krug und nahm einen tiefen Schluck. Er konnte kaum verhindern, wie sich sein Gesicht bei dem Geschmack verzog. Die Männer lachten und klopften ihm aufmunternd auf die Schultern und den Rücken. „Keine Sorge, Frischling, nicht mehr lange und du wirst es lieben," erklärte ihm Kalm weise und setzte seinen eigenen Krug an. Bereits nach kurzer Zeit merkte Alex, dass sein Blick verschwamm. „Ich glaube, ich muss pissen," nuschelte er und versuchte aufzustehen. Das Johlen und Lachen der Männer verfolgte ihn den ganzen Weg zu den Toiletten. Alex musste unentwegt grinsen. Der Weg wackelte oder waren es doch seine Beine, die wackelten? Er konnte sich ein Kichern nicht verkneifen. Mit einem Tritt stoß er die Tür zu den Toiletten auf und suchte die Rinne.

Geistesgegenwärtig öffnete er schnell die Hose. Erleichterung machte sich breit. Plötzlich spürte er eine scharfe Klinge an seinem Hals. Alex erstarrte. Alles, was er von seiner Mutter gelernt hatte, erschien ihm vor seinem inneren Auge. Schnell packte er den Arm seines Peinigers und drehte ihn um. In dem Moment sah er in die goldenen Augen aus der Gasse. Es war ein wunderschönes junges Mädchen. Ihre braunen Haare waren kunstvoll geflochten hochgesteckt. Sie trug dunkle Kleidung, doch ihre Augen hielten ihn gefangen. Golden sahen sie ihn wütend an und doch konnte er immer noch diese Traurigkeit darin sehen. Das Mädchen ließ das Messer fallen. Alex lockert den Griff, doch in dem Augenblick griff das Mädchen nach dem Griff des fallenden Messers und zielte erneut auf seine Kehle. Alex setzte zur Verteidigung an und stoß ihren Arm weg. Dabei kam sie ins Trudeln und stürzte.

„Was soll das? Was willst du von mir?" fragte er sie gehetzt. Der Alkohol war gänzlich verschwunden. Er ging einen Schritt zurück und schloss schnell seine Hose. Das Messer in seinem Stiefel rührte er nicht an oder die Schusswaffe an seinem Gürtel.

Das Mädchen sah zu ihm auf und ihre Augen sprühten Wut aus. Sie knurrte ihn an. Schnell sprang sie auf und rannte aus der Toilette. Alex wollte ihr hinterher, doch als er in die Schankstube zurückkehrte, war sie verschwunden. Er setzte sich zu seinen Kameraden. „Na, ist dir ein Gespenst da hinten begegnet, Junge?" fragte ihn einer seiner Kameraden. Fragend sah Alex ihn an. Dieser deutete auf sein Gesicht. „Du bist kreidebleich, mein Junge," erklärte er ihm lachend. „Was ist das da an deiner Wange?" fragte ihn Kalm und drehte seinen Kopf zur Seite. Alex befühlte die Stelle und sah Blut auf seinen Fingern. Geistesabwesend zuckte Alex mit den Schultern.

Die Begegnung mit dem Mädchen behielt er lieber für sich. Sie würden nur lachen, oder vielleicht sogar Jagd auf sie machen und etwas in Alex wollte sie beschützen. Ihre Augen verfolgten ihn von nun an die kommenden Tage auf der Insel. Immer wieder blickte er sich suchend um, wenn sie an Land waren, doch er sah sie nicht wieder.

Sie befüllten das Schiff mit Proviant und jede Menge Rum. Alex war voll damit beschäftigt die schweren Kisten in das Lager zu tragen oder die Decks zu schrubben.

Zum Abend gingen die Männer und er wieder in das Krähennest. Alex merkte schnell, dass ihm das Bier tatsächlich von Mal zu Mal besser schmeckte.

Auf dem Markt an einem Morgen sah er eine wunderschöne feine silberne Kette. Der Anhänger war ein Phönix. Alex wusste, dass seine Mutter diesen lieben würde, denn als Kind hatte sie ihm oft von einem Feuerphönix Geschichten erzählt. Schwarzbart feilschte gerade mit einem Tuchhändler um den Preis. Alex gesellte sich zu ihm und wartete.

„Ich bin nicht dumm!" schrie Schwarzbart.

„Das ist feinstes Garn vom Biskonschaf!" widersprach der Händler. Er trug wie viele der Männer hier, farbenfrohe Frauenkleider und hatte kurze graue Haare.

„Du willst mich wohl wirklich provozieren. Ich gebe dir für diesen Mist höchstens 5 Gin!" erklärte Schwarzbart dem Händler wild fuchtelnd.

Der Händler rang kurz noch mit seiner Fassung, schließlich nickte er zähneknirschend. Zufrieden lächelnd drehte Schwarzbart sich zu Alex. Verschwörerisch zwinkerte er ihm zu. Die beiden hatten zuvor schon eine Stunde über die Qualität des Stoffes diskutiert und Alex war klar gewesen, wer dabei den

Kürzeren ziehen würde. Schwarzbart war viel zu gerissen, um sich von einem einfachen Tuchhändler unter den Tisch zu verkaufen.

„Der Stoff ist doch für meine Mutter, oder?" fragte Alex vorsichtig. Schwarzbart verkniff das eine Auge. „Ja, mein Junge," erwiderte er.

„Ich habe an der Auslade dort drüben eine schöne Kette gesehen, die würde ich ihr gerne auch mitbringen," führte Alex aus. Unsicher sah er in Schwarzbarts Auge.

„Junge, weißt du eigentlich, wie deine Mutter all dies bezahlt?" fragte er ihn anstatt dessen. Alex zuckte vorsichtig mit den Schultern.

„Sie gibt mir Hinweise! Hinweise auf alte verschollene Schätze," erläuterte er ihm. Überrascht sah Alex ihn an.

„Woher weiß sie das denn?" fragte er verblüfft. Schwarzbart zuckte mit den Schultern.

„Ich weiß es auch nicht so genau. Sie ist viel rumgekommen."

„Ist die Kette also in Ordnung?"

„Junge! Ich bin dank deiner Mutter ein reicher Pirat, doch du solltest wissen, dass nichts geschenkt ist.

Verdien dir die Kette bei unserer nächsten Jagd." Bei den Worten ging er zur Auslade mit dem Schmuck.

„Welche?" fragte er. Alex deutet auf die Phönix Kette. Schwarzbart nickte wissend und lächelte Alex liebevoll an.

„Ja, die würde ihr gefallen," gab er zu.

Eine hitzige Diskussion begann zwischen dem Schmuckhändler und Schwarzbart. Schlussendlich bekam keiner von beiden den gewünschten Betrag, doch sie einigten sich. Schwarzbart verstaute die Kette in seiner Brusttasche. Zufrieden klopfte er auf seine Brust.

Auf dem Weg zurück zur Prometheus trug Alex den Stoff. Eine Frage beschäftigte ihn dabei.

„Kapitän, eine Frage hätte ich da noch," fing er schwer atmend an.

Schwarzbart hielt in seinem schnellen Laufschritt nicht an und Alex musste rennen, um mit ihm Schritt zu halten.

„Ja, raus damit, Junge."

„Wenn du so ein reicher Pirat bist, warum die Prometheus?"

Schwarzbart stockte in seinem Laufschritt und drehte sich geschwind zu Alex um. Funkelnd taxierte er ihn mit seinem Auge. Alex wäre beinah in ihn reingefallen.

„Das Leben ist zu kurz, um sich zurückzulehnen. Geld kann man nicht mit dem Hochgefühl des Windes in den Haaren bei voller Fahrt aufwiegen," erklärte er. „Außerdem ist für einen wahren Piraten nichts genug, immer mehr, ist besser," bei den Worten lachte er schallend.

„Das mit meinem Reichtum solltest du aber besser für dich behalten," und tippte ihm dabei herbe gegen die Brust. Alex kam ins Strudeln, fing sich aber noch im letzten Moment. Schwarzbart war währenddessen beinah in der Menge verschwunden. Nur mit viel Kraft und Mühe konnte Alex ihn noch einholen. Am Schiff entlud er seine Ware und sah sich müde um. Der Tag neigte sich dem Ende, obwohl man dies auf diesen Planeten schlecht sagen konnte. Einzig seine Uhr am Handgelenk sagte es ihm. Die Männer machten sich bereit in die Kneipe. Auch Alex wollte wieder mit und den Geschichten der Männer mit einem Krug Bier lauschen.

Kalm winkte ihm vom Tor zu sich. Alex trottete zu ihm. „Na, alter Seebär?" fragte Alex ihn belustigend.

Schnell verschwand das Lächeln aus Alex Gesicht. Kalm sah ihn ernst an.

„Du sollst mit dem Kapitän mit. Er hat noch etwas zu erledigen." Alex konnte sein Unbehagen sehen. Sorgte sich der alte Seebär etwa um ihn?

„Am Kai liegt ein kleines Boot. Dort wartet man auf dich," und wies ihm den Weg. „Geschwind!" rief er ihm zu. Alex wischte sich die Haare zurück und rannte zum angewiesenen Kai.

Ein kleines schwarzes Holzboot lag unten im Wasser. Schwarzbart und Jan standen unten an der Treppe und unterhielten sich leise. Alex gesellte sich zu ihnen.

„Junge, steig ein," erklärte Schwarzbart verschwörerisch. Jan war ein sehr stiller, großer und kräftiger Mann. Er war Schwarzbarts Leibwächter. Seine Kleidung war die gleiche wie die der Crew, ungewöhnlich waren nur sein glatt rasiertes Gesicht und der Kopf. Darauf war ein riesiger Totenkopf tätowiert, aus dessen Mund Feuer spie.

Im Boot saß ein seltsamer Mann, der braune Kleidung und einen breiten Hut trug. Sein Gesicht war voller Falten und seine Haut war so hell wie die Sterne. Sie stiegen alle in das Boot. Jan stellte eine kleine Holztruhe unter die Bank und griff nach den Rudern. Er begann zu rudern. Alex saß in der Mitte neben Schwarzbart. Der Alte saß ganz hinten und dirigierte Jan den Weg.

Bereits nach kurzer Zeit verließen sie die Lichter der Stadt und den sicheren Hafen und verschwanden in der sternenklaren Dunkelheit. Zwischen den dichten Inseln fuhren sie hindurch. Von rechts und links blickten sie helle Augen an. Es war still, bis auf das Platschen der Ruder und das leise Rascheln der Bäume und des Gewächses. Unsicher blickte Alex Schwarzbart an. Aus Furcht ein Geräusch zu verursachen, blieb er still.

Schließlich nahmen sie Ziel auf eine kleine Sandbucht rechts von ihnen. Jan und Alex stiegen in das Wasser und zogen das Boot in den seichten Sand. Ihr Führer ging zielstrebig durch das Gebüsch. Sie folgten ihm. Nach einigen Metern lichtete sich die Vegetation und sie sahen ein kleines Dorf im Dunklen. Die runden Häuser waren aus dickem Stoff. Aus der Mitte der Häuser stieg Rauch. Es roch nach getrocknetem Fleisch, Fisch und feuchtem verbrannten Holz. In der Mitte des Dorfes stand eine größere Hütte. Wortlos deutete ihr Führer auf die Hütte im Halbdunklen. Schwarzbart, Jan und

Alex gingen auf die Stoffplane, welche als Tür diente, zu. Vor dem Öffnen sah Alex noch einmal hoch zu den Sternen. Er spürte, dass dahinter sein Schicksal lauerte. Furchtlos folgte er Schwarzbart und Jan.

Das Innere war mit Stoffwänden in verschiedene Räumlichkeiten unterteilt. Der innere Ring war der Größte und diente als Wohnraum. Die anderen dienten wahrscheinlich als Schlafstätten und Lagerräume. Im Wohnraum lag umringt von einem Steinkreis eine Feuerstelle. Der Rauch stieg nach oben durch eine kleine Öffnung im Dach hinaus. Drei ältere Männer, ähnlich ihrem Führer, saßen um die Feuerstelle. Sie hatten ihre grauen Haare zu langen kunstvollen Zöpfen geflochten. Schwarzbart trat vor ihnen und verneigte sich ehrerbietig. Jan, der die kleine Truhe getragen hatte, stellte sie vor die Füße der Männer. Der mittlere alte Mann breitete seine Arme aus. Diese Geste war unmissverständlich. Sie setzten sich zu ihnen.

Alex fiel auf, dass die Männer sich ziemlich unterschieden. Auf ihrer braunen Kleidung waren silberne Symbole gestickt und auf ihren Schultern hatte jeder von ihnen ein anders Symbol. Ihm war nicht klar, was die Symbole bedeuteten, doch wusste er, dass diese

Männer zu dem Ureinwohner dieses Planeten gehörten. Seine Mutter hatte ihm mal erzählt, dass sie zu den Bewahrern der Sterne gehörten. Kein anderer kannte sich mit der Sternendeutung besser aus als sie.

Ehrfürchtig starrte er sie an. Der rechte Mann klatsche einmal in die Hände, darauf öffnete sich eine Plane und zwei Mädchen traten zu ihnen. Sie trugen Platten mit Getränken und Essen für die Gäste. Alex stockte der Atem. Da war das Mädchen mit den goldenen Augen. Demütig sah sie auf den Boden. Ihre schönen braunen Haare waren wieder so kunstvoll hochgesteckt wie einige Tage zuvor. Alex konnte nur mit größter Anstrengung seinen Blick von dem Mädchen abwenden. Sie ließ sich nichts anmerken. Das andere Mädchen hatte, wie alle Bewohner des Planeten, graues Haar. Auch ihres war kunstvoll hochgesteckt. Das Mädchen mit den goldenen Augen war fremd auf diesem Planeten, stellte Alex überrascht fest.

„Ich danke euch, dass wir euch Gesellschaft leisten können in eurem Haus, Ehrwürdige," sprach Schwarzbart demütig. Wieder senkte er sein Haupt. Die drei Männer verneigten sich ebenfalls vor ihm. Alex hatte

Schwarzbart noch nie so sprechen gehört. Fasziniert beobachtete er ihn.

„Wir freuen uns, dich erneut wieder zu sehen, Schwarzbart."

„Ich hoffe, mein Geschenk gefällt euch?" sagte Schwarzbart. Jan saß still rechts von ihm und Alex links von ihm. Der Mann links zog die Truhe zu sich und öffnete sie. Wohlwollend nickte er Schwarzbart zu.

„Welche Geschichte willst du nun hören?" fragte der Mann in der Mitte. Freudig sah Schwarzbart ihn an.

„Ich will wissen, was auf dem Planeten Samnix ist," erklärte er vorsichtig. Bei dem Wort Samnix konnte Alex sehen, wie das Mädchen mit den braunen Haaren unmerklich zuckte. Kurz sah sie auf. Irrte sich Alex, oder sah er gar Hoffnung darin? Sie sah Schwarzbart an. Ihn schien sie vergessen zu haben. Alex hatte sie nicht vergessen. Immer wieder tauchte sie in seinen Träumen auf.

Der Alte lachte kurz auf. Schließlich nickte er. „Samnix ist der Planet der Drachen. Ihr seht ihn als einen Feuerball im Universum. Seine Hitze durchströmt über einen weiten Kreis alles und jeden. Keiner ist jemals dort durchgedrungen. Das Höllenfeuer verschlingt alles.

Solltet ihr jedoch diese Barriere durchdringen, trifft ihr auf ein verbranntes Land. Tote Pflanzen und kein Leben durchziehen die Oberfläche. Im Kern hausen die Drachen und beschützen, was du begehrst," die Stimme des Alten war melodisch und Alex war wie gebannt. Ihn packte die Abenteuerlust. Schwarzbart saß still da und sah den Alten mit starrem Blick an. Er trank von dem dargebotenen Krug und aß einen kleinen Bissen der Speisen. Alex begriff, dass es die Höflichkeit gebot, daher griff er ebenfalls zu. Das Mädchen mit den goldenen Augen hielt ihm die Platte hin. In dem Moment sah sie kurz auf und blickte tief in seine blauen Augen. Schelmisch grinste Alex sie an. Entrüstet rümpfte sie die Nase und stellte sich geschwind zu dem anderen Mädchen. Vergnügt sah Alex, dass er sie verunsichert hatte.

„Nun Schwarzbart, berichtest du uns von den Weiten des Universums?" fragte ihn der Alte.

„Die Grenze verschiebt sich immer weiter. Ihr seid nicht mehr lange hier sicher," begann er.

Der Abend Schritt voran und Schwarzbart berichtete von den Aufständen in der Knorx Galaxie. Die Milchstraße ist ein gefährlicher Ort geworden, über den jeder nur noch flüsterte. Der Handel fand nur noch kontrolliert statt. Mancherorts vergaßen die Wesen ihre Freiheit. Kopfschüttelnd hörten die Alten ihm zu.

„Das Gleichgewicht des Universums ist gestört. Die Lebenden vergessen richtig zu leben und die Toten finden ihren Weg nicht mehr," philosophierte der Alte in der Mitte. „Wir sehen die Sterne und warten auf die Veränderung. Vor vielen Jahren gab es eine Erschütterung, die das Ende herbeibringen sollte, doch nichts geschah. Wir dürfen nur nicht die Hoffnung aufgeben. Die Zukunft liegt in unseren Nachkommen."

Schwarzbart nickte ihm zustimmend zu.

„Nun ist es spät, wir sind müde und wollen ruhen," beendete der Alte die Sitzung. Schwarzbart stand auf und verneigte sich wortlos. Er drehte sich um und verließ die Hütte. Jan und Alex folgten ihm schnell. Draußen atmeten sie die frische Luft ein. Sie war feucht und modrig, doch in der Hütte war es ziemlich stickig geworden.

Ihr Führer saß neben dem Eingang der Hütte. Sobald sie austraten, stand dieser auf und geleitete sie zurück zum Boot. Wieder nahm er ganz hinten Platz. Jan nahm die Ruder zur Hand und sie traten den Rückweg an. Nach einer gefühlten Ewigkeit erreichten sie wieder die Stadt. Schwarzbart gab dem Führer einen kleinen Sack mit Münzen. Schnell nahm sich dieser den Sack und setzte sich wieder in sein Boot. Er ruderte zurück.

Alex stand noch am Kai und sah ihm nach, wie er zwischen den kleinen Inseln ruderte und mit dem Wasser und den Sternen verschwand. „Komm Junge, es war heute ein langer Tag. Morgen werden wir aufbrechen," rief ihm Schwarzbart zu, während er mit schnellen Schritten zurück zum Schiff ging. Alex machte kehrt und rannte ihm hinterher. Nach einigen weiteren Minuten lag er müde und erschöpft in seiner Kajüte. Vor dem Einschlafen sah er jedoch wieder das Mädchen mit den goldenen Augen.

Am nächsten Morgen setzten sie zur Fahrt auf. Die Taue wurden eingeholt und der Rest der Mannschaft verschwand im Schiffsinneren. Jeder begab sich an seinen Posten. Alex war wieder auf dem Oberdeck und sah die Stadt verschwinden, bis sie mit ihren Lichtern hinter der nächsten Insel nicht mehr zu sehen war. Trübsinnig dachte er an das Mädchen mit den goldenen Augen. Vielleicht würde er sie eines Tages wiedersehen. Er rief sich noch mal in Erinnerung wie ihr Haar aussah und ihr anmutiges schmales Gesicht. Sie war kein Mädchen mehr, auch wenn sie ziemlich klein war. Am Abend zuvor hatte er die Möglichkeiten gehabt, sie genauer zu betrachten. Sie war eine junge Frau und eine Kämpferin. Sehnsüchtig seufzte Alex in Erinnerung an ihre Lippen. Es schien, dass er sich in diese Frau verliebt hatte. Ihre Zeit war noch nicht gekommen. Natürlich war ihm bewusst, dass sie ihn versucht hatte zu töten. Es gab keine Möglichkeit zu erfahren, was ihre Hintergründe waren. Nichts wusste er über diese mysteriöse schöne junge Frau.

Bevor sie die Atmosphäre am Rand des Planeten verließen, ging Alex unter Deck, auf die Brücke. Die zwei mächtigen Schwingen an den Seiten des Schiffes fuhren aus und begannen im langsamen Takt des Universums zu schlagen. Am Geländer der Glasscheibe am Bug sah er den Wasserfall hinab. Es war atemberaubend, in was für einen Strom diese riesige Menge an Wasser hinabfiel. Alex wusste, dass der Planet immer wieder neues Wasser schöpfte aus dem vereisten Wasser unterhalb des Planeten. Es wirkte magnetisch und erhitze dieses, so dass es oberhalb unterirdisch wieder hinaustrat. Es war faszinierend.

Letztendlich ließen sie den Planeten hinter sich, bis er wie alle anderen auch nur ein leuchtender Punkt in den Weiten des Universums wurde. Sie flogen wieder auf den unendlichen Weiten Wellen des Universums, auf zu neuen Ufern.

Alex gesellte sich zu Schwarzbart. „Kapitän?" fragte er zögernd.

„Ja, mein Junge."

„Warum hast du mich gestern mitgenommen?" Schwarzbart lachte und wendete seinen Blick zu den Sternen nach vorne.

„Du sollst lernen," war seine kurze Antwort. Alex verstand es nicht genau, dass sah Schwarzbart und lachte erneut.

„Du wirst es schon noch begreifen." Nicht sicher, aber trotzdem nickend verließ Alex die Brücke, denn er musste nun seine Strafarbeit antreten. Bewaffnet mit einem alten Schrubber, an dem selbst mehr Schmutz anhaftete, als an den Böden des Schiffes und einem zerbeulten Eimer Wasser begann er im Lager zu wischen. Überall standen Kisten und schwere Truhen in den Regalen. Fest verschnürt an den Wänden oder dem Boden.

Es herrschte ein trübes Licht. Viele der Röhren waren defekt und erhellten nur einige Bereiche des Lagers.

Alex schnürte sich eine Kopflampe an die Stirn und begann seine Arbeit. Es verging bereits einige Zeit als Alex plötzlich ein leises Kratzen vernahm. Ein Schauder lief ihm über den Rücken. Niemand der Männer befand sich hier, da war er sich sicher. Erneut ein leises Schaben. Jemand schien sich leise wegzuschleichen. Stocksteif blieb Alex stehen, einzig bewaffnet mit seinem Schrubber. Unerschrocken folgte Alex nun ebenfalls auf leisen Sohlen dem Geräusch. Vorsichtshalber löschte er sein Licht. Unvermittelt wurden die Geräusche lauter und begannen zu rennen. Alex drehte sich um. Er wusste, wo die Person war. Sie war auf der anderen Seite der großen Frachtreihe, in der Mitte des Raumes. Entschlossen schmiss er seinen Schrubber weg und erklomm die Kisten. Von oben konnte er die Person im Halbdunklen besser sehen. Sie versuchte die Tür am anderen Ende zu erreichen. Alex dachte nicht lange nach und begann zu rennen. Er war schneller als die kleine Person und holte sie ein. Mit einem weiten Hechtsprung überrollte er den blinden Passagier. Ein Gerangel auf dem Boden begann. Alex hörte einzig das angestrengte Atmen der Person und das seine. Er holte mit der Faust aus und traf den Kopf. Ein Schrei gellte auf. Plötzlich begriff er, dass es eine Frau war. Erschrocken kroch er zurück auf dem Boden. Die Frau lag gekrümmt auf dem Boden und hielt sich den Hinterkopf fest. Schnell schaltete er seine Lampe ein und sah die Frau. Sie trug enganliegende braune Kleider, leichte Schuhe, eine Leinenhose, eine Leinentunika und eine schwarze Jacke mit Kapuze, die ihr Gesicht verdeckte.

Wütend richtete sie sich auf und blickte ihn an. Alex stockte der Atem. Sie war es. „Du?" fragte Alex überrascht. Die Freude in seinem Gesicht konnte er nicht verbergen. Sie sah ihn verwirrt an, da er sich offenkundig freute, sie wiederzusehen.

„Du bist der Idiot aus der Kneipe und jetzt auch der Idiot, der mir auf den Kopf geschlagen hat!" erwiderte sie mit wütend funkelnden Augen, dabei rieb sie sich über den Kopf. Alex war sich unschlüssig, was er tun sollte. Sie war ein blinder Passagier und er musste sie eigentlich melden, doch hier ergab sich die Chance zu erfahren, warum sie ihn versucht hatte zu töten und was sie letztendlich auf dem Schiff wollte.

„Nein, ich bin der Idiot, der sich nicht umbringen lassen wollte und sich gegen einen blinden Passagier zur Wehr gesetzt hat," verteidigte er sich altklug. Er lehnte sich bequem an die Kisten und sah erfreut dabei zu, wie sie es ihm gegenüber gleichtat. Im Schneidersitz beobachtete sie ihn aufmerksam. Mehrmals sah sie von ihm zum Ausgang. In ihrem Blick lag Verwirrung. Warum rief er keine Wache, fragte sie sich.

Alex konnte gar nicht aufhören, sie anzusehen, doch er musste auch Antworten auf seine Fragen erhalten.

„Also, ich denke wir haben alles falsch angegangen. Wir fangen besser bei null an… Mein Name ist Alex. Wie lautet dein Name?" fragte er sie.

Die strenge Falte zwischen ihren Augen wurde tiefer. Misstrauisch betrachtet sie ihn nun ebenfalls eingehender. Nach einer Weile zuckte sie mit den Schultern und ihr Gesicht entspannte sich merklich.

„Mein Name ist Rina." Ihre Stimme war wie die Melodie der Meere, stellte Alex fest. Das Frage-Antwort-Spiel konnte beginnen.

„Ich komme von der Erde. Wo kommst du her?" fragte er ruhig.

Verwirrt sah sie ihn an.

„Von Nohj…?" fragte sie ihn mehr, als sie antwortete. Alex schüttelte den Kopf.

„Nein, ich will wissen, wo du wirklich herkommst. Deine Heimat," ergänzte er. Überrascht sah sie ihm in die Augen. Er konnte wieder diese Traurigkeit darin sehen.

„Geboren bin ich auf dem Planeten Edre," erzählte sie ihm traurig.

„Warum bist du auf Nohj gewesen?"

Wieder zögerte sie. Lange sah sie ihn an. Etwas an ihm gab ihr die Sicherheit, ihm vertrauen zu können.

„Mir wurde von einer heiligen Reliquie und einer Prophezeiung, in der ich eine Rolle spielen würde, erzählt… Auf der Suche nach der Reliquie kam ich nach Nohj." Alex nickte ihr auffordernd zu, ihm mehr zu erzählen. „Was besagt diese Prophezeiung?"

„Ich soll führen." Das verstand Alex nicht. Er runzelte die Stirn, das Licht wackelte dabei auf seiner Stirn. Alex setzte die Lampe ab und legte sie in die Mitte zwischen ihnen mit der Leuchte nach oben. Beide konnten sich so besser sehen. Ihre Augen leuchteten ihn an. Innig sahen sie sich tief in die Augen. Etwas geschah zwischen ihnen in diesem Moment. Eine Strähne hatte sich während ihres Kampfes gelöst und kitzelte sie im Gesicht. Sie strich sie zurück, doch sie fiel wieder nach vorne. Alex bückte sich nach vorne und schob die widerspenstige Strähne vorsichtig hinter ihr Ohr, dabei berührte er mit seinen Fingerspitzen ihre Wange. Rina saß starr vor ihm und sah ihm von Nahen direkt in die leuchtend blauen Augen. Sie öffnete ihre Lippen, als wollte sie ihm etwas sagen.

Ohne die Kontrolle zu behalten, bückte sie sich ebenfalls vor und küsste ihn auf seine Lippen. Beide wichen erschrocken voneinander zurück. Alex atmete schnell ein und aus. Sein Herz schlug ihm kräftig gegen die Brust. Er konnte sehen, dass Rina ihn, verwirrt über sich selbst, vertrauensvoll ansah. Sie lächelte ihn an.

„Es tut mir leid," flüsterte sie in die Stille zwischen ihnen.

Nun war Alex verwirrt.

„Für was entschuldigst du dich?" fragte er.

„Dass ich dich in der Kneipe angegriffen habe. Ich dachte nur, du seist ein enger Vertrauter dieses Piraten," erklärte sie ihm schuldbewusst.

„Welchen Piraten meinst du denn?"

„Den mit dem pechschwarzen Bart und der Augenklappe."

Alex musste lachen. „Ich kenne ihn sehr gut und ein Freund ist er auch, doch was treibt dich dazu, ihm Schaden zu wollen?"

Rina sah ihn wieder misstrauisch an. Sie schob das schöne Gefühl in ihrem Inneren beiseite, das sie während des Kusses empfunden hatte. Wieso erschien er ihr nur so vertrauensvoll? Rina konnte so etwas riechen. Der Wolf in ihrem Inneren sagte ihr, dass er ihre Bestimmung sei, doch ihre menschlichen Instinkte warnten sie zur Vorsicht.

„Er will etwas stehlen, das ich beschützen muss."

„Du meinst den Schatz, von dem der Alte erzählt hat?" fragte er. Rina nickte.

„Willst du ihn auch stehlen?" fragte sie ihn lauernd. Ihre Augen funkelten böse auf. Etwas Geheimnisvolles haftete an ihr. Alex konnte nicht definieren was es war, doch es zog ihn an wie die Motte das Licht. Er dachte einen Moment über ihre Frage nach. War es wirklich das, was er wollte? Stehlen? Reichtum? Ruhm? In diesem Augenblick wurde ihm klar, dass er dies nie wollte. Als kleiner Junge und auch später hörte er sich voller

Begierde all die Geschichten von Schwarzbart an. Sehnsüchtig wünschte er sich, all dies auch sehen zu können. Von Nohj hatte ihm damals seine Mutter und Schwarzbart berichtet. Ein Wunsch war in Erfüllung gegangen, als er den Planeten sehen konnte. Umso trauriger war er, wieder gehen zu müssen. Alex begriff, dass er immer nur eines wollte. Sehen! Sehen, was das Universum ihm geben konnte. All das Fremde erkunden und erforschen. Er wollte keine Schätze, das begriff er jetzt.

Schließlich schüttelte er den Kopf und sah Rina liebevoll an.

„Ich will nichts stehlen. Ich will alles sehen," erklärte er. Diese Antwort genügte ihr anscheinend vorerst.

„Was wirst du nun mit mir anstellen?" fragte sie ihn zögernd. Wieder sah sie nervös zum Ausgang.

„Zuerst werde ich dir etwas zu Essen bringen," sofort stand er auf. Hinter sich hörte er sie ungläubig ausatmen. Alex verließ das Lager und schlich sich in die Kombüse. Die Männer waren mit dem Abendessen beschäftigt und bemerkten ihn nicht. Alex stahl einen Teller Kartoffeln mit Fleisch. Eine Flasche Wasser nahm er ebenfalls mit. Keiner bemerkte ihn, als er mit all dem wieder in das Lager zurückkehrte. Rina war verschwunden. Verdutzt blieb er stehen. Die Tür viel in das Schloss. Durch das trübe Licht konnte er sie nicht sehen. „Rina?" rief er in den Raum.

Weit hinten im Schatten raschelte etwas. Sie trat heraus in das Licht. Auffordernd hob er das Tablett an. Er ging wieder zu seiner Kopflampe und setzte sich im Schneidersitz angelehnt an die Wand. Das Essen stellte er vor die Lampe. Zögernd kam Rina näher. Schließlich setzte sie sich wieder hin und sah das Essen misstrauisch an. Alex nickte ihr auffordernd zu. „Es schmeckt, keine Sorge." Sie schien einen Moment noch zu überlegen und griff dann doch danach. Die Kartoffeln verschmähte sie und riss am Fleisch wie ein hungriger Wolf. Alex konnte sehen, wie sich scharfe Zähne hervorschoben. Das Wasser sog sie in einem Zug ein. Alex sah ihr mit großen Augen dabei zu. „Magst du keinen Kartoffeln?" fragte er. Rina grinste ihn an. „Nein, ich esse nur Fleisch," erwiderte sie. „Beim nächsten Mal kannst du es mir auch roh bringen," ergänzte sie. Ungläubig starrte er sie an.

„Ich bin wölfisch," erklärte sie. Rina begann herzhaft zu lachen. „Ihr glaubt, ihr wäret die Herrscher der

Welten und vergesst, dass es mehr als das um euch gibt." Damit spielte sie auf die Kriege der vielen Völker an.

Wütend sah Alex sie an. „Das sind nicht meine Kämpfe," erklärte er ihr beleidigt. Rina sah ihn ruhig an und schien zu überlegen. Sie zuckte ihre Schultern.
„Du reist doch aber mit ihm und sagtest, er wäre dein Freund?"

„Schwarzbart führt doch keinen Krieg. Er ist nur auf Reichtum aus," verteidigte er seinen Freund. Wieder lachte sie ihn aus.

„Er kämpft sehr wohl und glaubt zu wissen, welche Seite die Richtige ist. Seine Leute werden es auch nicht besser machen als die der anderen." Alex wollte sich dazu nicht äußern. Ihm wurde klar, dass er über die Gedanken seines Freundes nicht viel wusste. Seine Mutter hatte eine klare Vorstellung von den Machenschaften des Herrschers. Wenn sie sich damals mit Schwarzbart darüber unterhalten hatte, schienen sie immer einer Meinung zu sein. Er konnte sich aber nicht erinnern, dass sie ihm jemals gesagt hatten, was das Richtige sein würde für das Leben im Universum. Eine Lösung schienen sie auch nicht parat zu haben. Rina schien mehr über das Zusammenspiel des Universums zu wissen. Es umgab sie etwas Geheimnisvolles. Es war das Wissen über das Leben. „Das mag vielleicht so sein, doch was glaubst du, was der richtige Weg wäre?" fragte er sie herausfordernd. Rina grinste ihn wieder an. „Was das Richtige ist, kann dir keiner sagen, doch eines weiß ich: Frieden haben wir erst, wenn das Gleichgewicht im Universum wiederhergestellt wird," belehrte sie ihn. „Ist es dies, was du zu Führen hast?" fragte er sie. Anerkennend nickte sie ihm zu. „Ja, das sagte mir die Prophezeiung." Alex begriff, dass sie hier war, weil sie die Reliquie vor Schwarzbart finden wollte. Er musste sich noch in Ruhe darüber Gedanken machen, was er nun mit dem Wissen anstellen wollte, doch vorerst würde er Rina hier verstecken.

„Gut! Hinten ist eine Ecke, zu der die Männer niemals gehen werden. Dort lagern wir die Fracht für einen Auftraggeber. Da kannst du vorerst bleiben, bis ich entschieden habe, was ich mit dir machen werde. Ich werde morgen früh wiederkommen und dir was zu essen bringen." Alex sah ihr an, dass seine Reaktion ihr nicht passte, doch sie konnte sich die Freude über ein Wiedersehen nicht verkneifen. Rina streckte ihm ihre Hand hin und er griff danach. Sie drehte seine Handinnenfläche nach oben und streichelte einmal mit der anderen Hand darüber. Rina senkte ihren Kopf und legte diesen in seine Hand. Es war ein Ritual und sollte Vertrauen bedeuten. Alex verstand es und strich ihr liebevoll über den Kopf. Rina richtet sich wieder auf, auch sie sah ihn nun liebevoll an. Gemeinsam standen sie auf und nahmen einige Decken und eine der Kopflampen aus den Kisten. Alex führte sie zu der kleinen Nische zwischen der Fracht und half ihr dabei alles gemütlich herzurichten. Der Zeitpunkt des Abschieds kam. Alex stand noch eine Sekunde hin- und hergerissen da, drehte sich dann doch um. In dem Augenblick griff Rina nach seiner Hand und zog ihn zu sich. Wieder küsste sie ihn, diesmal jedoch länger und inniger. Alex wollte nicht mehr gehen, doch Rina stoß ihn grinsend von sich. Sie bedeutete ihm zu gehen.

Mit dem Gefühl ihrer Lippen auf seinen und den Geschmack ihrer Zunge auf seiner verließ er das Lager. Ein Gefühl der Glückseligkeit breitete sich in seinem Magen aus. Schwerelos fiel er auf sein Bett und schlief mit diesem Gefühl ein. Die Gedanken über eine Entscheidung ihretwegen schob er beiseite und hielt dieses warme

Gefühl fest in seinem Griff. Auch Rina schob die Sorgen über die Zukunft beiseite und träumte von der Berührung seiner Hände auf ihrem Gesicht und seinem warmen Körper an ihr.

Am nächsten Morgen stahl Alex ein Stück rohes Fleisch aus dem Tiefkühlraum in der Kombüse. Bewaffnet mit dem Fleisch und dem angenehmen Gefühl in seinem Inneren, öffnete er die Tür in das Lager.

Die Worte von Rina hatten ihn überrascht und heute Früh in seinem Bett hatte er viel darüber nachgedacht. Täuschte er sich womöglich in Schwarzbart? Für Alex war er wie ein Vater und er konnte sich nicht vorstellen, dass dieser sich durch leere Worte einer neuen Macht bestimmen ließ, wo ihn seine Segel hinbringen sollten. Er kämpfte nicht mit in diesem Krieg und hatte einen guten Kern in seinem Inneren, dem war er sich sicher. Seine Mutter würde sich doch nicht blenden lassen? Nein, Alex war sich sicher, dass Rina nicht alles wusste. Er hatte einen Plan entwickelt, ihm fehlten lediglich noch einige Puzzleteile, diese würde er sich an diesem Morgen holen.

Alex sah bereits das gedämpfte Licht aus der Ecke. Schließlich sah er um die Ecke und da lag Rina. Ihre Augen waren geschlossen und ihre Brust hob und senkte sich ruhig auf und ab. Eine kleine Stirnlampe lag neben ihrem Kopf und in ihrer rechten Hand hielt sie ein Messer. Das Licht beleuchtete ihr Gesicht. Sie sah so friedlich und lieblich aus. Alex stellte den Teller ab und kniete vor ihr. Vorsichtig strich er über ihre Wange. „Rina. Wach auf," flüsterte er fürsorglich. Rina öffnete die Augen. Für einen Moment sah er Angst darin und ihre Hand verkrampfte sich um den Stiel des Messers. Doch als sie in seine Augen blickte, entspannte sie sich und konnte das freudige Lächeln nicht verstecken. Alex setzte sich ihr gegenüber und Rina aß das Fleisch begierig.

„Ich habe eine Entscheidung getroffen," begann er zögernd. Rina hielt inne. Besorgt und neugierig sah sie ihn an.

„Ich muss wissen, was du genau beabsichtigst. Außerdem musst du mir versprechen, niemanden auf diesem Schiff Schaden zuzufügen, dann werde ich dir helfen," erklärte Alex. Rina strahlte ihn an. „Du wirst mir helfen?" fragte sie ungläubig.

„Ja, aber ich muss wissen, was du genau vorhast."

Rina legte das halb aufgegessene Stück Fleisch zurück und wischte sich die Hände an ihrer Jacke ab. Sie reichte ihm ihre Hand. Alex grinste und schüttelte diese.

„Ich muss… Wir müssen die goldene Kugel beschützen," korrigierte sich Rina. Fragend sah Alex Rina an. „Die goldene Kugel?" fragte er verwundert. Rina lachte. „Du bist ein Freund von ihm und weißt nicht, dass ihr nach einer goldenen Kugel sucht?" Immer noch verwirrt sah Alex Rina an. Rina schüttelte ungläubig den Kopf.

„Irgendwo auf dem Planeten Samnix befindet sich die goldene Kugel. Ich muss den Auserwählten dorthin führen. Ich weiß nicht, was darin ist, doch das sagte mir die Prophezeiung." Alex gab ihr zu verstehen, weiter zu berichten. „Ich denke, ich werde es fühlen, wer der Auserwählte ist. Dein Freund ist es nicht. Er hegt weit aus niedere Absichten." Rinas Augen leuchteten bei ihrer Ausführung. Alex begriff und überlegte kurz.

„Ich kann dir dabei wohl helfen, doch ich werde Schwarzbart keinen Schaden zufügen. Ich werde versuchen, herauszufinden, was er damit vorhat." Grübelnd sah er ihr in die Augen „Vielleicht werde ich anschließend von dir erzählen müssen, doch du kannst mir vertrauen. Dir wird nichts geschehen," versprach er. Alex konnte sehen, dass sie nur teilweise mit seinen Vorhaben zufrieden war, doch ihr war auch klar, dass sie hier am kürzeren Hebel saß. Sie musste ihm vertrauen.

„Jetzt habe ich eine andere Frage. Was genau soll der Auserwählte mit der goldenen Kugel anstellen?"

„Er soll es dem Überreichen, der es öffnen kann," erläuterte sie, als wenn es klar gewesen wäre. Alex starrte sie überrascht an. War Rina eventuell verrückt, frage er sich nun zum ersten Mal.

„Was sagt die Prophezeiung eigentlich ganz genau?"

„Die Prophezeiung war keine Schrift. Sie wurde mir im Geiste geschickt. Von der großen Wölfin. Es war wie eine Vision. Bilder, die aneinandergereiht waren und mir den Pfad unscharf zeigten." Ungläubig sah er sie an. All das wegen einer vermeintlichen Vision. Alex beschloss das Thema ruhen zu lassen. Seine Mutter hatte ihn gelehrt die Welt geordnet zu betrachten, doch sie berichtete ihm auch von Wundern und der Magie ähnlich der ihrer. Für ihn war das alles greifbar, doch da er es nie selbst gespürt hatte, unnahbar. Diese Vision war etwas das aus den Tiefen des Alls zu kommen schien.

Rina begann wieder ihr Fleisch zu essen. Alex sah ihr fasziniert dabei zu. Als sie fertig war, fragte er sie, ob er ihre Zähne genauer betrachten könnte. Rina sah ihn unschlüssig an, schließlich zuckte sie einmal mit den Schultern und öffnete ihren Mund. Alex rückte näher an sie heran und sah, wie die scharfen Zähne herausfuhren. Er strich mit seinem Finger über ihre Lippen ihren Hals hinab. Erschrocken über sich selbst, zuckte seine Hand zurück. Rina grinste ihn an. Sie rückte ihm noch näher, umschlang seinen Hals mit ihren dünnen Armen und küsste ihn. Alex konnte den Duft ihrer Haut riechen. Mit seinen Händen spürte er den warmen Körper unter der Kleidung. Er drückte sie an sich. Ihre Lippen trennten sich keinen Millimeter voneinander. Alex schmeckte den Geschmack des Fleisches und ihren eigenen animalischen Geruch. Wie berauscht dadurch, glitten seine Hände hinab zu ihrem Gesäß. Er umschloss die Backen und schob sie auf seinen Schoß. Rina begann rhythmisch ihren Körper an seinem zu schmiegen. Alex verlor all seine Kontrolle über seinen Körper. Eng umschlungen fiel er nach hinten, mit Rina immer noch fest in seinem Griff. Rina löste ihre Lippen von seinen und begann seinen Hals hinab zu küssen. Alex atmete schwer ein und aus. Auch Rinas Brust hob und senkte sich rasend. Beide schienen schwerelos auf einer Wolke zu fliegen. Sie fühlten sich zueinander hingezogen und ließen nun all ihre Hüllen fallen. Alex und Rina spürten, dass sie füreinander bestimmt waren. Schon damals in der Kneipe hatte Rina das gespürt. Als sie sich in der Hütte des Alten wiedersahen, konnten sie beide dieses Band spüren. In diesem Moment gaben sie sich ihrem Schicksal hin und liebten sich.

Schweißgebadet lagen sie eng umschlungen auf den Decken. Alex strich liebevoll über Rinas Rücken. Sie sah ihn mit ihren goldenen Augen glücklich an.

„Was machen wir jetzt?" fragte sie ihn plötzlich traurig.

„Wir genießen diesen Moment," flüsterte er ihr ins Ohr.

„Das ist ja alles schön und gut, aber ich muss dich immer noch zur goldenen Kugel führen." Alex hielt inne. Verwirrt sah er ihr in die Augen.

„Wieso mich?"

Rina lachte und schüttelte sich am ganzen Körper.

„Dummer Mensch! Das, was wir fühlen, ist vorherbestimmt. Ich habe dich nicht in meiner Vision gesehen, doch gespürt und das spüre ich nun auch. Du bist der Überbringer," erklärte sie ihm. Alex blieb ruhig neben ihr liegen. Immer noch abwesend streichelte er ihr über den Rücken.

„Mir missfällt der Gedanke, dass meine ganze Zukunft vorherbestimmt ist. Ich nehme lieber mein Schicksal in die eigene Hand," erwiderte er schließlich bestimmt. Doch Rina schüttelte den Kopf.

„Es gibt Mächte, denen kannst du dich nicht entziehen. Wir sind verbunden und müssen unseren Auftrag erfüllen."

Alex drehte sich auf den Rücken und sah hoch zur Decke. Ihm war klar, dass sie die Wahrheit sagte. Rina schien viel mehr als er über die Kräfte des Universums zu kennen. Mehr als das, was seine Mutter ihn gelehrt hatte. Vielleicht wusste sie es, hatte es ihm aber mit Absicht vorenthalten. Musste man nicht einfach einen Schritt nach dem anderen machen, um seine Zukunft zu erleben? Bestanden nicht alle unsere Taten aus Entscheidungen der Spontanität? War da wirklich eine Macht, die für jeden von uns einen Weg bestimmt hatte, welchen wir zufällig immer genau treffen? Warum dann diese Vision? Alex brauchte darüber gar nicht nachdenken. Wie wäre ihm Rina sonst begegnet, wenn sie es nicht vorhergesehen hätte. Er war sich noch nicht sicher, ob er wirklich an das Schicksal glauben sollte, doch er fühlte in jeder Zelle seines Körpers, dass er Rina bis ans Ende der Welt folgen würde. Er liebte sie.

Alex drehte sich wieder auf die Seite und nahm Rinas Gesicht in seine Hände. Er küsste sie. „Ich liebe dich," flüsterte er. Rina lächelte und erwiderte seine Liebesbekundung. „Ich lege mein Schicksal in deine Hände und folge dir," gestand er ihr. Rina strahlte über das ganze Gesicht. Sie hatte einen langen und beschwerlichen Weg hinter sich, um ihn zu finden. Schwermütig dachte sie an ihre Heimat und freute sich auf das Wiedersehen ihrer Familie.

Alex musste aufbrechen, er hatte schließlich noch eine Aufgabe zu erledigen und seinen zusätzlichen Dienst auf dem Schiff. Sie entschieden, Rina erst mal hier zu verstecken. Alex wollte heute Abend nach Dienstschluss mit Schwarzbart sprechen und ihm die Sachlage erklären, in der Hoffnung nicht mit Rina gemeinsam über die Planken springen zu müssen. Mit Liebe und Hoffnung in den Augen verlies Alex Rina. Zum Abschied küssten sie sich leidenschaftlich.

Am späten Abend durchstreifte Alex die sauberen Flure, auf dem Weg zur Kajüte seines Kapitäns. Die Flure erschienen ihm nun dunkler und bedrohlicher. Er machte sich Sorgen. Wie würde sein alter Freund reagieren?

Alex erreichte die Schotttür und klopfte zweimal kräftig dagegen. Gedämpft konnte er das „Aye," von Schwarzbart vernehmen. Er drehte die Tür auf und trat ein. Schwarzbarts Kajüte war weit größer als die der anderen. Auf dem Boden lagen alte verzierte Perserteppiche und an den Wänden hingen alte Karten und Gemälde unbekannter Personen. Rechts von Alex konnte er eine Nische mit einem großen Bett erkennen. Das Licht in dem Raum war gedämmt. Direkt vor ihm stand der wuchtige Holztisch mit einem großen Ohrensessel davor, in dem Schwarzbart saß, gebeugt über eine virtuelle Karte, die das Sonnensystem zeigte. Interessiert sah Alex die geplante Route. Scheinbar würden sie in einigen Tagen Samnix erreichen. Soweit das Auge reichte, standen Bücher übereinander gestapelt an den Wänden. Einige lagen aufgeschlagen auf dem Boden oder auf den Stapeln.

Schwarzbart hatte seinen Hut auf einem Ständer neben sich abgelegt. Seine schwarzen Haare, die grau durchzogen waren, hingen ihm an den Seiten hinab. Sein dichter schwarzer Bart lag zum Teil auf der Karte. Sein Mantel hing über die Sessellehne. Nachdem Alex eintrat, blickte er auf und Überraschung und Freude strahlte aus seinem einem Auge.

„Kapitän, einen schönen Abend wünsche ich Ihnen," grüßte Alex seinen alten Freund, dabei stand er steif und verhalten immer noch mitten im Raum. Schwarzbart zog seine Augenbraue an. „Na mein Junge, warum so steif. Wir sind doch Freunde," erwiderte Schwarzbart. Alex nickte und wurde ein wenig lockerer in seiner Haltung.

„Aye," antwortete er lächelnd.

Schwarzbart sah ihn nachdenklich an. „Nun mein Junge, was willst du? Oder willst du mich einfach besuchen?" fragte er und blickte wieder auf seine Karte und gab neue Berechnungen ein.

„Kann ich mit dir von Freund zu Freund sprechen?" fragte Alex vorsichtig. Angespannt beobachtete er Schwarzbarts Reaktion. Dieser lehnte sich in seinen

Sessel zurück, dabei ließ er Alex keine Sekunde aus dem Auge. Schließlich nickte er ihm auffordernd zu.

Mutig raffte Alex sein Kinn und fragte: „Was genau beabsichtigst du mit der goldenen Kugel?" Schwarzbart konnte die Überraschung auf seinem Gesicht nicht verbergen. „Woher?" fragte er, doch Alex schüttelte den Kopf. „Hat es deine Mutter dir erzählt? Das kann nicht sein. Sie weiß nichts davon. Diese Kugel wird erst seit 20 Jahren versteckt und…," Schwarzbart stockte. Er begriff, dass Alex davon nichts zu wissen schien, denn dieser sah ihn neugierig und fragend an. Schwarzbart verkniff sein Auge und sah Alex an. „Was willst du?" fragte er ihn nun lauernd. Alex verstand, dass er mehr erklären musste, sonst würde sein Freund ihm misstrauen. Er atmete einmal schwer ein.

„Ich weiß nicht viel darüber. Ich weiß nur, dass auf diesem Planeten etwas bewacht wird und du es nicht behalten kannst," erläuterte er ihm widerstrebend. „Hmm Junge, was verleitet dich zu diesem Handeln? Ich begreife nicht, was du mir damit sagen willst?"

„Ich traf jemanden der mir von der Kugel berichtete und mir erklärte, dass ich… Na ja, diesen Teil habe ich noch nicht richtig verstanden, doch es scheint so, dass es mir bestimmt ist, die Kugel jemanden zu überbringen. Es ist wichtig und soll das Gefüge im Universum verändern. Verstehst du das?" fragte Alex selbst zweifelnd. Schwarzbart wurde still und sah ihn fragend an. Nach einer Weile bewegte er sich dann doch und strich über sein Gesicht. „Junge, ich versteh nicht so recht, was du mir damit sagen willst?"

„Es ist mir bestimmt, die Kugel zu retten. Du kannst es nicht haben!" ungläubig schüttelte dieser den Kopf. „Mein Junge, bist du auf den Kopf gefallen? Du kannst mir doch nicht so etwas ohne Erklärung mitteilen. Ich bin Pirat und nicht Philosoph!" Frustriert sah sich Alex hilfesuchend um, doch da war niemand.

„Ich traf dieses Mädchen. Sie hatte eine Vision, dass sie den Auserwählten zur goldenen Kugel führen soll. Sie glaubt, ich wäre der Auserwählte und ich habe ihr versprochen, ihr zu helfen, denn… Ich glaube ihr… Irgendetwas sagt mir in meinem Inneren, dass es wahr ist," versuchte Alex es erneut. Schwarzbart fing plötzlich an zu lachen.

„Ein Mädchen! Junge, wo trafst du dieses Mädchen?" fragte er schließlich. Alex war unschlüssig, ihm alles zu sagen.

„Auf Nohj traf ich sie das erste Mal in der Kneipe und später mit dir bei dem Alten und dann…," Alex stockte. Konnte er ihm wirklich eröffnen, dass sie hier war? Schwarzbart wurde sehr still und sah ihn eine Weile schweigend an. Sein Lächeln war verschwunden. Besorgt und wütend sah er ihn an. „Ein Mädchen bei dem Alten in der Hütte? Es war die Brünette, oder? Du brauchst nichts zu sagen. Als ich vor einem Monat bei ihm war und er mit der Kugel anfing, sprach sie mich an und verlangte mitkommen zu können. Sie sagte, es wäre ihre Bestimmung. Ich sah sofort, was sie war," Schwarzbart spuckte aus. „Eine Gestaltenwandlerin!" er sprach es wie eine Beleidigung aus. „Die sehen immer irgendwelche Zeichen in den Sternen. Vision! Dass ich nicht lache. Die hat bestimmt ein wenig zu viel von ihrem Kraut geraucht. Alex, jetzt hör mir mal zu, die sind verrückt." Eifrig nickte er, als wenn er sich selbst zustimmen würde. Alex stand sprachlos vor ihm. Nein! Das konnte er nicht glauben. Er fühlte es in seinem Inneren. Sie zog ihn an. Sie war sein Schicksal. Auch wenn es ihm missfiel, gelenkt zu werden, so folgte er ihr bereitwillig.

„Alex, mein Junge, vertrau mir, du bist kein Auserwählter. Sie wollte einfach auf das Schiff. Ich hoffe, du hast sie nicht mitgenommen?" fragte er lauernd. Alex schwieg, konnte er es wirklich für sich behalten und seinen Freund belügen. Betrübt sah er auf den Boden.

„Schwarzbart, du verstehst es nicht. Ich fühle es. Ich weiß, dass ich etwas tun muss, so wie ich weiß, dass ich Sauerstoff zum Atmen brauche. Meine Mutter hat mir mal gesagt, dass das Schicksal ein Begleiter unseres Daseins wäre, doch sie wolle ihm nicht folgen. Auch ich will es nicht, doch ich fühle diesen Sog. Rina ist mein Schicksal." Alex wurde klar, dass er nun ihren Namen genannt hatte. Immer noch betrübt sah er die alten Bohlen unter seinen Füßen. Auch diese hatten eine Politur nötig, wie das ganze Schiff einen neuen Anstrich vertragen könnte. Schwarzbart sah Alex fragend an. Er überlegte. Vor vielen Jahren hatte er es mit diesen Wölfen zu tun gehabt und schon damals bedienten sie sich lieber ihres Krauts als den Geschicken um sie herum Achtung zu schenken. Nichtsdestotrotz hatte er von einem mächtigen Stamm tief in den Wäldern von Edre gehört. Vor einem Monat hatte er keinen Gedanken an dieses Mädchen verschwendet, doch nun fiel ihm ihre

Tätowierung im Nacken wieder ein. Er kannte es nicht. Vielleicht? Zweifelnd sah er sich Alex noch einmal eindringlich an. Etwas war anders an ihm. Schwarzbart öffnete die Schublade an seinem Schreibtisch und kramte darin, bis er endlich das Glas zu fassen bekam. Ein alter Schamane hatte ihm das Teil übergeben, nachdem seine Männer und er sein Volk mit Nahrung versorgt hatten, während eines schlimmen Schneesturms. Er hielt sich das Glas vor seinem gesunden Auge und betrachtete Alex erneut. Da war ein Strom goldenen Sternenlichts um ihn. Etwas war mit ihm passiert. Schwarzbart seufzte niedergeschlagen. „Aye, mein Junge, das Glas lügt nie." Verwirrt sah Alex auf und sah das Glas in Schwarzbarts Hand. „Was ist das?" fragte er.

„Ein Geschenk. Es zeigt mir das Leben und um dich ist es wie ein Strom, es zieht und zerrt an dir. Das bringt mein Vorhaben natürlich völlig durcheinander. Das wird meinem Auftraggeber nicht gefallen. Tja, so ist das Leben," dabei zwinkerte er verschwörerisch. Ungläubig sah Alex ihn an. „Was sind nun unsere weiteren Schritte?" fragte er ihn. Alex öffnete seinen Mund und schloss ihn wieder, unfähig einen Ton von sich zu geben. „Was ist mein Junge? Ich habe in all den Jahren so oft das Schicksal gesehen, dass ich weiß, man sollte ihm folgen, wenn es erscheint und du glühst förmlich," wieder lachte er aus vollem Hals.

„Du unterstützt unser Vorhaben?" schließlich fand Alex seine Stimme wieder. „Unser?" fragte Schwarzbart lauernd. „Du hast doch nicht das Wolfmädchen auf unser Schiff gelassen?"

Alex fiel sein Fehler auf und errötete. „Genau genommen, habe ich sie nicht auf das Schiff gelassen. Sie schlich sich darauf und ich fand sie," verteidigte er sich. „Ich habe ihr Schutz versprochen," ergänzte er noch schnell. Schwarzbart atmete genervt aus. „Ja, war ja klar. Du brauchst dir um sie keine Sorgen machen. Ihr wird nichts geschehen. Wo ist sie?" Alex lächelte erleichtert auf. „Ich hole sie!" kaum sprach er seine Worte aus, rannte er durch die Schotttür und den Flur entlang.

Aufgeregt fand er Rina schlafend vor. Wie liebreizend sie da lag und schlief. Alex schüttelte sie aufgeregt und sprach auf sie ein. In aller Schnelle erzählte er ihr alles, dabei zog er die noch schlaftrunkene Wölfin hoch und zerrte sie aus dem Lager. Rina folgte ihm noch immer verwirrt. Nach wenigen Minuten standen sie in Schwarzbarts Kajüte. Missmutig betrachteten sie sich gegenseitig. Um auf Nummer sicher zu gehen, betrachtete er sie auch durch das Glas. Sie waren miteinander verbunden. Kein Zweifel er musste ihnen glauben.

„Ich mag keine blinden Passagiere, doch nichtsdestotrotz bist du jetzt mein Gast und wirst alle Annehmlichkeiten genießen können. Zumindest bis wir euren Auftrag erfüllt haben. Ich würde jetzt gerne mehr von eurer Bestimmung hören," fing Schwarzbart missmutig an. Alex berichtete von ihren Begegnungen und dass er zuerst ebenfalls gezweifelt hatte. Auffordernd gab er Rina das Wort. Zuerst zögernd und misstrauisch begann sie von ihrer Vision zu berichten. Wie sich herausstellte, stammte sie tatsächlich von diesem uralten Wolfsstamm tief im Wald von Edre. Sie reiste nach Nohj, um mehr von dem Alten zu erfahren. Er teilte jedoch lieber sein Wissen mit einer besser gefüllten Geldbörse als mit ihr. Sie fing bei ihm an zu arbeiten und wartete auf ein Wunder und dann kam Schwarzbart.

Stunden vergingen, bis sie alle drei in den Sesseln vor und hinter dem Schreibtisch saßen. Zu dritt beugten sie sich über die Karte auf dem Schreibtisch.

„Du bist dir sicher, dass du weißt, wo diese Öffnung in der Feueratmosphäre ist?" fragte Schwarzbart nun bereits zum tausendsten Mal. Rina sah ihn genervt an. Sie hatte ihm berichtet, dass sie in ihrer Vision die Öffnung gesehen hatte, doch Schwarzbart machte sich trotz allem Sorgen. Plötzlich fiel Alex ein kleiner schwach leuchtender Punk in einiger Entfernung zu ihrem Schiff auf der Karte auf. Er deutete darauf. „Was ist das?" fragte er. Schwarzbart riss sich von seinem anfeindenden Blick gegenüber Rina ab und betrachtete den Punkt. Siegessicher grinste Rina und besah sich auch den Punkt.

„Ach, das ist nur Weltraumschrott." Alex besah sich den Punkt. Er konnte es sich nicht erklären, doch ihm lief ein Schaudern den Rücken hinab beim Betrachten des Punktes. „So Kinder. Ihr geht und ruht nun ein paar Stunden. Mittags werden wir Samnix erreichen und dann brauche ich euch auf der Brücke." Sein Ton erlaubte keine Widerworte. Beide standen auf. Überrascht und zugleich gerührt sah Schwarzbart, wie die beiden Händchenhaltend seine Kajüte verließen.

Alex und Rina kehrten in ihre Ecke im Lager zurück. Die Stunden vor der Ankunft auf Samnix lagen sie eng umschlungen beieinander und liebkosten sich. Es bedurfte keiner Worte. Sie sprachen mit ihren Händen und Lippen. Alex spürte so viel Liebe in sich, dass er beinah zu ertrinken drohte, wenn da nicht Rina wäre, die ihn hielt. Beide verdrängten die Gedanken an die Zukunft. Sie wollten sich noch nicht fragen, was geschehen würde, wenn sie die goldene Kugel erreichen würden und wie es für sie weitergehen würde. Rina wollte nach Hause. Alex wollte sie begleiten und ihren Planeten erkunden. Ihre Zukunft war noch unbestimmt. Das Schicksal würde sie leiten, dem waren sie sich sicher.

Schließlich war es Zeit auf die Brücke zu gehen. Sie waren noch immer müde, denn sie hatten nur zwei Stunden geschlafen, doch nun mussten sie hellwach sein. Schwarzbart schien sich auch nicht ausgeruht zu haben. Er schrie Befehle an die Männer vor den Instrumenten und Bildschirmen. Er griff nach dem Mikrofon. „Männer! Wir nähern uns dem Planeten, haltet Stand und das Schiff am Leben," rief er nüchtern aus. Die Prometheus geriet in gefährliche Stürme. Die Atmosphäre des Planeten griff sie an und sie waren den Naturgewalten ausgesetzt. Das Feuer umhüllte sie. Sie konnten die Hitze spüren.

Plötzlich schienen sie führerlos zu schweben. Das Schiff geriet stark ins Wanken. Rina stellte sich an das Geländer und sah auf das ewige Feuer. Es nahm das gesamte Fenster ein. Alex stand besorgt neben Schwarzbart und half ihm dabei das Steuerrad zu halten und sie vor dem Feuer weg zu bewegen. Beide warteten auf Rinas Anweisungen. Sie schloss die Augen und erinnerte sich an die Bilder in ihrer Vision. Ein Lächeln umspielte ihre Lippen. Rina drehte sich um und ging zur virtuellen Karte vor dem Steuerrad. Mit dem Finger zeigte sie eine Schneise durch die Atmosphäre.

„Da ist unser Weg!" flüsterte sie zu Schwarzbart und Alex. Die Männer sahen sich unsicher an, doch sie drehten trotzdem das Rad in die angegeben Richtung. Die Männer vor den Instrumenten und Bildschirmen standen auf und starrten nun alle gebannt auf das Fenster in die Flammen. Kein Zweifel, sie sahen ihren Tod herannahen. Manche von ihnen schlossen die Augen und bewegten die Lippen wie zu einem Gebet. Rina stand breitbeinig vor dem Fenster und hielt sich locker am Geländer fest. Das gesamte Schiff raste mit einer unglaublichen Geschwindigkeit nun auf das Feuer zu. Sie konnten alle die Hitze bereits auf ihrer Haut spüren.

Alex zweifelte keinen Augenblick an seiner Geliebten. Sie würde sie richtig führen. Sie durchbrachen die ersten Flammen unbeschadet und gerieten in einen Strudel aus Flammen, der sie wie ein Magnet immer tiefer in die Feuerwand zog. In rasender Geschwindigkeit rasten sie durch den Strudel und zogen eine Rauchschneise hinter sich heraus aus der Atmosphäre.

Eine atemberaubende Landschaft bot sich ihnen. Staunend und ungläubig betrachteten sie das kantige dunkle Land vor ihnen. Schwarzbart schrie wieder Befehle und seine Männer brachten das Schiff wieder zur Ruhe. Sie flogen über das Land. Hier und da konnten sie karge verbrannte Baumstämme erkennen. Der Boden schien schwarz zu sein. Verbrannte Erde. Alex stellte sich nun neben Rina und ergriff ihre Hand. Sie drehte sich zu ihm und sie küssten sich. Schwarzbart grinste über diese beiden Verrückten, die ihn gerade durch diesen Sturm geführt hatten. Sein Herz pochte immer noch wie wild. „Verdammt, Mädchen, du hast es echt geschafft!" rief er überschwänglich. Rina drehte sich zu ihm um. „Hast du etwa an was anderes geglaubt!" erwiderte sie verschmitzt, dabei zeigte sie ihm ihre Zunge. Schwarzbart lachte und schüttelte seinen Kopf.

Rina löste sich von Alex und besah sich wieder die Karte. Sie mussten nun den Höhleneingang finden, um in das Erdinnere zu gelangen. Die Sensoren des Schiffes erstellten schnell eine virtuelle Ansicht über den Planeten. Diese Karte war nicht ganz genau, doch Rina wusste exakt, wo sich der Höhleneingang befand. Mit dem Finger deutete sie scheinbar auf eine beliebige Stelle. Schwarzbart nickte und gab die Koordinaten in den Computer ein. Die Route wurde erstellt. Die kräftigen Flügel führten sie sanft zu ihrem Zielort.

Die Landschaft veränderte sich nach und nach. Immer öfter sahen sie Rauch aufsteigen und hier und da sahen sie Flammen züngeln. Die Erde wurde in diesem Bereich immer bröckeliger und zeigte Risse aus denen Lava herausströmte. Alex musste schwer schlucken, denn der Gedanke missfiel ihm, in das Erdinnere vorzudringen. Was würde sie dort erwarten? Rina stand zu seiner Rechten und lächelte ihm zuversichtlich zu. Sie hatte ihre Vision, die sie an den Erfolg dieses Abenteuers glauben ließ, doch er war noch nie so weit fort gewesen von seiner Mutter wie in diesem Moment. Was sie wohl gerade tat? Beschämt schob er diese Gedanken fort. Er wollte kein kleiner Junge mehr sein, der seine

Mutter vermisste. Es war Zeit ein Mann zu sein. Fest drückte er Rinas Hand und sah aus dem Fenster. Sie sahen in weiter Ferne eine Berglandschaft. Sie näherten sich dem Höhleneingang, bis sie ihn schließlich direkt vor sich erblickten.

Wie ein riesiger Schlund öffnete sich das Erdinnere an der Oberfläche. Zwei weitere Höhlen im riesigen Gebirge lagen rechts und links des Schlunds, aus denen Rauch stieg. Das Bild untermalte den Eindruck eines riesigen Mauls, das bereit war sie bei lebendigem Leibe aufzufressen.

Alex sah nirgendwo Drachen. Womöglich waren sie schon lange fort. Wie konnten sie sonst so lange auf einem toten Planeten überleben? „Wo wohl die Drachen sind?" fragte Schwarzbart ehrfürchtig hinter ihm, als wenn er seine Gedanken gelesen hatte. Wahrscheinlich wünschte er sich auch dort unten keine anzutreffen. Leider antwortete Rina auf die Frage, dessen Inhalt niemanden gefiel. „Sie sind dort unten," und zeigte auf den Schlund.

„Männer, wir haben es noch nicht überstanden! Wir setzen auf und dann wird die Gegend erkundet!" gab Schwarzbart durch das Mikrofon durch. Die Männer auf der Brücke schienen nervös zu sein. Angespannt setzten sie zur Landung an. Schließlich landeten sie mit einem lauten Rumpeln. Sie wurden alle durchgeschüttelt. Rina und Alex hielten sich am Geländer fest. Der Staub um das Schiff löste sich auf und ließ den Blick frei auf den Schlund direkt vor ihnen. Rina richtete ihren Blick auf Alex. Sie freute sich und es lag so viel Zuversicht in ihrem Blick. Alex fixierte ihre goldenen Augen. Prägte sich ihren geflochtenen Zopf ein, der nun über ihre Schulter lag, ihre Lippen und die kleinen Falten, die sich bei einem Lächeln bildeten. Er strich liebevoll über ihre Augenbrauen und ihre Wangen. Er liebte sie und wollte diesen Augenblick niemals wieder vergessen. Sie waren sich so ähnlich. Weit fort von ihren Heimaten und ihren Liebsten. Jung und bereit ihr Leben in Gefahr zu bringen.

Schwarzbart verließ die Brücke gefolgt von Alex und Rina. Sie bewegten sich in den Laderaum und öffneten das große Tor. Die Rampe war schon ausgefahren. Vier Männer, darunter war Jan, Schwarzbart, Alex und Rina bewaffneten sich und packten schnell die wichtigsten Dinge ein wie Wasser, Seile und Hacken. Schwarzbart gab noch letzte Befehle an den Rest der Mannschaft, das

Schiff zu sichern und Augen und Ohren offen zu halten. „Ihr kennt die Parole, Männer: Nur wer zurückkehrt ist ein guter Mann," rief er zum Abschied. Kalm stand am Tor und winkte Alex zu. Alex ging auf ihn zu. Sorgenfalten durchzogen sein Antlitz. „Frischling, du weißt, was die Parole bedeutet?" fragte er. Alex schüttelte den Kopf. „Wir sind Piraten und keine Helden. Zurückgebliebene werden nicht gerettet, schreib dir das hinter die Ohren und komm ja wieder," bei diesen Worten drehte sich der alte Matrose um und verschwand im Schiffsinneren. Alex sah ihm gerührt hinterher. Es schien, dass der alte Mann ihn ins Herz geschlossen hatte.

„Alex!" rief hinter ihm Rina aufgeregt. Schnell drehte er sich um und rannte dem Trupp hinterher. Er blieb neben Rina an der Spitze des Trupps stehen.

Sie näherten sich schnell dem Eingang des Schlunds. Erst als sie direkt davorstanden, wurde ihnen das gesamte Ausmaß des Einganges bewusst. Über ihnen ragte in schwindelerregender Höhe der Schlund auf. Sie mussten eine kleine Erhebung erklimmen. Die Hacken mit den Seilen wurden gekonnt von Jan und den Männern geworfen und sie kletterten hoch. Vor ihnen breitete sich eine unendliche Schwärze aus. Der Weg in die

Hölle, dachte sich Alex. Ihm fröstelte. Rina ergriff seine Hand und drückte sie aufmunternd. Sie sah ihm die Angst an. Schwarzbart erschien hinter ihnen und legte seine kräftigen Hände auf ihre Schultern. „Na, geht's nun weiter?" fragte er und lachte leise. Rina legte ihre Finger an die Lippen und bedeutet ihm zu schweigen. Sie zeigte in die Dunkelheit. Die Drachen! Beinah hätte Alex sie vergessen. Wie sie wohl aussahen? Alex kam sich verrückt vor, dass er sich wünschte, sie sehen zu können. Von nun an mussten sie leise weiter gehen. Jan verteilte Kopflampen an jeden. Schwarzbart legte seinen heiligen Hut am Eingang ab und band sich seine Haare zu einem Dutt nach hinten. Alex musste einen Lachkrampf unterdrücken. Wütend ignorierte Schwarzbart Alex Bemühungen nicht zu lachen. Sie waren nun bereit und begangen ihren Weg hinab ins Innere des Planeten.

Nichts erinnerte im Inneren des Ganges an einen Eingang in ein Drachenhort. Sie spürten, desto weiter sie ins Innere kamen, die Hitze auf ihrer Haut und begannen immer mehr zu schwitzen. Die Wände konnten sie nicht sehen, der Gang war einfach zu breit. Sie konnten nur Rinas Schritten folgen, die behänd einen Schritt nach dem anderen ging. Sie mussten ihr alle vertrauen.

In einer Reihe folgten sie ihrem Weg. Der Gang erschien ihnen endlos. Die einzigen Geräusche, die sie hören konnten, waren ihre Schritte und das schwere Atmen ihrer Kameraden. Alex lief direkt hinter Rina und sah nun ihre Tätowierung im Nacken. Seltsam, dass sie ihm nicht vorher schon aufgefallen war. Es waren drei runde schwarze Punkte. Was es zu bedeuten hatte, fragte er sich. Plötzlich wurde ihm bewusst, dass er viel zu wenig über Rina wusste. Er freute sich plötzlich so sehr auf ihre Zukunft, in der er alles über sie lernen konnte. Die bedrückende Dunkelheit und die Anspannung der Männer hinter ihm verschwanden aus seinem Sichtfeld, denn er konnte nur noch seine Zukunft mit ihr sehen. Freudestrahlend legte er einen Gang zu.

Es vergingen endlose Stunden, bis sie endlich Licht am Ende des Ganges erkennen konnten. Sie konnten nun dunkles Gestein erkennen. Es war schwarz. Verbrannt durch das Feuer der Drachen. Plötzlich hörten sie ein ohrenbetäubendes Brüllen weit über ihnen. Sie hörten das schwere Schlagen von Flügeln. Instinktiv legten sie sich alle auf den Boden. Schnell bedeckten sie ihre Kopflampen mit ihren Händen. Keiner verursachte ein

Geräusch. Jetzt war ihnen klar, warum der Gang so breit war. Die Drachen mussten riesig sein. Angespannt warteten sie, bis die Geräusche der schlagenden Flügel verklungen waren. Vorsichtig richten sie sich alle auf. Rina blickte nach hinten zu den Männern und bedeutete ihnen weiterzugehen. Alex bewegte sich sofort, doch er merkte, dass die anderen stocksteif stehen blieben. Überrascht drehte er sich um. Fragend sah er in ihre angsterfüllten Gesichter. Selbst das Gesicht seines Freundes wirkte Aschpfahl. Rina kam zurück und sah die Angst auf ihren Gesichtern. Nur wenige Sekunden opferte sie ihnen ihre Zeit. Schließlich ergriff sie Alex' Hand und zog ihn mit sich. Schwarzbart kam ihnen schnell hinterher. Er ergriff Alex andere Hand und hielt ihn zurück. Alex blieb stehen. Wütend sah Rina die beiden Männer an und schüttelte den Kopf. Schwarzbart zog seine Taschenuhr heraus und deutete darauf. Die Geste verstand Alex. Es war Zeit zu verschwinden. Unschlüssig sah er seinen Freund an. Alex und Schwarzbart wagten es nicht ein Geräusch zu machen, denn die Drachen waren zu nah. Er konnte die Gefühle seines Freundes erahnen, doch er fühlte diesen Sog nun noch viel stärker und musste weiter. Einen letzten Blick warf er Schwarzbart zu, seinem Freund, seinem Mentor und seinem Ziehvater. Es lag so viel Dankbarkeit darin. Schwarzbart fühlte in seinem Inneren eine Zerrissenheit. Er wollte Alex nicht allein lassen, doch die Angst saß fest in seinen Knochen. Niedergeschlagen ließ er seinen Kopf hängen und drehte sich um zu seinen Männern. Alex fragte sich noch, wie sie zurückfinden würden, doch dann spürte er Rinas Lippen auf seinen. Er drehte sich um und folgte ihr weiter. Hand in Hand traten sie in das Licht. Nach der langen Zeit im Dunklen mussten sie blinzeln. Schließlich bot sich ihnen ein fantastischer Anblick. Von den Höhlenwänden spross grüner Bewuchs herab. Bäume, Sträucher und Blumen säumten die Ebene vor ihnen. Sie hörten das Donnern eines riesigen Wasserfalls, der weit über ihnen herabfiel und in einen Strom führte. Der Strom mündete in ein großes Wasserloch. Drachen in verschiedensten Farben leuchteten über und um sie. Sie flogen über ihnen, andere nisteten oder schliefen friedlich auf Steinen oder zwischen dem hohen Gras. Alex war starr vor Faszination, denn das Unglaublichste war der Lichtspender. Über dem Wasserloch schwebte ein riesiger Feuerball, ähnlich dem Äußeren der Atmosphäre des Planeten. Es schien wie eine Sonne zu sein. Auch Rina stand mit dem gleichen fassungslosen Gesichtsausdruck neben ihm. Sie hielt noch immer seine Hand. Hier war es warm, doch ein milder Luftzug schwebte durch den Drachenhort, der aus den unzähligen kleinen und großen Höhlen rundherum zu kommen schien.

Alex zwang seinen Blick fort von dem Drachenhort und sah Rina fragend an. Rina spürte seinen Blick auf sich und sah ihn an. Ihre Augen leuchteten. „Ich kenne den Weg und führe dich!" versprach sie ihm flüsternd. Plötzlich begann sie sich auszuziehen. Alex errötete. Er hatte sie bereits nackt gesehen, doch hier am Ende der Welt in dieser gefährlichen Situation ergriff ihn eine Beklemmung. Rina sah es und grinste ihn verschmitzt an. Sie öffnete ihren geflochtenen Zopf. Alex strich über ihr weiches braunes Haar und küsste sie auf die Lippen. Rina schüttelte den Kopf und kicherte leise, dabei trat sie von ihm weg. Ihr Körper begann sich zu verändern. Alex konnte es nicht richtig erkennen. Sie wirkte wie verschwommen oder geknickt. Haare wuchsen auf ihren Schultern, Armen, Bauch und Beine. Die Verwandlung geschah sehr schnell und plötzlich stand vor Alex ein großer brauner Wolf. Fasziniert sah er Rina an. Er kniete vor dem Wolf und blickte in ihre ruhigen goldenen Augen. Sie war immer noch seine Rina, doch nun sah er zum ersten Mal vollständig ihre animalische Seite. Alex liebte sie nun noch viel mehr. Vorsichtig strich er ihr über das glänzende Fell. Es fühlte sich an wie ihr offenes Haar. Rina schlängelte sich auf ihn zu und rieb ihren Kopf an seinen Hals. Leise knurrte sie, um ihn zu zeigen, dass auch sie ihn liebte. Alex richtete sich auf und bedeutete dem Wolf ihm die Richtung zu weisen. Er klaubte ihre Kleidung auf und stopfte sie in seinen Rucksack.

Rina lief zielstrebig durch den Wald, als wenn sie einem Pfad folgen würde. Hinter den nächsten Büschen trafen sie auf einen schlafenden Drachen. Alex stockte der Atem, als dieser ein Auge öffnete und den Wolf und den Jungen betrachtete. Lange ruhte sein Auge auf den Augen des Wolfes, doch schließlich schloss er sie wieder und schlief weiter. Alex begriff, warum der Wolf wichtig war. Rina konnte so auf eine andere Art und Weise mit den Drachen kommunizieren. Alex betrachtete den großen grün geschuppten Drachen. Seine Krallen waren so lang wie er selbst. Nervös schluckte er einmal. Schweiß tropfte auf sein Hemd.

Sie näherten sich dem Rand des Wasserloches. Alex konnte sehen, dass ein schmaler Steg direkt zur Sonne führte. Es schien ihr Ziel zu sein. Fragend sah er auf Rina herab. Sie sah zu ihm auf und bellte zustimmend. Gut, dann ist das unser Weg, dachte sich Alex.

Vor dem Steg verwandelte Rina sich zurück in eine Frau. Alex reichte ihr ihre Kleidung. Er drehte sich schnell um und wartete, bis sie fertig war. Alex hörte ihr leises Lachen. Ihm war klar, dass er sich albern benahm, doch die Situation erschien ihm unwirklich. Schließlich spürte er Rinas Hand auf seiner Schulter. Seine Augen trafen ihre. Ihre goldenen Augen zogen ihn in ihren Bann. Er beugte sich vor und küsste sie leidenschaftlich. Rina legte ihre Arme um seinen Hals und löste sich aus dem Kuss. Stirn an Stirn sahen sie sich an. Nur wenige Millimeter Leere war zwischen ihren Nasen.

„Es ist nun so weit, den Rest musst du allein gehen," erklärte sie ihm. Geschockt schob er Rina ein Stück von sich. „Wie allein?" fragte er entsetzt. Sie nickte. „Weiter ging meine Vision nicht. Der Rest ergibt sich am Ende des Stegs." Sie löste sich aus seinen Armen und deutete auf den Steg. „Alex, geh nun, ich warte hier auf dich," flüsterte sie. „Versprochen," ergänzte sie mit Tränen in den Augen. Alex begriff, dass sie sich fürchtete, denn sie wusste nicht, was ihm am Ende erwarten würde. Zwiespältig stand er vor ihr. Bisher hatte er nur an Rina geglaubt und war ihr daher gefolgt, jetzt war er an der Reihe zu glauben und seinem Schicksal zu folgen. Er schluckte schwer und sah erneut zum Steg hinüber. Alex konnte nicht erkennen, was am Ende wartete. Mit schweren Schritten löste er sich aus dem Bann seiner Geliebten und begann den beschwerlichen Weg über den schmalen Steinsteg auf den riesigen Feuerball zu. Es würde sich zeigen, was ihn am Ende des Weges erwarten würde.

Immer wieder kamen ihm Zweifel auf seinem Weg. Er kam nur langsam voran. Die bedrohliche Tiefe zu seiner Rechten und Linken bereitete ihm Unwohlsein. Alex fragte sich mittlerweile, wie es so weit kommen konnte. Hatte seine Mutter ihm nicht Vernunft beigebracht und sollte er nicht lieber einem fremden Mädchen mit ihrem liebreizenden Körper misstrauen? War es zu spät, um zurückzukehren? Schwer atmete er aus. Nein, mit Vernunft hatte all dies nichts zu tun. Die Liebe hatte ihn so weit getrieben. Sie hatte ihn geführt und er war bereitwillig gefolgt. Alex konnte nun das Ende bereits sehen. Etwas oder jemand saß davor. Er konnte es jedoch nicht erkennen.

Nach einiger Zeit erreichte er das Ende und war überrascht. Es war ein Mädchen. Glaubte er zumindest. Sie hatte langes offenes weißes Haar und weiße Haut. Zudem trug sie ein langes weißes Kleid, das einzig an zwei goldenen Spangen auf ihrer Schulter befestigt war. Ihre Augen waren geschlossen.

„Ich seh dich," flüsterte sie. Alex erschrak, dachte er doch, sie schliefe oder befinde sich in Trance. „Wie, du siehst mich?" fragte er ängstlich mit kratziger Stimme. „Ich sehe dich durch meine Augenlider, Auserwählter," erklärte sie ihm. Ihre Stimme war die eines Mädchens, doch erschien sie Alex weit aus älter, als sie den Anschein vorgab. Sie nickte und lächelte. „Du hast recht, Junge. Ich bin älter, als du denkst, sowie deine Mutter."

„Meine Mutter? Woher weißt du von meiner Mutter?" Alex war entsetzt dieses Mädchen las seine Gedanken. Sie kannte seine Mutter. Wer war sie? „Das ist nicht von Belang. Du wirst nun deiner Mutters Werk zu Ende führen." Das Mädchen stand auf und zeigte ihm ihren Rücken. Sie schritt auf den Feuerball zu, der weit über sie hervorragte. Alex stand noch immer fassungslos da, doch dann gehorchten seine Beine ihm nicht mehr. Mit Entsetzen in den Augen folgte er ihr. Er riss die Arme vor sein Gesicht, als sie beide auf das Feuer zugingen, doch es öffnete sich ein Tor. Das helle Licht und die Wärme verschwanden augenblicklich. Ängstlich öffnete Alex seine Augen und sah sich selbst. Sein Gesicht war wild behaart und seine Haare hingen ihm wirr herunter. Die Kleidung, die er trug, verdiente dringend eine Reinigung. Was ihn am meisten erschreckte war sein Ausdruck. Er hatte Angst. Fort! Es schrie in ihm. Alex drehte sich um, doch auch dort waren nur Spiegel. Sie waren um ihn herum. Panik breitete sich in ihm aus. Ein weißes unsichtbares Licht erhellte die Umgebung.

Plötzlich berührte ihn sanft eine Hand. „Ruhig mein Junge, du siehst den Weg nicht, doch ich schon. Halte meine Hand fest und ich führe dich zu dem, was du begehrst." Es war das Mädchen. Sie hatte komplett weiße Augen. Was auch immer sie sah, sie sah die Welt nicht wie Alex. Ängstlich und zitternd folgte er dem Mädchen. Sie war zwei Köpfe kleiner als er. Fast noch ein Kind und doch strahlte sie Sicherheit und Geborgenheit aus.

Nach endlosen Minuten erreichten sie den Mittelpunkt des Spiegellabyrinths. Alex' Angst wandelte sich zu Unglauben und Neugier. Dort stand ein Sockel und darüber schwebte eine goldene Kugel. „Was ist das?" fragte er das Mädchen. Sie stellte sich neben die Kugel und wies darauf. „Dein Schicksal!" war ihre einzige Erklärung. Zwiespältig stand er unbeweglich da. Die Angst saß noch immer tief in ihm. All dies erschien ihm unwirklich. In was war er da nur hineingeraten? In Gedanken schickte er seiner Mutter einen Hilferuf.

„Ich muss wissen, was das mit meiner Mutter zu tun hat?" fragte er mutig und reckte das Kinn. Das Mädchen senkte die Hand. Einen Moment sah sie tief in ihn hinein, doch schließlich nickte sie und begann. „Du musst die Kugel befreien und zugleich dein wahres Schicksal erfüllen. Deine Mutter konnte weder das eine noch das andere. Nun muss ich es auf einem anderen Weg erzwingen." Sie schwieg kurz. „Nun berühre die Kugel und bringe sie zu ihrem Erwacher," befahl sie. In ihrem Befehl lag eine unüberhörbare Drohung. Alex rang immer noch mit sich. Sein Schicksal? War nicht sein Schicksal der Auserwählte zu sein? Das alles war seltsam und unglaublich, doch letztendlich war ihm klar, dass es nur diese Option gab. Zielstrebig ging er auf die schweben Kugel zu und berührte sie. Ein grelles Licht umhüllte ihn. Er sah eine Frau in einem Bett liegen. Sie umschloss ein kleines Bündel vor sich. Alex konnte blaue Augen und dreckiges verschwitztes blondes Haar sehen. Der Junge starrte ins Leere. Die Frau weinte und schrie: „Bitte nimm nicht ihn, nimm mich. Rette ihn!" Plötzlich lag die Frau regungslos da. Claire, seine Mutter stand am Bett und nahm das kleine Bündel. Sie weinte und verschwand mit dem Baby. Das Bild verschwand, Alex verschwand und die Kugel verschwand. Zufrieden lächelte das weiße Mädchen. „Nun wird sich dein Schicksal endlich erfüllen," versprach sie, auch wenn in ihrer Stimme eine unendliche Traurigkeit lag. Sie verwandelte sich in Rina und man sah Trauer und Bedauern in ihren Augen. Die Geschicke des Universums zu lenken, bedurfte oft auch Schmerz.

VI

Der Tag neigte sich seinem Ende. In der Abenddämmerung spazierte Claire am Strand entlang. Sie war auf dem Heimweg, doch sie zögerte es hinaus. Die frische Luft, die ihr vom Meer herüber wehte, wirbelte ihre offenen Haare auf. Sie zog ihren Mantel enger um sich. Die gelben Gummistiefel standen im Wasser. Claire nahm einen tiefen Atemzug. Ihre Lungenflügel blähten sich auf. Sie schloss die Augen und genoss den Augenblick. Die plötzliche Ruhe um sie herum nach Alex' Abreise quälte sie. Sie vermisste ihn und vor allem vermisste sie es, eine Mutter zu sein. In ihrem Inneren wusste sie genau, dass es vorbei war. Es drückte ihr die Luft weg, Tag für Tag. Heute wollte sie nicht weinen. Er würde zu ihr zurückkehren, das hoffte sie. Mit Bedauern stellte sie wieder fest, dass sie nichts über seine Zukunft wusste. Ihr war klar, dass sie durch ihre Tat es verwirkt hatte, seine Zukunft sehen zu können. Seine Seele gehörte ihr und hing an ihrem Schicksal fest. Es war ein Risiko gewesen, ihn gehen zu lassen. Egal wie oft sie sich fragte, ob es das Richtige war, musste sie sich doch eingestehen, dass Alex ein Sterblicher war und sie ihn leben lassen musste.

Gedankenverloren schlenderte sie im Licht der Abendsonne weiter. Plötzlich blitzten einige Meter vor ihr etwas in der Gischt auf. Neugierig ging sie darauf zu. Überrascht stellte sie fest, dass es eine goldene Kugel war. Ein wenig größer als ihre Hand. Sie bückte sich und berührte die Kugel vorsichtig. Es begann mit einem Schrei und einem Stich. Ihr Herz schmerzte. Sie konnte seinen Hilferuf hören, doch als sie ihn fand musste sie vor Angst schreien.

Claire riss ihre Augen auf und fiel nach hinten in den Sand. Die Kugel lag vor ihr. Sie wurde nass, doch Claire spürte das nicht mehr. Das Bild vor ihrem inneren Auge würde sie nie wieder vergessen. Die Kugel wackelte und strahlte immer heller. Plötzlich hörte Claire ein knackendes Geräusch und die Kugel sprang auf. Eine Woge der Liebe überschwemmte sie. Claire sah, wie die gefangene Seele zum Himmel schwebte und im Dunst der Wolken verschwand. Was war das? Das Phänomen musste sie später klären. Zuerst musste sie etwas erledigen. Sie musste Alex retten.

Claire rappelte sich auf. Sie zog ihre Gummistiefel aus und rannte den Rest der Strecke zurück zum Haus. Schnell rannte sie den steinernen Weg hinauf und riss die Tür auf. Auf dem Dachboden zog sie die schwere Holztruhe heraus. Einen kurzen Moment hielt sie inne, bevor sie diese öffnen würde. Tränen stiegen ihr in die Augen. Es war alles ein Fehler gewesen. Sie hatte Angst. Claire schob alles beiseite und öffnete ihr Schicksal. Ihre alte Assassinen Ausrüstung. Eine Halbautomatik, die zwei Samurai Schwerter und ihre zwei gekrümmten Messer. Der Mantel, die Stoffhose und die Bluse fielen zu Boden. Claire nahm die schwarze Lederhose heraus und zog sie über die Unterhose. Ein schwarzes Hemd, ihre Weste und die schwarze Lederjacke. Zum Schluss ihre schwarzen Lederschuhe, mit denen sie auf leisen Sohlen anschleichen konnte. Schließlich befestigte sie die beiden Messer auf ihrem Rücken unter der Jacke. Die Halbautomatik steckte sie in den rechten Holster. Die beiden Schwerter auf die linke Seite. Ihre Haare band sie zurück. Sie war bereit. Der Kampf konnte beginnen. Claire verschwand. Zurück blieb eine Staubwolke, die langsam herabfiel. Die Insel war verlassen.

Im Thronsaal flackerten die Lampen an jeder Säule und den Wänden. Banner hingen zwischen den Lichtern. Abbildungen von seinen zahlreichen Eroberungen. Ein scheinbar alter Mann saß auf einem schmucklosen einfachen Sessel erhoben auf einem Podest. Rundherum führten Stufen hinab. Er stützte nachdenklich seinen Kopf auf seiner Hand. Ausdruckslos beobachtete er die Engel vor sich, die um ihn herumscharwenzelten. Allesamt Speichellecker waren sie. Loyalität war ihnen fremd. Sie waren nur Lichter, die im Wind drohten zu verlöschen. Der Tag würde kommen, da würde er sie alle löschen und anstatt dessen sich ein getreues Gefolge holen. Vielleicht eines seiner ergebensten Leibeigenen? Mörderisch stellte er sich vor, sie alle brennen zu lassen. Gabriel stand zu seiner Rechten unten an den Stufen. Dieser Dummkopf hatte sie immer noch nicht gefunden und Amelia stand links von ihm. Sie war treu, das musste er zugeben, aber ebenfalls unfähig.

Er sehnte sich nach dem Tod von Claire. Vor so langer Zeit hatte er das Leben und den Tod gefangen genommen. Nun schien zumindest der Tod befreit zu sein. Er musste sie vernichten und ihre Seele wieder in seine Gewalt bringen. Zu viel stand hier auf dem Spiel.

Das Universum stand beinah komplett unter seiner Gewalt.

Plötzlich wirbelte ein Sturm mitten in der Halle. Der Sturm legte sich und hinterließ einen bewusstlosen Jungen. Der Herrscher sprang auf. Das äußere des alten Mannes wich dem eines jungen Mannes. Der Herrscher sprang behänd die Stufen hinunter. Der Junge war dreckig und bewusstlos. Er lebte noch. Er sah blondes Haar. Der Herrscher bückte sich und wollte den Jungen berühren. „Nicht, Herr!" rief Gabriel. Spöttisch drehte er sich um und sah Gabriel an. „Denkst du, ein einfacher Sterblicher kann mir schaden?" fragte er lachend. Schließlich drehte er den Jungen auf den Rücken. Bei der Berührung spürte er Claire. Er sah das Baby und wie Claire den Jungen an sich nahm. Entsetzt sah er auf den jungen Mann hinunter. Das konnte nicht sein! Ihre Hände hatten ihn berührt. Wer hatte ihn geschickt? Sie selbst sicher nicht. Er konnte ihren Schutz um ihn spüren. Ein niederträchtiges Grinsen breitete sich in seinem Gesicht aus. Gerade noch hatte er trübselig darüber sinniert, wie er Claire fassen konnte und dann brachte ihm das Schicksal den Köder für die Falle. Ja, das Schicksal! Durchzuckte es ihn. Was beabsichtigte es? Niemals würde es sich ihm in den Weg stellen, dem war er sich sicher, doch was sollte das mit dem Jungen? „Pffh…Ich nehme mir, was ich will," flüsterte er bösartig. Der Herrscher drehte sich zu Gabriel um. „Wir müssen nun schnell handeln. Schafft mir sechzehn gleichgroße schwarze Steine herbei. Platziert acht in einem breiten Kreis um den Jungen und einen exakt gleich großen Kreis direkt daneben! Sofort!" schrie er wütend. Innerhalb von wenigen Minuten standen die Kreise fertig. „Keiner darf den Jungen berühren!" warnte er die Engel. Sie würde jeden Moment da sein, das spürte er. Verschlagen grinste er. Schnell setzte er sich wieder auf seinen Thron. Er konzentrierte sich auf die zwei Steinkreise und schloss sie. Nunmehr jung und mit aufgerichtetem Oberkörper bereit für das Treffen. Amelia hatte das alles mit einem ausdruckslosen Gesichtsausdruck beobachtet. Sie wusste, wer der Junge war. Sie hatte es bereits auf Nohj gerochen und gespürt. Amelia hatte die Prometheus bis kurz vor Samnix verfolgt und schließlich ihre Jagd beendet. Etwas hatte sie spüren lassen, dass das, was auf dem Planeten versteckt war, zu mächtig für sie war. Ihr war klar, dass sie den Jungen hätte benutzen können, um ihre Tochter zu finden.

Tatsächlich wusste sie genau, wo sie war. Niemand ahnte etwas. Sie konnte ihre Tochter dem Herrscher nicht überlassen. Die letzten Jahre gab sie vor Claire zu suchen, dabei hatte sie sie beschützt. Das war sie ihr schuldig. Amelia zeigte keine Gefühlsregung, doch in ihrem Inneren tobten die Gefühle. Sie hatte Angst. Was würde geschehen, wenn Claire auftauchte?

Die Gezeiten und Mächte des Universums erhoben sich, um eine neue Zeit anzubrechen. Die Welten bebten bei der Wut des Todes. Er nahte heran. Die Baumwipfel im Tal unter dem fliegenden Schloss wirbelten hin und her. Es donnerte und regnete. Die Sonne durchbrach das Unwetter. Schnee fiel herab und wirbelte durch den Wind wie ein schwerer Nebel über die Ebenen. Alles schien auf diesen einen Moment gewartet zu haben. Ein Blitz traf mitten in die Halle ein und barst das Dach entzwei. Die Gezeiten wirbelten herein. Die Engel flüchteten hinaus. Einzig Gabriel und Amelia hielten stand. Der Herrscher lachte und wartete. Amelia sah, wie sich eine Schutzhülle um den Jungen bildete. In seinem Inneren war es still. Plötzlich stand Claire in dem Kreis neben ihm. Sie brannte und ihre Augen glühten rot. Das Kristallblau ihrer Mutter war fort. Nun begriff Amelia endlich, warum der Herrscher sie fürchtete. Claire sah kurz zu dem Jungen. Tränen liefen über ihre Wangen. Der Anblick war unwirklich. Der Tod weinte um einen Lebenden. Claire zog ihre Schwerter und setzte zum Sprung an. Ihre Intension war klar. Doch sie prallte gegen den Steinkreis. Er wirkte wie eine Schutzhülle. Der Herrscher lachte. „Hast du wirklich geglaubt, ich würde dich einfach so in mein Haus lassen?" fragte er hämisch. „Ich werde dich dahin zurückbringen, von wo du herkamst!" schrie er, dass ihm der Speichel tropfte. Amelia sah zu ihm auf und sah einen verrückten alten Mann. Sie sah zu Gabriel und sah das gleiche in ihm wie in ihr. „Nun wird er sterben!" schrie der Herrscher. Er richtete seine Hand auf den Jungen. Claire brannte noch immer und sprühte Hass aus, doch nun fühlte sie auch Verzweiflung. Sie versuchte immer wieder durch den Steinkreis zu gelangen, doch sie war zu schwach. Ihre, über all die Jahre, unterdrückte Macht blieb stur verborgen. Zu lange hatte sie ihre Macht verleugnet. Sie hatte keine Kontrolle, geschweige denn Kenntnisse über ihre Fähigkeiten. Claire hätte ihn damals sterben lassen sollen und ihre Aufgabe annehmen müssen. Tränen liefen in einem Strom über ihre Wange. Mit Entsetzten musste sie zusehen, wie Alex seinen Kopf hob und verwirrt zu seiner Mutter blickte. Seine blauen Augen suchten die ihren. Claires Augen änderten ihre Farbe und wurden wieder kristallblau. „Alex, mein Junge," flüsterte sie mit tränenerstickter Stimme. Seine Augen stellten ihr noch so viele Fragen, doch sie würden niemals beantwortet werden. Claire schrie. Der Herrscher lachte immer lauter und schnipste einmal mit dem Finger. Alex Kopf zuckte unnatürlich zurück und riss von seinen Schultern ab. Das Blut spritze weit und besudelte Claires Gesicht. Der Steinkreis war aufgelöst. Entsetzt und kraftlos brach Claire zusammen in dem Blut ihres Kindes. Sein Kopf flog durch die Luft vor ihre Knie. Die Augen sahen sie vorwurfsvoll an. Sie legte ihr Gesicht in ihre Hände und fing an bitterlich zu weinen. Immer wieder flüsterte sie seinen Namen. Der Sturm in der Halle legte sich. Blätter, Regen und Schnee bedeckten den Boden. Amelia löste sich aus ihrer Starre und rannte zu ihrer Tochter. Unschlüssig blieb sie vor ihr stehen. Schließlich kniete sie vor ihr und nahm sie in die Arme. Behutsam strich sie ihr über den Kopf. Claire war unfähig, sie wegzustoßen. Sie war gebrochen. Alles hatte ein Ende und nun war ihr Ende erreicht.

„Claire mein Kind, flieh," flüsterte Amelia behutsam in ihr Ohr. Verwirrt blickte Claire mit blutverschmiertem Gesicht auf. Amelia holte ihren Arm aus und schlug Claire kräftig gegen die Brust. Ein Schmerz durchzuckte Claires geschwächten Körper und sie fiel nach hinten. Einen letzten fragenden Blick warf sie noch ihrer Mutter zu. Die Antwort war ihr ins Gesicht geschrieben. Die schwarzen Streifen bluteten. Sie wurde bereits mit Schmerz bestraft für ihre Liebe. Im letzten Moment sah Claire noch, wie das Licht ihrer Mutter erlosch. Ihre Tränen liefen weiter in einen Strom. Wie viel Schmerz konnte sie noch ertragen, fragte sie sich und wünschte sich nichts sehnlicher als den Tod herbei. Leider war sie selbst der Tod. Alles und jeder starb, nur sie blieb zurück mit Schmerzen in ihrem Herzen.

Phase II
Liebe

VII

Es war dunkel um sie. Sie flog immer weiter, nicht klar wo dieser Pfad enden würde. Es war ihr egal. Nun war alles vorbei. Claire schloss ihre Augen. Sie spürte jede Faser ihres Körpers. Sie spürte die Macht in sich, die sie so voller Hingabe verschlossen hatte. Verborgen in ihrem Inneren. Diese Macht hatte sie verraten. Sie hatte ihr Sicherheit vorgegaukelt und ihre Nachlässigkeit zugelassen. Vor allem hatte diese Macht zugesehen, wie sie immer mehr Menschlichkeit in ihrem Leben zugelassen hatte. Tränen liefen weiter ohne Unterlass über ihre Wangen.

Schließlich spürte sie einen harten Untergrund. Langsam öffnete sie ihre Augen. Licht schien auf ihr Gesicht. Ihr Gesicht fühlte sich feucht und kalt an. Claire lag mit dem Rücken auf dem Waldboden. Ihre Finger bewegten sich langsam. Sie durchwühlten etwas kaltes Nasses und Glitschiges. Wasser tropfte in ihre Augen. Schnell zog sie die Hand vor das Gesicht. Es war nicht die Sonne, die ihr ins Gesicht strahlte, sondern der Mond und es musste geregnet haben, denn sie war durchnässt. Sie roch Laub, Moos, Pilze, Unkraut und Blut. Ihre Hände waren blutbesudelt, sowie ihre Hose und ihr Gesicht. Alex' Blut. Bekümmert legte sie den Kopf wieder auf das Laub und schloss weinend die Augen.

Plötzlich spürte sie etwas Fremdes in ihrer Nähe. In ihrem derzeitigen Zustand hatte sie es nicht vorher bemerkt. Doch nun rannte es auf sie zu, angelockt vom Geruch des Blutes und ihres lebenden Fleisches. Claire versuchte sich aufzurichten, doch sie war kraftlos. Ihr Körper und ihr Geist hatten aufgegeben. Sie schloss wieder die Augen und wartete auf den ersehnten Tod. Das Tier kam immer näher. Es war nur noch einige Kilometer von ihr entfernt. Sie spürte den Hunger des Tieres. Tief einatmend und alles um sich aufnehmend, stellte sie fest, dass es sich wohl um einen Wolf handeln musste. Nein, ein Wolf würde sie nicht töten können, dachte sie sich. Enttäuscht, aber auch nicht überrascht, atmete sie wieder aus.

Der Wind pfiff und der Boden vibrierte. Unter jedem Schritt erzitterten die Tiere des Waldes. Claire hörte in der Nähe die Äste knacken und dann war er da. Mächtig sprang er aus dem Gestrüpp und stellte sich in voller Größe auf. Claire öffnete die Augen. Es war ein Wolfsmann. Ein Dämon. Sein Blick traf ihre Augen. Hunger wich Erstaunen. Seine Augen waren pechschwarz. Er stockte in seinen Bewegungen und sah ihr lange in die Augen. Claire roch seinen animalischen Geruch. Sein muskulöser und breiter Brustkorb hob und senkte sich ruhig. Er zog seine Krallen ein und kam auf sie zu. Vorsichtig roch er an ihrem Körper. Claire sah seine mächtigen und gefährlichen Zähne. Schließlich befand sich sein Kopf direkt über ihrem Gesicht. Sein Atem roch widerlich. Ein leises Knurren entrann ihm. Plötzlich griff er unter ihren Körper und hob sie auf. Claire hielt sich an dem schwarzen Fell fest. Alles schmerzte in ihr, doch sie hielt die Sinne offen. Er rannte schnell durch das Gestrüpp und sprang von Baum zu Baum. Der Wald lief an ihr vorbei. Und dann öffnete sich alles. Abrupt blieb er stehen. Das eine Bein auf einem Stein gestützt und den Körper weit ausgestreckt, gab er einen Ruf aus. Das letzte das Claire sah war der Mond, der sich in den Wolken schmiegte und ein altes knarrendes Haus am Abhang vor ihnen.

Als Claire aufwachte war das erste, was sie hörte die Klänge eines Pianos. Gleichmäßig und aggressiv musste der Spieler auf die Tasten einhämmern, um die traurige und zugleich melancholische Melodie erklingen zu lassen. Sie fühlte die weiche Baumwolle unter sich und das weiche Kissen. Sie roch Feuchtigkeit und Staub, außerdem einen süßen, salzigen Geruch, der vom Tier kam. Immer noch waren ihre Augen geschlossen. Sie sah immer wieder Alex vor ihren Augen. Den kleinen Jungen, der mit wackeligen Beinen das erste Mal voller Erstaunen auf das Wasser am Strand zu rannte und mit dem gesamten Körper der Länge nach hinfiel. Ihr liefen wieder Tränen aus den Augen. Es wurde nicht besser. Sie würde ihn nie vergessen. Claire begann zu schluchzen. Sie drehte sich auf die Seite und rollte sich zusammen. Claire vermisste Alex so sehr. Dieses warme Gefühl, wenn er sich zu ihr ins Bett legte und im Schlaf mit seinen kleinen Fingern in ihren Haaren spielte.

Die Musik hörte auf zu spielen, aber Claire hörte es nicht. Sie hörte auch nicht wie sich schwere Schritte dem Zimmer näherten. Die Tür wurde knarrend geöffnet. Ein Mann in einem zerknitterten schwarzen Anzug betrat den Raum. Seine Kleidung schien ihm nicht zu passen. Der Anzug hatte auch einmal bessere Tage gesehen. Er war ausgeblichen und die Hose war ein wenig zu kurz. Das weiße Hemd war grau und am Kragen zerfranst. Seine schwarzen Haare standen in alle Richtungen ab und ein ungepflegter Bart zierte sein Gesicht. Seine dunklen Augen richteten sich auf Claires bebenden Körper. Er hatte sie ausgezogen und sauber gemacht, als sie im Haus ankamen. Claire war bewusstlos geworden.

Der Wolfsmann wusste nicht, was geschehen war, aber er wusste, wer sie hierhergeschickt hatte und vor allem wusste er, wer sie war. Vielleicht sogar besser, als es Amelia jemals wissen würde. Er ging um das Bett herum. Unschlüssig stand er neben ihr. Unter der Decke konnte er ihren zierlichen Körper sehen. Er hörte, wie sie weinte. Schließlich streckte er die Hand aus und versuchte sie mit seiner Berührung zu beruhigen. Bei seiner Berührung zuckte sie zusammen und öffnete endlich die Augen. Kristallblaue Augen sahen ihn an. Es waren ihre Augen. Ihr Gesicht glänzte nass von den vielen Tränen. Was war nur geschehen? Er hatte das Gefühl etwas verloren zu haben und das schmerzte ihn, gleichzeitig schien er etwas Neues gefunden zu haben. Sie sahen sich immer noch an. In ihrem Gesicht zeichnete sich so viel Schmerz wieder. Er zog seine Hand wieder zurück. „Was ist geschehen?" fragte er besorgt. Claire sah ihn verständnislos an. „Ich muss wissen, was mit Amelia geschehen ist. Sie hat dich hierhergeschickt. Warum?" fragte er. Erschöpft und traurig schloss Claire wieder die Augen. „Sie hat mich hierhergeschickt, dann musste sie für ihren Verrat sterben."

Es wurde still im Raum. Beide konnten den Atem des anderen hören. „Dann hat sie sich für dich geopfert," stellte der Wolf schließlich fest. Seine Stimme war bekümmert und schmerzerfüllt.

„Weist du, wer ich bin?" fragte er sie traurig. Claire öffnete wieder die Augen. Sie sah ihn eine Weile an.

„Du bist mein Vater."

Der Wolf nickt und verließ wieder den Raum. Er wollte allein in seiner Trauer sein. Nach einiger Zeit konnte Claire wieder das Piano hören. Diesmal war die Melodie voller Liebe und Glück. Sie endete mit Schmerz.

Claire wusste nicht wie viel Zeit vergangen war, doch als die Tür ein weiteres Mal knarrend geöffnet wurde, war es draußen bereits dunkel. Sie hatte schon lange aufgehört zu weinen. Es wollte keine Träne mehr herauskommen. Claire lag noch immer im Bett und starrte das Fenster vor sich an. Eine zerfledderte Gardine, die früher einmal sicher weiß gewesen war, wehte im geöffneten Fenster. Sie spürte die kalte Luft auf ihrem Gesicht und konnte der Spur der Tränen folgen. Der Wolf kam um das alte Bett herum. Zögernd stand er davor. Schließlich setzte er sich zu ihr und legte tröstend eine Hand auf ihre nackte Schulter. Eine ganze Weile saß er so bei ihr, bis er endlich begann.

„Amelia war damals so mutig. Sie hatte gekämpft wie eine Löwin. Ich habe mich sofort verliebt. Sie erst etwas später." Claire konnte das Lächeln auf seinem Gesicht heraushören. Er sah gedankenversunken aus dem Fenster. „Als ich zu dem Kampf stieß, war sie bereits schwer verwundet. Ich nahm sie auf und trug sie weit fort. Die ganze Zeit hielt sie sich an mir fest. Die Arme um mich geschlungen. Ich werde nie vergessen, wie sich diese Berührung anfühlte. Immer wieder sah sie zu mir hoch mit diesen kristallblauen Augen. Angst vor dem, was ich darin lesen würde, wagte ich nicht zurückzublicken. Es begann zu regnen. Wir fanden schließlich Zuflucht in einer

Höhle weit oben im Gebirge. Ich leckte ihre Wunden sauber und spendete ihr Wärme. Amelia schlief ein und ich hielt Wache. Wie schön sie damals war. Voller Unschuld und bereit alle Befehle zu befolgen. Am nächsten Tag verwandelte ich mich in einen Menschen. In der zweiten Nacht liebten wir uns. Wir blieben einige Tage in der Höhle. Sie hatte mein Herz berührt und ich ihres. Sie war mein und ich war ihres. Ich brachte sie hierher. In mein Haus. Diese Zeit der Liebe werde ich nie vergessen. Übertrumpft wurde diese Zeit des Glücks, mit dir." Er hielt inne und sah zu Claire herunter. Der Wolf streckte die Hand aus. Strich liebevoll über Claires Wange. Sie ließ es zu. Wieder standen Tränen in ihren Augen. Sie konnte wieder welche aufbringen.

„Du warst so winzig. Deine roten Haare klebten dir am Kopf. Ich wusch dich und schmiegte dich an mich. Deine kleinen Finger griffen instinktiv nach mir. Amelia war schwach und so legten wir uns gemeinsam ins Bett. Sie stillte dich. Wir drei, beisammen. Auch dieses Gefühl werde ich niemals mehr vergessen. Wir verbrachten ein Jahr des Glücks zusammen. Ich sah dich und wusste, wer du wirklich warst. Der Tod. Ich wusste, du würdest uns eines Tages retten. Amelia sah dich und fürchtete dich. Sie wollte es vor mir verbergen, doch ich sah es. Sie fürchtete sich davor, was du alles tun könntest. Schließlich fanden sie uns. Amelia und du wurden mir genommen. Einige Tage später kam Amelia wieder ohne dich. Sie erklärte mir, dass sie dich schützen müsste und mich dafür töten sollte. Sie tötete einen meiner Artgenossen und brachte dem Herrscher dessen Herz. Wir konnten uns über die Jahre selten sehen. Amelia trainierte dich sehr hart und ohne Mitleid. Sie wollte, dass du stark wirst und die Liebe vergisst. Stark genug für dein Schicksal. Als sie dich ihr wegnahmen und Virginia gaben, konnte ich sie kaum besänftigen. Sie wollte das gesamte Schloss niederbrennen. Wir mussten aufpassen. Noch ließ er dich leben und als er deine Fortschritte sah, wollte er dich als Waffe nutzen. So wachte Amelia im Verborgenem. Sie deckte dich vor dem Herrscher, in der Zeit in Manhattan. Sie sah was mit Edgar geschah. Kurz vor deiner Vision wollte sie dich retten, aber sie konnte es nicht verhindern. Sie war so geschockt, zu sehen, was auf Farr geschah. In deinen Notizen konnten wir von der Vision lesen. Wir fürchteten uns vor dem Ende." Wieder hielt er inne. Seine Hände ruhten in seinem Schoß. Claire sah wie eine Träne seine

Wange hinunterfuhr und auf seine Hand tropfte. Bekümmert stellte Claire fest, dass sie ihre Mutter in dem Moment verloren hatte, in dem sie ihre Mutter geworden war. All die Jahre hatte sie geglaubt, dass ihre Mutter sie weggegeben hatte, doch nun sah sie in all ihren Erinnerungen, an die Zeit bei ihr, auch die Liebe. Sie richtete sich auf und zog die Decke um ihren Oberkörper fest. Vorsichtig streckte sie die Arme aus. Schließlich umschlang sie den alten Wolf und drückte ihn an sich. Gegenseitig spendeten sie sich Trost.

Sie wussten nicht, wie lange sie so dasaßen, doch schließlich löste sich der Wolf aus der Umarmung. Claire lehnte sich an die Bettrückwand und sah ihrem Vater in die traurigen Augen. „Nun sag mir bitte, was geschehen ist?" fragte er erneut. Claire nickte und begann mit brüchiger Stimme zu erzählen. Alex' Abschied, die goldene Kugel, ihrem Aufbruch und letztendlich ihrem Auftauchen im Saal des Lichts, direkt vor dem Herrscher. Sie beschrieb die Steinkreise. Als sie bei Alex ankam, stockte sie und konnte nur noch mit tränenerstickter Stimme sprechen.

„Mutter kniete vor mir und schickte mich hierher. Ich sah, wie sie erlosch. Er hat sie sofort bestraft," beendete sie ihren Bericht. Der Wolf richtete seinen Blick wieder zum Fenster. Auf seinem Gesicht konnte Claire sehen, wie die Trauer dem Zorn Platz machte.

Er drehte sich wieder zu ihr. Sein Zorn sprang sie direkt an. Claire konnte spüren, wie er den Wolf in sich unterdrückte. „Sag nun, wie geht es weiter?" fragte er beherrscht. Sie wusste es nicht und das konnte der Wolf auch auf ihrem Gesicht ablesen. Er schüttelte den Kopf.

„Zieh dich an und komm runter. Ich mache dir etwas zu essen," befahl er, jetzt wieder ruhiger. Der alte Wolf erhob sich und verließ den Raum. Das Knarren der Tür verfolgte sie noch eine Weile. Leere breitete sich in ihrem Inneren aus. Wie sollte es weiter gehen? Das wusste sie nicht. Die letzten Jahrtausende hatte sie ununterbrochen gegen die Anweisungen des Schicksals gehandelt, sodass dieses ihr ihren Platz brutal und unnachgiebig gewiesen hatte. Alle waren tot. Nur sie nicht. Was war ihre Aufgabe? Das hatte ihr niemand erklärt. Claire stand auf und fand in der kleinen alten Kommode, das einzige weitere Möbelstück in dem Zimmer, eine einfache weiße Hose und ein weißes Hemd. Sie rochen noch immer nach ihrer Mutter. Diesen Geruch kannte sie. Er weckte Erinnerungen. Wieder liefen Tränen über ihre

Wangen. Nein. Jetzt nicht mehr. Wütend wischte sie sich die Tränen weg. Die Zeit der Trauer war vorbei. Waren Härte und Stärke nicht genau das, was ihre Mutter sie versucht hatte, zu lehren? Es war ein kleines Gefühl, dass von Knopf zu Knopf immer größer wurde.

Claire öffnete die knarrende Tür und sah auf den dunklen Flur. Die Tapeten waren vergilbt und hingen an mancher Stelle bereits herunter. Es roch feucht und modrig. Jeden Schritt den Claire tat, veränderte sie immer mehr. Das kleine Gefühl, das längst immer größer geworden war und sich zu einer Idee gebildet hatte, verfolgte sie die Treppe hinunter. Claire lief durch das Wohnzimmer und wusste bereits hier, wo die Zeit sie hintragen würde. Sie würde ihr bisheriges Leben nicht vergessen, doch jetzt musste sie die Erinnerungen beiseiteschieben und wissen, wie es jetzt weiter gehen würde. Als sie die Küche betrat, sah ihr Vater auf und konnte die Antwort auf seine Frage darin sehen. Rache.

Das Licht senkte sich bereits dem Horizont. Lange Schatten lagen über dem Tal. Der Wind erstarb abrupt. Eine Nebelwolke quoll über das Gebirge herab in das Tal. Er schluckte jedes Geräusch. Finsternis und Nebel umspülten das Dorf. Ängstlich versteckten sich die Bewohner in ihren Hütten. Keiner von ihnen wagte ein Wort zu sprechen. Die Tiere, in ihren Ställen, schwiegen. Aus dem Nebel tauchte eine Gestalt auf. Es war ein Mann. Er trug Kleidung in feinen Stoffen. Seine weißen Haare hatte er nach hinten gebunden. Seine Augen leuchteten in unterschiedlichen Farben. Sie wirkten wie Schatten. Sie konnten sein Alter nicht bestimmen. Die Bewohner fürchteten sich davor einen Blick genauer zu erspähen. Beschämt und ängstlich neigten sie die Blicke und verbargen sich tief in ihren Hütten. Der Mann schritt weiter in die Mitte des Dorfes. Vor dem Fluss blieb er stehen und blickte auf eine Hütte. Der Bewohner dieser Hütte beäugte die Gestalt voller Misstrauen. Er wagte nicht, sich zu rühren. Der Mann spürte den Schutz um sich schwinden. Sie hatte ihn zurückgelassen in einer vermeintlichen Sicherheit.

„Edgar, komm heraus!" befahl die Gestalt. Der Mann zuckte beim Klang der Stimme zusammen. Freundlichkeit und Frohsinn klang heraus. Sie wirkte verlockend und gleichzeitig verheißungsvoll. Schließlich rührte sich der Mann aus seiner Starre und trat hinaus. „Ich war einmal Edgar Hicks. Wer bist du?" fragte er mutig. Die

Gestalt lächelte und plötzlich schwanden alle seine Bedenken. „Ich bin durch Raum und Zeit gewandert, um dich zu finden. Du wirst mich begleiten," sprach er. Edgar blieb unschlüssig stehen. Er spürte tief in seinem Inneren, dass er nicht gehen sollte. Die Gestalt fixierte ihn und unterdrückte seinen letzten Widerstand. Treuselig setzte er sich in Bewegung und schritt im gemessenen Abstand hinter seinem neuen Herrscher in den Nebel hinaus.

Die Abendsonne schimmerte durch die Wolken. Über ihnen konnte die frei gewordene Seele die Sterne erkennen. Zielstrebig hielt sie darauf zu. Am Boden, am Strand, ließ sie eine panische und verwirrte wunderschöne rothaarige Frau zurück. Claire schuf durch die Umhüllung der Insel einen zeitlosen Raum, sodass die Seele in jede beliebige Zeit reisen konnte. Sie kannte die Frau und erinnerte sich an die Liebe zu ihr. Die Liebe war alt und existierte seit Anbeginn der Zeit. Die Seele vermisste die rothaarige Frau. Sinnend darüber, welche Zeiten sie gemeinsam durchstanden hatten. Nun musste sie aber zuerst ihren eigenen Weg beschreiten und durch Raum und Zeit wandern. Immer weiter wanderte sie zu den Sternen, bis sie schließlich die Atmosphäre der Erde verließ und im schwerelosen Raum des Universums dahinglitt. Auf der Suche nach dem richtigen Zeitpunkt und dem passenden Körper. Voller Neugier und Spannung sah die Seele auf ihr kommendes Leben. Noch erinnerte sie sich an all ihre Leben. Später würde sie lernen müssen, sich zu erinnern. Ihre kindliche Freude ließ sie Loopings und Spiralen drehen.

Die Seele sah einen Pfad und folgte diesem. Das war der Weg, der für die Seele vorherbestimmt war. Bedingungslos folgte die Seele dem Pfad. Das Leben verlangte nach einem neuen Leben. Das Glück war das größte Bestreben einer Seele. So lange in der goldenen Kugel gefangen zu sein, hatte dem Leben beinah die Hoffnung auf eine Befreiung genommen, doch dann kam dieser Junge mit dem Hauch des Todes um sich und brachte die Seele zu ihr, dem Tod. Sie befreite die Seele des Lebens. Nun musste das Leben einen Körper finden, der ihm eine ewige Zukunft gewährte. Das Schicksal begleitete die Seele auf seiner Reise. Aus dem Kreislauf der Wiedergeburt hinaustreten und endlich Frieden finden. Die Seele hatte endlich diesen Weg gefunden, um seine letzte Aufgabe und sein letztes Leben zu führen. Was für ein Leben dies werden würde, besah die Seele voller Spannung. Langezeit glitt die Seele durch das unendliche Universum. Schließlich endete der Weg der Seele auf dem Planeten Farr. Lange bevor Claire diesen betreten hatte. Die Sonne stieg gerade über dem Horizont der Steppe auf, als das Leben in dem Körper der Frau begann. Sie lag, umschlungen, von ihrem Liebsten, auf Fellen in ihrem Zelt, aus Häuten der Umias. Glück erfüllte sie und voller Liebe und Freude konnte sie den Tag kaum erwarten, in dem sie das Kind in ihren Armen halten würde.

Der Morgen, an dem das Leben wiedergeboren wurde, war gleich dem Morgen seiner Entstehung. Mit einem langanhaltenden Schrei kam das Kind und wurde sogleich der Mutter in die Arme gelegt. Der Vater stürmte in das Zelt und sah auf den Jungen lächelnd hinunter. Stolz strich er ihm über die Stirn. Die dunklen Tage folgten bereits nach einigen Wochen. Der Weg des Lebens sollte anders verlaufen. Das kleine Kind konnte sich, wie erwartet, nicht an seine früheren Leben erinnern, doch in seinen Augen konnte die Schamanin sehen, dass der Junge zu etwas Größeres bestimmt war. Der Junge musste weit weggehen. Die Mutter verließ ihren Stamm und ihren Mann. Ein Schiff brachte den weinenden Jungen und seine Mutter weit fort.

Mara war wie alle Raun Frauen gebieterisch und oft sehr launisch. Sie war eine schöne Frau. Groß, schlank, hatte einen dunklen Teint, schwarze lange gewellt Haare und helle violette Augen.

Mara schmiegte das kleine Bündel an sich. Sogleich begann der kleine Junge zu saugen. Mara öffnete ihr Gewandt und reichte ihm die Brust. Beschämt blickte der Kapitän weg. Die junge Frau schüttelte verständnislos ihren Kopf. Rauns schämten sich für nichts und schon gar nicht für ihre Körper oder der Natur. Der Kapitän verließ die Kajüte und begab sich auf die Brücke.

Der schwarzbärtige Pirat setzte sie auf der Erde ab. Ganz in der Nähe eines Dorfes namens Wamuri. Mara war nicht klar, wo sie war und was sie nun erwarten würde, doch sie hielt voller Hoffnung das kleine Bündel im Arm. Sie blickte sich um und sah rings um sich Steppe. Vereinzelt sah sie Bäume und Gebüsch. Diese Umgebung erinnerte sie an ihre Heimat. Eine einzelne Träne lief ihr über die Wange. Wütend über sich selbst, wischte sie sie weg. Sie sah vor sich in der Ferne ein Dorf. Zielstrebig ging sie schließlich darauf zu.

Es war ein sehr armes und kleines Dorf. Die Morgensonne erhellte die Umgebung und gab Mara die Sicht frei auf eine kleine Ansammlung von Holzhütten. Kinder spielten im Sand und Dreck auf der Straße. Ein paar alte Männer saßen beisammen vor den Hütten und unterhielten sich, doch nachdem sie Mara entdeckten, stockten sie. Mara roch fertig zubereitetes Essen aus den Hütten. Manche Frauen saßen vor ihren Hütten und bereiteten das Frühstück vor. Kinder umzingelten sie. Mara sah eine Frau im Schatten sitzen und ein Kind stillen. Sie drückte den Kleinen enger an sich. Die Menschen hier auf dem Planeten hatten eine sehr dunkle Haut, beinah verbrannt. Maras Haut war auch gebräunt, doch so eine Haut hatte sie noch nie gesehen. Der Pirat hatte ihr einen Rucksack gegeben mit etwas zu essen und zu trinken. Das Gold und ihr Schmuck aus Farr, hatte Mara in einem Tuch tief in der Tasche versteckt. Ihr war klar, dass sie es noch brauchen würde.

Mara kam der Dorfmitte immer näher. Überrascht stellte sie fest, dass sie eine Menschenmenge verfolgte. In der Dorfmitte waren bereits Menschen, um sie in

Empfang zu nehmen. Neugierig wurde sie beäugt. Sie musste, im Vergleich zu den Menschen, einen seltsamen Eindruck erwecken. Eine großgewachsene Frau, mit langen schwarzen gewellten Haaren. Der Pirat gab ihr ungewohnte Kleidung, doch hier unter den Dorfbewohnern, schien Mara damit erst recht aufzufallen. Sie trug eine schwarze Hose, schwarze Stiefel, ein braunes Top und darüber eine weiße Bluse. Die Bluse hatte sie vorne nur zusammengebunden, da sie nicht wusste, wie man Knöpfe schloss. Hier im Dorf jedoch trugen die Leute Tücher oder kurze Hosen. Die meisten von ihnen liefen barfuß und die Kinder waren teilweise kaum bedeckt. Für Mara erinnerten diese Menschen sie an ihr eigenes Volk.

Unschlüssig blieb Mara vor einem alten Mann stehen, der ihr in den Weg trat. Er begann zu sprechen, doch Mara verstand es nicht. Sie aktivierte den Übersetzer hinter ihrem Ohr. Auch ein „Geschenk" des Piraten. Im Austausch von ein wenig Gold.

Der alte wiederholte seine Frage: „Wer bist du? Und was willst du hier?"

Mara überlegte. Schließlich beugte sie sich vor und zeigte dem Alten das Kind. Der Alte sah den Jungen überrascht an. Vorsichtig strich er ihm über den kleinen Kopf. Der Junge regte sich und öffnete die Augen. Mara konnte sehen, wie der Alte überrascht einatmete. Lange sah er ihm die Augen und schließlich auch Mara. Der Junge wich dem Blick nicht aus. Er nickte und deutete auf eine Hütte hinter sich. Mara verstand und nickte dankbar. Die Menschenmenge teilte sich und gab ihr den Weg frei zu der Hütte.

Unschlüssig blieb Mara vor der Tür stehen. Bevor sie einen Schritt wagte, öffnete sich die Tür und eine junge Frau mit weißen Haaren, weißer Haut und weißen Augen sah sie an. Sie sah den Jungen und griff nach Maras Arm und zog sie in die Hütte.

In der Hütte war es sehr stickig und dunkel. Maras Augen mussten sich erst an den Lichtunterschied gewöhnen. Sie erkannte eine Kochecke und ein kleines Feuer. Hinten sah sie eine Schlafstätte. Sträucher und anderes Gewächs hingen von der Decke und verströmten einen starken Geruch nach Kräutern. Es gab keine Fenster, einzig eine kleine Öffnung in der Decke. Die junge Frau setzte sich auf eine Decke, in der Mitte der Hütte, und deutete vor sich. Mara verstand. Sie stellte die Tasche ab und setzte sich vor der jungen Frau.

Zögernd was nun geschehen würde und was sie tun sollte, wartete sie ab. Die junge Frau war blind und hatte trotzdem den Jungen gesehen. Mara verstand all dies nicht, doch sie wusste, dass das Schicksal sie hierhergeschickt hatte. Sie ahnte, dass es kein einfaches Leben sein würde.

„Du bist endlich da," begann die junge Frau zu sprechen. Mara nickte. Überrascht darüber, dass die Frau ihre Sprache sprach. „Ich habe lange darauf gewartet. Mein Name ist Rina. Die Dorfbewohner nennen mich aber die weiße Frau," erklärte sie lächelnd. „Ich wurde hierhergeschickt. Man gab mir diese Koordinaten. Ist es richtig, dass der Junge hier leben soll?" fragte Mara vorsichtig. Rina nickte und lächelte ihr aufmunternd zu. „Du wirst die Sprache des Volkes lernen und hier arbeiten. Ich lehre dich und dem Jungen alles, was ihr braucht. Ihr werdet hier bei mir wohnen und nun," sie streckte die Hand aus „Übergib mir den Übersetzer. Diese Technologie wird den Menschen nur Angst machen." Bereitwillig überreichte Mara der weißen Frau das Gerät. Rina stand auf und legte es in eine kleine Truhe neben ihrer Schlafstätte. Sie nahm sich zwei Schüsseln von der Kochecke und schöpfte eine warme

Flüssigkeit hinein. Eine Schüssel überreichte sie Mara und die andere behielt sie bei sich. Die beiden Frauen tranken und stärkten sich. Der kleine Junge beobachtete alles voller Neugier. Rina strich ihm über den kleinen Schopf und lächelte ihn liebevoll an. „Wie ist sein Name?" fragte sie. Mara zuckte mit den Schultern. Rauns gaben ihren Kindern erst später ihre Namen, wenn sich zeigen würde, wie stark sie werden. Rina nickte und überlegte einen Moment. „Was hältst du von dem Namen Hodari?" fragte sie. Mara nickte. Hodari sah die beiden Frauen lächelnd und neugierig, mit seinen auffällig violetten Augen ohne Pupille, an.

Dunkelheit lag um ihn herum. Er konnte das leise Atmen und Schnarchen der anderen um ihn herum hören. Die Luft stand still. Stickige und schlechte Luft umgab ihn und die anderen. Es war Stunden her, dass jemand kam, um ihnen frische Luft zuzuführen. Seit über einer Woche hatte er nunmehr kein natürliches Licht sehen können. Hodari konnte das Wackeln des Schiffes spüren. Draußen, auf offener See, musste es stürmen, denn er konnte das Toben des Windes und das Aufbrausen der Wellen hören. Die Menschen um ihn herum dünsteten die Angst aus. Hier und da vernahm er ein Winseln oder gar leises Weinen. Auch er fürchtete sich.

Vor dem Tod fürchtete er sich nicht. Seine Verfolger waren ihm bis kurz vor dem Hafen gefolgt. Sie wussten nicht, wohin er flüchtete, doch so einfach würden sie die Suche nicht aufgeben. Die schicksalshafte Nacht schwamm ihm immer wieder vor Augen. Hodari hatte sie alle bis auf das Mark gehasst. Sie mussten alle sterben. Immer wieder redete er sich ein, dass er der Welt damit einen Gefallen getan hatte, doch tatsächlich hatte er Freude beim Töten empfunden. Sie hatten ihm die Waffen gegeben und gelehrt sie zu führen. Schließlich hatte er auf den passenden Moment gewartet. Bis sie ihm endlich vollends vertrauten. Er roch noch immer das verbrannte Fleisch und vernahm die Schmerzensschreie. Die Verfolger nannten ihn Mörder. Er selbst nannte sich Erlöser.

Im Augenblick war er hier gefangen. Der Container war voll von Menschen und ihren Habseligkeiten. Sie alle wollten Afrika hinter sich lassen, in der Hoffnung woanders ein Leben ohne Schmerz und Krieg führen zu können. Die Schleuser versprachen Frieden und Wohlstand. Hodari war noch jung, doch selbst er wusste, dass es keinen Ort auf der Erde gab, an dem nicht gekämpft wurde. Sein Entschluss stand fest. Er würde immer kämpfen und niemals unterliegen. Egal, wo er hinkam. Diese Reise war auch nur eine der vielen, die er zukünftig beschreiten würde. Die Erde bot viele Kampfplätze und Möglichkeiten. Es war das Einzige, das die Menschen zu bieten hatten. Ihr Streben nach Macht.

Das Licht brach durch das Blätterwerk und erhellte den Garten. Die Bäume wuchsen hoch. Steinskulpturen standen versteckt zwischen den Bäumen. Kein Blatt lag auf den Steinwegen zwischen ihnen. Ein feiner Kies breitete sich kunstvoll um die Steinskulpturen aus. Eine Nachtigall trällerte ihr Lied. Inbrünstig füllte sich ihr Brustkorb mit Luft. Die Ameisen unten am Baum bildeten eine gradlinige Reihe. Wie Soldaten folgten sie den Befehlen ihrer Königin. Ein kräftiger Mann saß auf einem Hocker mitten im Garten, auf dem Kies und knotete eine Krawatte in seinen Händen. Sein oberer Hemdknopf am Hals war offen und vereinzelte Blutspritzer hafteten auf dem weißen Hemd. Seine bloßen Füße drückten sich in den lockeren Kies. Gedankenversunken starrte er die Ameisen an. Seine violetten Augen ließen seine Gefühlslage nicht durchscheinen. Was war nur geschehen? Diese Frage schwirrte in seinem Kopf bereits seit Stunden. Die ganze Fahrt zu seinem Anwesen, konnte er dieses Gefühl, das er dabei empfand, nicht vergessen.

Hodari war nie ein Mann gewesen, der viele Emotionen kannte. Für ihn gab es nur den einen Weg, und zwar seinen Weg. Lange hatte er das anders sein in seinem Inneren verdrängt, gar vergessen. Es schien, dass jetzt all das zurückkam und das schneller als es ihm lieb war. Nach dem Unfall, als er diese Frau sah und hörte, wie sie weinte und schrie, sah er seine Mutter. Sie hatte an manchen Nächten genauso geweint. Wenn sie sich an ihre Heimat erinnerte oder wenn Hodari sie viel zu sehr an seinen Vater erinnerte.

Die Frau weinte um das tote Kind in ihrem Leib. Wie ein Sog zog es ihn zu dieser Frau. Er drängte die Blechsanitäter weg und legte seine Hände auf ihren Bauch. Einen winzigen Herzschlag konnte er noch spüren. Das Kind wollte leben und Hodari ließ es leben. Fassungslos stand er bei der Frau, als die Geräte eine gewellte Kurve anzeigten. Immer höher stieg die Skala an. Das Kind lebte und die Frau weinte vor Glück. Sie ließ Hodaris Hände nicht los von ihrem Bauch. Er war ihr Retter. Seine eigenen Männer drängten sich durch die Menschenmenge und zogen ihn von der Frau fort. Wenn Hodari seine Augen schloss, sah er immer noch die dunklen Augen der Frau, die in Tränen schimmerten. Es lag so viel Dankbarkeit darin. Auch er spürte diese Dankbarkeit. Er fühlte Mitgefühl und Liebe zu dieser Frau und ihrem Kind. Alles Gefühle, die er einmal vor sehr langer Zeit gespürt hatte.

Seine Mutter starb sehr früh und er blieb allein bei seiner Ziehmutter Rina. Sie lehrte ihm, wie diese Welt funktionierte. Doch das Leben in Nigeria nahm ihm alle Gefühle. Es blieb einzig der Lebenserhaltungstrieb. Nachdem Rina seine Ausbildung abgeschlossen hatte, verschwand sie. Die Aufgabe, die sie ihm gab, wollte er nicht und verschloss das gesamte Wissen über sich und seine Vergangenheit tief in seinem Inneren. Der Unfall und das Kind hatten nach so vielen Jahren alles wieder geweckt. Hodari schloss die Augen. Vor seinem inneren Auge sah er wieder das Dorf und sich selbst.

Er war damals so jung gewesen und wenn er sich jetzt in seinem Leben umsah, erschien ihm diese Vergangenheit unwirklich. Es waren seit diesen Tagen bereits über eintausend Jahre vergangen. Die Welt hatte sich verändert. Kriege und Krankheiten hatten die Menschen mehr als um die Hälfte dezimiert. Überlebt hatten nur die Starken. Nigeria war nun wieder ein wildes und freies Land. Beinah das gesamte Afrika hatte sich die Natur zurückgeholt. Hodari verstand nicht viel von der Wissenschaft dahinter, doch schon damals als kleiner Junge wusste er, dass die Natur stärker war als der Mensch.

Er war auch eines der hungernden Kinder auf der Welt und wusste, dass die Kinder im Norden nicht gehungert hatten. Im Gegensatz zu den Kindern im Dorf, war Hodari jedoch sehr stark und zäh. Das lag an dem Raunblut in seinen Adern, denn er war kein Mensch. Nach einigen Jahren auf der Erde, begriff Hodari, dass er auch kein Raun war. Man muss nicht immer das sein, als das man geboren wurde. Rina sagte ihm einmal, dass er niemals ein wirklicher Raun war, daher verlies seine Mutter mit ihm ihre Heimat. Er sollte jemand anderes werden.

Tatsächlich war es jedoch so, dass Hodari nach Rinas Verschwinden, seine Kräfte nicht mehr genutzt hatte.

Das lag mittlerweile viele Jahrhunderte zurück. Heute war aber etwas geschehen.

Wie jeden Morgen wurde er von seinem Chauffeur, von seinem Anwesen abgeholt und in das Büro in die Innenstadt gebracht. Plötzlich gab es einen fürchterlichen Unfall. Mehrere Autos flogen ineinander und stürzten ab. Hodari wusste nicht genau, was geschehen war, doch als er aus den Wrackteilen seines Fahrzeuges herauskroch, sah er überall verletzte Menschen, zerstörte und brennende Wrackteile. Sein Chauffeur wurde bei dem Zusammenstoß weit hinausgeschleudert. Viele Menschen waren an diesen Morgen gestorben. Robosanitäter schwirrten bereits um die Verletzten und suchten nach Überlebenden. Hodari wollte schnell verschwinden, war er doch in dieser Masse ein zu leichtes Angriffsziel seiner Feinde. Bevor er seine Männer finden konnte, hörte er dieses herzzerreißende Schreien und Weinen der Frau. Sie war offensichtlich hochschwanger und hatte das Kind verloren. Hodari spürte diesen Sog und dann… Ja und dann, rettete er das Kind. Was war nur in ihn gefahren? Fragte er sich unermüdlich.

All die Bilder aus seiner Vergangenheit kamen wieder hervor. Das strenge Gesicht seiner Mutter und wie sie plötzlich wieder anfing zu lachen. Wie sie ihm über den Kopf strich vor dem Einschlafen. Wie sie ihm leise vorsang. Ihre Tränen, als sie im Sterben lag. Wie er ihr versprach, seine Bestimmung zu erfüllen. Das Versprechen, das er nie erfüllte. Plötzlich stieg eine immense Scham in Hodari hoch. Eine Träne lief über seine Wange. Er hatte es vergessen.

Hodari wusste, dass er sich eines Tages mit seiner Vergangenheit hätte beschäftigen müssen, doch er dachte immer, dass er vorher sterben würde. Die Jahre vergingen und er lebte immer noch. Ohne Krankheit, ohne Wunden. In so vielen Kriegen hatte er gekämpft. Auf so vielen Seiten.

Hodari hatte zugesehen, wie sein Dorf niedergebrannt wurde und ging mit den Brandstiftern mit. Sie lehrten ihn den Glauben des Islam. Sie sprachen von richtig und falsch. Der Tod durch ihr Handeln war die Erlösung für die Ungläubigen, auch wenn es manchmal Menschen aus ihren eigenen Reihen waren, die sie töteten. Wie Paradox ihre Einstellung zum Weltbild war, wusste er von Beginn an, doch er wusste, dass er nur überleben würde, wenn er bei ihnen blieb. Sie lehrten ihn das erste Kämpfen. Schließlich konnten sie ihm nichts mehr lehren, dass er brauchte. In der Nacht kam er und brannte ihre Leiber nieder, so wie sie sein Dorf niederbrannten. Denen, die versuchten sich zu retten, durchtrennte er die Kehlen. Zu dieser Zeit war er ein junger Mann, mit kaum Bartwuchs.

Von diesem Tag an endete das Kämpfen für Hodari nie mehr. Bis zum heutigen Tag, an dem er Leben gab und nicht nahm.

Hodari ließ die Krawatte fallen und sah seine starken großen Hände an. Was diese Hände nicht schon alles getan hatten. Mit Waffen und ohne Waffen. Wie oft waren diese Hände Blut- und Schlammbesudelt gewesen. Die Erde war ein schmutziger und blutiger Planet. Erst seit ungefähr einem Jahrhundert wurde es ruhiger. Nächstes Jahr wollte die Weltrepublik hundert Jahre Frieden feiern. Hodari musste immer noch über diesen Frieden lachen. Sie hatten sich beinah ausgerottet. Viele Bereiche der Erde waren unbewohnbar. Teilweise durch die Natur selbst, andere Bereiche hatten die Menschen selbst zu verschulden. Mit Chemie- und Biowaffen hatten sie sich vernichtet. Die letzten Menschen schlossen eine Weltrepublik miteinander und verschrieben sich fortan der Wissenschaft und der Technologie.

Sie entdeckten die weiten des Universums für sich. Mit einigen neuen Planeten hielten sie regen Handel. Nicht mehr lange und auch dort würde es Krieg geben. Hodari wusste, dass es so kommen würde. Die Menschen kannten nur den Krieg und träumten dabei vom Frieden.

Bereits vor langer Zeit hatte Hodari aufgehört den Kopf über sie zu schütteln. Lernen war etwas sehr Schweres für die Menschen. Ihre Fehler wiederholten sie stetig. Es fiel ihm daher nicht schwer keine Gefühle zu entwickeln und lieber seinen eigenen Weg zu gehen. Die Menschen in seiner Umgebung spürten schon immer, dass er anders war und mieden oder fürchteten ihn. Seine seltsamen Augen machten den Menschen oft Angst. Hodari trug daher meist eine Sonnenbrille. Diese Furcht hatte er gerne und oft genutzt. Schließlich hatte er alles an Macht und Geld erreicht.

Seine Hände waren weich geworden. Hodari hatte klug gehandelt und vorausschauend investiert. Ihm gehörten viele große Unternehmen, die den Welthandel beherrschten. Eine Waffe hatte er schon lange nicht mehr gehalten und doch haftete an seinen Händen Blut. Im Untergrund handelte er mit Drogen und allen anderen Lastern der Menschen.

Was sollte er jetzt tun? Er brauchte Antworten auf die Fragen, die er damals nicht gestellt hatte. Zu was konnten seine Hände noch fähig sein? Hodari wusste, dass nur Rina ihm diese Frage beantworten konnte. Konnte es sein, dass sie noch lebte?

„Rina," flüsterte er mit halb erstickter Stimme. Die Nachtigall verebbte und die Ameisen schienen stillzustehen. Überrascht und aufmerksam beobachtete er seine Umgebung. Die Sonne stand schon tief. Bald würde die Nacht hereinbrechen. Zwischen den Bäumen sah Hodari die Mauer. Hinter sich wusste er das Haus, doch das Bild schien zu verschwimmen vor seinen Augen. Hodari drehte sich um und sah auch das Haus verschwinden. Abrupt stand er auf. Alle seine Sinne waren geschärft. In einer Halterung auf seinem Rücken steckten zwei lange Messer. Langsam zog er sein Hemd aus der Hose und griff unter das Hemd. Hodari umschloss gerade den Griff der Messer, als plötzlich Rina vor ihm stand. Sie hatte sich nicht verändert. Ihr weißes Haar wehte unkontrolliert in der Luft. Ihre weißen Augen fixierten ihn und durchdrangen sein Innerstes. Sie sahen bis auf seine Seele. Hodari und Rina standen auf einer saftig grünen Wiese. Ein leichter Wind wehte. Der

Himmel über ihnen war wolkenlos und hell erleuchtet. Hodari konnte nicht erkennen, von woher das Licht kam. Es schien durch den Himmel zu scheinen. Entspannt löste er seine Hände von den Messergriffen. Rina streckte ihm ihre Hände hin und als wenn nicht beinah tausend Jahre vergangen waren, ergriff Hodari diese und kniete vor ihr nieder.

„Ich danke dir, dass du zurückgekommen bist," begann er erleichtert. Es lag so viel Hoffnung in seiner Stimme.

„Ich werde immer bei dir sein," gab sie freundlich lächelnd zurück.

„Ich brauche Antworten," erklärte er ihr zögernd.

„Die Antworten, nach denen du dich sehnst, liegen dir bereits vor."

Hodari schüttelte den Kopf. „Nein, diese liegen mir nicht vor," versuchte er es erneut. Rina schüttelte liebevoll den Kopf. Sie strich mit ihren Fingern über seinen kahl rasierten Kopf.

„Armer Junge, hast du denn alles vergessen?" fragte sie ihn lächelnd.

Hodari stockte.

„Ich weiß, was meine eigentliche Aufgabe ist, aber ich weiß nicht, wer ich bin."

„Hodari, du bist das Leben und deine Aufgabe ist, das Gleichgewicht aufrechtzuerhalten. Dieser Aufgabe bist du nie nachgegangen, doch nun ist die Zeit gekommen." Rina klang nun ungehalten. Hodari konnte es ihr nicht verübeln. Sie hatte all die Jahre zusehen müssen, wie er lebte und sein Versprechen nicht erfüllte.

„Ich muss wissen, wer ich bin. Nur so kann ich auch das Gleichgewicht erfüllen," erklärte er ihr zögernd. Rina sah ihn eine Weile an. Die Zeit in diesem Raum schien sich nicht zu verändern. Hodari sah eine Idee in ihren Augen. Ihm war nicht klar, wie er das Gleichgewicht schaffen sollte, daher benötigte er einen Führer. Sie nickte.

„2113853 – ML9 – 211. Das ist dein Ziel. Dort findest du, wonach du suchst. Die letzten Antworten erhältst du, wenn der richtige Zeitpunkt gekommen ist."

Der Raum veränderte sich. Die Wiese, der Himmel und Rina verschwanden. Hodari stand wieder in seinem Garten.

Es war kein Rätsel, dass sie ihm gab. Hodari wusste, dass sie ihm die Daten für einen Planeten gegeben hatte.

Es war sein Heimatplanet, dem war er sich sicher. Das sollte sein Ziel sein. Endlich würde all das um ihn herum ein Ende haben. Es war nicht das gewünschte Ende. So oft hatte er den Tod herbeigesehnt. Wie oft lag er Seite an Seite mit den gefallenen Kriegern und Soldaten im Schlachtfeld. Sein Herz wollte nicht aufhören zu schlagen. Aber endlich ein Zweck und ein Ziel vor Augen zu haben, erfüllte ihn von Innen mit Hoffnung und Glück. Sein richtiges Leben zu führen, würde ihn ausfüllen. Er war bereit für seine Zukunft. Auf dem Weg dorthin wollte er sich mit seiner inneren Kraft beschäftigen. Diese hatte lang genug geschlummert. Der Tag war gekommen, sie zu befreien und sein Versprechen gegenüber seiner Mutter zu erfüllen.

VIII

Ihr Leben war gekennzeichnet von Visionen, Bildern voll mit bekannten und unbekannten Gerüchen. Immer wieder wurde ihr klar, dass sie in keiner Zeit lebte. Sie war schwerelos im weiten Universum und allein mit ihren fließenden Gedanken, die voll an früheren Bildern und kommenden Bildern waren.

Gedankenversunken saß Claire auf dem Sofa und beobachtete ihren Vater beim Klavier spielen. Die Melodie sprach von Hoffnung und Neuanfang. Sie erfüllte den leeren Raum mit ihrer berauschenden Wirkung. Außer dem Sofa, auf dem Claire saß und dem Klavier stand nichts mehr im Raum. Aus dem Fenster konnte Claire schemenhaft Geröll und den Abhang erkennen. Der Planet, auf dem ihr Vater lebte, war nicht groß und lag so weit weg von einer Sonne, dass nur spärlich Licht herabfiel. Hier sah sie viel von den Sternen und den Weiten des Universums.

Die Umgebung um sie war raum- und zeitlos. Sie konnte jetzt im Moment in der Vergangenheit sitzen, oder weit in der Zukunft. Für Claire erschien all dies nicht mehr relevant. Sie wollte Rache. Das Problem war, dass sie nicht wusste, wie sie es angehen sollte. Die Musik brach abrupt ab. Ihr Vater drehte sich zu ihr um.

„Claire, starr mich bitte nicht so an, wenn ich spiele," bat er sie freundlich. Claire erwachte aus ihrer Starre. Sie trug immer noch die Kleidung ihrer Mutter. Ihre langen roten Haare flocht sie zu einem Zopf, der ihr über die Schulter lag. „Ich starre nicht. Ich denke nach," erklärte sie. „Worüber?" Sein Interesse wirkte besorgt.

„Ich weiß nicht, wie ich es schaffen kann, denn Herrscher zu vernichten. Bei unserer letzten Begegnung," Claire stockte. Die Erinnerung daran schmerzte. Sie war wieder den Tränen nahe.

„Es wäre anders gelaufen, hättest du deinen Kräften erlaubt, sich völlig zu entwickeln. Du hast dich viel zu lange dem entzogen." In seiner Stimme lag Mitgefühl und Trauer. Claire vergaß immer wieder, dass er ihre Mutter auch in diesem Moment verloren hatte. Sie schloss die Augen.

„Sag mir, wie?" bat sie ihn mit erstickter Stimme. Ihr Vater nickte mitfühlend. Er stand auf. Sein schwarzer Anzug passte ihm nicht, doch das kümmerte ihn nicht. Claire befand sich nun seit einigen Tagen bei ihm in der Obhut und verstand immer mehr, was für ein Wesen er war.

Seine Tage waren immer dunkel und eintönig. Nachts ging er auf die Jagd in Gestalt eines Wolfsmann. Er war immer auf der Hut. Lange Zeit hatte er sich versteckt vor dem Herrscher. Jetzt war Claire bei ihm. Ihr Vater erklärte ihr, dass während all der Jahrhunderte nur seine Mutter ihn besucht hatte. Sein Volk mied er, da sie zu sehr dem Herrscher untergeben waren. Nach seinem vorgetäuschten Tod zog er sich hierher zurück. In das alte knarrende Haus am Abhang.

„Mein Uhrgroßvater errichtete dieses Haus. Als ich ein Kind war, erstrahlte es im Glanz. Bis zu dem Tag an dem der Herrscher mein Volk unterjochte." Bekümmert sah sich Claire in dem Haus um. Vorsichtig strich sie über die wenigen Möbel und zerrissenen Tapeten. Das war ein Teil ihrer Vergangenheit, ein Teil ihrer Familie. Sie begriff was wirkliche Freiheit bedeuten könnte. Nicht nur für sich selbst, sondern auch für alle.

Claire sah so viel Kraft und Mut in den Augen ihres Vaters. Sie wusste nicht, ob sie ihn lieben konnte, doch er war ein Teil ihrer selbst. Sie stand ebenfalls auf. Claire war bereit zu lernen.

Die Tage waren lang und dunkel. Claire trainierte unermüdlich, doch die Kraft in ihr versagte. Abraham, ihr Vater, wollte ihre Kraft sehen, doch wie damals auf dem Planeten Farr oder dem Meteoriten wollte die Kraft nicht mehr hinaus. Zu sehr hatte sie diese verdrängt. Stundenlang meditierte Claire und erforschte ihr Innerstes. Sie saß in dem großen Saal im Schneidersitz und versuchte sich zu konzentrieren. Der Saal war völlig leer. Nur spärliches Licht schien aus den Fenstern. Die wenigen Gardinen wehten im Wind. Die Fenster besaßen kein Glas mehr. Ihre Nackenhaare stellten sich auf. Claire begann zu frieren. Sie rieb sich über die nackten Arme. Claire trug lediglich eine kurze Hose und ein einfaches Top. Sie wollte den Wind spüren. Abraham hatte ihr eine ganze Truhe mit Kleidung von seinem letzten Rundgang im Umland gebracht. Aus einem der, durch Krieg verlassenen, Häuser.

Wütend gab sie die Meditation auf. Claire schlug mit der Faust auf den Marmor. Er sprang. Der Riss fuhr bis zur gegenüberliegenden Wand. Bekümmert sah sie dem Riss nach. Wann würde sie wieder diese Kraft spüren? War sie vielleicht mit Alex verloschen? Claire schüttelte den Kopf. Sie konnte mittlerweile diese Kraft in ihrem Inneren spüren, doch sie zierte sich. Mit Gewalt würde es nicht funktionieren. Claire atmete einmal tief ein und wieder aus. Sie schloss die Augen und konzentrierte sich auf dieses eine kleine Gefühl, tief in ihrem Inneren. Sie konnte es sehen. Sie griff danach, doch es entwischte ihr wieder schnell. Claire bemühte sich ein wenig mehr. Sie zog sie mit ihrem Willen nach oben an die Oberfläche. Claire öffnete die Augen. In dem Raum hatte sich nichts geändert. Das spärliche Licht des Tages erleuchtete den Raum nur zum Teil. Ansonsten stellte Claire einige Kerzen um sich auf.

Sie spürte dieses bekannte Kribbeln auf der Haut. Claire sah auf ihre Hände. Sie bestanden nur noch aus Knochen. Die Haut, die Muskeln und Sehnen verschwanden immer weiter und Claire konnte mehr und mehr von ihrem Skelet sehen. Angstvoll drängte sie diese Kraft wieder fort. Ihr Fleisch kehrte wieder zurück. Bekümmert sah sie auf ihre Hände.

Claires Vater betrat den Saal. „Du hast schon angefangen," stellte er überrascht fest. Claire sah kurz auf. Betrübt sah sie wieder runter. Abraham lächelte wissend. Ruhig kam er auf sie zu. Er zog sein Sakko aus und legte es gefaltet auf den Boden. Schließlich setzte er sich vor Claire im Schneidersitz. „Gib mir deine Hände," bat er und hielt ihr seine Hände hin. Widerwillig legte Claire ihre Hände in seine.

„Du darfst dich nicht davor fürchten. Ich weiß, es ist nicht einfach." Behutsam strich er mit den Daumen über ihre Handrücken. Claire schüttelte den Kopf. „Es ist nicht die Angst vor den Kräften. Ich fürchte mich vor der Veränderung. Was bin ich danach?" Ihre Stimme zitterte. Wochen der Einsamkeit und Meditation zeichneten sich auf ihrem Gesicht. Nachts schlief sie nicht und wenn doch, dann sah sie all diese Bilder und hörte die Rufe. Ihre Kraft wollte etwas von ihr. „Du hast dich bereits verändert. Claire, du bist der Tod. Das ist, was du bist. Du kannst endlich deiner Bestimmung folgen. Du musst es nur zulassen," flüsterte er. Währenddessen strich er ihr weiterhin behutsam über die

Handrücken. „Lass los," flüsterte er. Claire schloss die Augen. Sie musste darauf vertrauen, dass sie die neu gewonnene Freiheit nicht verlieren würde. Vertrauen darauf, dass das Schicksal ihr den richtigen Weg zeigen würde. Die Stimme in ihrem Inneren war damals das Schicksal gewesen. Das wusste sie nun. Sie ahnte auch, dass der Priester auf Farr, das Schicksal war. Das Schicksal hatte sie immer wieder versucht zu leiten, doch Claire war gefangen in den Händen des Herrschers. Jetzt war sie frei und musste ihren Weg finden. Ruhig atmete sie ein und wieder aus. Schließlich ließ sie los. Der Boden unter ihr begann zu beben. Der Wind stand still und bildete eine schwerelose Hülle um Claire und ihren Vater. Das Gefühl begann in ihrem Herzen. Wie die Wurzeln eines Baumes durchzog es ihren Körper und erfasste jede Zelle und Faser ihres Körpers. Claire spürte alles. Sie sah durch die geschlossenen Augen, die Seele ihres Vaters. Sie leuchtete und war wunderschön. Claire spürte Liebe und Schuld darin. Ein Lächeln umspielte ihre Lippen. Die Dunkelheit breitete sich in ihrem Inneren immer weiter aus. Sie sah die Veränderung an sich. Dunkelheit hüllte sie ein. Claire richtet ihren Blick nun direkt auf ihren Vater und öffnete die rotglühenden Augen. „Hab keine Angst. Ich kann sehen," flüsterte sie. Claire ließ das Gefühl der Liebe durch ihre Hände in seinen Körper fahren. Sie sah, wie seine Seele immer mehr strahlte. Er spürte die Liebe und bekam nun nach all den Jahren, das wonach er sich am meisten gesehnt hatte. Claire konnte spüren, wie der Tod seine Seele greifen könnte.

Nein, wie sie es könnte. So viel Macht und doch so machtlos. Sie sah den Faden, an dem seine Seele gebunden war. Es war der Faden des Schicksals, der ihn leitete. Er zeigte ihr, wann es so weit war. Sie konnte ihn greifen und ebenfalls entscheiden. Insgeheim spürte sie, dass sie es nicht wagen durfte, eine Entscheidung selbst zu treffen. Langsam zog sie sich wieder zurück. Ihr Körper nahm wieder sein ursprüngliches Äußeres an. Claires Augenfarbe wurde wieder kristallblau. Der Wind wehte wieder ihre Haare durcheinander und das schwarz, welches sie umhüllt hatte, verschwand. Sie lächelte ihren Vater an. Abraham strahlte über das ganze Gesicht. Er ließ ihre Hände los und strich ihr liebevoll über die Wangen. „Ich wusste, dass du es schaffen wirst. Es wird noch ein langer Weg sein, bis du alles gelernt hast, doch es ist ein guter Anfang," sprach er liebevoll.

„Leider hat es Wochen gebraucht. Ich werde nun mehr loslassen," versprach Claire.

Claire stand auf. „Ich werde mich jetzt schlafen legen." Ihr Vater nickte ihr zu und sah ihr liebevoll hinterher. Er wusste, dass sie viel mehr Kraft in sich hatte, als sie bisher ahnte. Abraham konnte es spüren. Vor so vielen Jahren in seinen Armen hatte er bereits geahnt, was für eine Frau sie sein würde. Nun würde er ihr helfen können, ihre Bestimmung zu erfüllen. Ihm war nicht klar, welcher Auftrag es genau war, doch er wusste, dass er ihr zur rechten Zeit offenbart werden würde.

Claire schloss die Augen und versuchte die Träume zu verdrängen. Sie sehnte sich nach ein wenig Ruhe, jetzt nachdem sie es endlich geschafft hatte, ihre Kraft zu verstehen. Claire zog ihre Kleider aus und legte sich nackt auf das Bett. Es war weich und roch frisch. Der lang ersehnte Schlaf folgte ihr unverzüglich.

In einem schwerelosen Raum schwebte sie und hörte die bekannten Stimmen. Sie riefen nach ihr. In jeder Faser ihres Körpers spürte sie den Sog. Es zehrte und zog an ihr. Kraftlos und erschöpft gab sich Claire dem Sog hin. Ein Ruck ging durch ihren Körper. Mit einer unglaublichen Geschwindigkeit raste sie durch den schwerelosen Raum. Dunkelheit umhüllte sie. Eine Stimme, aus dem Chor der Stimmen, wurde immer lauter. Claire konnte sie endlich verstehen. Es war eine weibliche Stimme. „Du bist der Tod. Komm zu mir und nimm deine Bestimmung an," rief sie ihr durch die Dunkelheit zu. Das war ihr Ziel. Zu ihr musste sie finden. Mit ihrer ganzen Willensstärke zog sie sich aus dem Traum. Entschlossen öffnete sie die Augen.

Das Schiff schwebte im Weltraum, einzig durch die Erschütterung des Weltraums in Bewegung. Claire sah die Sterne und einen Feuerplaneten in direkter Nähe. Mit der Kraft ihres Willens durchdrang sie die Bordwand und manifestierte sich dahinter wieder in ihr ursprüngliches Äußeres. Sie trug wieder ihre Assassinen-Ausrüstung. Zügig durchschritt sie die Flure, bis sie die Schotttür zur Brücke erreichte. Mit einer Handbewegung öffnete sich diese.

Die Männer in unmittelbarer Nähe erschraken bei ihrem Eintreffen. Claire wischte mit ihrer Hand durch den Raum und alle erstarrten. Einzig der Kapitän am Steuer konnte sich rühren. Doch er stand wie erstarrt an seinem Platz und sah Claire mit weit aufgerissenen Augen an. Claire konnte die Angst und die Scham an ihm riechen. Ihr Körper löste sich in einer schwarzen Wolke auf und manifestierte sich wieder direkt vor dem Kapitän. Alles an Claires Körper strahlte Macht aus. Sie hatte die Zeit in dem Raum zum Stillstand gebracht. Die Macht über den Tod durchströmte ihre Adern. In ihrem Gesicht blieb jedoch ein leerer Ausdruck. Sie war wütend und sehnte sich nach Rache.

„Was bist du?" fragte Schwarzbart in einem ehrfurchterfüllten Ton. „Ich habe noch nie einen Engel gesehen, der so ist wie du," stammelte er ängstlich. Ruhig atmete Claire ein und aus. Abrupt schnellte ihre Hand vor und umschloss seinen Hals durch den dichten Bart. Sie hob Schwarzbart einige Zentimeter über den Boden und rückte sein Gesicht näher zu ihrem. Ihre Nasen berührten sich beinah. Claire fixierte Schwarzbarts Augen mit ihren roten Augen. „Ich bin der Tod," flüsterte sie bedrohlich. Schwarzbart rang mit seinem Atem und in seinen Augen konnte sie die Angst erkennen. Schlagartig ließ sie ihn los. Schwarzbart verlor sein Gleichgewicht und fiel auf den geriffelten Metallboden. Nach Atem ringend und hustend setzte er sich auf und lehnte sich an das Steuerrad. „Es tut mir leid," flüsterte er zwischen seinem Husten. „Ich weiß nicht, wo der Junge ist. Wir warteten auf ihn, doch er kam nicht. Wir sind dann dort hinein und fanden nichts, nur Drachen." Bekümmert sah Claire ihn von oben herab an. Ihre Augen waren wieder kristallblau. „Er ist tot," waren ihre einzigen Worte. Sie konnte kaum den Kummer verbergen. Entsetzt sah Schwarzbart zu ihr auf. Fassungslos schüttelte er den Kopf. „Das kann doch nicht sein. Was ist geschehen?" fragte er entsetzt.

„Ich bin hier, um zu erfahren, was hier geschehen ist. Ich muss die ganze Geschichte wissen," erwiderte Claire ruhig und kontrolliert. Schwarzbart sah mit Tränen in den Augen zu ihr auf.

„Erzähl es mir," forderte sie erneut.

„Claire, was ist geschehen? Du bist nicht mehr die, die ich Mal kannte."

Claire stand immer noch ruhig über ihm. Schwarzbart war ihr Freund. Ein Verbündeter und Retter in ihrer Not gewesen, doch nun sah sie das Leben anders. Sie hatte endlich begriffen, dass sie dem Leben nie nah gewesen war und dem nie nah sein würde.

„Erzähl es mir, ansonsten muss ich es mir gewaltsam aus dir holen," forderte sie ihn auf. Sie konnte mit ihrer Macht seine Seele sehen. Claire sah seine Vergangenheit, seine Gegenwart und seine Zukunft. Sie konnte nur die Zeit mit Alex nicht ganz sehen. Irgendetwas blockierte ihr die Sicht. Da war etwas, dass alles abschirmte. Wahrscheinlich hing das mit der Berührung von ihr an Alex zusammen.

Enttäuscht schloss Schwarzbart die Augen. Ein Moment verging und dann begann er seine Geschichte. Claire setzte sich im Schneidersitz vor ihm und hörte einfach zu. Es vergingen Stunden. Sie stellte keine Fragen oder zeigte keine Mimik. Schwarzbart wusste nicht, ob sie wütend oder traurig war. Nachdem er endete, herrschte eine unangenehme Stille im Raum.

Claire hatte bereits in dem Augenblick, in dem sie Schwarzbarts Hals berührt hatte, alles gesehen. Sie sah jedoch nicht das Mädchen und alles, was mit ihr geschah. Wer war sie, dass sie sie nicht sehen konnte? Claire sah alle Seelen. Alle ihre Vergangenheiten, Gegenwarten und Zukünfte, nur dieses Mädchen nicht. Schwarzbart brachte sie aus ihren Gedanken zurück.

„Claire, was ist geschehen? Ich muss es wissen," bat Schwarzbart vorsichtig. Claire sah ihm tief in die Augen. „Er starb direkt vor mir. Ich werde ihn rächen," versprach sie. Mit diesen Worten stand sie auf und schickte sich an zu gehen. „Warte, ich habe noch etwas für dich von Alex," hielt Schwarzbart sie zurück. Claire drehte sich zu ihm um. Schwarzbart fingerte in seiner Brusttasche und reichte ihr schließlich eine Kette. Er legte sie in Claires ausgestreckte Hand. Sie sah einen Phönix. Er war detailliert und wunderschön.

Claire blieb unschlüssig stehen. Die Kette hatte sie einen Moment aus dem Konzept gebracht. Schließlich half sie Schwarzbart auf und umarmte ihn. Schnell ließ sie von ihm ab und verschwand spurlos. Die Männer auf der Brücke bewegten sich wieder. Keiner bemerkte die Tränen auf den Wangen ihres Kapitäns. Er hatte den Jungen verloren und nun auch die Frau, die er liebte. Schwarzbart drehte sich zur Seite und sah aus dem riesigen Fenster raus in das Universum. „Wir verlassen nun diese Galaxie, Männer. Wir haben genug gewartet," rief er bestimmt. Erleichterung breitete sich auf der Brücke aus. Lange hatten sie auf ein Lebenszeichen von Alex gewartet. Endlich konnten sie damit abschließen.

Das Schiff drehte lautlos im Universum und beschleunigte. Nichts erinnerte mehr an ihre Anwesenheit.

Claire war auf dem Weg nach Edre, in der Hoffnung dort das Mädchen zu finden und die ersehnten Antworten zu erhalten.

Claire schwang ihre mächtigen Flügel und wirbelte die Partikel des Universums auf. Wie ein goldener Dunst wirbelten sie auf. Der Weltraum erstrahlte in den schönsten Farben und die Sterne erhellten den Raum. Claire hatte keinen Blick übrig für die Schönheit um sie herum. Zielstrebig flog sie auf den Planten Edre zu. Die Rache blendete ihren Blick und raubte ihr die Sinne.
Endlich sah sie den Planeten. Er war grün und blau. Sie kannte ihn von früher. Die Lebewesen lebten dort in Frieden und Einklang mit der Natur. Claire näherte sich dem Planeten. Niemand entdeckte sie, als sie die Atmosphäre durchbrach. Die Sonne erhellte das Bild vor ihr. Leuchtend grüne Wälder und Gebirge boten sich ihr. Weit am Horizont konnte sie das Meer glitzern sehen. Lautlos schwangen ihre Flügel im Wind. Sie ließ sich vom Ostwind treiben, bedacht darauf kein Geräusch zu verursachen. Die meiste Bevölkerung dieses Planeten

lebte in den Bäumen und flog auf riesigen vogelähnlichen Tieren zwischen den Wolken. Fremden begegneten sie mit Misstrauen. In der Gestalt des Feuerphönix würde sie später bei Nacht zu viel Aufmerksamkeit verursachen. In der Luft, etliche Meter über der Erdoberfläche, verwandelte sich Claire in ihre menschliche Gestalt. Mit dem Körper nach unten geneigt, raste sie auf die Erde zu. Immer näher kamen ihr die Baumkronen und ihr dichtes Blätterwerk. Claire sah keine Lücke in dem Meer aus Bäumen. Gezielt durchbrach sie das Blätterwerk und verlangsamte ihren Fall. Leichtfüßig landete sie auf dem weichen Waldboden. Schnell nahm sie mit ihren Sinnen die Umgebung auf. Claire sah in ihrer unmittelbaren Nähe keine Gefahr um sich. Lediglich ein einzelner Jäger beobachtete sie. Absichtlich tat sie, als wenn sie ihn nicht gesehen hatte und schritt vorsichtig Richtung Norden. Mit Sorgfalt umrundete sie jeden Ast und Baum. Der Jäger folgte ihr. Claire konnte ihn spüren. Das Licht durchbrach nur spärlich das Blätterwerk über ihnen und erhellte die Umgebung in einem Dunstschleier. Kleine Insekten spielten auf ihren Instrumenten. Vögel trillerten ihre Lieder und leise raschelte der Waldboden. Weit entfernt ertönte das Plätschern eines kleinen Bachlaufes. Die Bäume waren so alt wie der Planet. Claire kam nicht umhin die Umgebung in sich aufzunehmen. Es herrschte eine unbeschreibliche Ruhe um sie. Claire schloss die Augen und vergas den Jäger hinter sich. Sie streckte ihre Hände aus und berührte zaghaft die Blätter und strich liebevoll über sie. Alex hätte diese Welt geliebt. Der Jäger sprang aus dem Gebüsch mit einem gezogenen Bogen. Sein Pfeil richtete sich auf ihr Herz. Claire öffnete die Augen und sah dem Jäger durch ihre roten Augen tief in seine Seele. Er trug eine braune Tunika und eine enganliegende braune Lederhose. Auf seinem Rücken trug er einen Köcher gefüllt mit Pfeilen. Einer giftiger als der andere. Seine Haut war weiß wie der Mond. Ein weißer Zopf hing ihm über die Schulter. Seine schwarzen Augen fixierten sie misstrauisch. „Zeig mir den Ort des Wolfsmond Stammes," befahl sie mit einer tiefdringenden Stimme. Der Jäger rührte sich nicht mehr. Ein Schweißtropfen rann ihm an der Schläfe herunter. Claire spürte seinen Widerwillen. Sie umschlang mit ihrer Aura seine unschuldige junge Seele fester. Qualvoll gab er auf. Der Jäger senkte den Bogen und deutete wortlos nach Nordosten. Claire nickte ihm kaum merklich zu und ließ seine Seele los.

Schließlich drehte sie sich nach Nordosten um und verschwand. Den Jäger ließ sie in seiner Angst zurück. Die Dunkelheit um ihn verschwand, kaum das Claire verschwand. Erleichtert atmete dieser auf und rannte geschwind zurück in sein Dorf. Der Duft nach Angst verfolgte ihn. Ein Rache lüsternes Wesen war in ihren Wäldern.

Claire spürte das Dorf, bevor sie es sah. Durch Schwarzbart wusste sie nach welchem Stamm sie suchen musste, denn dieser beschrieb ihr die Tätowierung auf dem Nacken von Rina. Mit sicheren und ruhigen Schritten betrat sie am späten Nachmittag das Dorf. Der Wolfsmond Stamm lebte in einer Höhle unter einem Gebirgszug, umsäumt von einem der ältesten Wälder Edres. Claires Augen gewöhnten sich schnell an die Dunkelheit. Schließlich fand sie den Weg. Sie stand auf dem riesigen Platz in der Mitte der immens hohen Höhle. Aus den einzelnen kleineren Höhlen um sie herum leuchteten sie goldene Augen an. Die Mitte des Platzes wurde durch eine Öffnung nach draußen in der Decke erhellt. Ringsum starrten sie sie ängstlich an. Claire suchte nach einer bestimmten Seele. Eine Seele die sie nicht greifen konnte. In dem dämmrigen Licht konnte sie nicht viel erkennen. Die Höhle war überwuchert von Ranken mit sternförmigen Blüten und Blättern. Diese verströmten einen süßlichen Geruch. Claire schloss die Augen und konzentrierte sich auf ihre Umgebung.

„Ich bin hier," rief eine sehr junge Stimme aus dem Dunklen. Claire öffnete die Augen. Eine schmale dunkle Gestalt trat in den Lichtkegel. Sie hatte wunderschönes braunes Haar und goldene Augen. Ihre Haare waren sehr kurz geschnitten. Sie trug lediglich ein dünnes braunes Kleid. Die junge Frau stand nun direkt vor Claire. „Sie sagte mir, du würdest kommen," fing die junge Frau an, doch sie kam nicht weiter. Claire war schnell bei ihr und packte sie im Genick. Sie warf das Mädchen zu Boden. „Du bist nicht die, die ich suche. Du siehst nur aus, wie sie," zischte Claire in ihr Ohr. Wut zeichnete ihr Gesicht. Dunkelheit breitete sich aus. Rina rang mit dem Atem und versuchte sich aus dem eisernen Griff zu befreien. Die Dunkelheit umschloss sie und ließ keine Geräusche durch. Einzig das verzweifelte Ringen nach Luft breitete sich in der Dunkelheit aus.

„Es tut mir leid," flüsterte sie verzweifelt. Claire ließ jedoch nicht von ihr ab. Sie richtete sich auf und ließ Rina vor ihr schweben. Ihre Arme und Beine waren von ihrem Körper gestreckt. Claire fixierte sie und zwang ihren Körper auseinander. Rina schrie und weinte. Sie bettelte um Freiheit und Vergebung, doch Claire gewährte es ihr nicht. Wie sehr hatte sie selbst um Freiheit und Vergebung gebettelt. Niemand gewährte es ihr. Diese Frau hatte ihren Sohn ins Verderben geführt. Ihre Augen glommen auf. Rina schrie noch lauter und winselte vergeblich. Claire schrie. Die Dunkelheit umschloss ihr Herz und breitete sich wie ein Virus in ihr aus.

„Halt!" schallte es durch die Höhle. Missmutig wandte Claire sich um. Eine Lücke öffnete sich im Schwarz um sie. Am Höhleneingang stand eine zierliche Gestalt. Die Umgebung wurde kaum beleuchtet, doch diese Gestalt leuchtete in einem unerträglichen weißen Licht. Es war die Seele, die für Claire unsichtbar war. Claire zog ihren Willen von Rina ab und schritt wütend auf das weiße Mädchen zu. Kaum einen Meter standen sie sich gegenüber, als sich die Umgebung veränderte. Der Ausblick aus der Höhle, auf die uralten Bäume, verschwand. Die Höhlenwände verschwanden. Claire drehte sich erschrocken um und sah noch einen kurzen Moment, wie Rina nach Luft schnappend am Boden im Lichtkegel lag. Plötzlich war auch sie weg. Dem Bild wurde eine endloslange sattgrüne Wiese Platz gemacht. Langsam drehte sich Claire um. Dieses Mädchen strahlte Macht aus. Über ihnen leuchtet der Himmel in einem strahlenden Blau. Das Licht war nicht definiert. Es schien von überall und gleichzeitig von nirgendwo zu kommen.

„Wo bin ich?" fragte Claire nun etwas ruhiger. Ihr Herz pochte noch immer schnell, doch sie glaubte nun ihren Antworten näher zu sein als jemals zuvor.

„Das ist meine Welt," erklärte das Mädchen in einem sanften Ton. Die Stimme schien älter zu sein als das Äußere des Mädchens. Sie strahlte nicht nur ein weißes Licht aus. Alles an dem Mädchen war weiß. Sie wirkte beinah wie ein Geist.

„Wer bist du?" fragte Claire neugierig. Das Mädchen nickte wissend. „Wir haben uns schon einmal gesprochen. Damals wolltest du mir nicht zuhören," sprach sie mit einem schelmischen Lächeln.

Claire verstand. „Die Stimme in meinem Kopf."

„Ja, das war ich damals. Ich denke, nun bist du bereit mir zuzuhören," nahm sie immer noch schelmisch lächelnd an. Wut breitet sich in ihr aus. In diesem Moment würde sich alles entscheiden. Claire spürte die Bedeutung dieser Begegnung. Ihre Zukunft würde nun bestimmt werden durch das Verstehen ihrer Vergangenheit. Claire schloss ihre Hände zu Fäusten und konzentrierte ihre Macht. Die Dunkelheit breitet sich wieder aus. Claire konnte das Prickeln auf ihrer Haut spüren. Sie streckte ihre gesamte Macht gegen die Seele vor ihr aus. Das Lächeln auf dem Gesicht des weißen Mädchens verschwand. Sie kräuselte die Lippen und stemmte ihre Füße in den Boden. Bereit auf den Schlag des Todes. Er durchströmte sie und versuchte ihre Seele zu greifen. Das Mädchen hielt jedoch stand und drückte die Dunkelheit weg von sich. Auf Claires Stirn bildeten sich Schweißperlen. Mit all der Kraft, die sie besaß, stieß sie zu. Sie rannte auf das Mädchen zu, dabei zog sie ihr Schwert aus der Scheide. Im Laufen sprang sie hoch und zielte auf den Kopf des weißen Mädchens. Claire glaubte, diese würden den Angriff in der Dunkelheit nicht sehen. Noch stand sie nur da und sah direkt vor sich. Plötzlich richtete sie ihren Blick nach oben und sah Claire direkt in die Augen. Sie machte eine wegwerfende Bewegung und schleuderte damit Claire zur Seite. Die Dunkelheit versagte und machte dem unscheinbaren Licht Platz.

Das weiße Mädchen stand schwer atmend noch an derselben Stelle wie zuvor. Claire lag am Boden. Schweiß und Tränen liefen über ihr Gesicht. Das Mädchen kam auf sie zu und kniete neben ihr. Sie legte ihre Hand auf ihr Herz. Langsam beruhigte sich das Herz. Claire schloss erschöpft die Augen. Sie hatte verloren und war verloren. Ohne Ziel, ohne Bestimmung. Allein im schwerelosen leeren Raum der Zeit gefangen. „Sieh mich an," befahl das weiße Mädchen, jetzt in einem gebieterischen Ton. Entmutigt und kraftlos öffnete Claire die Augen. Das Rot war weg. Traurigkeit lag in ihren Augen. Das Mädchen hatte weiße Augen. Liebevoll sah sie auf sie nieder.

„Du musst endlich verstehen und zuhören, mein Kind," belehrte sie und strich ihr dabei liebevoll über die Haare. Claire richtete sich auf und setzte sich im Schneidersitz neben ihr. Gemeinsam sahen sie zum Horizont.

„Ich werde nun zuhören," versprach Claire mit belegter Stimme. Das weiße Mädchen nickte freudig mit dem Kopf.

„Ich bin das Schicksal und du der Tod. Um zu begreifen, was es heißt der Tod zu sein, musstest du lernen. Ich denke, nun hast du genug gelernt. Ich dachte, als ich dir die Vision schickte, würdest du begreifen, doch du hattest Angst. Du hast dich nur verkrochen und deine Kräfte unterdrückt." Das Mädchen machte eine Pause. Claire hörte ihr zu und gleichzeitig wurde ihr bewusst, dass sie dies bereits in ihrem Inneren gewusst hatte. Sie musste lernen, um die zu werden, die sie nun war.

„Nur das Schicksal entscheidet, wer leben und sterben darf. Du führst nur aus und hast gewisse Möglichkeiten zum Lenken. Alex musste sterben. Seine Geschichte war bereits gesponnen, du hast es nur hinausgezögert. Deine Seele ist alt, sehr alt und muss sich noch an ihre Geschichte wieder erinnern. Die Wandteppiche auf Farr haben es dir gezeigt. Die Zeit beim Herrscher hat dich gelehrt, dass das Leben auf diese Weise nicht weitergehen kann. Deine Seele hat nicht ohne Grund diesen Körper gewählt. Dein Vater hat dich erweckt." Wieder pausierte sie und beobachtete Claires Gesichtszüge. Mit versteinertem Blick sah Claire auf den Horizont. Schließlich drehte sie sich zum weißen Mädchen.

„Erzähl mir mehr," bat sie mit erstickter Stimme. Das Schicksal nickte aufmunternd und begann: „Vor langer Zeit unterwarf der Herrscher das Leben. Der Tod versuchte das aufzuhalten. Der Herrscher gewann trotzdem. Den Tod verbannte er in die Welt der Dämonen. Dein Vater fand, ohne es zu wissen, diese Seele und schuf dich. Er ahnte bereits damals, dass du was Besonderes seist. Ohne Schmerz und Verlust kann die Seele des Todes jedoch nicht erwachen. Dir war es bestimmt, dass all dies geschieht, damit du den Tod begreifst. Auf diesem Weg fandest du mich und ich kann dir endlich deine Aufgabe geben." Claire begann zu verstehen.

„Die Toten sind deine Aufgabe. Führe und leite sie in den ewigen Kreis der Wiedergeburt. Schenke ihnen die Möglichkeit auch ein ewiges Leben in den weiten Strömen des Universums zu finden. Wenn ein sterbliches Wesen stirbt, wandert seine Seele auf der Suche nach einem neuen Körper durch das Universum. Führe diese Seele an seinen richtigen Platz. Ich helfe dir bei der Entscheidung, also lass auch mich zu dir eintreten. Durchbrich die Mauer, die der Herrscher, errichtet hat. Lass die Seelen frei, die er in seinem Schloss gefangen hält. Zudem musst du das Leben finden und damit das

Gleichgewicht ins Universum bringen," erklärte ihr das Schicksal.

Claire saß überwältigt neben ihr und sah in ihr freundliches Gesicht. Keine Mimik verriet ihre Gefühlslage. Das Schicksal streckte die Hand aus und strich ihr über die Wange. „Ich weiß, das ist viel. Verstehst du denn nicht, dass durch dein Handeln Alex ein längeres und schönes Leben geführt hat, als ich es ihm vorbestimmt hatte? Du wirst noch viel lernen müssen, doch du wirst seine Seele finden und kannst ihm dadurch ein schönes Leben geben. Ich helfe dir dabei," versprach sie flüsternd. Claire ergriff ihre Hand. Sie drückte sie fest, doch dann ließ sie wieder locker. Sie nahm die Hand runter und sah sie an. Ihre Haut war weiß und makellos. Ihr langes Leben konnte sie ihr nicht ansehen. Als was bist du geboren? Fragte sie sich. Sie spürte die machtvolle Seele in dem Körper. „Wo ist das Leben?" fragte Claire flüsternd. Das Schicksal verstand. Claire hatte endlich begriffen, worum es ging. Leben und Tod gehörten zusammen, um die ewigen Mühlen des Universums am Laufen zu halten. Ohne das Zusammenspiel der beiden würde das Universum vergehen. „Du wirst es zur rechten Zeit finden," antwortete sie. „Warum kann ich meine eigene Zukunft nicht sehen und kannst du dich in jede beliebige Gestalt verwandeln?" fragte Claire neugierig. Das Schicksal lachte. Claire würde noch viele Fragen stellen und sie beide hatten die Ewigkeit, um sie zu beantworten.

„Du bist der Tod und somit an keine Zeit gebunden. In einem raum- und zeitlosen Leben gibt es weder eine Vergangenheit noch eine Zukunft. Du bist immer im Jetzt," erklärte sie lächelnd. „Meine Gestalt ändere ich nicht. Ich verbinde mich mit dem Körper eines anderen und kann ihn so lenken. Ich bin nicht wie du. Du kannst dich verändern, wie du willst. Dein Körper ist beweglich. Das kommt durch das Erbe deines Vaters."

In Claires Augen glomm ein neuer Schein. Plötzlich wurde ihr bewusst, dass sie die unendlichen Weiten des Universums vor sich hatte. Sie hatte endlich ihren Lehrmeister gefunden und ihren Weg. Schmerzlich erinnerte sie sich an Virginia. Ihre Ziehmutter und Lehrerin. Das Schicksal sah es vor ihrem inneren Auge. „Es tut mir leid. Sie ist verloschen," flüsterte sie traurig. Claire hatte es bereits geahnt. Eine Träne lief über ihre Wange, den getrockneten Tränen folgend. Energisch wischte sie sich die Träne weg. Sie war es leid nur Schmerz zu fühlen. Er sollte Schmerzen fühlen. Unendlich viele Schmerzen. Claire spürte die neu gewonnene Energie in ihrem Körper. Sie stand auf und ließ den Wind über ihr Gesicht streichen. Das Schicksal ergriff Claires ausgestreckte Hand. Claire zog sie hoch. Sie standen sich gegenüber. „Leite mich," flüsterte Claire bereit. Das Schicksal sah ihr ergriffen in die kristallblauen Augen. Sie umarmten sich und das Schicksal vereinte sich mit Claire. Claire war wieder allein. Jetzt würde ein neuer Anfang beginnen mit einem festen Weg vor sich. Sie würde von nun an fest mit dem Schicksal Hand in Hand arbeiten.

Der strahlend blaue Himmel veränderte sich und ließ den Blick frei auf einen Sternenmeer. Wenn sie die Augen schloss, sah sie immerfort Alex. Seine Augen, sein Lächeln und seine immer zerzausten Haare. Er war ihr Sohn. Claire war klar, dass sie nie wieder die Chance bekommen würde, das noch einmal zu fühlen. Sie liebte ihn und sein Tod zerriss ihr Herz. Claire stand plötzlich wieder in ihrem Zimmer, im Haus ihres Vaters. Traurig und allein schloss sie wieder das knarrende Fenster und drehte sich um. Das Licht der Sterne durchbrach die Dunkelheit. Schemenhaft erkannte sie das Bett direkt vor sich. Die Liebe und das Leben in Freiheit würde sie nie wieder aufgeben. Claire hatte so viel dafür verloren und wollte nicht, dass alles umsonst war. Sie schloss ihre Hände zu Fäusten und drückt ihre Nägel in das Fleisch. Blut tropfte herunter. Nichts. Sie spürte keinen Schmerz. Claire schwor sich nie wieder Schmerz in ihr Leben zuzulassen. Es sollte nur noch die Freiheit geben. Damit würde sie dem allem ein Ende setzen und den Herrscher stürzen. Jetzt nach so langer Zeit, kannte sie endlich ihre Bestimmung und ihre Aufgabe. Jetzt nachdem sich das Schicksal ihr gezeigt hatte und sie Antworten erhalten hatte, würde sie Alex keine Träne mehr opfern, sondern allein seine Liebe bewahren und nie mehr hergeben.

Abraham war sichtlich überrascht seine Tochter wiederzusehen. In der Nacht hatte er sie gehört. Sie war einfach erschienen. Ihm wurde bewusst, wie schnell sie gelernt hatte. Nachdem er sie ruhig atmend betrachtet hatte, schlich er sich wieder zurück in sein Schlafzimmer. Es hatte einen intensiven Männergeruch angenommen. Abraham vermisste Amelia. Sie hatte ihm Trost gegeben. Jetzt war er allein. Er hatte keine Aufgabe mehr. Claire konnte sich selbst besser schützen, als er es konnte. Er spürte, dass seine Zeit nicht ewig wären würde. Bekümmert legte er sich nieder und schlief sofort ein.

Am nächsten Morgen setzte sich Claire kommentarlos in der Küche an den Tisch. In den Händen drehte sie eine zersprungene alte Tasse. Dampf stieg heraus. Sie trug eine alte blaue zerschlissen Hose, ein einfaches Top und ein zu großes braun kariertes Hemd. Ihre gewellten Haare lagen ihr offen über den Rücken. Sie spürte die kalten Fliesen unter ihren bloßen Füßen. Die Küche und der Tisch waren abgenutzt und stellenweise ziemlich verdreckt. Nachdem Claire erwacht war, hatte sie beschlossen ihren neuen Ehrgeiz zu nutzen und endlich zu beginnen. Ihr Vater saß wieder in seinem alten Anzug am Tisch und drehte gedankenverloren seine inzwischen erkaltete Teetasse in den Händen.

„Ich brauche eine Armee," begann sie in die Stille. Verdutzt sah ihr Vater auf. „Eine Armee? Wozu?" fragte er überrascht. „Ich muss viel wieder in Ordnung bringen. Der Herrscher hatte zu viel Zeit das Gleichgewicht zu zerstören. Er hat eine Armee und es ist nur logisch, dass ich auch eine brauche," erklärte sie. Ihr Vater nickte. „Logisch," wiederholte er flüsternd. „Claire, ich habe in vielen Kriegen gekämpft und meines Wissens nach, du auch. Was ist an Krieg logisch?" fragte er zweifelnd. Claire atmete sichtlich genervt aus. „Ich will keinen Krieg führen. Ich will einen beenden." Ihr Vater lachte. „Mit einer Armee beendest du keinen. Claire, du musst mit mehr Raffinesse an das Problem rangehen," schlug er beherzt vor. Claire begriff und sah ihn nachdenklich an. „Na gut, du hast recht. Ich denke, ich brauche Hilfe. Ich brauche zuerst jemanden, der mir hilft, die Toten auf ihrem Weg zu schützen," begann sie einsichtig. Abraham nickte. „Wie läuft das eigentlich ab? Ich meine, was das alles soll?" fragte er neugierig. Claire lächelte und lehnte sich in dem knarrenden Stuhl zurück. „Ich bin der Tod. Meine Aufgabe ist es, die Seelen auf ihren Weg zu führen und ich wache über ihren Tod. Sie werden in ein neues Leben geführt, dass das Schicksal entscheidet," sagte sie.

„Du brauchst also Hüter, die den Weg bewachen," fasste ihr Vater zusammen. Claire sah ihn begeistert an. „Ja, das ist es. Ich brauche Hüter und ich brauche einen Ort, von dem die Seelen aus auf ihren richtigen Weg geschickt werden," spann sie weiter. Claire spürte plötzlich einen Sog in ihrem Inneren. Sie begriff, dass sich nun etwas an ihren Kräften öffnen wollte. Claire schloss die Augen und konzentrierte sich auf das Gefühl. Plötzlich spürte sie einen kalten Luftzug auf ihrem Gesicht und ihre Füße standen im Wasser. Sie hörte den Wind durch Bäume pfeifen. Claire riss die Augen erschrocken auf. Sie saß mit dem knarrenden Stuhl am Rande eines Sees. Das dunkle grüne Wasser platschte ihr um die Füße. Vor ihr, am anderen Ende des Sees, verlief ein Steg und dahinter erhob sich ein saftig grüner Hügel. Auf dem Hügel thronte ein riesiger Apfelbaum. Ihre Krone beschattete den gesamten Hügel. Claire drehte sich auf dem Stuhl hinter sich und sah eine weite satte grüne Wiese. Der Ort war still und gleichzeitig laut. Sie hörte alte Stimmen um sich. Weit und breit sah sie nur die Wiese und den Hügel mit dem Apfelbaum. Der Himmel war hell erleuchtet. War das die Welt von Rina? „Das ist nicht meine Welt," hörte sie die bekannte Stimme. Rina stand am Steg und sah zu ihr rüber. Sie waren so weit voneinander entfernt, dass sie sie nicht gehört haben konnte und doch klang ihre Stimme so nah, als wenn sie ihr direkt ins Ohr gesprochen hatte.

„Das ist das Reich der Toten. Du hast es vor langer Zeit geschaffen, ich habe lediglich darüber gewacht," sprach sie weiter. „Du musst ihn holen," befahl sie plötzlich energisch und verschwand. Claire schloss überrascht die Augen. Der Wind war fort, das Wasser war fort und doch blieben ihre Füße nass. Sie hinterließ eine Pfütze auf den Fliesen ihres Vaters. Er sah sie verwundert an. „Was war gerade?" fragte er besorgt. Claire sah ihn traurig an. „Ich war hier und gleichzeitig woanders," sprach sie mit belegter Stimme. Sie griff über den Tisch nach seiner Hand. Claire löste seine Finger von der Tasse. „Sie sagte es sei Zeit," flüsterte sie und strich ihm über die Hand. Abraham blickte ihr eine Weile in die Augen. Er begriff. Das Schicksal hatte ihn erneut gerufen. Bereits seit einiger Zeit spürte er, dass seine Zeit bald verstreichen würde. Dämonen lebten lange, doch auch ihre Zeit hatte irgendwann ein Ende. „Lass mich dein erster Hüter sein," bat er vorsichtig. Stille breitete sich im Raum aus. Claire begriff, dass er auf diesen Weg bei ihr bleiben konnte und ihr helfen wollte. Hilfe, die sie bisher nie gebraucht hatte. „Ich habe ein Reich, in dem die Seelen ihren Weg finden werden und nun auch einen

Hüter, der sie dorthin bringt," flüsterte sie. Abraham nickte zustimmend.

Claire verließ das Haus ihrer Familie. Sie besaß nichts und doch trug sie so viel in ihrem Herzen. Ihr Vater folgte ihr, doch nun war er eine Seele ohne einen fleischlichen Körper. Sie hatte es schnell getan. Sein Kadaver würde zersetzten und niemand würde diesen Ort betrauern. Claire sah in die Dunkelheit und sah endlich Licht.

IX

Der Mond M19 ging gerade unter und am Horizont leuchtete der Mond M8 auf, als das Beben begann. Die Steine in der Wüste rüttelten kleine Tiere und Insekten auf. Auf der anderen Seite des Kraterrandes leuchtete die Sonne auf.

Hinter einer kleinen Felsformation saß Claire und blickte zum hell erleuchteten Horizont. Ihre Augen fixierten das Raumschiff, welches sich einem Felsvorsprung weiter über sie näherte.

Sie wunderte sich über dieses Erscheinen. Wie konnte es sein, dass sich ein Raumschiff unbemerkt ihrer Position nähern konnte ohne, dass sie es bemerkt hatte.

Sie machte sich Kampfbereit. Sie musste zuerst sehen, wer es geschafft hatte, sie auszutricksen. In all den Jahrtausenden, die sie nun existierte, musste es jemand sehr mächtiges sein, dem es gelang. Sie konnte vier Seelen spüren, doch sie konnte keine Verbindung herstellen.

Das Raumschiff setzte auf dem Vorsprung ab. Unmittelbar nach der Landung öffnete sich die Rampe unter dem Bauch des Schiffes und eine Gruppe von drei Gestalten schritt heraus. Allen Anschein waren es nur Männer, die mit schwarzen Platten bepanzert und bewaffnet waren. Ein Mann lief schneller voraus zum Rand des Abhangs und blickte sich um. Er riss seinen Helm ab und blickte sich suchend um.

Claire sah ihn von Weiten. Seine Augen konnte sie nicht genau erkennen, es schien aber, dass etwas mit ihm anders war. Er hatte etwas Besonderes an sich. Seine Seele war ihr verschlossen, beinah unsichtbar.

Auf einmal spürte sie einen Sog. Die beiden anderen Männer hatten vor, ihn zu töten und anschließend zu verschwinden. Es war eine Falle. Wie kam es, dass sie die Gegenwart der Männer sehen konnte und die ihrer Seelen, aber nicht die des Mannes am Abhang? Er schien nicht zu ahnen was gleich geschehen würde, doch die Zukunft der beiden anderen Männer wurde immer verschwommener. Es musste an dem Mann liegen, er störte Claire dabei zu sehen.

Er drehte sich schnell um. Unglaublich schnell. Er zog zwei gebogene Messer aus einer Halterung auf seinem

Rücken und schnitt in einer unglaublichen Geschwindigkeit dem rechten Mann die Kehle durch. Der andere Mann drehte sich um und rannte zum Raumschiff. Bevor der Mann mit den Messern ihn erreichen konnte, hob das Raumschiff ab. Der Windstoß fegte ihn von den Füßen und er stürzte beinah den Abhang hinunter. Mit einer Hand hielt er sich noch fest.

Claire blickte dem Schauspiel mit Überraschung und Verwunderung zu. Was sollte dieses Treiben bedeuten? Sie blickte dem Raumschiff hinterher. Es verschwand nach und nach am Firmament, es blieb nichts mehr als ein leichter Windhauch.

Der zurückgebliebene Mann hievte sich den Abhang hoch und blickte ebenso wie Claire dem Schiff hinterher. Auf einmal spürte Claire etwas Seltsames. Sie wurde beobachtet. Claire riss sich vom Anblick des verschwinden Schiffes weg und drehte ihren Kopf zur Seite. Sie blickte direkt in das Gesicht des Fremden. Ob er sie auf dieser Entfernung erkennen konnte? Sie trug eine grau braune Stoffhose und in der gleichen Farbe ein kurzarmiges Shirt und über die Schultern einen Poncho. Ihre Tasche war ebenfalls unauffällig. Selbst ihre roten Haare mussten hier in der Umgebung nicht auffallen. Die

Wüste leuchtete durch den Mond und die Sonne in einem rot braunen Ton.

Sie duckte sich trotzdem langsam hinter dem Felsen. Vorsichtig sah sie durch einen Spalt zwischen den Felsen. Der Fremde war fort. Sie musste weg. Wenn er sie doch gesehen hatte, würde er sicher hierherkommen.

Bevor sie auf ihn treffen würde, wollte sie ihn erst aus einer passenden Entfernung beobachten. Er konnte immer noch vom Herrscher geschickt worden sein. Seine Seele verunsicherte sie. Das war bisher nur einmal vorgekommen. Damals lernte sie das Schicksal kennen.

Nachdem Claire einige Kilometer von der Felsformation entfernt war, sah sie, dass der Fremde die Höhle mit den Überresten einer vergangenen Zivilisation gefunden hatte. Sie konnte von Weitem sehen, wie er in die Höhle hinein ging. Heute Morgen war Claire dort gewesen und hatte Fotos von den Malereien und der Steinkunst gemacht. Sie blickte sich um und überlegte, ob sie wieder zurück zur Basis sollte, oder doch sich hier ein Versteck suchen sollte. Die Basis war noch weit weg.

Der Planet ML9 bestand hauptsächlich aus Kratern, in denen es nur Stein und Sand gab. Sandstürme und Regenstürme überzogen den Planeten regelmäßig. Es gab jedoch einen Krater, der blühte. Die Frage war nur, wie lange noch. Claire hatte ihre Basis dort errichtet. Sie experimentierte bereits seit einigen Jahren hier. Laut ihren Ergebnissen lag die Antwort im Planeten ML9. Der Fund von heute Morgen könnte es eventuell bestätigen.

Wilde Hunde spielten in einer niedrigen Schlucht, die zu einer Höhle führte. Claire folgte der Schlucht, umringt von den kleinen Jungtieren. Das Muttertier befand sich sicher auf der Jagd.

Die Jungen spielten um Claire. Geistesabwesend streichelte sie ihnen über die Köpfe. Ihr gestreiftes Fellmuster erlaubte es ihnen in der Wüstenlandschaft völlig zu verschwinden. Die Jungen hatten bereits von Geburt an dieses markante Muster.

Claire setzte sich neben dem Eingang der Höhle und wartete. Von dieser Position hatte sie einen perfekten Blick auf die Höhle des Fremden und war gut versteckt. Der Geruch der Tiere überdeckte auch den ihren, sodass der Fremde sie nicht wittern konnte. Sie musste auf alles gefasst sein, schließlich wusste sie immer noch nicht, wer er war.

Langsam ging die Sonne unter und der Mond M8 strahlte über die Wüste. Das Muttertier der jungen Hunde war bereits vor einer Stunde zurückgekehrt und lag mit seinem schweren Kopf auf Claires Schoß. Gedankenverloren strich Claire dem Tier über den Kopf. Die fünf kleinen Jungen lagen satt und müde um Claire. Leise schnurrten die Tiere und Claire konnte die Vibration in ihrem Schoß spüren. Die Kreaturen hatten keine Namen. Claire nannte sie einfach Hunde, weil sie denen der Erde so ähnlich waren. Wenn sie ausgewachsen waren, erreichten sie eine Größe von fast zwei Metern. Sie sprangen, rannten und tollten wie die Hunde auf der Erde. Auf ihrer Wanderung auf diesem Planeten traf Claire oft Rudel dieser Art. Manche waren größer oder kleiner. Dieses Muttertier war eher klein und lebte abseits des Rudels. Ein typisches Verhalten bei Weibchen. Auf diese Art schützten sie ihre Jungen. Oft fand Claire tote Jungen in ihren Höhlen. Das Futter war rar und widerstandsfähig in den Wüstenkratern. Die Hunde würden nicht lange so weiter überleben. Sie waren vom Aussterben bedroht. Der Planet starb langsam und die Lebewesen auf diesem Planeten mit ihm. Ein trauriges Lächeln formte sich auf Claires Lippen. Sie hatte bereits einige Jungtiere auf einen sicheren Planeten gebracht, wo sie leben und gedeihen konnten. Sie konnte aber nicht alle retten.

Claire fragte sich erneut, wer der Fremde war. Er war faszinierend und bereitete ihr gleichfalls Sorgen. Sie spürte seine Seele nicht. Claire sah weder seine Vergangenheit noch seine Zukunft, geschweige denn die Gegenwart. Normalerweise konnte sie jeden Schritt eines Lebewesens nachvollziehen. Seines jedoch nicht. Sie musste wissen, wer er war. Ihr Blick schweifte über die Landschaft vor ihr. Der Planet war vor langer Zeit wunderschön gewesen. Claire konnte sich noch an die blühende Landschaft erinnern. Jetzt lag fast überall nur noch Sand und Gestein. Mit Bedauern wurde ihr erneut bewusst, wem sie all diese Vernichtung zu verdanken hatte.

Claire schrak auf, sie musste eingeschlafen sein. Müde rekte sie die Glieder. Das Muttertier und seine Jungen waren in der Höhle. Es war still. Der Mond M8 war mittlerweile untergegangen. Claire sah sich um. Es war dunkel. Sie sah nur Dunkelheit um sich. Am Horizont leuchtete es bereits. Bald würden die Sonnenstrahlen über den Kraterrand strahlen und die Ebene erleuchten. Auf einmal überkam sie ein Gefühl, dass sie schon lange nicht mehr gefühlt hatte. Angst. Etwas stimmte nicht. Ein Knurren drang aus der Höhle. Auch das Muttertier spürte die Bedrohung. Kleine Steine rollten rechts neben Claire die Schlucht runter. Eine Ahnung überkam sie.

Claire sprang auf und machte einen großen Sprung über die Schlucht. Aus dem Augenwinkel sah sie einen schwarzen Schatten, der ihr über die Schlucht folgte. Claire rannte. Sie rannte so schnell sie konnte. Mühelos bewegte sie sich auf dem Gelände. Sprang über Steine und kleine Vorsprünge oder Schluchten. Sie lebte schon lange in dieser Gegend, daher war es ein leichtes für sie sich zurecht zu finden. Einzig die Geräusche des knirschenden Sandes und rollenden Gerölls sagten ihr, dass der Schatten ihr folgte, anscheinend ebenso mühelos.

Sie wusste, wo sie ihn abhängen konnte. Es gab einige Kilometer weiter am Rand des Kraters eine Höhle, durch die sie in den anderen Krater gelangen konnte. Der Weg hindurch war jedoch weit verzweigt. Jemand der sich nicht auskannte, würde sich darin verlieren. Das war ihr Ziel. Claire musste sich enorm anstrengen. Der

Fremde kam ihrer Geschwindigkeit bedrohlich gleich. Mit weiten Sprüngen und Ausweichmanöver hatte sie ihn bald doch weit hinter sich gebracht.

Die ersten Lichter der Sonne strahlten über den Rand des Kraters und erhellten die Ebene. Es war nicht mehr weit bis zum Höhleneingang. Claire blickte über die Schulter und sah im Dämmerlicht den Fremden hinter sich. Auch er war schnell und sprang in weiten Bögen ihr nach. Er trug nur noch eine schwarze Lederhose und ein schwarzes Shirt. Über der Schulter hatte er einen Gurt hängen. Das musste die Halterung für seine ungewöhnlichen Messer sein. Die schweren schwarzen Stiefel hinderten ihn nicht daran, ihr schnell zu folgen.

Claire erreichte die Höhle und verschwand schnell in der Finsternis. Sie bewegte sich flink in den Gängen. In einer Nische drückte sie sich gegen die Wände und lauschte. Es wurde still. Kein Licht drang durch die Finsternis. Ein einzelner dünner Strahl stach durch die Dunkelheit. Claire verbarg sich in einer Nische zwischen dem Gestein. Ein leises Tropfen, das vom Sedimentgestein kam, war das einzige Geräusch, dass durch die Gänge zu ihr drang.

Es verging viel Zeit. Claire wartete gespannt. Das Tropfen war das einzige Geräusch. Wo war er jetzt nur? Langsam überkam sie der Verdacht, dass es doch nicht so klug gewesen war, hierher zu fliehen. Langsam und bedacht darauf kein Geräusch zu verursachen, ließ sie sich nieder. Die Nische war tief genug, dass sie nicht im Gang saß. Sie schob ihre Tasche auf ihren Schoß und überlegte sich wie sie hier rauskommen sollte.

Sie wusste immer noch nicht, wer er war und was er hier suchte. Als er ankam, war er direkt zum Abhang gegangen und hatte sich umgeschaut, als wenn er etwas suchte. Wenn er wegen ihr hierhergekommen war, warum hatten ihn dann seine Männer verraten? Sie konnte sich noch daran erinnern, was die Männer empfunden hatten. Da war Hass und Abneigung.

Nein, es war bloß Zufall, dass er ausgerechnet hierherkam. Zufälle gab es jedoch in ihrer Welt nicht. Wütend drückte sie ihre rechte Hand zu einer Faust. Sie musste sich entspannen. Claire war klar, dass der Herrscher nach ihr suchte. Ihre Hüter beschäftigten ihn und vereitelten ihm immer wieder seine Pläne.

Claire schloss die Augen und versuchte sich zu entspannen. Langsam döste sie ein. Sie merkte nicht, wie die Zeit verging. Ein warmer Hauch weckte sie wieder. Sie öffnete die Augen und sah direkt in die Augen des Fremden. Im leichten Licht des dünnen Strahls konnte sie nur seine Umrisse erkennen, doch seine Augen strahlten in einem spiegelnden Violett in ihre klaren kristallblauen Augen.

Claire wusste nicht mehr, was sie denken, fühlen oder tun sollte. Stocksteif saß sie da und starrte zu ihm zurück. Das konnte nicht sein. Ihr Herz begann rasend zu pochen und ihre Haut brannte. Claire wollte fliehen und der Vergangenheit entkommen. Es war unmöglich. Ihr ganzer Körper begann zu zittern. Sie hatte Angst. Was hatte das Schicksal nur mit ihr vor? Hatte der Herrscher etwa einen Weg gefunden, sie zu vernichten? Seine Waffe kniete vor ihr und unterbrach weiterhin nicht die Verbindung ihrer Augen. Kein Haar oder Muskel rührte sich. Claire schloss die Augen. Das konnte nicht wahr sein. Sie versuchte den Raum um sich zu verändern und zurück zu ihrem Schiff zu gelangen, doch etwas hinderte sie daran. Der Fremde streckte die Hand aus und berührte sie an der Wange. Panik überkam sie. Claire verlor bei seiner Berührung das Bewusstsein.

Nach einer langen Zeit erwachte Claire. Mühsam richtete sie sich auf. Sie war in einem anderen Teil des Höhlensystems. Gedämmtes Licht fiel auf sie. Blinzelnd sah sie hoch. Ein riesiges Loch in der Gesteinsdecke ließ die Sonnenstrahlen durchsickern. Sie hörte Wasser tropfen und schaute zur gegenüberliegenden Wand. In einem kleinen Tümpel tropfte von der Decke Wasser. Beim Anblick des Wassers überkam Claire ein unbändiger Durst. Vorsichtig versuchte Claire sich aufzurichten. Einige Sekunden konnte sie sich auf wackeligen Beinen oben halten, doch sie hatte noch nicht genug Kraft in den Beinen und fiel beinah der Länge wieder hin, doch jemand packte sie von hinten und nahm sie in die Arme. Voller Pein und Angst schloss sie die Augen. Der Fremde hievte sie hoch und trug sie zum Tümpel.

Behutsam setzte er sie ab und ging einige Schritte zurück. Claire öffnete wieder die Augen und sah vorsichtig zu ihm rüber. Er hockte sich hin und sah sie mit seinen violetten Augen misstrauisch an. Claire musste sich zusammenreißen. Er konnte nicht der sein, der er zu sein schien. Sie merkte, dass sie die Luft angehalten hatte und atmete tief ein und aus, bevor sie sich von seinen Augen losreißen konnte und sich zum Tümpel drehte.

Mit der linken Hand versuchte sie Wasser aufzunehmen, um etwas zu trinken. Der Fremde stand wieder auf und verschwand in eine dunkle Ecke der Höhle. Zurück kam er mit ihrer Tasche und stellte sie neben Claire. Sein Gesicht war auf einmal dem ihrem so nah, doch Claire hatte zu viel Angst, um die Augen zu öffnen.

„Wovor hast du so Angst?" seine tiefe Stimme füllte die Stille im Raum. Claire riss die Augen auf und sah ihn direkt vor sich sitzen. Die violetten Augen starrten sie belustigend an. „Wenn ich dich tot sehen wollen würde, wärst du das bereits," erklärte er. Um ihre Nervosität zu überspielen, begann sie in ihrer Tasche zu kramen und zog ein kleines Handtuch heraus. Sie drehte sich mit ihrem Oberkörper weg von ihm und tränkte das Handtuch in den Tümpel. Es sog sich sogleich mit Wasser voll. Sie drückte es aus und begann damit ihr Gesicht und ihren Nacken abzutupfen. Den Poncho zog sie sich über den Kopf und legte ihn zur Seite.

„Ich habe dich gesehen, wie du mich zwischen den Felsen beobachtet hast und ich habe dich gesehen, wie du dich in der Schlucht versteckt hast. Warum bist du mir gefolgt? Wer bist du?" fragte er. Er wirkte neugierig. Es schien, dass er nicht wusste, wer sie war. Claire fragte sich, wer er war und was er hier wollte. Vom Herrscher schien er nicht geschickt worden zu sein. Das hieß, dass der Mann ein Überlebender war, oder er war doch eine andere Rasse. Sie konnte es sich nicht erklären. Wollte ihr das Schicksal einen Streich spielen und sie bildete sich die Augen nur ein? So lange schon trug sie diese Schuld mit sich herum. Plötzlich hockte er direkt vor ihr. Claire drehte sich weg von ihm und sah gedankenverloren in das Wasser. „Du willst anscheinend nicht mit mir sprechen. Wie bist du hergekommen?" Claire konnte die Ungeduld in seiner Stimme hören. Plötzlich packte er sie fest am Arm und riss sie zu sich herum. Reflexartig verpasste sie ihm einen Schlag gegen seine harte Brust. Dabei geriet er ins Straucheln und riss sie mit sich in den Tümpel. Es war nicht tief, beide konnten in dem Wasser stehen, doch im ersten Moment riss er Claire an sich und wirbelte sie im Wasser herum. Prustend kämpfte sie sich an die Oberfläche. Mit den Händen stützte sie sich auf seinen Schultern und versuchte ihn so runterzudrücken und über ihn hinweg zum Ufer zu gelangen. Er ließ sie los und richtete sich auf. Mit seiner muskelösen Statur überragte er Claire um beinah zwei Kopfgrößen. Derweilen stemmte sie sich aus dem

Wasser. Sie war immer noch zu schwach, um wegzurennen und so legte sie sich in das Licht der Sonnenstrahlen und schloss die Augen. Sie fühlte sich entkräftet. Die Schuld schwächte sie. All die Erinnerung überfluteten sie. Sollte es hier enden, durch die Gerechtigkeit eines Raun? Als er sie berührte, hatte sie spüren können, was er war. Es musste einem Wunder gleichkommen, dass nach all den Jahrtausenden ein Mann aus dem Volk der Raun überlebt hatte. Die Hoffnung tatsächlich sterben zu können, erfüllte sie mit Freude und ein Lächeln spielte sich um ihre Lippen. Endlich all dem Leid in ihr ein Ende zu setzten, war das Einzige, das sie noch wollte.

Wasser tropfte auf ihr Gesicht. „Was tust du da?" fragte sie der Raun. „Sterben," war ihre einzige Antwort. Ein schallendes Gelächter erfüllte die Höhle. Seine Stimme hatte einen wunderschönen Klang. Tief und bedrohlich, aber sie versprach auch Sicherheit und Vertrauen. Claire öffnete die Augen und sah sein Gesicht auf sie herabblicken. Kleine Lachfalten waren um seine Lippen. „Du sprichst also doch. Heute stirbst du nicht. Du begleitest mich hier aus der Höhle und führst mich zu deinem Schiff," befahl er. „Ich weiß, dass du den

Weg hier raus kennst und ich weiß, dass du hier bist, um zu forschen. Ich habe deine Notizen gesehen."

Er hielt ihr seine Hand hin. Missmutig und auch ein wenig enttäuscht ergriff sie seine Hand und er zog sie hoch. Beide tropften den Boden der Höhle voll. Claire nahm ihren Poncho und ihre Tasche und drehte sich im Licht zu ihm. Es schien, als wenn ihm der Atem stocken würde. Sie begriff nicht warum. Schulter zuckend ging sie auf den Höhlenausgang zu. Der Fremde folgte ihr dicht auf. Claire blickte an sich herunter und sah ihr nassgetränktes Shirt. Da kam ihr in den Sinn, dass wahrscheinlich das der Grund war, warum ihm das Atmen so schwergefallen war. Überrascht über sich selbst konnte sie nicht verhindern, dabei zu grinsen.

Claire und der Raun befanden sich nun im angrenzenden Krater, aus dem sie zuvor kamen. Es waren nun schon Stunden vergangen, in denen Claire voraus ging und der Mann ihr folgte. Die Umgebung änderte sich nicht wesentlich. Sand und Gestein verfolgten sie.

Claire war sich noch nicht sicher, ob sie ihn wirklich zur Basis führen sollte. Schließlich könnte er gefährlich sein. Sie wusste immer noch nichts über ihn. Claire konnte immer noch nicht seine Seele sehen.

Er war ein Raun und hatte sie nicht die Pflicht ihm zu helfen, wenn sie für das Sterben seines Volkes verantwortlich gewesen war? Die Frage war, wer er wirklich war. Gab es noch mehr seiner Art? Und wenn ja, wo waren sie? Sie musste Acht geben. Wenn er sie angreifen sollte oder eine Gefahr für ihren Widerstand gegen den Herrscher darstellte, musste sie ihn töten.

Er gefiel ihr. Er war groß und sehr stark. Der Raun hatte, wie es bei seiner Art üblich war, sich die Haare kahlgeschoren. Es war nur den stärksten Kriegern gestattet. Sie wagte es nicht sich umzudrehen, jedoch verlor sie nicht das Gefühl, dass er sie genau beobachtete. Claire fühlte sich konfus. Ihr schwirrten verführerische Gedanken durch den Kopf. Etwas stimmt nicht mit ihr.

„Ich hoffe, du führst mich wirklich zu deinem Schiff!" durchbrach er die Stille zwischen ihnen und Claires Gedanken. Der Mond M19 ging gerade wieder unter und M9 erleuchtete die Ebene teilweise. Die Sonne näherte sich dem Horizont.

„Wir müssen uns einen sicheren Schlafplatz suchen," erklärte Claire dem Fremden und ignorierte seine

Drohung. Verblüfft stellte sie fest, dass dies die erste richtige Unterhaltung zwischen ihnen war. Noch konnte sie ihm nicht trauen. Die Antworten über ihn blieben ihr immer noch verschlossen. Der Fremde blieb stehen und blickte sich suchend um. In der Ferne konnten sie eine Steinformation erkennen. Er zeigte in die Richtung und Schritt darauf zu. Claire folgte ihm.

Bei Nacht war das Gelände überfüllt von gefährlichen Schlangenwesen. Ihre Reiszähne waren groß und lang und versprühten ein Gift. Das Gift führte zu Lähmungen. Je nach Größe der Opfer wirkte es stärker oder schwächer. Es war daher nicht ratsam bei Nacht über die Ebene zu wandern.

Sie erreichten die Felsformation, bevor die Sonne endgültig unterging. Die Ebene färbte sich rot braun und Claires Haare leuchteten wie ein Feuer auf. Sie strich ihre Haare glatt und begann im Sitzen die Haare zu flechten. Dabei lehnte sie sich an den Felsen. Ein weiterer Fels lag über ihnen. Die Formation stand auf einer Erhöhung. So dass sie einen Rundumblick hatten über das Gelände. Der Raun streifte zwischen den mannshohen Felsen und begutachtete die Umgebung. Als er zurückkehrte, blieb er einen Moment stehen und starrte sie unverhohlen an. „Was?" fragte Claire irritiert. Er zuckte zusammen und drehte ihr schnell den Rücken zu. Claire blickte an sich runter. Nichts Auffälliges. Ihr Shirt war wieder trocken und der Poncho lag darüber. Sie schüttelte den Kopf. Sie und ein Raun allein. Als wenn das Schicksal Sinn für Humor hätte. Böser Humor traf es besser. Sie fühlte sich seltsam in seiner Nähe. Rina, was treibst du nur für ein Spiel mit mir? fragte sie ihr Innerstes. Es blieb weiterhin still. Claire schüttelte genervt den Kopf.

Der Raun setzte sich an Ort und Stelle hin und blickte auf die Ebene. „Ich halte die erste Wache," sagte er tonlos. Claire sah ihn lange fragend an. So viele Fragen und Geheimnisse. Er war sehr kräftig. Die Muskeln auf seinem Rücken spannten sich unter dem schwarzen Shirt. Er war angespannt. Lag es an ihr? Einen Moment erschien es ihr zu gefährlich einzuschlafen, doch dann wunderte sie sich, wovor sie Angst haben sollte. Wenn er sich entschied sie zu töten und es ihm tatsächlich gelingen sollte, dann würde sie das nur begrüßen und sollte er sie verraten, so konnte sie immer noch ganz einfach fliehen. Ihr blieb immer noch die Möglichkeit über Raum und Zeit zu verschwinden. Auch wenn es ihr in der Höhle nicht gelungen war. Womöglich ein Augenblick der Schwäche. Claire war ratlos. Wo war Rina, wenn sie sie brauchte? Erschöpft rollte sich Claire auf dem harten Steinboden zusammen und schloss die Augen. Sie schlief sofort ein.

Das erste Licht der aufgehenden Sonne weckte Claire. Sie öffnete verträumt die Augen und sah, wie die Ebene vor ihr in einem zarten rosa aufleuchtete. Schon lange hatte sie nicht mehr so gut geschlafen. Ihr war warm und behaglich zumute. Noch nie hatte sie so erholt geschlafen, trotz des harten steinigen Bodens. Wie ein Blitz durchzuckte es sie. Die Wärme kam nicht von ihr. Jemand lag hinter ihr und hatte seinen Arm um sie gelegt. Es war der Raun, wie sie an dem Arm erkannte. Sein warmer Atem streifte ihren Nacken. Claire schauderte. Ihr wurde auf einmal warm im Inneren. Er musste sich im Laufe der Nacht zu ihr gelegt haben, um sich warm zu halten. Plötzlich spürte sie etwas an ihrem Gesäß. Etwas Festes, das sich an sie drückte. Erschrocken sprang sie auf und entfernte sich schnell einige Schritte weg von ihrem Nachtlager. Der Raun drehte sich auf den Rücken und rieb sich die Augen. Claire konnte deutlich die Ausbeulung in seiner Lederhose sehen. Sie drehte sich weg und verließ den Unterschlupf. Das konnte nicht wahr sein.

„He! Wo geht es hin?" rief er ihr lachend nach. Abrupt blieb sie stehen, drehte sich zu ihm um. „Das kann doch nicht angehen, dass du meinst, dich so an mir zu legen und dann das gerade," schrie sie wütend. Sie kam zurück, warf sich ihre Tasche über und lief los in Richtung der nächsten Höhle am Kraterrand. Claire war bewusst, wie lächerlich das ausgesehen haben musste, mit ihrem hoch roten Kopf. Der Raun folgte ihr aber weiter. Er hörte gar nicht auf zu lachen und rieb sich am Schritt. „Also Rotschopf, wenn du nicht die halbe Nacht deinen kleinen hübschen runden Hintern gegen meine Leiste gedrückt hättest, dann wäre das nicht passiert," er lachte wieder. „Wobei, wenn ich es mir genau überleg wahrscheinlich doch," und schüttelte sich vor Lachen.

Claire lief wieder rot an und beschleunigte ihren Gang. In all den Jahrtausenden war ihr noch nie so etwas peinliches geschehen. Sie konnte es immer noch nicht glauben, was soeben passiert war. Claire war sich noch nie so naiv und dumm vorgekommen. Er konnte immer noch eine Gefahr für sie darstellen. Bis heute Morgen wusste sie nicht, was sie tun sollte, doch nun wollte sie dem Allen ein Ende setzten. In Anbetracht ihrer Geschwindigkeit sollten sie in etwa fünf Stunden ihr erstes Ziel erreichen und dann würde sie ihn los sein.

Mittlerweile war ihr klar, dass er nur ein Überbleibsel eines Volkes war, das es schon lange nicht mehr gab. Das sie seine Vergangenheit, Gegenwart oder Zukunft nicht sehen konnte, könnte alle möglichen Gründe haben. Er war sehr stark und konnte sich daher bestimmt gegen ihr Sehen verwehren. Das war neu, aber nicht undenkbar und machte ihr klar, dass es nur umso wichtiger war, es zu beenden.

Er hatte aufgehört zu lachen und lief ihr hinterher. Sie erreichten schon bald ihr Ziel. Die Hütte war schon in Sicht. Die gewohnten Geräusche seiner Schritte verebbten. Claire drehte sich zu ihm um. Er stand da und sah zur Hütte. Wut lag in seinen Augen. Es erinnerte Claire an die Augen von On Mar. Traurig sah sie weg. Alles an ihm erinnerte sie an eine längst vergangene Zeit.

„Wo ist das Schiff?", schrie er wütend. Beschämt sah Claire weg. „Glaub es mir oder nicht, aber ich habe kein Schiff. In der Hütte gibt es eine Meldeeinrichtung. Über die kannst du auf ein Schiff auf dich aufmerksam machen," begann sie zu erklären. So schnell das Claire nicht reagieren konnte, war er bei ihr. Packte sie von hinten und drückte ihr sein Messer an die Kehle. „Du willst mich reinlegen. Das ist alles Mist," flüsterte er ihr wütend und lauernd ins Ohr. Claire begriff nun, dass es ein Fehler gewesen war, ihm zu helfen und wollte durch Raum und Zeit schnell verschwinden. Sie wollte ihn nicht töten, aber weiterhin bei ihm bleiben, konnte sie auch nicht. Das gewohnte Gefühl von Auflösung kam aber nicht. Sie war immer noch in der trostlosen Wüste eines Kraters auf ML9. Vereinzelnd lagen Steine und Felsen ums sie herum. Etwas stimmt nicht. Claire spürte wieder einen Anflug der Schwäche. Es war seine Berührung. Er übte diese Kraft auf sie aus.

Claire setzte zum Ausholschritt an und brachte damit sich und den Raun zu Fall. Sie rollte sich über ihn und riss ihm dabei das Messer aus der Hand. Er blieb jedoch nicht untätig und zog sein zweites Messer und sprang geschwind auf. Bewaffnet und kampfbereit standen sie sich gegenüber. Mit einer schnellen Bewegung sprang er auf Claire zu und versuchte sie mit dem Messer zu treffen, doch sie wich ihm aus und konterte ebenso schnell. Ein Tritt und ein Schlag schleuderte ihn einige Meter weg von ihr, doch er ließ sich nicht unterkriegen und rannte wieder auf sie zu. Claire stemmte sich mit ihren Füßen in den Boden. Er wollte sie umwerfen. Kurz bevor er sie erreichte, trat Claire zur Seite und trat ihm zwischen die Füße. Der Raun schien dies vorhergesehen zu haben und drehte sich im Lauf. Er bekam Claires Arm zu packen und schleuderte sie zu Boden. Entrüstet sprang Claire auf. Ihre Augen leuchteten kurz rot auf. Sie war wütend. Sie kämpften beide unerbittlich. Mit Entsetzten stellte Claire fest, dass er ihr ebenbürtig war. Konnte es sein, dass er ihr Dasein beenden konnte? Claire sah nun ihre Chance kommen und versuchte ihn zu provozieren. Der Raun sprang darauf an und attackierte sie immer aggressiver. Auf einmal packte er sie an den Armen und riss sie mit sich auf den Boden. Ineinander verkeilt rollten sie über den Boden, dabei verloren sie beide ihre Messer. Keuchend blieb Claire regungslos liegen. Der Raun lag auf ihr. Sie schloss die Augen und wünschte sich den Tod. „Willst du wieder sterben?" fragte er sie verschmitzt und begann zu lachen. Claire konnte die Vibration durch seinen Brustkorb spüren. Sie konnte es nicht fassen. Hier lag sie wehrlos und geschlagen. Endlich dem erlösenden Ende nahe und er lachte. Sie wollte gerade antworten, als plötzlich sich seine Lippen auf die ihre legten. Er bewegte seine Zungenspitze behutsam zwischen ihren Lippen. Claire ließ es zu und öffnete ihre Lippen. Ihre Zungen berührten sich und liebkosten sich liebevoll. Die Zeit schien stillzustehen. Langsam lösten sich ihre Lippen voneinander. Claire öffnete die Augen und blickte wieder in die violetten Augen des Raun.

Die Zeit blieb erneut stehen. Ein bekanntes Gefühl machte sich in ihrer Magengegend breit. Sie drückte sanft, aber bestimmt den Raun von sich und stand langsam auf. Claire dreht sich nicht einmal zu ihm um. Sie nahm ihre Tasche vom Boden auf, während sie auf die Hütte zuging.

Sie erreichte die Hütte. Unscheinbar stand die Hütte mitten in der Ebene umringt von der Wüste. Den Kraterrand sah sie rundherum nicht. Vereinzelte Felsen konnte sie in der Ferne erkennen.

Kopfgeldjäger nutzen die Hütte als Unterschlupf und Lager für Proviant. Lebensmittel und genügend Ausrüstung wurden dort immer gelagert, wenn die Hütte nicht bereits geplündert wurde. Claire wusste, dass diese technisch intakt war. Proviant und Waffen gab es aber nicht mehr. Zudem wusste sie, dass schon lange niemand mehr dort gewesen war. Zuletzt sie selbst, als ein Sandsturm über die Ebene gefegt war. Das lag aber schon Wochen zurück. Sie öffnete die Tür über eine Scan-Einrichtung. Die Zahlenkombination hatte sie damals geändert, so dass sie jederzeit dort absteigen konnte.

Das Wetter konnte auf diesen Planeten von einer Sekunde auf die andere umschwenken. Sandstürme, Regenschauer und Hitzewellen waren in einem stetigen Wechsel. Nachts war es draußen gefährlich. Die Schlangenwesen und anderes Untier trieben dann auf den Ebenen ihr Unwesen.

Die Metalltür schwang auf. Eine Staubwolke flog ihr entgegen. Claire betrat die Hütte und wedelte den Staub weg vor ihrem Gesicht. Der Raun folgte ihr unmittelbar. „Was soll ich hier?" fragte er immer noch grinsend. Der Kuss war überraschend für Claire gewesen. Es war schön, seine warmen und weichen Lippen auf den ihren gespürt zu haben. Sie konnte ihm nicht ins Gesicht sehen. Sie schämte sich, dass sie für einen Fremden und vor allem einem Raun Gefühle empfand. Gefühle, die sie bisher nur einmal gefühlt hatte und das lag nun schon so lange zurück. Claire redete sich ein, dass es lediglich ein rein körperliches Bedürfnis war. Sie hatte es nie gestört oder vermisst, dem zu entsagen, doch bei ihm fiel es ihr schwer seiner Anziehung zu entfliehen. Claire fühlte sich von ihm angezogen. Sie sehnte sich nach mehr. Wer war er? Er musste kein Raun sein, nur weil er als solcher geboren wurde. Sie selbst kam als Halbengel zur Welt, das hinderte das Schicksal aber nicht, aus ihr was anderes zu formen. Etwas mit dem sie sich mittlerweile abgefunden hatte und gegen das sie nicht mehr ankämpfen würde. Sie hatte ihre Bestimmung gefunden und erfüllte diese mit voller Hingabe. Es gab ihr die gewünschte Freiheit und Selbstbestimmung.

Die Hütte lag auf zwei Ebenen. In der unteren Ebene war der Eingang, der Vorratsraum und die Sanitäranlage. Die obere Ebene führte nur einige Stufen hoch und grenzte sich mit einem Gelände zur unteren Ebene ab. Auf der oberen Ebene befand sich ein mannshoher Käfig, für die Gefangenen und eine Einrichtung zur Kommunikation. Jedoch konnten sie nur senden und nicht empfangen. Kopfgeldjägern haben nicht viele Mittel zur Verfügung. Meldeten sie sich über die Maschine, schickte dieses ein Signal in den Weltraum. Jeder der in dem angrenzenden Umfeld des Planeten war, konnte darauf reagieren. Das Hilfesignal würde sich über etliche Lichtjahre verteilen und sicherlich würde jemand das Signal erhalten.

Der Raun stand immer noch in der Tür und starrte sie grinsend und nachdenklich an. Seine Augen fuhren über ihren Körper. Sie konnte es regelrecht spüren. Claire spürte seine Berührung auf ihrer Haut und ihren Lippen immer noch.

„Wir brauchen einen sicheren Unterschlupf. Ein Sturm zieht auf," erklärte sie abweisend. Immer noch sah sie ihn nicht an. Aus dem Augenwinkel sah sie, wie er die Tür schloss und um sie herum ging. Er bestieg die obere Ebene und begutachtete den Computer und die Scan-Einrichtung. „Ja, ich habe am Horizont auch die Wolken gesehen," begann er. „Da wir einige Stunden hier drin nun eingesperrt sind, würde ich gerne einige meiner Fragen beantwortet haben," erklärte er mit ruhiger Stimme. Das Grinsen auf seinen Lippen war verschwunden. Er sah sie nicht an. Claire verspannte sich. Zweifel über Zweifel überkamen sie. Die Gefühle, die sie empfand, trübten ihr die Sinne. Sie wusste immer noch nicht, was er genau war.

„Wir laufen schon eine Weile miteinander über diese Ebenen, aber erzählt hast du mir noch nichts. Ich habe mir gedacht, dass es schon seltsam ist, dass eine Forscherin mit solchen Fähigkeiten und Kampferfahrung, sich genau dort aufhält, wo auch ich lande. Nun stellt sich mir die Frage und das ist mittlerweile die wichtigste: Wer bist du?" bei dem letzten Satz drehte er sich um und sah ihr direkt in die Augen. Schalk und Überheblichkeit lag in dem Blick. „Darf man keine Hobbys haben?" entgegnete sie lächelnd. „Ich habe kein Schiff, ich lebe hier. An ein Schiff kommst du nur über diese Maschine. Ich weiß auch nicht, wer du bist," sagte Claire aufgebracht. Er strich sich über den Kopf. „Na schön, du willst mir nicht verraten, wer du bist, dann nehme ich das erst mal so hin. Wir warten den Sturm ab, dann kümmere ich mich selbst um eine Möglichkeit hier weg zu kommen," erwiderte er grinsend. Plötzlich fing er an zu lachen. Erschrocken zuckte Claire zusammen. Seine Stimme dröhnte von den Wänden. „Was denn so schreckhaft?!" fragte er grinsend. Wütend drehte sich Claire weg und ging zu der Sanitäranlage.

In all den Jahrtausenden wurde sie noch nie so vorgeführt. Erschreckend stellte Claire fest, selbst die Wut auf ihn machte ihn noch anziehender für sie. Sie musste diese körperliche Anziehung loswerden und stärker sein. Claire war immer noch der Tod und würde sich von so einem, durchaus gutaussehenden Krieger, nicht unterkriegen lassen.

Die Wasserleitungen funktionierten noch. Claire hatte bei ihrem letzten Besuch die Leitungen repariert. Die Dusche in der Basis wirkte jetzt sehr verlockend auf sie. Die Anlage war nicht sauber. Schnell wusch sie sich daher nur ihr Gesicht und tröpfelte sich Wasser in den Nacken. Es würde eine lange Nacht werden. Diesmal würde sie nicht einfach einschlafen und sich wieder so demütigen lassen.

Claire kam heraus. Vorsichtig schaute sie sich um, bevor sie ganz den Raum verließ. Er stand direkt neben der Tür und schaute auf sie herab. „Na, fertig?" fragte er wieder mit diesem seltsamen Grinsen. Wortlos ging Claire an ihm vorbei zu der Sitzecke im unteren hinteren Bereich der Hütte, dort waren auch Betten für vier Personen. Die Matratzen sahen aus, als wenn die guten Tage schon lange her waren. Flecken, die sie nicht mehr identifizieren konnte und Bezüge die mehr grau als weiß waren. Claire setzte sich auf eine der Bänke daneben und holte ihr Wasser aus der Tasche. Die letzten beiden Tage hatte sie es sich mit dem Fremden geteilt. Es war nicht mehr viel darin. Draußen hinter der Hütte gab es einen Brunnen, bevor sie weiter gehen würde, musste sie ihre Vorräte auffüllen. Lebensmittel gab es nicht mehr in der Hütte. Wieder eine Nacht mit leeren Magen. Das störte Claire jedoch nicht. Sie brauchte nicht viel, weder Wasser noch Nahrung. Wie sollte auch der Tod verhungern. Bei dem Gedanken musste sie grinsen. Dem Fremden schien es auch nicht zu stören.

Er war in der Sanitäranlage. Die Tür war nur angelehnt. In einer Tür eines Spindes gegenüber konnte sie ihn gespiegelt sehen. Er hatte sich das Shirt ausgezogen und goss über seinen Oberkörper Wasser. Fasziniert sah Claire ihm dabei zu, wie seine Muskeln sich spannten. Makellos. Der Raun hatte nicht einen Kratzer oder Narbe. Wie gern würde sie sein Blut untersuchen. Vielleicht ließe sich daran erkennen, was ihn so besonders machte.

Claire rieb sich die Augen und schloss sie für einen Augenblick. Wie sehr sie sich nun ihre Insel auf der Erde wünsche. Das Kreischen der Möwen halte in ihren Ohren wieder. Sie hörte das Rauschen der Wellen und den leisen Wind, der durch das Blätterwerk hinter dem Haus sie versuchte zu locken. Wie sehr wünschte sie sich diese Tage zurück. Es war bereits so viel Zeit vergangen und immer noch sah sie ihn hinter den Bäumen verstecken spielen und sein glockenhaftes Lachen schallte zum Klang des Gesangs der Vögel über ihm.

Erschrocken wachte Claire auf. Sie war schon wieder eingeschlafen. Es war bereits dunkel draußen und der Wind zog an der Hütte. Sie mussten mitten im Sandsturm sein. Es war dunkel. Das schummrige Licht kam einzig von dem Computer und der Scan-Einrichtung. Der Fremde saß davor und tippte etwas ein. Claire wischte sich die Augen trocken. Nach all der Zeit waren die Tränen immer noch nicht versiegt. Sie stand auf und bestieg die obere Ebene.

„Was tust du da?" fragte sie ihn. Belustigend stellte Claire fest, dass er sie nicht kommen gehört hatte und zusammengezuckt war. „Keine Sorge, das bin nur ich," sagte sie grinsend über beide Ohren. Er drehte sich zu ihr um und fing an lauthals zu lachen. „Ja, das habe ich wahrscheinlich verdient," gestand er. Beide lachten zum ersten Mal gemeinsam. Seit Claire bei dem Raun war, kam es ihr so vor, als wenn er mit der gleichen

Anziehung ihr gegenüber zu kämpfen hatte, wie sie gegen seine. Da war was Verlangendes in seinem Blick. Verlegen sah er wieder auf die Bildschirme. Die Zeit mit ihm kam ihr so vertraut vor. Claire konnte die Nachricht auf dem Bildschirm nicht komplett lesen. Er verschickte einen Hilferuf und gab seinen Namen an: Hodari Wamuri. Sie konnte lesen, dass er eine hohe Belohnung auszahlen würde. Claire war klar, dass auf diese Nachricht sicher auch unehrenhafte Retter kommen würden. Er wollte weg von diesem Planeten. Hodari schien es eilig zu haben. Er stand auf und streckte sich. Nachdenklich sah er auf die Monitore. Claire merkte besorgt an: „Dir ist klar, dass auf diese Nachricht nicht unbedingt die ersehnte Rettung folgt," während sie sich von den Monitoren wegdrehte. Hodari stand direkt vor ihr. Ernst und bedrohlich wirkte er auf sie. Ihr Lächeln verschwand abrupt. Sie hatte keine Möglichkeit zu fliehen. Draußen tobte der Sturm und in der Hütte gab es auch keinen Ort, an dem sie sich verstecken oder besser positionieren konnte. „Am liebsten würde ich dich auf der Stelle hier und jetzt nehmen. Was ist das nur an dir? Du bist wie ein Magnet. Ich habe dich nicht gesehen auf dem Abhang, ich habe dich nur gefühlt und bin dir gefolgt. Wer bist du?" flüsterte er erregt. Sein Atem ging schnell. Claire konnte sein Herz pochen hören. Fassungslos und regungslos blieb sie vor ihm stehen. Sein Atem und der ihre vermischten sich. Draußen tobte der Sturm. „Ich bin tot," flüsterte sie tonlos. Alles in ihr schrie danach sich ihm hinzugeben. Der Drang war so mächtig. Das Schicksal versuchte sie zusammen zu fügen, doch Claire war nicht Claire, um zu wissen, wie sie dem entkam. Sie hatte schon so viele Male dagegen gekämpft, dass sie nicht einfach so aufgab. Sie rief sich in Erinnerung, was sie dem Volk der Rauns angetan hatte. Eine Träne kullerte ihr über die Wange. Hodari hob seine Hand und strich verwundert mit dem Daumen ihre Träne weg.

Es kostete sie eine gewaltige Anstrengung, doch sie schaffte es Hodari von sich zu schieben und in die Sanitäranlage zu rennen. Schnell schloss sie die Tür hinter sich. Sie lehnte sich gegen die Tür und schloss die Augen. Ihr Kopf pochte, ihre Hände zitterten und ihre Beine gaben nach. Erschöpft rutschte sie an der Tür herunter und blieb am Boden sitzen. Sie musste endlich weg von ihm. Was auch immer das Schicksal mit ihnen beiden vorhatte, sie durfte dem nicht trauen. Rina, verdammt, antworte! schrie sie in ihrem Inneren.

Am frühen Morgen endete der Sturm. Durch das schmale Fenster drang Sonnenlicht in die Sanitäranlage. Erschöpft und Tränenverschmiert saß Claire auf dem Boden. Hodari hatte nicht versucht zu ihr zu gelangen. Er führte wahrscheinlich seinen eigenen Kampf gegen das Schicksal. Mühsam stand sie auf und blickte sich im kleinen Spiegel in die Augen. Was tat sie nur? Sie musste fort und sich in Ruhe Gedanken darüber machen was mit ihr geschah. Es war schon so lange her, dass das Schicksal sie so versucht hatte zu lenken. Claire musste weg von ihm. Er verwirrte und verunsicherte sie. Claire musste zuerst zur Basis zurück und im Anschluss zurück in das Totenreich, dort konnte sie nichts und niemand erreichen. Sie könnte Kraft sammeln und endlich ihre Gedanken richtig sammeln. Sie war schon viel zu lange auf ML9. Die Zeit lief ihr davon.

Mit kaltem klarem Wasser wusch sie sich das Gesicht. Sie nahm ihre restliche Kraft zusammen und öffnete die Tür. Die Tür nach draußen stand offen. Niemand war da. Sie schaute trotzdem nochmal im Vorratsraum nach.

Niemand. Schnell nahm sie ihre Tasche. Das war ihre Chance. Sie musste weg. Vorsichtig trat sie nach draußen ins Licht. Sie war scheinbar allein. Der Sandsturm hatte die Umgebung nicht wesentlich verändert. Sand und Stein waren noch immer an Ort und Stelle. Claire ging um das Haus herum zum Brunnen. Auch dort war niemand. Mit gefüllter Wasserflasche und einem letzten Blick zurück begann sie ihren Weg Richtung Basis.

Zuerst hatte sie angenommen, dass er ihr heimlich folgen würde, doch die Ebene war weitläufig und sie hatte niemanden gesehen, seit sie aufgebrochen war. Sie näherte sich dem Kraterrand. Auf der anderen Seite würde sich die Vegetation ändern und ein dichter Wald würde sich über eine riesige Ebene erstrecken. Im Süden lag ihre Basis am Kraterrand befestigt.

Ihre Gedanken kreisten noch immer um Hodari. Sie konnte nicht aufhören, sein Gesicht vor ihrem zu sehen. Wie er sie mit diesem Blick zerrissen hatte. Auch er spürte die Anziehung und auch er versuchte sich davon zu entziehen. Anscheinend fühlte er genauso wie sie. Das änderte aber nichts an der Tatsache, dass Claire es nicht zulassen würde, sich vom Schicksal bestimmen zu lassen. Sie versuchte all diese Gedanken zu verdrängen und sich mit dem Kampf gegen den Herrscher zu beschäftigen. Die letzte Nachricht, die sie von Solveig erhalten hatte, war sehr beunruhigend. Lange würden Claire und ihre Hüter nicht mehr standhalten können. Die Zahl der Hüter wurde stetig weniger und die der Engel immer mehr. Claire hatte immer noch nicht die Urzelle gefunden. Die Malereien und die Steinkunst könnte vielleicht das Alter des Planeten ML9 eingrenzen und sie musste diesen vielleicht ausschließen. Dann würde die Suche nach einem älteren Planeten wieder von vorne beginnen. Einige standen noch zur Auswahl.

Ihre Gedanken wanderten erneut zu Hodari. Wo er wohl war? Plötzlich durchbrachen zwei Raumschiffe die Atmosphäre des Planeten und flogen in die Richtung der Hütte. Claire warf schnell die Kapuze ihres Ponchos über ihren Kopf, um die verräterischen roten Haare zu bedecken. Sonst tauchte sie mit ihrer Kleidung inmitten der Wüste unter.

Sie folgte den Raumschiffen mit ihren Augen. Es waren gewöhnliche Kopfgeldjäger Schiffe. Was hatte er vor? Sie alle zu töten und dann zu verschwinden. Ob er auch so viel an sie dachte wie sie an ihn? Glaubte er ihr wirklich, dass sie hier lebte? Sie war schon einige Jahre auf ML9. Ihre Pflichten als Tod nahmen sie zu sehr ein. Ihre tatsächliche Heimat war das Reich der Toten und dorthin musste sie wieder zurückkehren. Gedankenverloren strich sie sich über die Lippen. Die Erinnerungen an seine Berührungen verfolgten sie.

Von einer Sekunde auf die andere wurde es dunkel auf der Ebene. Claire blickte zum Himmel. Ein Sturm stand wieder bevor. Es wurde plötzlich schnell immer dunkler und ein bedrohliches Donnern durchbrach die Stille. Aus den versteckten Höhlen konnte Claire von weiten das Erwachen der Schlangenwesen hören. Ihre Schreie waren furchteinflößend. Nicht für Claire. Sie würden diese Wesen nicht angreifen. Claire war der Tod. Tiere und andere Wesen spürten das in ihrer Nähe. Sie durchstreifte mit ihren Augen die Ebene. Wo war er? Was würde er nun tun? Sie hatte ihm nichts von den Gefahren bei Nacht gesagt geschweige von den Stürmen. Die ersten Regentropfen vielen nieder. Claire streckte die Hand aus und fühlte das Nass auf ihrer Handinnenfläche. Lange sah sie so auf ihre Hand. Immer mehr Regentropfen sammelten sich in ihrer Hand. Ihr Poncho saugte sich sogleich mit Wasser voll. Ein Schrei und das leise Aufstampfen von vielen Beinen durchbrachen den Regenschauer. Claire blickte auf und konnte sehen, wie eine ganze Horde von Schlangenwesen im Dämmerlicht sich der Hütte näherte. Sie konnten frisches Blut riechen. Einen Moment zögerte Claire noch. War dies auch vom Schicksal bestimmt? Sie sollte ihn retten und was dann? Sie spürte keinen Sog. Das Schicksal überließ ihr die Wahl. Claire sollte sich entscheiden. Entscheiden was mit Hodari und ihr geschehen würde. Es wäre so einfach zu gehen, doch da war immer noch das Gefühl seiner Lippen auf den ihren. Das Leben nur für einige Sekunden zu spüren, war für sie berauschend gewesen. Es weckte Erinnerung an Leben und Liebe. Sie sehnte sich nach dem Tod, weil es ihr verwehrt war, zu leben. Eine Frau zu sein, einen Mann zu haben und ein Kind zu gebären. Ja es stimmte, sie wollte sterben, aber auch nur weil ihr alles andere verwehrt wurde. Auf immer und ewig allein zu sein war ihr Dasein. Das Leid und die Pein des Sterbens aller anderen zu fühlen und zu bestimmen, aber nicht Teil der Liebe und des Lebens zu sein.

Der Moment des Zögerns war vorbei. Claire wickelte ihren Poncho zusammen und stopfte ihn in ihre Tasche.

Die Tasche versteckte sie zwischen zwei Felsen. Sie drehte sich zur Hütte um und rannte darauf zu. Sie würde ihn retten und wenn es nur für einige Sekunden Leben war, sie würde es nicht vergehen lassen.

Die ersten Regentropfen wurden innerhalb von einigen Minuten zu einem starken Regenschauer. Starke Böen zerrten an Claire. Sie konnte in der Ferne kaum die Raumschiffe erkennen, die hell erleuchtet neben der Hütte standen. Sie konnte zwei Wesen erkennen. In der Hütte brannte Licht. Sie näherte sich den Schiffen und nahm vereinzelt Wortfetzten auf. Sie sprachen in einer sehr aggressiven Sprache miteinander. Für sie war das kein Problem. Sie sprach alle Sprachen des Universums.

„Wir werden ihn bei diesem Sturm nie finden," rief ein Mann neben der Eingangstür dem anderen neben sich zu. Sie mussten schreien, um sich gegen den Lärm zu verständigen. „Das alles ist doch nur eine Falle. Er wartet nur darauf, uns einen nach dem anderen umzubringen," antwortete der andere. Insgemein stimmte Claire mit dieser Aussage überein. Es wäre für ihn sicher ein leichtes, sie alle zu überwältigen und sich eines der Schiffe zu nehmen.

Vorsichtig näherte sie sich dem Raumschiff, welches am weitesten von der Hütte stand. Die Rampe war ausgefahren. Claire sah niemanden im Inneren und spüren konnte sie auch niemanden. Sie verschmolz mit der Umgebung. Ein Alarm ging los. Acht Männer rannten aus der Hütte. Alle voll bewaffnet.

Claire rannte schnell zur Hütte. Bevor die Tür zuschlug, schlüpfte sie ins Innere. Drei Männer befanden sich noch in der Hütte. Einer tippte fleißig in den Computer ein. Er hatte seinen Laptop mit dem Computer verbunden und versuchte so Hodari zu finden. Sie hatten Sensoren um die Hütte verteilt. Sie würden ihn finden. Die Regentropfen auf Claire tropften auf dem Boden. Die Männer bemerkten es nicht, zu angestrengt starrten sie auf den Bildschirm.

Plötzlich ging einer der Sensoren los. Über Lautsprecher gab der Mann am Computer durch, welcher Sensor ausgeschlagen hatte. Gespannt schaute Claire ihm über die Schulter. Sie konnte ihn auf dem Bildschirm nicht erkennen. Nach einigen Minuten tauchte eine Gruppe Männer in das Bild. Von draußen konnte sie die Schüsse hören. Sie schossen ziellos ins Leere. Es war nicht möglich, ihn während des Sturmes gefangen zu nehmen.

Wohl eher, es zu versuchen. Was für Einfaltspinsel, dachte sich Claire. Die Schlangenwesen lauerten um die Einrichtung und die Raumschiffe herum. Anhand der Kameras der Männer konnte sie sehen, wie drei bereits erloschen waren.

„Wo sind unsere Leute?" rief der Mann am Computer in die Lautsprecher. Die Antwort ließ lange auf sich warten. Das Knistern auf der anderen Seite war das einzige Geräusch. „Tot!" war die Antwort einer tiefen dunklen Stimme. Es war Hodari. Die Männer sprangen auf. Die noch Überlebenden kamen zurück. Ihre toten Kameraden ließen sie im Schlamm zurück. „Was ist passiert?" fragte der Mann am Computer. „Er hat uns überrascht. Aber da ist noch was anderes draußen," begann der Anführer zu sprechen. Seine Stimme zitterte dabei unablässig. Claire zog sich zurück. Zwei Männer blieben in der Hütte. Die anderen machten sich bereit für die Jagd.

Es war an der Zeit Hodari zu finden. Lange würde er den Männern und den Schlangenwesen nicht standhalten können. Wenn sie nicht sofort eingriff, würde keiner überleben.

Vorsichtig schlich sie sich durch die Tür nach draußen, sogleich packte sie der Wind. Sie fröstelte. Beim Ausatmen sah sie eine Wolke. Schnell tauchte sie in der Dunkelheit unter. Claire ahnte, dass Hodari in Gefahr war. Sie konnte die Schreie der Schlangenwesen hören. Die Männer bestiegen ihre Transporter und teilten sich in vier Gruppen auf.

Claire versuchte die Schlangenwesen zu spüren. Sie wusste, dass sie ihn zuerst finden würden. Ihre Sinne waren auf Blut gerichtet und da wäre es ihnen ein leichtes ihn in der weiten Ebene zu finden. Um ihr linkes Handgelenk trug Claire ein Metallarmband. Über eine Berührung aktivierte sie es. Sie rief ihr kleineres Raumschiff zu sich. In einigen Minuten würde es über sie schweben. Lauernd auf alle Geräusche erkundete sie die Umgebung. Der Regen und der starke Wind erschwerten ihr die Sicht. Plötzlich hörte sie in ihrer unmittelbaren Nähe Schüsse und Schreie. „Wir haben ihn," hörte sie ganz deutlich. Weitere Schüsse erklangen.

Claire begann zu rennen. Über einen Felsen sprang sie mitten in das Gefecht. Im Sprung projizierte sie ihr Schwert in die Hand. Fest griff sie zu. Die Männer hatten Hodari getroffen. Er stand noch in Kampfposition und verteidigte sich behänd. Die Männer wurden von allen Seiten von den Schlangenwesen angegriffen. Im Sprung köpfte Claire gleich drei der Schlangenwesen. Akrobatisch und fließend durchstach sie die Wesen mit ihrem Schwert. Dabei beschützte sie die Männer so gut es ging und versuchte zu Hodari zu gelangen. Ununterbrochen stach sie zu und tötete die Schlangenwesen. Es wurden immer mehr. Sie drehte und trat um sich. Angelockt vom Blut trieb es sie trotz der Gegenwehr zu ihnen. Die noch lebenden Männer erkannten die Gefahr und begaben sich zu ihren Transportern, um schnellstmöglich das Schauspiel zu verlassen. Endlich erreichte Claire Hodari. Er brach zusammen. Ein abgebrochener Zahn eines der Schlangenwesen ragte aus seinem Bauch. Blut sickerte heraus. Die Schlangen umzingelten sie. Claire blickte in die Runde. Die Schlangen wichen zurück. Mit einer Ausholbewegung in der Luft schaffte sie eine unsichtbare Kuppel um sie beide. Der Regen prallte daran vorbei. Die Schlangen versuchten versuchsweise durchzudringen, es gelang ihnen nicht. Hodari blickte zum Regen über sich hoch. Besorgt ging Claire vor ihm in die Knie und untersuchte vorsichtig seine Wunden. Sie konnte nicht sehen, ob er leben oder sterben würde. Sie konnte nur erkennen, dass das Gift bereits in seinem Blut war. „Warum bist du zurückgekehrt?" fragte er gepresst. Er versuchte die Schmerzen zu unterdrücken. „Ich weiß es nicht," gab sie ehrlich zu. Er grinste. Kleine Falten bildeten sich um seine Mundwinkel. „Hast wohl nicht genug von mir!" meinte er grinsend. Claire schüttelte den Kopf, dass er trotz seiner Lage Sprüche klopfte, erstaunte sie. Sie musste ihn schnell zu ihrer Basis bringen, dort hatte sie das passende Equipment, um ihm zu helfen. Vorsichtig zog sie den Zahn, des Schlangenwesens, heraus und drückte auf die Wunde, um das Blut aufzuhalten.

Über ihr Armband prüfte sie die Position ihres Raumschiffes. Scheinwerfer erhellten die Dunkelheit. Hodari blinzelte erschrocken auf. Ein Seil mit zwei Rettungsgurten fuhr herunter. Es durchbrach die unsichtbare Kuppel um sie beide. Claire packte den Gurt und schnallte es sich um. Einen zweiten Gurt schnallte sie Hodari um. Er musste sich dafür vorsichtig erheben, dabei hielt er sich an Claire fest. Schließlich setzte sie sich breitbeinig auf seinen Schoss und befestigte ihren Gurt an seinem. Hodaris Hände packten ihre Oberschenkel und drückten sie fester an sich. Erschrocken sah Claire runter.

„Was wird das?" fragte sie. „Wenn ich dich schon auf meinem Schoss bekomme, dann will ich es auch gleich genießen," erklärte er grinsend. „Hast du etwa nicht genug Schmerzen?" fragte sie ihn verständnislos. Das Seil wurde hochgefahren, nachdem Claire den Befehl durchgab. Schnell drückte sie weiter auf seine Wunde. Langsam schwebten sie hoch zum Raumschiff. „Sag mir jetzt nicht, dass das dein Schiff ist?" fragte er lachend. Der Bauch des Schiffes wurde sichtbar. Das helle rot kam in Sicht.

„Na ja, kann schon sein," gab sie grinsend zu. Hodari griff unter ihren Po und kniff fest zu. Claire zuckte erschrocken zusammen. „So so. Ich soll es glauben oder nicht," seine Griffe lockerten sich, jedoch nahm er die Hände nicht mehr weg. Mit Erschrecken stellte Claire fest, dass ihr die Berührung gefiel.

Sie tauchten in den Bauch des Schiffes ein. Die Lucke schloss sich. Claire saß nun auf Hodari. Dieser verlor allmählich seine Kraft. Seine Arme glitten auf das Metall und lächelnd schloss er die Augen. Claire löste die Gurte und ließ Hodari schwebend in eine Schlafkabine tragen.

Dort legte sie ein Druckverband an. Das Schiff bewegte sich in der Zeit zurück zur Basis. Nach schier endlosen Minuten erreichten sie die Basis. Mit einem Ruck landeten sie.

Nachdem Claire Hodari ausgezogen hatte und in die Medizinbox schweben ließ, flog sie noch mal zurück, um ihren Rucksack zu holen und um nach den Kopfgeldjägern zu sehen. Diese hatten anscheinend kopflos den Planeten verlassen und eines ihrer Schiffe dagelassen. Die überlebenden Männer hatten nur das eine Schiff genommen. Sie schickte ihr Schiff zurück zur Basis, während sie das andere selbst zur Basis manövrierte. Es war nicht das erste Mal, dass sie herrenlose Raumschiffe entsorgen musste. Ihre Gedanken schweiften ab und sie dachte an den Mann in ihrer Basis. Er war ein Raun. Er war Hodari und bewegte etwas in ihr. Seine Berührungen brachten ihre Kräfte durcheinander und das machte ihr Angst.

Zurück an der Basis schaute sie schnell nach Hodari. Die Medizinbox versorgte automatisch seine Wunden. Die feinen Greifarme säuberten und nähten die zahlreichen Wunden zu. Das Gegenmittel, für das Gift der

Schlangenwesen, hatte er bereits erhalten. Claire konnte anhand seiner Werte erkennen, dass es ihm bereits besser ging. Verwundert stellte sie fest, dass er bereits zu heilen anfing. Der Raum war hell erleuchtet. Die weißen Wände strahlten von innen heraus. Einzig die Medizinbox und die Roboterarme bewegten sich in dem Raum. Claire hatte diesen Raum bisher selten genutzt. Sie sah auf Hodari hinter der Glaskuppel, wie er sanft ruhte. Sein Brustkorb hob und senkte sich regelmäßig.

Sie wusste immer noch zu wenig über ihn. Claire veranlasste, dass man eine Blutprobe entnehmen sollte zur genaueren Untersuchung. Vielleicht würde sie daran sehen können, wer er wirklich war. Ein Überbleibsel ihrer Vergangenheit, dass sie schon vor einer Ewigkeit begraben hatte.

Sie ging durch den Flur zu ihrem Schlafzimmer und zog sich die nasse Kleidung aus. Ihr Zimmer war einfach eingerichtet. Es gab keine Bilder oder andere Dekoration, lediglich ein großes Bett und ein Schrank standen im Raum. Abgesehen von etlichen Büchern, die sich auf dem Boden türmten, befand sich nichts Persönliches im Raum. Claire besaß kaum etwas persönliches. Ihre privaten Dinge verbarg sie auf der Insel.

Von ihrem Schlafzimmer gelangte sie in ihr eigenes Bad. Claire lief nackt am Fenster vorbei. Draußen regnete es immer noch. Sie konnte über die Baumwipfel den Horizont sehen, an dem sich die dunklen Wolken langsam verzogen und Sonnenstrahlen durchbrachen. Wieder fror sie. Überrascht strich sie über ihre Arme. Ihre Härchen hatten sich aufgestellt. Der Raum war normal temperiert. Was ließ sie also frieren? Übte eventuell Hodari dieses Gefühl auf sie aus? Claire schüttelte den Kopf und lachte leise über sich selbst. Sie schob die Gedanken weg und öffnete die Glastür zur Dusche. Erleichterung machte sich bei ihr breit, als das warme Wasser über ihren Körper floss. Ihre Haut begann zu brennen, die Flammen kämpften gegen das heiße Wasser. Claire sah die kleinen Flammen auf ihren Armen tanzen. Die Kälte wich und überließ Claire der Wärme. Wieder dachte sie an Hodari. Wie das Wasser über seinen nackten Oberkörper floss. Claire wurde heiß. Erschrocken sah sie, wie die Flammen immer höher loderten. Schnell sprang sie aus der Dusche und zwang die Flammen zurück. Reine weiße Haut blieb zurück. Fassungslos blieb sie endlos lange Minuten im Bad stehen. Ihr war nicht mehr kalt. Die Wärme war nicht gewichen. Die Gefühle, die sie bei

Hodari empfand, kannte sie nicht. Es war weit mehr als das, was sie kannte. Ihr Körper lechzte nach ihm. Erneut rief sie nach Rina, doch wieder antwortete sie nicht. Was treibt sie nur? Fragte sich Claire wütend.

Trocken und mit frischer Kleidung schaute Claire noch mal nach Hodari. Der Deckel der Glaskuppel stand offen und er lag ruhig atmend auf der Liege. Mit einer raschen Handbewegung ließ sie ihn in das Gästezimmer schweben. Dort deckte sie ihn zu und verdunkelte die Fenster. Das Zimmer war einfach eingerichtet ähnlich dem ihren. Lediglich ein großes Bett und eine Kommode befanden sich im Raum. Der Zugang zu einem eigenen Bad befand sich links an der Wand. Sie wollte schon das Zimmer verlassen, als sie sah, wie sich seine Augenlider bewegten. Langsam öffnete er seine Augen. Claire blieb im Türrahmen stehen.

„Wie ist dein Name?" fragte er schwach. Claire ging zum Bett und setzte sich auf die Bettkante neben ihm. Sie konnte nicht leugnen, sich zu freuen, dass er lebte. Seine Werte waren sehr gut. Er begann bereits zu heilen. Noch immer waren seine Augen auf sie gerichtet. Zögerlich strich sie ihm über die Wange. Sie wusste nicht, was sie zu dieser Berührung veranlasste, doch sie spürte auch die Sehnsucht danach. Das Schicksal hielt sich anscheinend raus und überließ ihr die Führung.

„Mein Name ist Claire," antwortete sie zögernd. Hodari hob seine rechte Hand und legte sie auf ihre Hand. Er nahm sie und gab ihr einen Kuss auf die Handoberfläche. Es prickelte und mit enormer Mühe unterdrückte Claire das Feuer in ihrem Inneren. „Der gefällt mir," flüsterte er kraftlos und schloss lächelnd seine Augen. Sogleich schlief er ein. Seine Hand glitt herunter. Claire nahm sie und legte sie behutsam auf seinen Bauch. Tränen kullerten ihr über die Wangen. Konnte es wirklich Liebe sein? Nach all der Zeit diese Gefühle in ihrem Inneren. Was würde geschehen, wenn er erfuhr, was sie war und was sie seinem Volk angetan hatte?

Die Basis von Claire hatte eine lange Nase, die im Gestein saß. Die Steuerung des Schiffes lag dort. Von der langen Nase führte ein Stiel abwärts entlang des Kraters. Insgesamt bestand diese aus drei Ebenen. In der untersten Ebene befanden sich die Versorgungsräume. Dort befanden sich die Energiezellen, Wasserversorgung und Server, sowie eine hochwertige Sendeanlage. In der mittleren Ebene befanden sich das Labor mit Kühlkammern und Lager sowie Archivräume. In der obersten Ebene lag der Wohnbereich. Die halbrunde Außenwand bestand nur aus Glas. Über eine Schiebetür gelangte sie auf eine Terrasse, die entlang der halbrunden Außenwand führte. Über die Terrasse konnte Claire über die Baumwipfel sehen und den gesamten Krater überblicken. Claire selbst manövrierte die Basis an den Abhang. Die Spitze zeigte nach unten, den Abhang hinunter. Das kleinere Transportschiff stand oben auf der Außenlandefläche neben ihrem Transporter, nun auch das Schiff der Kopfgeldjäger.

Es waren bereits Stunden vergangen seit Claire sich mit ihren Proben und ihren Notizen in das Labor zurückgezogen hatte. Sie suchte nach Berichten und Entdeckungen der Raun. Sie fand keine Angaben. Hodari war ein Geist. Nichts war über ihn bekannt. Da sie ihn nicht sehen konnte, musste sie auf eine umständliche Weise nach ihm suchen. Nichts. Genervt tippte sie weiter. Wütend stand sie auf und sah sich im Labor um. Tische und Regale standen kreuz und quer. Proben über Proben und Karten über Karten. Verstreut standen oder lagen Bücher. Einige Geräte piepten und summten vor sich her. Claire sah in einer Halterung, wie der Roboterarm Hodaris Blutprobe soeben einführte. In einigen Minuten konnte sie vielleicht das Geheimnis um Hodari lösen. Die Zeit verstrich. Claire nahm sich ein Buch und blätterte gedankenverloren darin. Endlich stand das Ergebnis fest. Seine Blutprobe erwies sich, genau wie er selbst, als Rätsel. Er war ein Raun. Wie konnte er leben? Wo kam er her? Und was wollte er auf ML9? Sie musste mit ihm sprechen. Mit wenig Begeisterung setzte sie sich an die neuen Proben, die sie vor einigen Tagen in der Höhle mit den Malereien gesammelt hatte. Sie lud die Fotos der Malereien hoch.

Die Zeit verstrich. Claire drehte die Musik im Labor immer lauter, als plötzlich sich eine Hand auf ihre Schulter legte. Erschrocken sprang Claire auf und drehte sich um. Hodari stand vor ihr. Er trug nur ein Handtuch um die Hüften, sonst war er nackt. Claire konnte den Blick von seinem makellosen Körper nicht abwenden. Die Muskeln spannten sich auf seinem Bauch. Überrascht stellte sie fest, dass die Wunde verschlossen war und nicht einmal eine Narbe zu sehen war. Sein typisches Grinsen, welches Claire nicht richtig einordnen konnte, legte sich wieder auf seine Lippen. Hodari beugte sich zu ihr und griff neben ihr auf die Konsole. Die Musik wurde leiser. Sein Körper war dem ihren so nah, dass sie mit ihrer Nasenspitze seine Brust berühren könnte. Hodari schritt zurück und besah sich neugierig ihr Labor. Er roch nach Schweiß und seinem eigen animalischen Duft. Er wirkte unwiderstehlich auf sie. „Wonach forscht du hier eigentlich?" fragte er interessiert. Langsam kam das Gefühl wieder in ihre Beine. Claire richtete sich gerade auf und versuchte Hodari nicht zu sehr anzustarren. „Ich versuche herauszufinden, wie alt der Planet genau ist," erklärte sie. Hodari drehte sich um und besah sie sich genauer.

„Ich will mich über deine Gastfreundschaft nicht beschweren, aber wo ist meine Kleidung?" fragte er belustigend. Claire errötete. „Ich habe sie vor Stunden reinigen und flicken lassen. Komm mit, ich zeig dir, wo sie sind" erklärte sie verlegen. Claire hatte nicht gemerkt, wie viel Zeit bereits verstrichen war. Sie trat in den Flur und begab sich zum Aufzug. Hodari folgte ihr. Claire war nie bewusst gewesen, wie eng der Aufzug war. Sie konnte seine Körperwärme an ihrem gesamten Körper spüren. Claire hielt den Atem an. Erst als sich die Aufzugtüren öffneten, bemerkte sie, dass auch Hodari die

Luft angehalten hatte. Claire war es nicht möglich zu sprechen und wies daher lediglich auf sein Zimmer. Schnell begab sie sich in den Waschraum und besorgte seine Kleidung. Als sie in sein Zimmer kam, stand Hodari vor dem Fenster und sah zum Horizont. Claire sah die blutverschmierte Bandage auf dem Bett. Sie legte die Kleidung daneben. Die Messer lagen auf dem Beistelltisch neben dem Bett. „Sind wir wirklich noch auf dem gleichen Planeten?" fragte er verwundert. Claire hatte sich bereits zur Tür umgedreht. „Ja sind wir. ML9 stirbt, deswegen sehen die anderen Krater so aus. Dieser Krater liegt tiefer als die anderen, das Wasser sammelt sich hier unterirdisch. Die Vegetation kann hier daher noch gedeihen," erklärte sie ihm „Aber auch das wird bald schwinden," schloss sie ihre Erklärung mit Bedauern. „Bist du schon lange hier?" fragte er. Immer noch war sein Blick gen Horizont gerichtet. „Ja, eventuell auch schon zu lange," gestand sie traurig. „Hmm," war seine einzige Reaktion.

Claire schloss die Tür hinter sich und ging in den Wohnraum. Es regnete nicht mehr und die Sonne ging wieder auf. Wenn Claire sich wirklich eingestand, ihn zu lieben, dann musste sie dies unterbinden. Hodari war ein Rätsel für sie. Er schien ebenfalls diesen Sog zu spüren und genauso wie sie, versuchte er ihm zu entkommen.

Hodari sah das Glitzern des Horizonts. Das Licht durchbrach die Wolken. Er konnte auf Baumwipfel unter sich sehen. Dieser Planet war vor langer Zeit wunderschön gewesen. In einer Höhle hatte er Malereien gesehen. Der Rotschopf anscheinend auch. Hodari hatte die Bilder auf ihrem Computer gesehen. Er hatte auch gesehen, dass sie sein Blut untersucht hatte. Rina hatte ihn hierhergeschickt. Hier sollte er seine Antworten erhalten. Er zweifelte daran. Vielleicht herrschte hier vor langer Zeit einmal eine blühende Zivilisation, davon war nichts mehr übrig. Die Frau war anscheinend allein.

Die Besatzung des Schiffes, welches ihn hergebracht hatte, hatte ihn gefürchtet. Sie hatten versucht, ihn zu töten und ihn schließlich zurückgelassen. Ihn durchzuckte ein Gedanke. Konnte vielleicht der Rotschopf sein Schicksal sein? Er fühlte einen starken Sog zu ihr. Sie war wunderschön, geheimnisvoll und berauschend. Es fiel ihm schwer, sich zu konzentrieren, wenn sie ihm nah war. Im Aufzug wäre er beinah über sie hergefallen.

Einzig seine Willensstärke hatte ihn daran hindern können. Hodari glaubte, dass sie das gleiche empfand. Rina hatte ihn zu ihr geschickt. Sie musste ihm seine Antworten liefern und vielleicht auch mehr. Bei dem Gedanken musste er grinsen. Immer wieder sah er ihre Augen vor sich. Ihre Art zu Gehen berauschte ihn. Dieses Bild würde er nie wieder vergessen können, wie sie vor ihm herlief. Die Art und Weise wie sich ihre Hüften bewegten und ihr Zopf hin und her schwang. Das Blut begann in ihm zu kochen. Hodari lebte bereits seit über eintausend Jahren, doch solche Gefühle hatte er noch nie empfunden. Frauen waren interessant und reizend zum Spielen. Er hatte nie mehr als ihre Schönheit wahrgenommen. Sie ließ in ihm den Wunsch aufkommen, sie zu halten und nie mehr loszulassen. Es schien beinah so, als wenn sich seine Seele nach ihr sehnte. Die Zeit verband sie miteinander. Hodari wusste, dass wenn er wollte, sehen könnte, was sie beide verband. Vielleicht würde er später sehen wollen. Jetzt wollte er nur in ihrer Nähe sein. Er wusste nicht einmal, wie ihr Name lautete. Hodari riss sich vom Bild vor sich ab und zog sich schnell an. Seine Kleidung war repariert und schien beinah wie neu. Er betrat den Flur und roch sofort den leckeren Geruch in der Luft. Sein Magen knurrte wie zur Bestätigung. Hodari folgte dem Geruch. Der Flur führte in einen großen Wohnraum. Rechts von ihm befand sich eine große runde Sitzgelegenheit mit vielen Kissen. Gegenüber der Sitzgelegenheit stand ein Kamin. Die Wand um den Kamin war übersät mit Büchern. Alles war in der Farbe Weiß gehalten. Der Raum war gebogen und präsentierte einen prächtigen Ausblick auf die Baumwipfel und den Kraterrand vor sich in der Ferne. Die Sonne ging gerade unter. Links von Hodari befand sich die großzügige Küche. Der Rotschopf stand dort und bereitete gerade ein köstlich riechendes Steak in der Pfanne an. Hodari ging auf die Kochinsel zu und setzte sich auf einen der Hocker an der Theke. Fasziniert beobachtete er die Frau dabei, wie sie mit geübten Handgriffen das Essen weiter zubereitete. Sie trug eine weiße Bluse und eine beige Stoffhose. Eine so altmodische Küche hatte er in dieser Basis nicht erwartet. Selbst auf der Erde gab es solche Küchen nicht mehr. Die wenigsten kannten diese Art des Kochens noch. Er selbst rühmte sich die einzigartigste Küche in seinem Anwesen zu besitzen. Der Rotschopf sah nur einmal auf und arbeitet weiter mit fließenden Bewegungen. Es gab frische luftige Brötchen mit einer glänzenden Haube. Sie reichte dem Steak frischen grünen Spargel und einer frischen Sauce Bearnaise an. Auf einem weißen Teller drapierte sie alles und stellte Hodari den Teller hin. Gegenüber der Kochinsel war eine weiße Wand mit Schlitzen. Hodari sah verwundert dabei zu, wie der Rotschopf eine der Wandelemente antippte und diese herausfuhr. In der einen Hand zwei schöne Rotweingläser und in der anderen Hand eine Flasche Wein wandte sie sich wieder zu ihm. Gekonnt entkorkte sie die Flasche und roch am Kork. Zufrieden lächelte sie und goss Hodari und sich selbst ein. Geschmeidig umrundete sie ihn und setzte sich mit einem eigenen Teller neben ihm. Das Körbchen flog behutsam zwischen ihnen. Der frische Geruch der warmen Brötchen fuhr ihm in die Nase. Erstaunt und überrascht sah er den Rotschopf an. Sie hob ihr Glas und deutete einen Prost an, schließlich setzte sie das Glas an die Lippen und nahm einen kleinen Schluck. Sie schloss die Augen und genoss den Geschmack auf der Zunge. Hodari sehnte sich in diesem Moment nichts mehr, als den Wein auf ihren Lippen zu schmecken. Gerade wollte er sich zu ihr beugen und sie küssen, als sie ihn verwundert fragte: „Hast du keinen Hunger?"

Hodari richtete sich schnell wieder zurück und schnitt das Steak an. Medium Rare. Perfekt. Schnell nahm er einen Bissen. Es war bereits Wochen her, dass er ein Steak gegessen hatte, doch bereits Jahre her, dass er ein so köstliches vor sich liegen hatte. Hodari konnte ein Stöhnen nicht unterdrücken und begann das Steak zu verschlingen. Als er zwei Drittel aufhatte, widmete er sich dem Spargel mit der Sauce. Der Rotschopf sah ihm dabei grinsend zu. Auf ihrem Teller lag noch die Hälfte von allem, als Hodari mit seinem fertig wurde. Er kostete einen großen Schluck des Weines. Ihm stiegen beinah die Tränen in die Augen. Nirgendwo auf der Erde gab es vergleichbare Produkte wie diese. Lange war es her, dass er so köstlich gespeist hatte. Vorsichtig stielte er zu ihrem Teller. Sie nippte nur noch an ihrem Wein. Das Fleisch lächelte ihn verführerisch an. Der Rotschopf begann plötzlich zu lachen. „Nimm, du Starrer," rief sie lachend und schob ihm ihren Teller rüber. Hodari sah sie voller Hingabe und Liebe an. Er wollte sie jetzt sofort, das spürte er. Sie sah ihn verwundert an.

Er griff nach ihrer Hand und zog sie zu sich. Unbeherrscht nahm er ihr Gesicht in seine Hände und küsste sie. Seine Zunge fuhr über ihre Lippen. Bereitwillig öffnete sie die Lippen und liebkoste diese. Ihre Hände lagen auf seiner Brust. Hodari wurde immer aufdringlicher. Er zog sie auf seinen Schoss. Mit seinem linken Arm hielt er sie fest und mit der rechten Hand hielt er ihren Kopf. Die Frau in seinen Armen begann zu stöhnen und rieb sich verführerisch an ihm. Das Essen war vergessen. Die Welt um ihn war vergessen. Nur sie war in seinen Sinnen. Plötzlich drückte sie ihn von sich. Sie löste seine Hände von ihrem Körper und sprang vom Hocker. Schnell lief sie um die Kochinsel. Hodari konnte sehen, wie sie schwer atmete. Sie vergrub ihr Gesicht in ihren Händen. Gedämpft konnte er sie flüstern hören. „Das geht so nicht," sprach sie lauter und sah ihn wieder direkt an. Ungläubig schüttelte er sein Haupt. Das Grinsen konnte er nicht mehr aus seinem Gesicht wischen. „Rotschopf, ich weiß nicht, was du hast, aber ich kämpfe ganz sicher nicht gegen meine Bedürfnisse," erklärte er ihr, während er aufstand und ihr um die Kochinsel folgte. Sie lief rückwärts vor ihm weg. „Hodari, nein," rief sie aufgebracht. Mit diesen Worten verschwand sie. Hodari griff ins Leere. Seine Überraschung konnte er nicht verbergen. Sie hatte ihn verzaubert. Rina wusste genau, warum sie ihn hierhergeschickt hatte. Hodari grinste und versprach sich die Antworten zu holen und vor allem sich sie zu holen. Er setzte sich wieder an die Theke und aß ihren Teller auf. Die Flasche Wein in der einen Hand und das Körbchen mit den Brötchen in der anderen Hand verließ er den Wohnraum und legte sich auf sein Bett. Nachdem die Flasche und das Körbchen leer waren, schlief er ein und träumte sehnsüchtig von ihrem Körper und ihren Lippen.

Unterdessen lag Claire auf ihrem Bett und starrte die Decke an. Sie konnte nur mit Mühe und Selbstbeherrschung sich von ihm reißen. Es hatte sie viel Kraft gekostet zu verschwinden, da seine Anwesenheit sie schwächte. Die Anziehungskraft zwischen ihnen machte ihr Angst und gleichzeitig wollte sie mehr davon. Seine Hände auf ihrem Körper fühlten sich heiß an. Claire wollte sich ihren Gefühlen hingeben. Jede Zelle in ihrem Körper sehnte sich danach. Der Sog war so stark. Die Schuld lag jedoch schwer in ihr. Er war wahrscheinlich der letzte Raun. Was wollte er hier? Hatte er sie gesucht? Wollte er Rache? Wie hatte er sie finden können? Es waren Fragen über Fragen und die Einzige, die sie beantworten konnte, war Rina. Nichts. Sie rührte sich nicht. Sah dem Geschehen einfach zu. Claire schüttelte den Kopf. Egal, wie sie die Antworten drehte oder wendete, er blieb eine Gefahr für sie. Sie musste ihn loswerden. Morgen sagte sie sich und schloss müde die Augen.

Die Sonne durchbrach den Horizont und glitzerte über den Kraterrand. Hodari stand am Fenster im Wohnraum. Seine Arme waren verschränkt. In seinem Schrank hatte er Kleidung in seiner Größe vorgefunden. Er trug jetzt ein weißes Hemd, eine schwarze Jeans und Sneaker. Hodari hatte im ersten Moment nicht glauben können, was er sah, doch nachdem er die Schuhe immer wieder hin und her gedreht hatte, war er sich sicher gewesen, dass es echte Nike Schuhe waren. Eine Marke, die es schon lange nicht mehr auf der Erde gab. Der Wohnraum, die Küche und jetzt die Schuhe. Alles stammte von der Erde. Etwas an all dem sagte ihm, dass es keine Kopien waren. Aus einer Zeit, die bereits vor langer Zeit vergangen war. Die Menschen selbst konnten sich wahrscheinlich an all die Dinge nicht mehr erinnern.

Hodari hatte sich die Stoppel aus dem Gesicht und auf dem Kopf rasiert. Im Bad hatte er Männer-Utensilien vorgefunden. Auch bereits aus einer vergangenen Zeit. Wer war sie? Kam sie auch von der Erde oder wusste sie, dass er von der Erde kam? Eigentlich war es ihm egal. Diese Dinge gaben ihm ein Gefühl der Nostalgie. Dieser Planet war nicht sein Heimatplanet. Seine Mutter hatte ihm den Planeten genau beschrieben. Keine Steppen mit sattgrünen Wiesen, keine Bäume so hoch, dass man ihre Kronen kaum erkennen konnte, keine Tiere so groß wie Elefanten und keine Rauns auf ihren Umias. Der Planet war überseht von Kratern, Sand und Stein. Nur dieser Krater erinnerte an seine einstige Schönheit. Hodari spannte seine Muskeln an. Das Licht erhellte den Wohnraum. Es wirkte ruhig und lud zum Entspannen ein. Der Rotschopf betrat den Raum. Hodari musste sich nicht umdrehen, um das zu wissen. Er konnte sie spüren in jeder Faser seines Körpers. Er hatte nicht den Mut aufbringen können, zu ergründen, wer sie war. Sie war wie eine Naturgewalt, die in seine Sinne gefegt war. Das Chaos, dass sie dabei verursacht hatte, gab ihm endlich das Gefühl richtig zu leben. Hodari wagte nicht sich zu bewegen. Immer noch sah er hinaus auf den Horizont. Ein starker Wind fegte über die Ebene. Die Bäume bewegten sich gespenstisch im Morgengrauen. Der Geruch von frisch gebrühten Kaffee stieg ihm in die Nase. „Willst du noch lange so stehen?" fragte ihn die Frau. Hodari atmet tief ein und drehte sich um. Ihre Haare waren kunstvoll hochgesteckt. Einige Strähnen hatten sich gelöst und lagen ihr auf den Schultern. Sie waren leicht gelockt. Sie trug ein blaues Blusenkleid, das ihr bis knapp über die Knie reichte. Ihre Füße steckten in einfachen Leinenschuhen. Auf der Theke stand eine Vase mit Blumen mit roten Blüten. Die waren ihm am Vorabend nicht aufgefallen. Hodari wagte nicht in ihr Gesicht zu blicken. Sie würde ihn wieder bezaubern. Er hatte sich geschworen erst Antworten zu erhalten. Sie stellte ihm eine dampfende Tasse auf die Theke. Hodari setzte sich und griff nach dem Gebräu. Er probierte davon. Wie nicht anders zu erwarten, schmeckte es köstlich. Hodari musste wissen, woher sie ihre Waren bezog. „Woher?" fragte er und deutete auf die Tasse. Der Rotschopf sah auf. Hodari sah schnell wieder in seine Tasse und besah das schwarze Gold. „Mir ist bereits gestern aufgefallen, dass dir die Sachen gefallen. Anscheinend auch die Dinge, die ich dir in deinem Zimmer bereitgestellt habe," war ihre einzige Antwort. Hodari wurde klar, dass es nicht einfach sein würde, Antworten aus ihr herauszubekommen.

„Wie ist dein Name?" fragte er und blickte ihr mutig direkt in die Augen. Sie stand angelehnt an der Wand ihm gegenüber. Zwischen ihnen befand sich die Kochinsel. „Das hast du mich bereits gefragt. Du scheinst es, vergessen zu haben." Sie grinste. Plötzlich löste sie sich von der Wand und stellte ihre Tasse beim Umgehen der Insel ab. Eine Armlänge von ihm entfernt blieb sie stehen und hielt ihm ihre Hand hin. Hodari ergriff sie zögernd. „Mein Name ist Claire," stellte sie sich vor und schüttelte seine Hand. „Und mein Name ist Hodari Wamuri," erwiderte er. Ein Blitz durchfuhr ihre Hände. Hodari konnte die Energie spüren. Claire löste erschrocken die Hand und geriet einen Moment ins Schwanken. Hodari wollte nach ihr greifen, doch sie hielt sich am Tisch fest. Schnell brachte sie einige Meter zwischen ihnen. „Ich denke, wir halten Abstand zueinander," flüsterte sie mehr zu sich als zu ihm gewandt. Hodari begriff. Sie fürchtete sich vor dem, was zwischen ihnen war. Er war neugierig und würde gerne mehr davon spüren. Hodari konnte den Zwiespalt in ihrem Inneren spüren. Da war noch etwas anderes, dass er in ihrem Blick erkennen konnte. Hodari konzentrierte sich darauf. Scham? Für was schämte sie sich? Irritiert sah er ihr wieder direkt in die Augen. Sie begehrte ihn, aber sie fürchtete ihn auch.

„Ich glaube, wir sollten miteinander reden. Die Wahrheit ist in diesem Fall wichtig," begann Hodari diplomatisch. Überrascht verkrampfte sie sich. Claire umfasste die Kochfläche. Hodari konnte ihre weißen Knochen schimmern sehen. „Das Einzige, dass ich über dich weiß, ist dein Name und dass du anscheinend eine Forscherin bist- mit ein paar Extras," beim letzten Punkt grinste er verschmitzt. „Wonach forscht du genau?" fragte er schließlich. Claire stand immer noch regungslos da und sah ihm in die Augen. Langsam entspannte sie sich. Ihre Schultern lockerten sich. „Ich untersuche das Sterben des Planeten. Ich versuche herauszufinden warum. Das ist nicht der erste Planet, auf dem ich versuche, das zu ergründen," erklärte sie ruhig. Den letzten Kommentar wollte sie eigentlich nicht sagen, doch ihre

Antwort überraschte sie selbst. Offenheit war nie ihre Stärke gewesen. Die Assassine in ihrem Inneren wollte sie ohrfeigen. Hodari nickte. „Wenn es nur das ist. Wie lange bist du schon hier?" fragte er. Claire stand still da. „Schon zu lange," war ihre sparsame Antwort. Hodari merkte, dass ihr diese Befragung nicht passte. „Gut, jetzt stell mir zwei Fragen," lenkte er ein. Sie richtete sich auf und verschränkte die Arme. „Wo kommst du her?" fragte sie zaghaft. Verwunderung machte sich breit bei Hodari. Waren diese Dinge also tatsächlich unbewusst von ihr ausgelegt worden? „Ich komme von der Erde, aber die ist dir auch nicht unbekannt, wie ich meine." Hodari lächelte. Ihre Augenbrauen hoben sich verwundert. „Ich war oft auf der Erde," war ihre einzige Erklärung. „Ist das so? Dann aber vor sehr langer Zeit, wie ich meine," stellte er fest. Jetzt war es Hodari, der sich anspannte. Sie atmete sichtlich ein und aus. Machte sie sich gerade zum Kampf bereit? „Vielleicht," zischte sie durch zusammengepresste Zähne. „Das muss aber schon so einige Hundert Jahre her sein. Kein Mensch kann sich noch an echte Nike Schuhe erinnern," erklärte er immer noch angespannt. Wie ein aufgescheuchtes Tier huschte sie weg von der Insel zur Sitzgruppe. Claire setzte sich auf die kissendurchflutete Sitzfläche. Sie überschlug die Beine und versuchte Ruhe auszustrahlen, doch Hodari konnte das Feuer in ihrem Inneren spüren. „Genaugenommen sind es bereits über 700 Jahre her," begann sie und zauberte ein hinreisendes Lächeln auf ihre Lippen. Hodari hob eine Augenbraue. „Damals waren die Menschen dabei sich gegenseitig auszurotten, wenn ich mich richtig erinnere. Wie lange hast du auf der Erde gelebt?" fragte Claire gelassen. Hodari setzte sich auf den Hocker und lehnte sich zurück. Er legte seine Arme ausgebreitet auf die Theke. Wie Tiger in einem Käfig schienen sie sich zu umkreisen. Seine Beine hingen locker gespreizt. Er versuchte das Bild von ihr auf seinem Schoss zu verdrängen. Seine Augen strichen liebevoll über ihre nackten Beine bis zum Rocksaum. Sie schauderte. Konnte es sein, dass sie die Berührung gespürt hatte? Überrascht sah er ihr in die Augen. Begierde sprang ihn an. Ihm stockte der Atem. Er räusperte sich. „Bis auf die letzten Wochen, waren es ungefähr eintausend Jahre," gestand er zaghaft. Claire schrak zusammen. Ungewollt ließ sie ihn ein in ihr Innerstes. Sie zweifelte. Er konnte nicht erkennen, woran sie zweifelte, doch die Furcht vor ihm wurde größer. „Wie lange lebst du schon?" fragte sie ihn plötzlich. „Geboren bin ich auf dem Planeten Farr, doch meine Mutter brachte mich auf die Erde." Hodari stockte. Er konnte sich nicht erinnern, dies jemals ausgesprochen zu haben. Etwas an ihr gab ihm das Gefühl von Vertrauen. Er glaubte sich an ein Dasein mit ihr an seiner Seite zu erinnern. Sein Bild, dass er nach außen zu geben versuchte, bekam Risse. Er zog sich zurück und sein Innerstes kehrte nach außen. „Sie zog mich groß. Ich habe nie meine Heimat gesehen. Man schickte mich hierher, um Antworten zu erhalten," gestand er aufrichtig.

Der Bericht von Hodari warf Claire um. Sie saß immer noch dort und rang mit der Fassung. Antworten? Worauf? Wer hatte ihn geschickt? Verdammt, wer war er? Schrie es in ihrem Inneren. Rina. Sie war es. Was war ihr Plan? Claire merkte, dass sich die Fragen auch bei ihr häuften. Er wollte Antworten, auch sie brauchte sie. „Warum dieser Planet?" fragte sie ruhig. Alles in ihrem Inneren schrie. Sie richtet ihre Konzentration auf ihn. Wieder spürte sie seine Berührung auf ihr Innerstes. Er versuchte ihre Seele zu ergründen. Wie konnte er das bewerkstelligen? Hodari verkrampfte sich. Er merkte, dass sie sich versuchte vor ihm zu verschließen. Sie konnte seine Seele nicht sehen. Er war wie sie. Die Erkenntnis zeigte sich auf ihrem überraschten Gesichtsausdruck. Hodari war ein Wesen wie sie. Der Sog kam aus ihren Seelen und nicht von Rina. Konnte es sein? War er der, den sie suchte? Rina hatte ihr vor langer Zeit erklärt, dass sie das Leben suchen sollte. Das Leben würde ihr helfen, das Gleichgewicht wieder ins Universum zu bringen. Entsetzt begriff Claire das gesamte Ausmaß. Die Zeit verstrich und Hodari starrte sie besorgt an. Fieberhaft überlegte Claire, was sie jetzt tun konnte. „Bist du hier allein?" fragte er plötzlich. Claire schrak zusammen. In ihrer anbahnenden Panik hatte sie ihre Umgebung verloren. Sie zwang sich zu einem ruhigen Ausdruck und verbarg ihre Angst und Scham vor ihm. Claire zog die Mauern in ihrem Inneren hoch. Sie konnte seine Bemühungen spüren, sie zu sehen. Hodari wirkte nun ebenfalls angespannt. Er spürte offensichtlich den Sturm, der in ihr tobte. Claire zwang sich zu einem Nicken. „Du willst mir doch nicht sagen, dass du ganz allein dieses riesige Schiff hier gelandet hast?" fragte er zweifelnd. Sie konnte einen leichten sorgenvollen Ton heraushören. Claire atmete ruhig ein und aus.

„Ich habe Helfer, die sind aber schon lange weg und verrichten an anderer Stelle ihre Aufgaben. Ich kann aber auch allein dieses Schiff steuern," erklärte sie nun ruhiger. Abrupt stand sie auf. Mit zittrigen Händen glättete sie ihr Kleid. „Ich muss jetzt runter und arbeiten. Wenn du etwas brauchst, musst du es nur laut aussprechen," erklärte sie ihm schnell. „Tavia! Speicher die neue Besatzung. Hodari, sag bitte etwas," bat sie an Hodari gerichtet. „Wie bitte?" sein Gesicht zeigte Unverständnis. „Stimme und Signatur gespeichert!" gab eine fremde weibliche Stimme durch. Zufrieden nickte Claire und begab sich beinah rennend in den Flur zu den Aufzügen. Hodari sprang von seinem Hocker und wollte ihr hinterher, doch sie war bereits fort. Ungläubig sah er sich um.

Im Labor setzte sich Claire auf einen Sessel, umringt von ihren Büchern im Dunklen. Sie legte ihren Kopf in ihre Hände und weinte. Rina hatte ein böses Spiel mit ihr gespielt. Er war ein Raun und suchte seine Vergangenheit. Sie hatte ihn zu ihr geschickt, damit sie ihm die Antworten gab, die er verlangte. Die Worte, die er hören würde, würden ihn verletzen und sie konnte nichts tun, um sein Leid zu lindern. Ihr Innerstes sehnte sich nach ihm. Seine Seele und ihre waren miteinander verbunden seit Anbeginn der Zeit und nun würden sie nicht mehr zueinander finden. Obwohl sie sich so nah waren. Tränen liefen ihr über die Wangen. Claire hatte in einem früheren Leben alles was ihr wichtig war verloren, ihre Liebe und ihr Kind. Hodari schien ihr all dies wieder zu bringen und gleichzeitig erneut zu nehmen.

Die Zeit verstrich und sie wagte sich wieder zu ihm. Hodari spürte eine Veränderung an ihr. Nach ihrem letzten Gespräch hatte sie ihn verwirrt und überrascht zurückgelassen. Sie triefte vor Scham und Kummer. Wieder versuchte sie ihre Mauern aufzurichten, doch Hodari konnte sie trotzdem sehen. Ob sie das merkte? Hodari schämte sich und sah weg. Immer noch wagte er nicht, zu ergründen, wer sie war. Für ihn war jetzt klar, dass er den steten Drang sie zu berühren, unterdrücken sollte. Sie war eine einsame und traurige Seele. Er sah es in ihrem Inneren und in ihren Augen.

Als sie den Raum betrat stand er schnell von dem Sofa auf und erwartete eine Erklärung oder Geste ihrerseits, doch sie sah ihn nur kurz an. Sie ging zur Kochinsel und goss sich etwas Wasser aus dem Krahn in ein Glas. Über den Rand ihres Glases beobachtete sie ihn. Schließlich setzte sie ab und sah ihn direkt an. Bestimmt und zwanghaft ruhig begann sie: „Du kannst so lange bleiben, bis deine Wunden vollständig genesen sind, doch dann musst du wieder gehen." Die erste Sonne stand in ihrem Zenit. Die Schatten im hinteren Teil des Wohnraumes tanzten auf ihrem Gesichtszug. Sie wirkte verkrampft und angespannt. Entsetzt sah Hodari, dass ihre Augen gerötet waren. Sie hatte geweint. Sein Herz wollte zerspringen. Er wollte sie in die Arme nehmen und ihr sein voller Liebe pochendes Herz geben. Draußen fegte ein starker Wind über die Baumwipfel. Der Wind zog und zerrte am Schiff. Die leise Vibration konnte Hodari in seinen Füßen spüren. Der Wind würde sich zu einem Orkan vergrößern. Es würde eine unruhige Nacht werden. Die zweite Sonne durchbrach soeben den Horizont. Gelbes Licht stach durch die Fenster. Claire verkniff die Augen. Hodari sah schnell weg. Das Licht reizte seine empfindlichen Augen. Als er wieder aufblickte, stockte ihm der Atem. Claires Haare leuchteten im Licht. Feuer umgab sie. Er sah sie plötzlich im Gesamten. Ihr Innerstes und ihr Äußeres. Sie war wunderschön. „Tavia, mach bitte Musik an und setzt frischen Tee auf," bat Claire ruhig. Hodari stand immer noch regungslos da und starrte sie an. Beim ersten Klang der Musik zuckte er erschrocken zusammen. Claire zeigte ihm ihren Rücken und nahm sich die dampfende Tasse. Es war ein Klang, den er schon sehr lange nicht mehr gehört hatte. Stille breitete sich aus in ihm. Er schloss die Augen und genoss den Klang. Er lächelte selig. Als er die Augen wieder öffnete sah er den Rotschopf lächeln. „Das ist wunderschön. Ich habe es nur einmal auf einer überfüllten Straße in Tokio gehört. Wie kommst du daran?" fragte er. Claire sah ihn überrascht an. „Ich habe den Pianisten getroffen. Wir nahmen es gemeinsam auf," erklärte sie. Nun war es Hodari der überrascht wirkte. Natürlich, das war ihre Stimme, rief es in seinem Kopf. „Du singst?" fragte er ungläubig. Claire lachte. „Tavia, nur die Hintergrundmusik bitte," rief sie. Claire begann zur Musik zu tanzen und singen. Sie kam auf ihn zu und ergriff seine Hände und zog ihn mit sich. Hodari ließ sich nur schwer mitbewegen. Es war sein erster Tanz überhaupt. Er lachte. Wann hatte er das letzte Mal so gelacht? Er konnte sich nicht daran erinnern. Die Musik endete. Claire ließ ihn los und ließ sich erschöpft auf das Sofa fallen. Sie lächelte immer noch. Hodari sah zu ihr rüber. „Verdammt, du bist also auch unsterblich," rief er immer noch freudestrahlend aus. Augenblicklich verschwand das Lächeln aus ihrem Gesicht. Betrübt sah sie weg von ihm. „Ich bin tot," flüsterte sie betrübt, doch Hodari hörte es. Er setzte sich neben ihr und nahm ihre Hand. „Du bist so voller Kummer und Trauer. Ich sehe es," gestand er. Claires Augen verrieten sie. Sie wusste, dass er es gesehen hatte. Liebevoll strich er über ihre Hand. Er fuhr mit ihrer Hand über seine Wange. Tavia spielte jetzt eine andere Pianokomposition. Die Melodie war traurig. Sie klang nach Liebe, Sehnsucht und der Unerreichbarkeit dessen. Claire schloss die Augen und ließ die Berührung zu. Hodari begriff, dass er nicht weiter gehen konnte. Mühsam aber beherrscht, legte er ihre Hand wieder in ihren Schoss und rückte ein wenig weg von ihr. Still saßen sie auf dem Sofa nah beieinander und genossen die Musik. Die Zeit verstrich und Dunkelheit legte sich über den Wohnraum. Tavia aktivierte den Kamin. Das prasselnde Feuer erhellte den Raum. Er spürte endlich nach all der Zeit Ruhe und Frieden, wenn überhaupt zum ersten Mal. Dieser Augenblick war ein Wendepunkt in seinem bisherigen Leben. Hier und jetzt würde sich zeigen, wer er werden würde.

Das Leben, voller Ehrfurcht gegenüber jedem Leben. Er schloss die Augen und genoss diesen Zeitpunkt. Hodari träumte von einem Leben, dass er vor langer Zeit geführt hatte. Wie er mit kurzen wackeligen Beinen und schaukelnden Armen über eine dicht bewachsene Wiese lief. Das Lachen seiner Mutter klang in seinen Ohren nach. Er hörte sich selbst glückselig glucksen. Hodari spürte die Berührung seiner Mutter. Wie sie ihn in ihre starken und warmen Arme nahm und liebevoll an sich drückte. Behutsam strich sie ihm über den Kopf. „Schlaf gut," flüsterte sie in sein Ohr. Als Hodari aufwachte lag er auf dem Sofa ausgestreckt. Eine weiche Decke lag auf ihm und das Feuer prasselte. Claire war weg. Nie hatte er eine Träne seiner Mutter nachgegossen, jetzt lief ihm eine einzelne über die Wange. Hodari begriff, dass Claire ihm unbewusst diesen Traum geschenkt hatte. Er hatte ihre Seele gespürt, wie sie ihn berührt hatte. Seine mühsam errichteten Mauern der Gewalt waren gefallen und zeigten den Jungen, der wissbegierig alles einsog, dass ihm seine Mutter und Rina beibrachten. Was wäre das für ein Leben gewesen, wenn seine Mutter bei ihm geblieben wäre? Was für ein Mann wäre er dann geworden?

Die folgenden Tage waren voller Eintracht. Claire inspizierte jeden Morgen seine Wunde. Anschließend frühstückten sie gemeinsam. Claire verschwand daraufhin in ihr Labor. Hodari genoss die Ruhe und den Frieden um sich. Er verbrachte die Tage mit Meditation und bereitete das Abendessen vor. Claire kam immer pünktlich rauf in den Wohnraum. Sie aßen schließlich gemeinsam zu Abend. Claire erzählte ihm von ihren Entdeckungen auf all den sterbenden Planeten. Hodari erzählte ihr von seiner Reise aus seinem Heimatdorf nach Tokio. Fasziniert lauschte sie seinen traurigen Erzählungen. Damals fuhren noch riesige Containerschiffe über die Meere der Erde und verschmutzten diese. Er versteckte sich als junger Mann in einem der Container mit anderen Flüchtlingen. Unbemerkt gelang er so nach Singapur. Von dort wanderte er zu Fuß oder mit einem kleinen Boot nach Japan. „Warum Japan?" fragte ihn Claire einmal. Er grinste. „Ich kannte nur Chaos und dort fand ich Ordnung," erklärte er. Sie nickte und verstand.

Japan hatte so viel zu geben. Die Natur, die Menschen und die Kultur zeugten von Ruhe und Disziplin.

Es war Nacht und doch herrschte Sonnenschein zwischen ihnen. Hodari fragte Claire nach ihrer Vergangenheit und sie schwieg beharrlich. Er war nicht enttäuscht. Hodari verstand sie. Die Trauer und Einsamkeit umhüllte sie wie ein Nebel.

Plötzlich war ein Morgen anders. Claire erklärte Hodari ruhig und gefasst, dass sie das Schiff der Kopfgeldjäger für ihn vorbereitet und die Koordinaten nach Farr eingegeben hatte. Hodari wollte nach ihr greifen, bevor sie verschwand. Fassungslos stand er im Wohnraum. Wut kochte in ihm. Er hatte ihr Zeit gelassen und endlich Ruhe und Frieden gefunden. In ihrer Nähe war das Leben so einfach gewesen und jetzt setzte sie ihre Worte in die Tat um. Sie wollte, dass er ging. Hodari hatte im letzten Moment so viel Scham in ihren Augen gesehen und verstand es nicht. Wütend fuhr er hoch auf die Landefläche. Das Schiff war startbereit. Proviant und seine Kleidung lagen bereit. Hodari gurtete sich seine Messer auf den Rücken und zog seine alte Kleidung an. Ruhe und Frieden waren zu Ende und machten der Wut Platz. Claire hatte ihm keine seiner Fragen über seine

Vergangenheit geben können. Sie hatte ihm von so vielen Planeten berichtet und Farr fiel nicht einmal in ihrem Wortschatz. Jetzt gab sie ihm die Koordinaten und bat ihn zu gehen. Hodari warf nicht einmal einen letzten Blick zurück als er die Atmosphäre des Planeten durchbrach. Er ließ einzig sein Herz zurück.

Claire sah ihm nach, bis sein Schiff nicht mehr zu sehen war. Die zurückgehaltenen Tränen flossen nun in einem Strom über ihre Wangen. Die Zeit mit ihm war voller Glück gewesen. Ein Gefühl, dass sie bereits vergessen hatte. In seiner Nähe hatte sie endlich Frieden gefühlt. Er war ihr Gegenstück. Es zerriss ihr Herz, ihn gehen zu lassen, doch er wollte Antworten, die sie ihm nicht geben wollte und konnte. Hodari suchte nach seiner Vergangenheit, doch sie hatte ihm diese genommen. Auf Farr würde er Antworten finden. Die Koordinaten würden ihm zu jemanden führen, der ihm alles geben konnte. Vielleicht war es das, was Rina wollte. Immer mehr Schmerz. Die Wut und der Wunsch nach Rache in ihrem Inneren waren vergangen. Zurück blieb das Gefühl nach Gerechtigkeit. Das war ihr Ziel und jetzt flog die einzige Möglichkeit dafür davon.

„Was tust du da?" fragte Rina plötzlich. Erschrocken drehte sich Claire um. Rina stand hinter ihr und sah sie an und gleichzeitig auch nicht. Sie war ganz in weiß. „Jetzt bist du hier! Ich habe ihn gehen lassen," fing Claire mit erstickter Stimme an. „Ich konnte ihm nicht das geben, was du wolltest," flüsterte sie bedrückt. Rina schüttelte den Kopf. „Du hast immer noch nicht begriffen. Er wollte wissen, wer er ist und fand es bei dir. Du hast ihn einfach weggeschickt. Verstehst du denn nicht, dass ich keinen Einfluss auf euch beide habe? Ich kann eure Zukunft nicht bestimmen. Ihr legt selbst den Weg. Deine Entscheidung bestimmt einen unbekannten Weg. Das Gleichgewicht war so nah." Rina brach ab. Laut schrie sie wütend auf. „Verstehst du denn nicht, was das alles bedeutet? Hast du denn die Zeichen nicht gesehen?" fragte sie wütend. Claire schüttelte mit tränennassem Gesicht den Kopf. „Es wird Zeit, dass jemand anderes mit dir spricht, aber nicht jetzt. Trauer du und suhl dich wieder in deinem Selbstmitleid. Ich komme zu dir, wenn du erkennst," versprach Rina und verschwand. Claire war wieder allein. Sie sank auf die Knie und warf sich zu Boden. Ihre Hände fingen die Tränen auf. Einsamkeit legte sich um sie wie ein wärmender Mantel.

Was auch immer Rina mit ihren Worten ihr sagen wollte, sie verstand es nicht. Wie konnte sie in seiner Gegenwart sein und ihn nicht mehr lieben? Fragte sie sich bekümmert.

X

Plötzlich wirkten die Lichter anders auf Hodari. Er sah alles klar und deutlich. Seine Augen mussten sich nicht erst anpassen. Bei seinem Abflug von ML9 war ihm das in seiner Wut nicht aufgefallen. Überrascht fiel ihm auf, dass er auch Claire in einem klaren Licht gesehen hatte. Sie hatten alle Farbfassetten umwoben. Nun sah er das Universum. All die Farben. Er konnte sich kaum satt sehen. Hodari begriff, dass er sich verändert hatte. Der Raun in ihm war geschwunden und hinterließ das Leben. Schweigend hatte er diese Veränderung über sich ergehen lassen. Claire hatte ihm mehr Antworten über sich selbst gegeben, als er zuvor erahnen konnte. Sie hatte ihn gehen lassen, damit er seine Vergangenheit und Zukunft finden konnte. Im Geiste schwor er sich, zu ihr zurückzukehren, wenn er seine Veränderung vollends absolviert hatte.

„Hodari, verdammt! Was tust du da?" rief Rina neben ihm. Erschrocken wandte er sich nach rechts. Rina saß auf dem Sitz neben ihm. Wut zeichnete sich auf ihrem Gesicht. „Was meinst du, was ich tue," antwortet er genervt. Als Kind war sie ihm unheimlich gewesen. Er hatte ihr Respekt und Disziplin gezeigt, doch nach dem Tod seiner Mutter hatte sie ihn kurz danach erklärt, seine Ausbildung wäre abgeschlossen. Sie hatte ihn allein in dem Dorf gelassen. Einen Jungen, ohne Familie und Hilfe. Er hatte sie danach so lange nicht mehr gebraucht. Nicht ohne Grund hatte er es gemieden, sie zu rufen. Sie hatte sich immer Mühe gegeben, ihm das Gefühl von Geborgenheit zu geben, doch Rina hatte kein Herz. Hodari wusste das. Ohne zu wissen woher. Es war ihre Aura. Sie war leer von Leben und Tod.

„Warum verlässt du sie?" fragte sie immer noch aufgebracht.

„Sie will mich nicht und außerdem kann sie mir keine meiner Fragen beantworten," erklärte er. Stur sah er hinaus und prägte sich all die Farben ein. „Antworten! Verdammt, ihr seid so stur. Weißt du eigentlich, was alles geschehen musste, dass ihr euch traft, und dann gehst du einfach so." Sie schüttelte den Kopf. „Ich überlass die Zukunft nun euch selbst. Melde dich, wenn du endlich erkennst," sagte sie und verschwand. Bevor

Hodari ihre Worte begriff, war sie weg. Er verstand ihre Worte so, dass Claire und er zusammen hätten bleiben sollen. Wollte Rina ihm sagen, dass Claire ihm irgendwann doch Antworten gegeben hätte? War da vielleicht noch mehr? Ein Gefühl machte sich breit in ihm. Liebe. Waren sie füreinander bestimmt? Zwei Unsterbliche. Zusammen die Ewigkeit verbringen. Bei dem Gedanken musste er lächeln. Die Wut war verraucht. Bald würde er sie wiedersehen und dann hätte er die Ewigkeit, um ihre Mauern zu durchbrechen.

Dunkelheit legte sich über Claire. Lange Zeit hatte sie diese verbannt und jetzt war sie wieder Teil ihrer selbst. Rina sprach von Selbstmitleid, dabei hatte sie keine Vorstellung, wie tief die Abgründe in ihrem Inneren waren. Sie hatte einmal geliebt und vergessen, wie das war. Claire hatte einmal ein Leben in einem vermeintlichen Frieden geführt. Sie war eine Frau und Mutter gewesen. Weitere Tränen stiegen ihr in die Augen. Nach dem Tod von Alex hatte sie versucht, neu anzufangen. Mit der Hilfe von Rina schuf sie das Totenreich. Einen Planeten der im Universum wanderte. Licht durchströmte ihn und führte die Seelen dorthin und wieder weiter auf ihrer Reise in ein neues Leben. Claire wählte Seelen aus, die ihr im Kampf gegen die zahlreichen Engel dienen sollten. Sie sandte ihre Todeshüter aus, die Seelen auf ihrem Weg zu schützen. Immer wieder versuchten die Engel die Seelen abzuleiten. In den Kerkern Evens saßen Milliarden Seelen gefangen. Beraubt ihres Lichts. Es war unmöglich, sie zu befreien. Traurig schloss sie die Augen. Immer noch versuchte sie die Augen vor sich selbst zu verschließen. Weitere Tränen liefen ihr über die Wangen. Leise flüsterte sie ihren Namen: „Solveig."

Sie wurde ihre Freundin, ihre Gefährtin und ihre Retterin. In all der Zeit des Kummers gab Solveig ihr Halt. Claire lag auf der Liege im Wohnraum. Sie trug immer noch das weiße Kleid vom Vortag. Ihr Körper bebte und zitterte. Plötzlich spürte sie eine sanfte Berührung an der Schulter. Eine zweite Hand strich ihr die wirren Haare aus dem Gesicht. Dunkle Augen sahen in ihre roten Augen. Claire musterte die Narben in dem Gesicht. Es waren so viele. Sie hatte schon so oft versucht, sie zu zählen. Eine narbenübersäte Hand wischte ihr die Tränen weg. Die schwungvollen Lippen formten ein Lächeln und die dunklen Augen sahen sie mitfühlend an. Claire wollte sich in diese Augen fallen lassen und nie wieder auftauchen. In dieser dunklen Masse ertrinken und vergessen.

„Ist es Alex?" fragte sie die entstellte dunkelhaarige Frau. „Nein," antwortete Claire mit erstickter Stimme. „Was ist dann geschehen?" hackte die Frau weiter nach. „Ich war nicht mehr allein," erklärte Claire und schloss die Augen. Weitere Tränen zwängten sich durch ihre Lider.

„Du bist nie allein," flüsterte die Frau liebevoll und küsste ihr die Tränen weg. Claire wollte sich allzu gern auf diese Liebkosung einlassen, doch etwas in ihrem Inneren hinderte sie daran. Solveig und sie verbannt eine tiefe und innige Freundschaft. Sie war weit mehr als Liebe. Claire und Solveig waren Gleichgesinnte. Wie Seelenschwestern. Ihr Schmerz glich dem des anderen.

„Doch, immer," flüsterte Claire und schob Solveig sanft weg. Solveig verstand es und setzte sich neben sie. Claire richtete sich auf und sah ihre Hüterin an. Solveig hatte so viel Leid ertragen müssen und selbst nach dem Tod wollte es nicht enden. Claire hatte ihr die Wahl gelassen. Sie hatte sie inmitten einer Schlacht, umringt von toten Körpern und abgetrennten Gliedmaßen, gefunden. Der Pfahl steckte noch immer in ihrem Kopf. Claire zog ihn heraus. Sie wandelte zwischen den Toten und suchte Solveigs Körper. Claire hatte ihr Leid gesehen und beschlossen, sie zu wählen. Heute wusste sie, dass es egoistisch gewesen war. Sie hatte sie gewählt, um ihr bei dem Kummer über all die Verluste beizustehen. Solveig half ihr aus der Dunkelheit wiederaufzutauchen.

Jetzt wollte Claire in der Tiefe bleiben. „Claire wach auf, du träumst wieder," sprach Solveig sanft. Claires Blick lichtete sich und sie sah Solveigs Gesicht wieder voller Leben. Das blutüberströmte Gesicht ihrer Hüterin verschwand. „Nein, ich bin wach. Immer," flüsterte Claire. Die Tränen waren versiegt. Nur noch eine raue salzige Spur verriet ihre Anwesenheit. „Sag mir, was geschehen ist," bat Solveig vorsichtig. Claire atmete schwer ein und wieder aus. Sie nickte und begann zu erzählen. Claire beschrieb Hodari. Sie beschrieb ihr den Geschmack seiner Lippen und das Gefühl in ihrem Inneren. Seit Edgar waren Solveigs Lippen, die einzigen die sie berührt hatten. Hodari schmeckte nach zuhause. Solveig strich bei den Worten liebevoll über Claires Wangen. Sie lächelte voller Liebe in ihr Herz. Gleichgesinnte. Solveig verstand sie. Bestürzung zeichnete ihr Gesicht, als Claire eröffnete, dass er der letzte Raun war und aus der Vergangenheit komme. „Solveig, er ist die Lösung. Er ist das Leben. Ich habe ihn gesucht und schließlich hat er mich gefunden. Rina glaubt ich habe einen Fehler gemacht," endete Claire ihre Geschichte. Die Zeit verstrich, in der Solveig nachdachte.

Sie und die anderen Hüter schützten den Weg. Es war nicht einfach und immer wieder kam es zu Kämpfen zwischen ihnen und den Engeln. Das Reich des Herrschers war übermächtig und sie waren zu wenige. Abraham erklärte immer wieder, wie wichtig der Weg war. Die Seelen zu schützen war ihre Aufgabe. Das Leben und der Tod gemeinsam konnten endlich dem Reich des Herrschers ein Ende setzten. Das hatte Rina Claire deutlich gesagt. Claire hatte so lange nach dem Leben gesucht und nun schien das Ende unerreichbar zu sein. Wann endete diese Geschichte? Fragte sich Solveig insgeheim. In ihrem vorherigen Leben war sie ein Monster gewesen. Das Leid, dass ihr widerfahren war, hatte sie verdient. Eine Hüterin zu sein, gab ihr das Gefühl, doch noch einen Nutzen zu haben. Das Gleichgewicht wiederherzustellen, das sie sich so viel Mühe gegeben hatte, zu vernichten. Solveig nahm Claires Hände in ihre und drückte sie. „Wir werden weiterkämpfen," versprach sie. „Wir werden auch einen anderen Weg finden, das alles zu beenden. Der Herrscher verstreut ein krankes Gedankengut unter all den Lebenden. Sie führen sinnlose Kämpfe gegeneinander. Ganze Zivilisationen haben sich in seinem Namen ausgerottet. Taten werden in seinen Namen begangen, die unaussprechlich sind. Er sammelt die Seelen, um aus ihrer Energie die Engel zu schaffen. Wir werden all dies beenden auch ohne eine Armee. Und weißt du, wie?" fragte Solveig aufmunternd. Claire schüttelte niedergeschlagen den Kopf. „Wir haben unseren festen Glauben und die Hoffnung auf Frieden in unseren Herzen. Na ja, ich meine die Stelle, an der wir einmal ein Herz gehabt haben," erklärte sie grinsend. Claire lachte. Sie nahm ihre Hand und führte sie an ihre Brust und drückte sie fest. „Mein Herz schlägt für euch alle und wird es immer. Ihr seid meine Kinder. Ihr seid meine Hüter," versprach sie. Solveig beugte sich vor und umarmte Claire. Sie hielten sich die Hände immer noch vor Claires Brust. Claire atmete den rauchigen Duft der Haare von Solveig tief ein. Nach endlos langen Minuten lösten sie sich schließlich voneinander und standen auf. Claire musste nichts weiter erklären und ging in ihr Schlafzimmer. Sie nahm das Foto auf ihrem Nachttisch und drückte es an die Brust. Solveig war ihr gefolgt. Sie nahmen sich an die Hände und verschwanden.

Dunkelheit legte sich über die Ebene. Der Wind pfiff durch das Blätterwerk und brachte die Schatten zum Tanzen. Er drehte seine Kreise um den Stamm und zog sich wie eine Schlange über das hohe Gras. Das rote Kleid flatterte. Der Wind streifte die nackten Beine, doch die Haut fröstelte nicht mehr. Er zog seine Kreise über eine Blutlache. Das Rot des Kleides ging in einem über zu dem Boden. Die junge Frau lag regungslos da. Eine riesige aufklaffende Wunde prangerte aus ihrem Torso. In ihr war kein Leben mehr. Der Wind fegte über ihr Gesicht. Eine Fliege ließ sich vom Wind treiben und setzte sich auf die Wange. Plötzlich schnellte eine Hand hoch und zerdrückte die Fliege auf der Wange der Frau. Die Frau schlug ihre Augen auf. Schwärze umhüllte ihren Blick. Die Wunde schloss sich schmerzhaft. Die Frau konnte das Knacken der Knochen hören und das Zusammenziehen des Gewebes spüren. Kein Ton verließ ihre Lippen. Nur ein Gedanke schwebte in ihrem Kopf. Der unstillbare Hunger regte sich. Ein Fauchen durchdrang ihrer Kehle und sie zeigte ihre scharfen Zähne. Die Wunde war verheilt und die Frau sprang auf. Auf nackten Füßen streifte sie durch die Ebene. Ihre Peiniger waren schon lange fort. Die Bilder ihrer Gesichter schwebten ihr im Verstand. Sie lachten und trieben ihre Glieder immer wieder in sie ein. Schließlich stachen sie immer wieder in ihren Torsos ein. Blutend und sterbend hatten sie sie zurückgelassen. Ihr letzter Gedanke war, die Angst vor dem Widererwachen. Plötzlich nahm die Bestie, das war sie nun geworden, einen Geruch war. Rauschende Bäche voll von Blut erwarteten sie. Sie sprang in den dichten Wald und folgte dem Ruf des pulsierenden Blutes. Der Mann schrie verzweifelt ihren Namen. Er bettelte und weinte, bevor sie ihn leer trank. Satt und müde legte sie sich in das Bett im Haus. Es roch vertraut nach zuhause.

Solveig riss erschrocken die Augen auf. Tränen tränkten ihre Wangen. Sie krümmte sich auf die Seite und weinte bitterlich. Arme legten sich um sie und drückten sie liebevoll. Es bedurfte keiner Worte. Claire kannte die Bilder in ihrem Verstand und die Trauer in ihrem Herzen. Gegenseitig spendeten sie sich in dieser Nacht Trost, wie in so vielen.

Am nächsten Morgen saßen sie beide mit einer Tasse Tee auf der Veranda und sahen auf das tosende Meer. Der Sturm spiegelte ihre Gefühle wider. Claire trug lediglich eine helle Leinenhose und eine schlichte weiße Bluse. Ihre nackten Füße genossen die Kälte, die sie umgaben. Solveig trug wieder ihre Ausrüstung. Die schwere Panzerung von früher hatte sie auf dem Schlachtfeld gelassen. Sie bevorzugte, wie auch Claire, eine leichte Lederkombination ganz in schwarz. Ihr Langschwert lehnte am Pfosten der Veranda. Ihr Hut lag auf dem Tisch zwischen ihnen. Einen Tag und eine Nacht hatten sie gemeinsam auf der Insel verbracht. Claires Zuflucht, wenn sie die Vergangenheit zu sehr quälte. Solveig war die einzige, mit der sie die Insel teilte. Ohne Worte des Abschieds erhob sich Solveig und stellte die Tasse bekümmert auf den Tisch. Sie setzte sich den Hut auf und schwang sich das Schwert auf den Rücken. Ein einfaches Nicken und ein liebevoller Blick in Richtung Claire genügte ihnen und sie verschwand. Claire verstand sie. Sie hatte Unaussprechliches getan und lebte fortan in Buße. Claire ermöglichte es ihr diesen Weg ohne Wut und Blut zu gehen und dafür würde sie ihr ewig dankbar sein.

Sie hatten wieder in einem Bett geschlafen, eng einander gekuschelt. Der Trost des warmen Körpers half ihnen die Träume zu vertreiben. Zumindest meistens. Claire hatte auch unruhig geschlafen. Die Angst vor Hodaris Trauer hatte sie verfolgt. Bekümmert lehnte sie ihren Kopf zurück und schloss die Augen. Intensiv nahm sie den Geruch des Meeres auf. Wie sehr sie das Geräusch von leisen trappelnden nackten Füßen vermisste. Seine kleinen hellen Locken und vor allem sein Lachen. Claire gab sich ganz ihrer Trauer und ihrem Kummer hin. Wieder öffnete sie die Augen und sah die dunklen Wolken und das tobende Meer. Blitze zuckten am Firmament. Ihr Innerstes tobte. Bekümmert schloss sie wieder die Augen. „Ich liebe dich," flüsterte sie in den Sturm und ließ die Worte wandern, in der Hoffnung, dass sie ihren Bestimmungsort finden.

Ein Mann, mit einem langen schwarzen ungepflegten Bart, saß zusammengekauert auf einem harten Stuhl vor einem Fenster und beobachtete die Regentropfen. Sie folgten keiner klaren Linie und trennten sich oder wendeten plötzlich. Sein schwarzer Anzug war zerknittert und hing an ihm wie ein Sack. Das Hemd war oben am

Kragen geöffnet und ließ den Blick frei auf eine knochige Brust. Seine Hände waren wie zum Gebet gefaltet, hingen jedoch nach unten. Edgars Leben hatte eine dramatische Wende genommen. Claire wollte ihn nicht wieder weggeben und hatte ein ganzes Universum für ihn geschaffen. Eine weitere Welt neben der anderen. Sie hatte eine Welt geschaffen, in der er endlich vollkommen glücklich hätte sein können. Jedoch war dieser Frieden nur vermeintlich gewesen. In all dem Glück hatte sie ihn verlassen und vergessen. Lange Zeit hatte er auf sie gewartet und schließlich aufgegeben. Er blieb allein in dem Dorf. Die Bewohner waren friedlich und freundlich zu ihm. Edgar wollte glauben, dass er dort auch ohne sie glücklich sein konnte. Immer mehr nagte an ihm die Frage: Warum hatte sie ihn vergessen?

Aus der Frage wurden immer mehr Wut und schließlich Hass. Jetzt lebte er an einem anderen Ort in der Obhut eines weiteren Tyrannen, der auch einzig seine eigenen Ziele vor Augen hatte. Claire hatte ihn seinem Schicksal entrissen und dann allein gelassen. Edgar verfolgte nun einen eigenen Weg, abseits des Schicksals und des Todes. Der Herrscher hatte ihn geholt, um ihn zu benutzen. Er wollte ihn ausbilden und auf Claire hetzen. Der Herrscher heilte seine Verletzung am Fuß und zeigte ihm seine Waffen. Edgar spielte das Spiel mit und suchte sie. Die Engel begleiteten ihn. Sie brachten ihn zu verschiedenen Planeten und nie fanden sie mehr als flüsternde Gerüchte. Schließlich bemerkte der Herrscher, dass Edgar alterte und holte ihn wieder zurück nach Eden. In seiner Nähe konnte er lange bestehen, doch Edgar spürte den Tod in seinem Nacken. Sein einziges Ziel war die Vernichtung von Claire. Sie hatte ihm ein Leben genommen, das hätte natürlich enden müssen und nun saß er hier fest. Edgar wartete auf seinen Augenblick und sollten es erneut tausend Jahre sein. Verbittert wischte er über sein faltiges Gesicht. Die Welt vor seinem Fenster wirkte grau und trostlos, trotz des weiten Baummeeres. Er konnte sehen, wie sich vereinzelt Vögel bemühten ein sicheres Versteck im Geäst zu finden. Edgar sah sein Zimmer im Spiegelbild des Fensters. Es mangelte ihm an nichts. Er hatte sich an all das gewöhnt. Müde schloss er die Augen. Schließlich legte er sich hin. Er erinnerte sich an seine Zeit in Manhattan. Der Wut folgte eine tiefe Leere. Edgar wusste, dass der Herrscher ihn töten wollte, um Claire zu verletzten. Das war sein einziger Trost.

Hodari sah über die weite Ebene. Das hohe Gras kitzelt ihn an den Füßen. Um ihn herum erstreckte sich die Ebene. Das Gras wuchs in alle Himmelsrichtungen. In weiter Ferne am Horizont konnte er Hügel, Berge und Bäume erahnen. Die Luft war klar und frisch. Der Wind zerrte an den dünnen Grashalmen. Hodari beugt sich vor und strich sanft über sie. Er schloss die Augen. Hodari hörte den Planeten atmen. Mit all seinen Sinnen versuchte er diesen Planeten zu spüren. Enttäuscht richtet er sich wieder auf. Er spürte nichts. Hodari hatte gehofft, dass bei der Berührung seiner Heimat, er es spüren würde. Leider war da nichts. Einzig eine weite Leere. Die Sehnsucht überlagerte alles. Wenn Hodari die Augen schloss sah er Claires Augen und hörte ihre Stimme. Der Wind drückte auf seine Augenlider. Plötzlich spürte er eine Berührung auf seiner Schulter. Überrascht öffnete er die Augen. Ungewohnt ruhig drehte er sich um und sah auf einen alten Mann runter. Der Mann trug helle Kleidung, die verwaschen und alt aussah. Auf seinem Kopf trug er einen Strohhut und unter dem Hut hingen zersplissene weiße Haare heraus. Die Stirn lag weit nach hinten und er schien keine Ohren zu haben. Zumindest sah Hodari keine. Seine Augen waren dunkel und besahen ihn neugierig. Er musste ein paar Mal gegen die Sonne blinzeln, bevor er schließlich erschrocken zurückwich. Hodari konnte lediglich den Begriff Raun verstehen. Er nickte und kam dem Mann einen Schritt näher. Bevor er den Mund öffnen konnte, schüttelte der Mann den Kopf. Er verwies Hodari. Vorsichtig wagte Hodari sich mit einigen Floskeln seiner Heimatsprache an den Mann, doch dieser wich bei seinen Worten noch weiter fort und spuckte immer wieder auf den Boden. Ein Ruf erklang über die Anhöhe hinter dem Schiff. Hodari sah auf und erkannte die riesigen Tiere, die hinter dem Schiff grasten. Es waren Umias. Seine Mutter hatte ihm jedes kleine Haar beschrieben. In seinen Träumen ritt er immer noch auf ihren Rücken über weite Steppen. Eine dünne lange Gestalt erschien auf dem Hügel und kam schnell herunter. Hodari erkannte, dass es eine sehr junge groß gewachsene Frau war. Auch sie trug abgetragene helle Kleidung und einen Strohhut. Darunter konnte Hodari schwarze Haare erkennen. Sie rief immer wieder etwas in die Richtung des alten Mannes. Schließlich erreichte sie den wild gestikulierenden Mann und redete beruhigend auf ihn ein. Immer wieder spuckte er bei seiner Erzählung auf den Boden zu

Füßen von Hodari, dabei deutete er auf ihn. Die junge Frau sah überrascht zu Hodari auf. Sie kam näher und sah ihm lange ins Gesicht. Sie standen eine Armlänge voneinander entfernt. Grimmig sah er zu ihr herunter. „Wer bist du?" fragte sie ihn in der Handelssprache, die das Vereinte Imperium eingeführt hatte. Ihr Akzent war deutlich herauszuhören. „Ich suche die Rauns." Hodari entschied sich für die einfachste Antwort. Auch er sprach die Handelssprache mit einem starken Akzent. Die Frau sah ihn überrascht an. Sie schien zu überlegen. Schließlich wies sie ihn an, ihr zu folgen. Hodari nickte und folgte ihr in angemessenen Abstand. Der alte Mann war verstummt und lief neben der jungen Frau. Sie flüsterte einige Worte mit ihm. Misstrauisch sah er zu Hodari zurück. Sein Gesichtsausdruck sprach genug Bände, um Hodari deutlich zu machen, wie sehr er hier nicht erwünscht war. Die Drei liefen am offenen Schiff vorbei über die Hügelkuppel wieder herunter. Dort stand ein großes Zelt. Vor dem Zelteingang standen Stühle aus Stoff und einfachem Holz. In der Mitte brannte eine Feuerstelle mit einem kleinen Topf. Hodari stieg der bekannte Geruch in die Nase. Es lagen bereits Jahrhunderte zurück, seitdem er diesen Geruch in der

Nase hatte. Es war ein einfacher Eintopf, doch wie ihn seine Mutter zubereitet hatte, schmeckte er immer nach Heimat. Die Frau wies auf einen der Stühle. Der Mann setzte sich ihm gegenüber. Aus dem Zelt holte sie einen weiteren Stuhl und das Geschirr. In kleine Metallschüsseln füllte sie den Eintopf und reichte Hodari eine. Sie war bemüht darauf, ihn nicht zu berühren. Ihr Gesichtsausdruck war verhärtet. Sie schien immer noch nachzudenken. Der Mann und die Frau begannen zu essen. Hodari griff nach dem Löffel und schöpfte sich eine ordentliche Menge darauf. Vorsichtig führte er das Essen zum Mund. Überrascht bemerkten der alte Mann und die Frau die Veränderung in seinem Gesicht. Hodari schlang das Essen nur so herunter.

„Es scheint dir ja sehr zu schmecken," stellte die Frau fest. Hodari legte beschämt die Schüssel und den Löffel neben sich auf den Boden. „Ja, es schmeckt nach Erinnerungen," gestand er verlegen. Die Frau nickte verständnisvoll und übersetzte dem alten Mann. Zum ersten Mal sah Hodari ein freundliches Lächeln im Gesicht des Mannes. Er nickte ihm aufmunternd zu. „Was hatte der Alte vorhin?" fragte Hodari.

„Er war überrascht und ängstlich, dich zu sehen," erklärte die Frau zögernd.

„Warum das denn?" fragte Hodari erstaunt.

„Du erschienst ihm wie ein Geist," war ihre einzige Erklärung. Fragend blickte Hodari sie an und wartete auf mehr.

„Er glaubte, du seist ein Raun," antwortete sie lachend. Unverständnis breitet sich auf seinem Gesicht.

„Kennst du sie nicht? Von ihnen wird schon seit Jahrhunderten den Kindern bei uns erzählt. Von ihrem Blutdurst und ihrem geheimnisvollen Verschwinden," erklärte sie vorsichtig. Hodari gab sich Mühe, dass ihm sein Gesicht nicht entglitt.

„Das verstehe ich nicht ganz. Gibt es hier keine Rauns?" fragte er vorsichtig. Die Frau sah ihm lange in die silbrig violetten Augen.

„Wer bist du noch mal?" fragte sie misstrauisch.

„Ich bin ein Raun und bin auf der Suche nach meiner Heimat," rief er wütend. Die Frau schien keine Angst zu haben. Sie sah bekümmert runter.

„Ich weiß nicht, ob du die Wahrheit sprichst, doch du siehst genauso aus, wie in den Geschichten. Vor einigen Jahren war ich in der Stadt Gral und sah in einem

Museum Darstellungen von euch," begann sie. Sie bückte sich und ergriff die gestampfte Erde um das Zelt. Die Frau nahm Hodaris Hand und legte ihm eine Handvoll Erde hinein. „Das ist deine Heimat," endete sie bekümmert. Hodari sah auf die Erde. Hier in dieser Steppe reiste vor so vielen Jahrhunderten seine Familie.

„Kannst du mir mehr erzählen?" fragte er vorsichtig. Sie nickte verständnisvoll. Der alte Mann beobachtete die ganze Szene voller Spannung. Die Frau wandte sich zu ihm und sprach liebevoll auf ihn ein. Nach vielen Kopfschütteln und Widerwillen stand er doch auf und ging über den Hügel.

„Er schaut nach den Umias. Wir können nun in Ruhe sprechen.

Die Rauns lebten vor knapp tausend Jahren neben uns Ohns auf diesen Planeten, doch dann kam der große Krieg. In den Geschichten heißt es, dass ein großer Raun Krieger, die wilden und barbarischen Rauns vereinte und gegen unsere Hauptstadt Gral anführte. Ich muss gestehen, bis jetzt habe ich nicht wirklich an euch geglaubt," gestand sie vorsichtig. Hodari sah sie fragend an. „Die Geschichte über das Ende der Rauns klingt so unglaubwürdig," erklärte sie zaghaft. „Ein geflügelter

Feuerphönix stieg herab und verwandelte sich in eine rote Frau. Sie bewegte die Arme und alle Rauns auf dem gesamten Planeten zerfielen zu Asche. Meine Mutter sagte immer, dass die Frau wunderschönes langes rotes Haar hatte. Im Licht der aufgehenden Sonne brannte es. Es hat sich ein ganzer Kult um sie gebildet. Sie beten sie an. Für mich erschienen all diese Geschichten wie Geschichten und jetzt sitzt mir ein Raun zur Linken." Die Frau lächelte zu ihm herüber. „Vielleicht war doch etwas Wahres dran. Jetzt muss ich meiner Mutter eingestehen, dass ihr Glaube echt ist," flüsterte sie mehr zu sich als zu Hodari. Sie sah ihn nicht an und hing ihren eigenen Gedanken nach. Der Frau war nicht bewusst, was sie mit ihrem Bericht bei Hodari bewirkt hatte. In ihm tobte ein Sturm. Der Sturm wollte ausbrechen. Hodari wollte ihn herausschreien. Abrupt stand er auf und rannte über den Hügel an seinem Schiff vorbei in die weite Steppe hinaus. Die Frau schrie erschrocken auf und versuchte ihn etwas zu sagen, doch der Wind fegte ihre Worte fort. Der alte Mann hockte zwischen seinen Umias und streichelte ein Jungtier liebevoll. Er sah auf, als Hodari zwischen den Umias rannte. Er verstand weitaus mehr als seine Enkeltochter ahnte. Der letzte

Raun im Universum erfuhr gerade, dass er allein war. Bekümmert und mitleidvoll senkte er den Blick und strich weiter über das weiche Haupt des Jungtieres.

Der Wind presste an Hodari vorbei und verlief sich hinter ihm wieder. Der zuvor wolkenlose Himmel verdichtete sich und zeigte dunkle Wolken über der weiten Steppe. In der Ferne fegte bereits der Regen über das Gras. Hodari lief immer noch. Seine Lunge presste gegen seinen Brustkorb. Er wollte schreien und gleichzeitig zerreißen. Eine helle Gestalt tauchte plötzlich vor ihm auf und schleuderte ihn in die Luft. Hodari flog ein gutes Stück zurück und lag rücklings am Boden. Er sah die Wolken und den hellen Himmel, der sich dahinter verbarg. Er spürte den feuchten Boden unter sich und den Wind über das Gras. Das Gras kitzelte in seinem Gesicht. Er schloss die Augen. Endlich spürte er seine Heimat. Er spürte immer noch den Druck auf seinem Brustkorb, mit dem die Gestalt ihn getroffen hatte. Hodari hörte sie nicht, doch schließlich beugte sich ein Schatten über seine geschlossenen Lider.

„Nun hast du deine Antwort," flüsterte die Gestalt mitfühlend. Hodari öffnete die Augen und sah zu Rina auf.

„Du warst ein Raun und jetzt bist du das Leben," erklärte sie ihm verständnisvoll. Rina kniete vor ihm und strich ihm über das Gesicht und die kurzen Stoppeln auf seinem Haupt. Hodari ließ die Berührung zu.

„Was soll ich jetzt tun?" flüsterte er bekümmert. Fassungslos sah Rina zu ihm herunter. „Du kehrst natürlich zu ihr zurück," erklärte sie ihm wie selbstverständlich. Hodari riss sich vom Anblick der Wolken fort und sah Rina in die weißen Augen. „Wer ist sie?" fragte er. Eine Ahnung breitete sich in ihm aus. Hodari schloss wieder die Augen und ergründete Claire. Es vergingen Minuten, in denen er still und ruhig dalag. Einzig der Film vor seinen Augen spielte sich ab. Plötzlich richtete er sich auf. „Ich habe nur Tod gesehen. So viel Blut und Leichen. Ich habe Tränen und Schmerz gespürt. Ich habe ein Lachen gehört. Das Lachen eines kleinen Jungen mit goldenen Haaren. Ich spürte sie an ihm. Ich konnte mich an seine Berührung erinnern und ihre," fasste er zusammen. „Rina, sie ist der Tod. Sie ist der Phönix," flüsterte er fassungslos. Traurig nickte Rina und strich behutsam über seinen Rücken. „Ich habe noch nie so viel Schmerz gespürt," stellte er fest. Hodari barg sein Gesicht in seine Hände. „Was soll ich nur tun?" fragte er sich bekümmert. Hodari erkannte jetzt, warum Claire ihn weggeschickt hatte. Er verstand ihre Zurückhaltung ihm gegenüber. Sie war voller Schuld und Scham. Die Erinnerung an all den Schmerz in ihrem Inneren, ließ in ihm den Wunsch aufkeimen, Claire in die Arme zu nehmen. Sie waren beide allein und brauchten sich. Er liebte sie jetzt noch viel mehr. Hodari wollte ihr all den Schmerz wegküssen. Die Tränen versiegen und sie nie wieder loslassen. Abrupt stand er auf. Rina kniete immer noch am Boden und sah fragend zu ihm auf. Hodari drehte sich um und sah in der Ferne sein Schiff. „Ich weiß, was ich will!" schrie er in den Himmel. Rina strahlte über das ganze Gesicht. Endlich würden das Leben und der Tod vereint sein. Das Gleichgewicht war nah.

Die Tage allein im Schiff gaben Hodari Zeit, um sich über das gesamte Ausmaß Gedanken zu machen. Die Bilder, die er auf Farr gesehen hatte, eröffneten ihm eine neue Sicht auf das Vereinte Imperium. Der Herrscher war das Vereinte Imperium. Hodari hatte Claires Vergangenheit gesehen und auch ihr Leben. Jetzt verstand er ihr Leid und die Schuld, die sie vermeintlich trug.

Sie hatte in ihrem Wahn zu gehorchen, das Schicksal der Rauns besiegelt. Ihm war jetzt klar, weswegen Rina seiner Mutter damals die Botschaft gab. Sie wollte ihn beschützen. Er hatte so viel Zeit vergeudet auf der Erde. Wenn er jetzt darüber nachdachte, warum er nicht schon viel früher weggegangen war, hatte er darauf nur eine spärliche Antwort. Hodari hatte sich vor seiner Bestimmung gefürchtet. Die Welt im Himmel hatte ihm Angst gemacht. Einem Mann wie Hodari Angst nachzusagen, kam ihm lächerlich vor, doch so war es. Rina war nur ein kurzer Teil seines Lebens. Ein Leben in dem er noch ein Kind war. Als er zum Mann wurde, war sie fort und er musste sich selbst finden. Die Waffen, die sie ihn gelehrt hatte, hatte er verschlossen und nahm lieber die Klinge, die man auf ihn richtete in seine Hand.

Die Erinnerung an den Claires Schmerz, setzte ihm einen schweren Stein ins Herz. Er hatte seinen Schmerz gewollt. Das Leid, die Ungerechtigkeit und die Macht. Doch sie wollte so klein wie möglich werden und verschwinden. Das Gefühl von Macht bereitete ihm schon lange kein Vergnügen mehr. Über das Leid anderer wegzuschauen konnte er nicht mehr. Sein Innerstes sagte ihm, dass nun die Zeit der Gerechtigkeit anstand. Claire kämpfte für diese Gerechtigkeit. Sie suchte das Gleichgewicht im Universum. Hodari wollte an ihrer Seite sein und endlich seine Aufgabe erfüllen. Schelmisch grinsend wurde ihm bewusst, dass er erst wachsen musste, um endlich erwachsen zu werden. Auch wenn das Wachsen tausend Jahre angedauert hat. Seine Gedanken schweiften weg. Er sah Claire in ihrem Kleid auf dem Sofa sitzen und lachen.

Die Sehnsucht ließ ihn glauben Flügel zubekommen. Er sah sich zu ihr schwingen. Rechts und links von ihm sah er voller Bewunderung braune und weiße Federn. Sie bewegten sich immer weiter auf und ab. Hodari sah wieder vor sich. In rasender Geschwindigkeit flog er durch das Universum, bis er endlich den sandigen Planeten erreichte.

Sein Schiff setzte auf der Landefläche ab. Die Rampe fuhr aus und die Klappe öffnete sich. Hodari rannte hinaus, zielstrebig auf den Aufzug. Tavia ließ Hodari ungehindert hinein. Sie öffnete ihm alle Türen. Verschwitzt und aufgeregt rannte Hodari in den Wohnraum. Um ihn herum war es still. Die Sonne stand in ihrem Zenit. Schatten lagen im Raum. Die Küche war leer und sauber. Der Wohnraum war verlassen. Hodari fuhr schnell runter in das Labor. Alles lag verstreut, wie er es zum letzten Mal gesehen hatte. Er konnte Claires handschriftliche Notizen verstreut, um ihren bequemen blauen Sessel, liegen sehen. Auch hier lag alles verlassen. Im Trainingscenter war sie auch nicht. Hodari durchstreifte Räume in denen er noch nie war. Leere und unbenutzte Schlafräume, Lagerräume und Maschinenräume. Hodari fand die Brücke. Sie lag verborgen im Gestein. Die Fenster waren geschlossen. Das Licht sprang an, als er den Raum betrat. Die Bildschirme schalten sich ein. Das Schiff stand still und ruhig im Abhang. Niedergeschlagen kehrte Hodari zurück in den Wohnraum. Die Sonne stand bereits tief. Die Schatten waren länger geworden.

Zuletzt stand er zögernd vor ihrem Zimmer. Hodari wagte es nicht den Raum zu betreten. Er betätigte den Schalter. Keine Reaktion. „Claire ist nicht da." Erschrocken drehte sich Hodari um. Im Wohnraum stand eine junge schwarzhaarige Frau ganz in schwarzem Leder gekleidet. Auf ihrem Rücken trug sie ein Langschwert. Der Schwertknauf ragte seitlich über ihren Kopf. „Wer bist du?" fragte Hodari misstrauisch.

Die Frau verzog genervt das Gesicht. Sie setzte sich in Bewegung und blieb direkt vor Hodari stehen. Misstrauisch sah sie zu ihm hoch. In ihren Händen hielt sie einen schwarzen Hut. „Das ist nicht wichtig. Wichtig ist, was du von ihr willst?" erklärte sie herausfordernd. Hodari spannte die Schultern. Er sah ihr lange in die dunklen Augen. Ihr Gesicht war narbenüberseht. Überrascht stellte er fest, dass sie nicht lebte. Ihr Herz schlug nicht. Ungewollt schritt er ein Stück zurück. Die Frau grinste wissend. Hodari atmete tief ein und aus. Er spürte eine Verbindung zu Claire an dieser Frau. Ihr Geruch haftete an ihr. Er sah in ihren Augen die Sorge um Claire. Schließlich beschloss er ihr die Wahrheit zu sagen.

„Ich will ihr vergeben. Ich will ihr helfen," gestand er vorsichtig. Die Frau begann zu lachen. Sie schüttelte den Kopf. „Warum glaubst du, bräuchte sie deine Vergebung? Claire braucht Ruhe und Frieden," erklärte sie scharf. Hodari hatte sich nicht geirrt, die Frau sorgte sich um Claire und wollte sie beschützen. „Sag mir, wo sie ist," bat er forsch und genervt. Wieder lachte sie nur. Gelassen setzte sie sich den Hut auf und verschwand. Jetzt erst wurde ihm klar, dass er mit einem Geist gesprochen hatte. Wütend schlug er gegen die Wand.

Claire war geflohen aus Angst vor seiner Wut, doch er war nicht wütend. Er sehnte sich viel mehr nach ihr. Enttäuscht und wütend bestieg er wieder sein Schiff. Hodari saß eine geraume Zeit im Cockpit und starrte auf den Horizont vor sich. Die Sonne ging hinter ihm unter und die zweite Sonne stieg soeben langsam vor ihm auf. Wo sollte er sie finden? Fragte er sich verzweifelt. Sie war fort. Irgendwo im Universum versteckte sie sich vor ihm. Es könnte noch ein Jahrtausend vergehen und er hätte nicht einmal die Hälfte abgesucht. Hodari verspürte den dringenden Drang dazu, jemanden zu erschießen. Schließlich gab er im Bordcomputer die Koordinaten der Erde ein. Er lehnte sich zurück und schloss die Augen. Bald würde er wieder in Japan sein. Der Gedanke einige Tage in seinem kleinen Garten Ruhe zu finden, beruhigte ihn wieder ein wenig.

Seine letzten Gedanken, bevor er im Traum versank, galten Claire. Verzweifelt schickte er sein Herz und seine Liebe zu ihr, in der Hoffnung sie zu finden.

Der frische Duft nach gewaschener und frischer Kleidung stieg Hodari in die Nase. Behutsam strich er über das weiße Lacken. Er sah zu der Holzdecke hoch. Die

Papiertüren hielten zum Teil die Sonne vor dem Eindringen auf. Doch das hinderte das Licht nicht daran, den Raum zu erhellen. Er stand auf. Die Matratze lag auf dem Boden. Nackt öffnete er sperrangelweit die Papiertüren. Die Morgenluft strich über seinen durchtrainierten Körper. In der Nacht zuvor hatte es geregnet. Hodari konnte das Tropfen überall in seinem Garten hören. Alles war noch nass, doch das aufkommende Licht versprach einen sonnigen Tag. Es roch frisch und neu. Der Regen hatte die Schwüle und Hitze für einen Moment vertrieben. Hodari sah die Steinskulpturen. Überbleibsel aus längst vergangenen Zeiten. Sie erzählten Geschichten von Drachen, Samurai und Kaisern. Ein Diener betrat sein Zimmer. Er trug ein Tablett mit einer Kanne heißen Tee und eine passende Tasse. Der Diener sah auf sein Tablett und verneigte sich. Er stellte es neben Hodari auf einem kleinen Tisch. Immer noch verneigend verließ er den Raum. Leise schloss sich die Papierschiebetür hinter Hodari.

Sie fürchteten ihn, obwohl er ihnen gegenüber nie Gewalt ausgeübt hatte. Seine Dienerschaft kannten die Geschichten um ihn. Müde schloss Hodari die Augen. Er hatte wieder kein Auge zugetan. Vom Stuhl nahm er sich seinen Kimono und band ihn zu. Hodari goss sich etwas von dem heißen Tee ein und schlenderte müde und erschöpft die zwei Stufen runter in seinen Garten. Neben einer der Steinskulpturen, einem speienden Drachen, stand eine einfache Holzbank. Hodari setzte sich darauf und schlürfte am heißen Tee. Gedankenverloren sah er sich die Bonsaibäume und Steinhaufen an. Sie waren genau ausbalanciert. Hodari hatte lange dafür gebraucht. Immer wieder dabei pausiert und meditiert. Seine nackten Füße strichen über den weichen und nassen Kies. Er hatte die Ewigkeit, um Claire zu suchen, doch zuerst war er zurück zur Erde gekehrt. Hodari brauchte die Ruhe, die Japan und seine Landschaft auf ihn ausübten.

Nach seiner Rückkehr hatte er festgestellt, dass seine Untergebenen seine Zügel übernommen hatten. Bereitwillig hatte er sie ihnen gelassen. Niemand kannte dieses Anwesen an der Westküste Japans und das Geld, dass er hier versteckt hatte. Das Spiel der Macht gefiel ihm nicht mehr. Zu Beginn seiner Reise hatte er all dies zurückgelassen und dachte nicht daran, wieder aufzuerstehen. In seinem Anwesen hatte er all die Rüstungen der letzten Jahrhunderte, die er Weltweit getragen hatte, abgelegt. Erinnerungen an vergangene Tage in denen es ihm nach Blut und Kampf dürstete. Macht durchströmte ihn in dieser Zeit. Jetzt war er allein und auf der Suche nach seinem Herzen.

Betrübt stand er auf und suchte in seinem Einbauschrank nach einer einfachen dunklen Jeans und einem weißen Hemd. Schließlich sagte er dem Hausdiener Bescheid, dass er runter zum Hafen wollte.

Schlendernd ging er den schmalen Weg durch den Wald runter in das Dorf. Die Vögel zwitscherten. Der Wald war zum Bersten voll von Leben. Hodari spürte in jeder Faser seines Körpers das Pulsieren des Lebens um ihn herum. Er folgte dem Wanderweg bis zur langen Einkaufsstraße und dem Hafen. Hodari stand am höchsten Punkt der Einkaufsstraße und sah am Horizont das Meer glitzern. Die See war ruhig und still. Zielstrebig ging er die Straße hinunter. Der Morgen war gespickt von Menschen, die die Einkäufe für den Mittag tätigten oder einfach kleine Erledigungen vor der Arbeit abhacken wollten. Trotz seines auffälligen Äußeren bemerkte ihn keiner.

Der lebensfähige Platz auf der Erde war auf ein Minimum geschrumpft. In dem Dorf trafen sich Völker unterschiedlicher Länder. Sprachen wurden hin und her geworfen. Unterschiedliche Währungen, je nach Marktwert, wurden angenommen. Kleidung in den unterschiedlichsten Farben, Mustern und Schnitten wurden getragen. Außerirdisches Leben fiel auf, durch ihr außergewöhnliches Äußere. Die Erde hatte sich verändert. Sie war geschrumpft. Das Dorf hatte der Zeit getrotzt und war eines der wenigen in Japan, dass noch verschont wurde vor der Veränderung. Hodari wusste nicht warum. Er hatte nur herausgefunden, dass ein Großteil der Grundstücke einer großen Gesellschaft gehörte und diese nur Sanierungsarbeiten vornahmen. Er hatte sich hier niedergelassen, weil er hier noch ein wenig von der alten Zeit erkennen konnte.

Hodari sah sich gerne die Menschen unterschiedlicher Völker an und musste immer wieder darüber lachen, dass sie sich glaubten, zu unterscheiden. Sie glichen sich vollkommen und bildeten entgegen ihrer Vorstellung ein Volk. Menschen waren schon lustig.

Am Ende der Straße, an der Ecke setzte sich Hodari in sein Lieblingscafé und bestellte sich eine Tasse Tee und ein Wagashi. Genüsslich biss er vom süßen Gebäck ab und trank langsam seinen Matchatee. Am Hafen herrschte geschäftiges Treiben. Die Fischer standen an ihren Ständen und priesen ihren Fang an. Die Menschen tummelten sich um die Stände. Hodari sah die vielen Maste der ankernden Schiffe. Ein Schiff stach heraus. Es ankerte weit rechts am Hafen. Sein Mast überragte die anderen. Es war ein Segelschiff aus alten Tagen. Hodari war überrascht. So eines sah er selten hier am Hafen. Gedankenversunken erinnerte er sich an alte Tage auf See. Er hatte nie verstanden, wie man diese Schiffe lenkte. Die raue Kraft des Meeres gefiel ihm nicht. Er hielt lieber die Kontrolle in den eigenen Händen.

Plötzlich roch er einen bekannten Geruch. Einen Geruch, den er nicht wagte, nochmal wahrnehmen zu können. Der Geruch stach aus den Gerüchen des Hafens und des Meeres heraus. Schnell sah er sich aufgerichtet um. Verzweifelt suchte er sie. Konnte es sein? Hier und jetzt? Fragte er sich bestürzt. Die Menschen bewegten sich wie eine Welle um die Fischstände. Autos flogen vorbei. Roboter liefen beladen mit Taschen und Päckchen an Hodari vorbei. Die Sonne stand hoch und die Hitze lag schwer auf den Häuptern der Menschen. Hatte er sich den Geruch nur eingebildet? Schwirrte es in seinem Kopf? War seine Sehnsucht so stark?

Da sah er sie. Ihr Haar war zu einem lockeren Zopf geflochten und wippte im Lauf. Sie trug einen einfachen Strohhut. Bevor Hodari sich klar sein konnte, dass sie es wirklich war, verschwand sie in der Masse. Er warf einen alten Doller auf den Tisch und zwängte sich durch die Masse. Immer wieder sah er den Hut und die roten Haare zwischen den Menschen aufblitzen. Hodari wollte schreien. Er wollte ihren Namen schreien. Schritt für Schritt kam er ihr näher. Claire verließ die Straße und lief auf die Anlieger zu. Hodari sah sie von weiten nun im Profil. Sie war es wirklich. Sein Herz machte einen Sprung. Grob schob er die Menschen beiseite. Als er auf dem Anlieger ankam, stand sie bereits auf dem alten Segelschiff. Ein Mann belud ihr Schiff mit Kisten und Körben. Hodari sah sie lächeln und dem Mann danken. Seine Schritte wurden langsamer. Er wollte jede Faser ihres Antlitzes in sich aufnehmen. Schließlich erreichte er den Steg zu ihrem Schiff. Claire lief gerade an der Seite vom Bug zum Heck. Sie blieb stehen und sah ihn direkt an. Ihre Augen weiteten sich. Nervös blickte sie sich um. Sie trug eine einfache weiße Leinenhose und ein weißes T-Shirt. Hodari sah sie tief einatmen. Geschäftig lief sie weiter und machte die Leinen los.

Schnell lief Hodari über den Steg und half ihr mit den Leinen. Er setzte sich in die Sitzbank hinter dem Steuer und wartete auf Claire. Sie stellte sich an das Steuer und startete den Motor. Langsam verließen sie den Hafen. Fachkundig manövrierte sie sie zwischen den ankernden Schiffen. Bereits nach einiger Zeit lag der Hafen hinter ihnen. Claire lief um den Mast und löste die Taue für die Segel. Mit der Kurbel spreizte sie die Segel und sie bekamen Wind auf. Ein Ruck ging durch das Schiff. Hodari konnte die Kraft des Meeres und des Windes spüren. Claire vermied es ihn anzusehen. Sie sprach kein Wort mit ihm und Hodari ließ ihr den Raum, um sich an ihn zu gewöhnen.

Bekümmert erinnerte er sich an die Worte der Frau in Leder und den Narben. Gerade jetzt reichte es ihm, Claire sehen zu können. Er konnte ihre Angst spüren. Sie stand nun direkt vor ihm am Steuer. Sie fuhren immer weiter Richtung Westen. Die Küste hinter ihnen verschwand. Hodari blickte zurück und winkte im Geiste Japan zum Abschied. Sein Weg war nun zu Ende. Er war endlich zuhause. Glücklich drehte er sich wieder um und sah noch, wie Claire schnell wieder nach vorne schaute. Er hatte einen überraschten

Gesichtsausdruck erhaschen können. Hodari schloss die Augen und vertraute auf Claire. Das hin und her Schaukeln des Schiffes trieb ihn immer mehr in den Schlaf. Jetzt endlich konnte er ruhen. Seit seiner Ankunft lag er die Nächte wach und sehnte sich nach ihr.

Claire sah immer wieder nervös hinter sich. Wie hatte er sie finden können? Und was würde er nun tun? Fragte sie sich. Als sie ihn am Anlieger erblickte, packte sie die pure Angst. Doch in seinen Augen lagen keine Vorwürfe oder Hass. Er lächelte sie an. Seine Augen wollten ihr etwas sagen, blieben jedoch stumm. Sie ließ ihn auf das Schiff und nahm ihn mit. Warum? Es lag klar auf der Hand: Hoffnung. Wie sehr sie ihn vermisst hatte. Wie sehr sie ihn spüren, hören und fühlen wollte, konnte sie kaum beschreiben.

Gemeinsam segelten sie gen Westen. Die See wurde rauer, doch Claire zog die Segel nicht ein. Der Himmel verdunkelte sich. Ein Donner erschallte und Hodari wachte erschrocken auf. Gehetzt und besorgt sah er sich um. Claire konnte ein Lächeln nicht unterdrücken.

Hodari sprang auf und wollte gerade etwas sagen, als sich das Meer, der Himmel und die Luft teilten und die

Sonne ihnen in die Gesichter strahlte. Er musste ein paar Mal blinzeln. Vor ihnen lag die Insel. Claires und Alex' Insel. Ihre Zuflucht. Erstaunt blickte er zurück und sah noch in dem Spalt die raue See, bis es sich wieder schloss. Immer noch staunend beobachtete er, wie Claire die Segel einholte und das Segelschiff behänd an den Anlieger manövrierte. Sie warf die Taue und sprang vom Schiff. Mit geübten Handgriffen band sie das Schiff am Anlieger. Mit einer Handbewegung schwebten die Kisten und Körbe aus dem Inneren des Schiffes hinaus, hoch zum Haus. Auf der Veranda wurden sie abgestellt. In der Zwischenzeit lief Claire den steinernen Weg hoch. Hodari folgte ihr mit gebührendem Abstand. Immer noch wusste er nicht, was er tun sollte.

Die Sonne stand bereits tief und schenkte der Kulisse ein malerisches Licht. Die Bäume bewegten sich sanft im milden Wind. Die Möwen flogen am Strand auf und ab. Es war Sommer. Alles blühte und spross vor Leben. In diesem Bild standen Leben und Tod auf einer Veranda und wagten es nicht diesen stillen Moment im hier und jetzt zu stören. Die Wellen schlugen und brachen sich am Gestein oder legten sich geschmeidig auf den Strand, nur um schnell wieder zu verschwinden. Hodari wagte den Vorstoß und ergriff vorsichtig Claires Finger. Ihre Hand zuckte, doch schließlich ließ sie es zu. Hand in Hand genossen sie den Augenblick der Zweisamkeit. Zwei Seelen, die lange allein waren und sich nun hier trafen.

Claire schloss die Augen und genoss diesen Zeitpunkt. Sie wollte sich ihn genau einprägen, um sich im Kummer daran zu erinnern, dass es auch Momente des Lichts in der Dunkelheit gab. „Claire," flüsterte seine tiefe Stimme. Behutsam strich er mit dem Daumen über ihren Handrücken. Claire wandte ihren Kopf und sah ihm direkt in die Augen. Keine Worte brauchte es mehr. Sie las in ihnen wie in einem Buch. Ihr stiegen Tränen in die Augen. Sie liefen über ihre Wangen. Hodari strich sie mit seiner freien Hand liebevoll und zaghaft weg. „Weine nicht. Ich verspreche dir, dass dieser Moment ewig wären wird," flüsterte er und zog sie an sich. Behutsam und einfühlsam berührte er ihre Lippen mit seinen. Claire legte ihre Hände auf seine Brust und schmiegte sich an ihn. Hodari hielt sie fest und bedachte ihre Lippen mit Küssen. „Warte," bat sie und drückte ihn vorsichtig weg.

„Es tut mir leid. Ich war zu feige, um dir die Wahrheit zu sagen," begann sie mit zittriger Stimme. Hodari schüttelte den Kopf. Immer noch hielt er sie fest. „Nein, es ist alles gut. Sprich nicht weiter," unterbrach er sie lächelnd. „Alles was zählt, ist das wir nun zusammen sind." Claire strahlte über das ganze Gesicht. Die immer ewige Zeit der Einsamkeit fand nun endlich ihr Ende. „Du darfst mich nie wieder verlassen," flüsterte sie und schmiegte sich an ihn.

Eine geraume Zeit standen sie so auf der Veranda und beobachteten den Sonnenuntergang. Schließlich führte Claire Hodari in das Haus und sie bereiteten sich etwas einfaches zu Essen vor. Bei Kerzenlicht setzten sie sich in die Essecke und aßen miteinander. Hodari erzählte ihr von seiner ersten Begegnung mit Rina und seiner Kindheit. Er erzählte ihr alles. Die Begegnung mit ihr hatte sein Leben verändert. Claire lächelte ihn liebevoll bei seiner Erzählung an. In dem Teil, in dem seine Mutter verstarb, nahm sie seine Hand. Sie verstand seinen Verlust und die Trauer. Hodari hatte ein anderes Leben geführt, als sie es getan hatte. Er hatte sich für alles selbst entschieden. Sie jedoch hatte immer das Gefühl in eine Rolle gezwungen worden zu sein. „Ich wollte nie ein Engel sein, geschweige denn der Tod. Eine wichtige Rolle im Universum zu spielen war nie mein Wunsch," erklärte sie niedergeschlagen. „Was für ein Leben willst du denn führen?" fragte Hodari. Claire schwieg. Das Leben, dass sie sich wünschte, war nicht möglich und das Träumen davon machte ihr den Verlust nur umso schwerer. Claire konnte in Hodaris Augen die Antwort auf seine Frage ablesen. Er wusste es. Bekümmert beugte er sich vor und küsste sie liebevoll. Er stand auf und zog sie mit sich. Zielstrebig nahm er die Treppe. Claire war nervös. Sie zeigte ihm ihr Zimmer. Hodari setzte sie auf die Bettkante und kniete vor ihr. „Heute Nacht werden wir anfangen zu leben," versprach er und küsste ihre Hände. Claire zog sein Gesicht hoch und forderte nach mehr. Seine Lippen schmeckten salzig und süß. Fordernd suchte seine Zunge nach ihrer. Voller Liebe versanken sie in den Laken und träumten gemeinsam von einem Leben als Mann und Frau. Hodari strich über ihren Rücken und ihre Hüften. Claire strich ihm über die Brust. Langsam zogen sie sich gegenseitig aus. Endlich berührten sich ihre Körper ungehindert. Claire fühlte sich unbeholfen und ließ sich von Hodari führen. Zum ersten Mal erfuhr sie die Macht der

Begierde und Leidenschaft am Körper. Sehnsüchtig forderte ihr Körper mehr.

Engumschlungen lagen sie eingehüllt in ihrer Decke und sahen aus dem Fenster die Sterne am Firmament. Hodari strich über ihren Hals und die Arme. „Ich liebe dich," flüsterte er. Claire wandte ihren Kopf zu ihm um und erwiderte seinen innigen Blick. „Ich liebe dich auch," flüsterte sie. Sie küssten sich und schliefen engumschlungen ein. Die Nacht vertrieb die Dunkelheit in ihren Herzen und hinterließ das Licht und das Leben. Eine neue Seele entstand und wuchs bereits.

Phase III

Frieden

XI

Licht. Es war das erste Mal für Claire, dass sie Licht tatsächlich sehen und fühlen konnte. Ihr ganzer Körper nahm die Energie des Lichts auf und erhellte ihre ewige Dunkelheit. Der Nebel schwand und ließ ihren Blick erstrahlen. Endlich konnte sie wahrlich leben. Der Himmel leuchtete in einem zarten blau. Die Wolken luden zum Ausruhen ein. Nie wieder wollte sie die Augen schließen. Die Farben des Lebens waren heller und liebevoller, als sie es sich hätte jemals erträumen können. Sie spürte es auf ihrer Haut und in ihrem Körper. Claire wollte rennen, springen und fliegen. Der Drang wurde so stark. Sie sah zum Abhang hoch und beschloss ihn zu erklimmen. Mühselig zog sie sich an den Klippen hoch. Das letzte Stück zwischen den Bäumen rannte sie. Ihre Lungen füllten sich mit Leben. Kurz vor dem Abhang nahm sie zum Sprung an und spürte ein Kribbeln im Unterleib. Sie verwandelte sich in den Feuerphönix und schwebte über dem Meer. Die Wellen tobten und brachen sich in der Bucht der Insel. In der Ferne sah sie nur den schimmernden Horizont. Rings um sie war das Meer. Sie flog immer weiter. Immer dem Horizont entgegen. Die Sonne stand noch sehr tief. Der Morgen war gerade erst angebrochen. Die frische Luft wehte durch ihre Federn und belebte ihren Geist. Liebe schmeckte süß und verheißungsvoll. Sehnsüchtig dachte sie an den nackten Mann zwischen ihren Lacken. Bald wollte sie zurückkehren, doch zuerst wollte sie dieses Gefühl auskosten. Das Licht schimmerte auf ihrem Haupt und erfüllte sie mit genussvollen Gedanken. Wieder spürte sie das Kribbeln im Unterleib. Claire fragte sich, was das war. Plötzlich spürte sie noch etwas. Sie strauchelte und fiel beinah in das schäumende Wasser. Schnell rappelte sie sich auf und drehte um. Mit schnellen und kraftvollen Schwingen flog sie zurück zur Insel. Immer wieder sprang sie durch den Raum, bis sie schließlich nach wenigen Sekunden in ihrem Schlafzimmer nackt vor ihrem Bett stand und entgeistert auf Hodari runter blickte. Dieser rekelte sich genussvoll und sah zu ihr hoch.

„Guten Morgen," sprach er freudig und versuchte nach ihr zu greifen, doch Claire bewegte sich weg von ihm. Fragend sah er sie an. Erst jetzt erkannte er ihren angstvollen Gesichtsausdruck. Schnell sprang er aus dem Bett und griff nach ihren Armen. Besorgt hob er ihren Kopf und sah ihr in die Augen. „Was ist geschehen?" fragte er besorgt. Hodari konnte die aufgewühlten Gefühle in Claire spüren. Sie zitterte am ganzen Körper. Claire wehrte sich nicht gegen seinen Griff. Sie schüttelte unmerklich den Kopf. „Was hast du getan?" fragte sie ihn flüsternd. Hodari kräuselte die Augenbrauen. Claire nahm seine Hand und führte sie runter zu ihrem Unterleib. Sie verharrte in ihrer Bewegung und drückte seine Hand auf die Stelle, wo das Kribbeln herrührte. Überrascht hob er seine Augenbrauen und sah entgeistert runter auf seine Hand. Er spürte das Kribbeln und noch viel mehr. Eine neue Seele. Die Erkenntnis traf ihn wie ein Schlag. „Ich habe Leben geschaffen, wo kein Leben herrschen konnte," flüsterte er überrascht. „Also bilde ich es mir nicht ein?" fragte Claire panisch. Hodari schüttelte den Kopf. Er sah auf und sah immer noch die Angst in ihren Augen. Hodari nahm ihr Gesicht in seine Hände und sah ihr in die Augen. „Claire, ich weiß auch nicht, wie das möglich sein kann, aber ich kann dir gar nicht beschreiben, wie glücklich mich das macht. Ich liebe dich und jetzt erwarten wir ein Kind. Es ist ein Wunder," flüsterte er liebevoll. Vorsichtig küsste er sie. Er konnte sichtlich spüren, wie ihre Anspannung von ihr abfiel und sie sich gegen ihn lehnte. Sie umschlang ihn und forderte mehr. Sie lösten ihre Lippen voneinander und sahen gemeinsam aus dem Fenster hinaus auf das Meer, immer noch engumschlungen. Nach einer Weile durchbrach Claire die Stille. Sie schluchzte. Hodari sah überrascht zu ihr herunter. Er sah die Tränen, die ihr über die Wangen liefen und das freudige Lächeln. Das Kribbeln in ihrem Unterleib wurde stärker und erfüllte sie immer mehr mit Glück und Liebe. Die Jahrtausende der Einsamkeit fanden in nur einer Nacht ihr Ende. Liebevoll strich sie über ihren Unterleib. Sie konnte eine starke Seele fühlen. Hodari legte seine Hand auf ihre Hand. Gemeinsam hielten sie ihr Kind in den Händen. Insgeheim schworen sie sich, es nie wieder loszulassen. Ihre Hände würden dieses besondere Leben schützen. Claire konnte spüren, dass es eine neue Seele war. Das Universum schuf nur selten neue Seelen. Es schien den beiden ein Geschenk machen zu wollen. Freudestrahlend dankte sie dem Universum im Stillen. Sie konnte ein wohlwissendes Lächeln und Nicken spüren.

Hodari saß gedankenverloren auf der Bank, auf der Veranda und sah runter zum Strand. Er beobachtete Claire beim Muscheln sammeln. Sie bewegte sich vorsichtiger und langsamer, als er es bei ihr gewohnt war. Das neue Leben in ihr verunsicherte sie. Es schien, dass sie erst jetzt begriffen hatte, was der Kreislauf von Leben und Tod bedeutete. Auch Hodaris Gedanken kreisten um das Kind. Er wusste nicht, dass er diese Macht besaß. Hodari hatte schon oft bei Frauen gelegen, doch keine hatte ein Kind ausgetragen. Für Claire war er der erste Mann. Sie hatte Angst vor der Liebe gehabt. Claire wurde in nur einer Nacht zur Frau und Mutter. Hodari fröstelte es immer noch bei dem Gedanken, was sie nun geschaffen hatten. Ihre Seelen lebten schon sehr lange, doch noch nie hatten sie Leben geschaffen. Was beabsichtigte das Universum damit? Fragte er sich unentwegt. Claire hatte ihm berichtet, dass Rina ihre Schicksale nicht bestimmen, geschweige denn sehen konnte. Ihn überraschte es, dass Rina noch nicht erschienen war. Claire hatte ihm erklärt, dass nichts und niemand diese Insel betreten konnte, ohne dass sie es wollte. Rina konnte daher nicht zu ihnen, selbst wenn sie wollte. Die Macht von Claire war stärker als seine eigene. Er hatte sich nie eine eigene Welt oder Insel schaffen können. Bekümmert musste er sich eingestehen, auch noch nicht lange seine Kräfte zu nutzen. Claire wollte ihm lehren, sich zu öffnen und den Fluss seiner Macht laufen zu lassen.

„Es ist wie ein nie endender tobender Fluss, aus dem ich meine Kraft schöpfe. Auch du hast diese Macht. Du musst sie nur finden," erklärte ihm Claire.

Hodaris Leben hatte sich in kurzer Zeit verändert. Er wollte nicht mehr kämpfen. Hodari wollte seine Frau halten und sie nie wieder loslassen. Die Zeit oder der Raum spielten dabei keine Rolle. Sie würden gemeinsam eine Welt finden, in der sie sicher und glücklich leben könnten. Der Wunsch nach diesem Leben erfüllte ihn bereits seit dem Morgen nach ihrer ersten Nacht. Claire und jetzt auch ihr Kind, waren fortan seine ganze Welt. Claire hatte ihm vom Herrscher und seiner Macht berichtet. Sie jagten sie. Er würde sie nie wieder allein lassen. Er musste seine Familie beschützen.

Claire winkte ihm zu. Sie lachte und hielt eine besonders große Muschel hoch. Die Sonne war im Begriff unterzugehen. Das rötliche Licht flutete das Meer und die Bucht. Claires Haare waren offen und wehten im Wind.

Sie war wunderschön und gehörte ihm. Sein Herz wollte vor Glück zerspringen. Langsam schlenderte Claire die Stufen hoch zum Haus. Auf der Veranda lehnte sie sich an den Pfeiler und lächelte ihn wissend an. Ihr gelbes Kleid wehte im Wind. Eine zierliche Schleife hielt das Kleid fest. Hodari stand auf und zog sie in seine Arme. Leidenschaftlich küsste er sie und strich ihr über das Haar. Claire lachte und drückte ihn weg. „Zuerst will ich etwas essen," sagte sie lachend und lief schnell ins Haus. Grinsend sah er ihr nach. Liebe schmeckte süß.

Claire schämte sich. Sie konnte das Gefühl nicht einfach beiseiteschieben. Sie liebte dieses Kind. Ein Kind, dass sie schon mal verloren hatte. Alex war nun schon so lange fort und trotzdem kam sie sich schuldig vor. Sie empfand wieder Glück und Liebe. Nie hatte sie sich Gedanken darüber gemacht. Claire war jetzt schon so lange allein. Sie hätte sich nie erträumen können, eines Tages wieder solche Gefühle zu empfinden. Der Gedanke, dass Alex mit Schmerzen starb und sie mit Glück lebte, zerriss ihr das Herz. Claire wollte diesen Mann und dieses Kind. Sie wollte diese Familie und doch schwebte Alex' Geist über ihr Haupt und gab ihr das Gefühl der

Scham. Fest hielt sie das Kind in ihrem Unterleib. Von Tag zu Tag spürte sie mehr von der kleinen Seele. Es wuchs. Für ein Wesen wie Claire, der Zeit fremd war, erschien plötzlich der Moment, bis sie das Kind in ihren Armen halten würde, unendlich weit. Alex war ihr geliebter Sohn. Ein Kind, dass sie nicht wieder loslassen konnte. Er verfolgte sie. Tränen liefen über ihre Wangen. Hodari schlief und doch spürte er ihren Kummer und drückte sie fester an sich. Claire nahm seine Arme in ihre und hielt sich fest, als wenn sie an einem Abhang stehen würde und im Begriff war zu fallen. Das Gefühl der Scham wollte nicht abklingen. Claire schloss wieder die Augen und verdeckte damit den Mond, der ihr etwas sagen wollte. Sie wollte die tröstenden Worte nicht hören. Es waren die Worte ihres Bewusstseins, dass ihr versuchte zu sagen, wie albern sie sei, doch Claire wollte sich schämen. Nach einer Weile schlief sie doch ein. Ihr letzter Gedanke galt ihren beiden Kindern, die fest und ruhig in ihrem Herzen schliefen.

XII

Die Ratten liefen geschwind zwischen dem Pflaster. Dreck und Unrat säumten die Gassen. Nur spärliches Licht durchbrach die Dunkelheit. Es war Nacht, doch die Lichter der Stadt erloschen nicht. Solveig konnte den Lärm des Festes hören. Die Drasner feierten den Besuch ihres Königs. Lebensmittel und Verlosungen fanden statt. Jeder erträumte sich ein großes Geschenk des Königs. Die Freude und Anbetung widerten sie an. Sie folgten bedingungslos. Für Solveig waren sie nicht mehr als der Dreck und der Unrat zu ihren Füßen. Aus dem Schatten hatte sie sie die letzte Woche beobachtet. Die willkürlichen Hinrichtungen. Die Überwachung und die Freiheitsberaubungen. Es waren nicht nur die Drasner. Alle im Ring lebenden Wesen waren nur Dreck unter dem Nagel des Herrschers. Sie gaben ihm Armeen, Waffen und ihre Seelen. Solveig hatte sich unbemerkt in Eden eingeschlichen. Vom Hafen aus konnte sie in der Ferne die Insel Even erkennen. Nur das Avrotad Meer lag zwischen ihr und ihrem größten Feind. Der Wohnsitz des Herrschers. Die Drasner beteten das Meer und die Insel an. Sie legten Blüten in die Wellen in der Hoffnung sie mögen die Strände Evens säumen. Sie wünschten dem Herrscher Glück und ein langes Leben. Angewidert wandte sie sich ab. Wie ein Schatten verschmolz sie mit der Dunkelheit. Auf ihrer Reise in die Hauptstadt traf sie auf einige ungeplante Hindernisse. Die Wölfe des Herrschers schwirrten durch die Lande und jagten Wesen wie sie. Zwischen Dras Nah und Dras Ras traf Solveig auch auf einen alten Mann. Einen armen Wanderer. Sie musste schmunzeln bei dem Gedanken an den Wanderer. Er glaubte ernsthaft, die Welt würde auf dem Rücken von riesigen Elefanten getragen werden, die mit ihren Flügeln durch den Kosmos fliegen.

Dras war ein recht kleines Land, doch es hatte die größte Stadt des Rings und beherbergte die Generäle und Oberhäupter der Regierung des Herrschers. Wenn Solveig etwas über die Absichten des Herrschers in Erfahrung bringen wollte, dann hier. Sie stand bereits seit Stunden angelehnt an der Wand, im Schatten der Gasse. Solveig wollte hier ihren Informanten treffen. Die Stadt feierte und sie wartete ungeduldig auf ihn. Um sie herum liefen die Ratten. Vor über einer Woche wurde ihr eine versteckte Botschaft zugeschickt. Er wollte sich mit ihr treffen.

Ein Summen erklang. Vorsichtig sah Solveig um die Ecke auf die Straße. Über ihr herrschte kaum Verkehr im Luftraum. Die Luftkutschen schwebten hauptsächlich unten am Boden.

Eine Luftkutsche näherte sich langsam. Solveig machte sich bereit. Als die Luftkutsche in Höhe der Gasse stand, öffnete sich die Tür zur Gasse und Solveig sprang schnell hinein. Im Innern roch es angenehm und es war warm. Arme umschlossen sie und drückten sie an einen warmen Körper. Lippen suchten die ihren. Solveig strich liebevoll über die kastanienbraunen lockigen Haare. Sie legte ihren Hut ab und setzte sich auf seinen Schoß. Mit geübten Handgriffen zogen sie sich schnell aus. Leidenschaftlich bewegten sie sich rhythmisch. Ihr letztes Treffen lag schon lange zurück. Sie kratze ihm den Rücken auf und biss ihm in die Schulter. Immer wieder kamen sie gemeinsam. Die Luftkutsche fuhr verlassene Straßen ab, in keinem klaren Muster.

Schließlich saßen sie erschöpft nebeneinander. Er strich ihr liebevoll über den nackten Rücken. Solveig richtete sich abrupt auf und zog sich schnell an. Kommentarlos reichte sie ihm seine Kleidung. Sie konnte die Enttäuschung in seinem Gesicht ablesen. Er reichte ihr eine Flasche Wasser, nachdem er selbst einen langen Zug genommen hatte.

„Wieso hat es so lange gedauert?" fragte sie ihn unbeherrscht.

Grinsend schüttelte er den Kopf.

„Auch ich muss aufpassen, nicht gesehen zu werden," antwortete er gelassen.

„Du bist Gabriel. Du gebietest und sie gehorchen, was kann daran so schwer sein," erwiderte Solveig herablassend.

Gabriel sah ihr lange in die dunklen Augen. Sie beide verfolgten das gleiche Schicksal. Er hatte seine Liebe getötet, wie auch sie.

„Es ist jemand Neues bei Hofe. Er schöpft Verdacht," erklärte er vorsichtig. Solveig schnaubte auf.

„Dann beseitige ihn, wie die anderen," sagte sie. Müde rieb sie sich die Augen. Die Tage waren lang gewesen. Immer wieder musste sie fliehen und sich verstecken.

Erschöpft lehnte sie sich im Sitz zurück und schloss die Augen. Gabriel sah ihr Profil von der Seite an.

„Ihn kann ich nicht beseitigen. Er ist ein enger Vertrauter des Herrschers," sprach er leise. Solveig riss ihre Augen auf.

„Ist es er?" fragte sie überrascht. Gabriel nickte.

„Was macht er hier? Ich dachte der Herrscher hält ihn wie einen zahmen Hund," fragte sie neugierig. Gabriel schüttelte den Kopf.

„Ich weiß es selbst nicht. Der Herrscher hat es mir nicht gesagt."

Nachdenklich sah Solveig aus dem getönten Fenster hinaus. Sie passierten feiernde Straßen. Die Drasner bewegten sich wie in Trance.

„Was ist es, was du mir mitteilen wolltest?" fragte sie schließlich.

Bekümmert sah Gabriel auf den Wagenboden. Die Luftkutsche bewegte sich ruckelnd weiter zwischen den feiernden Drasnern.

„Was ist, wenn ich dich einfach wiedersehen wollte?" fragte er vorsichtig. Solveig schnaubte wütend.

„Dann hoff ich, dass das nur eine rhetorische Frage ist, denn der Weg hierher war beschwerlich und gefährlich für mich," erklärte sie energisch. Gabriel atmete enttäuscht aus.

„Ja natürlich. Ich habe Neuigkeiten zum bevorstehenden Krieg," begann er. Gabriel konnte die Enttäuschung aus seiner Stimme nicht verbergen. Solveig ignorierte es.

„Welchen Krieg?" fragte sie überrascht.

„Den Krieg der bald kommen wird. Der Herrscher will, dass ich alle Truppen mobilisiere. Wir fliegen bald los," erzählte er leise.

„Es wird eine Schlacht geben? Gegen wen?" fragte Solveig. Stille breitete sich im Wageninneren aus. Gabriel ließ endlose Sekunden verstreichen. Schließlich sprach er die Worte, die Solveig kaum glauben konnte: „Er marschiert ins Reich der Toten ein. Er will sie."

„Wie will er das Reich der Toten finden?" fragte sie fassungslos.

„Er will ihn dafür benutzen. Ich weiß nicht wie. Unsere Truppen marschieren gegen sie," schloss er ab. Solveig schüttelte immer noch fassungslos den Kopf.

„Das kann doch nicht wahr sein. Ich muss Claire warnen. Gabriel, es ist etwas Unvorhergesehenes geschehen. Du musst es deinen Vertrauten weitergeben. Claire erwartet ein Kind. Es ist wichtig, dass sie geschützt wird. Wir sind dem Gleichgewicht noch nie so nah gewesen," redete sie auf Gabriel ein.

„Wir haben keine Armee. Gegen wen soll er antreten?" fragte sie mehr sich selbst als ihn.
Liebevoll nahm sie sein Gesicht in ihre Hände. Tränen standen ihr in den Augen. Gabriel wusste, dass sie sich endlich die Erlösung aus ihrer eigenen Hölle wünschte. Er konnte ihr nicht helfen.

„Das sind überraschende Neuigkeiten. Ich werde mit den anderen reden und nach einer Lösung suchen," flüsterte er seiner Liebsten zu. Er drückte sie an sich und küsste sie liebevoll. Es verging endlos viel Zeit. Sie hielten sich und genossen die Nähe zueinander. Für Gabriel waren es kostbare Augenblicke in denen Solveig seine Nähe zuließ und genoss. Vor so vielen Jahren trafen sie sich im Kampf. Die Erinnerung ließ seine Gefühle für sie stärker aufblühen.

Die Baumwipfel wehten schwach im Wind. Ihre Kronen waren golden und braun. Der Himmel war bedeckt mit Wolken. Der Mond und die Sterne erhellten die Kulisse in ein düsteres Bild. Ihr Licht schimmerte diffus zwischen den Wolken. Solveig trug ihr schwarzes Leder. Ihr Langschwert hing ihr über den Rücken. Auf leisen Sohlen schlich sie durch das Unterholz. Schwach sah sie zwischen den Bäumen und Gestrüpp den hellen Lichtkegel. Sie kam von Norden dem Lager näher. Zwischen dem Unterholz lag sie flach auf dem Boden als sie die Kampfgeräusche wahrnahm.

Solveig versuchte zu ergründen, wer den Kampf begonnen hatte. Sie hörte verzweifelte Hilferufe und Schmerzensschreie. Plötzlich erstarben die Schreie und das Licht. Überrascht lauschte sie in die Dunkelheit. Leise Schritte näherten sich ihrem Versteck. Es war nur ein Kämpfer, stellte sie überrascht fest. Vorsichtig verließ sie ihre Deckung und sah zwischen den Baumstämmen. Im dämmrigen Licht konnte sie einen Schatten erkennen. Der Schatten blieb stehen. Er hatte sie entdeckt. Solveig machte sich bereit. Sie griff nach den Knauf ihres Schwertes. Der Schatten sprang ihr entgegen. Im selben Moment zog sie ihr Schwert. Klingen trafen aufeinander. Solveig trat und schlug kräftig nach dem Angreifer. In ihrem Kampf verließen sie immer weiter die schützenden Bäume. Solveig rannte seitlich um den Angreifer. Sie stand nun mitten auf einer Lichtung. Das

Gras wuchs ihr bis zu den Knien. Endlich konnte sie ihren Angreifer erkennen. Erschrocken atmete sie ein. Gabriel, die rechte Hand des Herrschers. Er ließ ihr keine Zeit einen klaren Gedanken zu fassen. Gabriel warf sie um und wollte nach ihr schlagen, doch er hielt plötzlich inne. Ihr Hut war bei dem Sturz weggeflogen und ihre Haare hatten sich gelöst. Wie ein schwarzes Meer umrahmten sie ihr Gesicht. Im Licht des Mondes und der Sterne leuchteten ihre Narben auf. Mit wutverzerrtem Blick sah sie zu ihm auf.

„Du!" sprach er überrascht. Solveig nutze den Moment der Überraschung und trat ihm mit ihrem Knie in die Lenden. Gabriel fiel schmerzverziert zur Seite. Solveig rappelte sich auf. Sie ergriff den Knauf ihres Schwertes und holte aus. Eine feste Hand umschlang ihren Knöchel und riss sie um. Gabriel legte sich auf sie und drückte ihre Hände fest am Boden. Solveig riss ihren Mund auf und versuchte ihn mit ihren scharfen Zähnen, die sie ausfuhr, zu beißen. Gabriel zuckte zur Seite. Solveig saß nun oben auf. Schwer atmend sah sie auf ihn nieder. Ihr schwirrte der Kopf. Warum hatte er seine eigenen Leute getötet? Was hatte er vor? Wusste er, wer sie war? Gabriel sah ihr zögern. Er rührte sich nicht mehr. „Du bist ihre erste Hüterin," sprach er vorsichtig. Solveig sah ihn neugierig an.

Er hatte sie erwartet. Solveig setzte sich auf. „Was willst du?" fragte sie bissig. Gabriel zuckte mit dem Becken. Solveig grinste und rührte sich nicht weg. Ernüchternd legte er seinen Kopf auf das aufgedrückte Gras. Auch er grinste.

„Ich habe eine Nachricht für Claire," begann er erschöpft. Solveig sog scharf die Luft ein. „Du willst ihn verraten?" fragte sie zweifelnd. Gabriel sah ihr lange in die dunklen Augen. „Ich muss es," erklärte er schließlich. Solveig nickte. „Wenn das so ist," antwortete sie. Plötzlich beugte sie sich vor und küsste ihn.

Gabriel dachte gerne an diesen Moment zurück. Solveig hatte ihm später gestanden, dass sie ihn schon länger beobachtete und er ihr gefiel. Jetzt lag sie in seinen Armen und schlief. Die Luftkutsche drehte noch weitere drei Stunden durch die verwinkelten Straßen. Kurz vor der dunklen Gasse strich er ihr liebevoll über das Gesicht. Mit seinen Fingern fuhr er die Narben lang. Solveig öffnete die Augen. Müde richtete sie sich auf. Ohne ein Wort des Abschieds öffnete sie die Tür und sprang zurück in die Gasse zu den Ratten. Eine kurze

Weile sah sie der Kutsche noch nach, bis diese um die Ecke fuhr. Schließlich drehte sie sich um. Sie verschwendete keinen weiteren Gedanken an Gabriel. Er würde das Richtige tun und in die Wege leiten. Leise schlich sie durch die Gasse auf die andere Seite. Solveig sah die belebte Straße weit vor sich. Rechts und links herrschten die Schatten. Es roch nach Unrat. Plötzlich mischte sich in den Geruch noch ein weiterer ein. Ein beunruhigender.

Solveig blieb abrupt stehen und sah aufmerksam in die Dunkelheit vor sich. Das Licht der belebten Straße drang kaum in die Gasse hinein. Die Hauswände zu ihren Seiten waren Fenster- und Türlos und ragten weit hinauf. Solveigs Augen waren geschärft und passten sich sekundenschnell an das spärliche Licht an.

Aus dem Augenwinkel sah sie eine Bewegung. Augenblicklich drehte sie sich seitlich weg und holte zum Schlag aus. Nervös dachte sie an ihre Waffen, die sie einige Meter weiter zum Ausgang der Gasse hinter Brettern versteckt hatte. In der Stadt sahen sie nicht gerne Waffen. Nur die Stadtwache und die Soldaten des Herrschers durften Waffen mit sich führen. Alles andere war zu auffällig. Ihr blieben lediglich die versteckten Messer unter ihrem Mantel. Solveigs Gegner war schnell. Er war groß und sehr stark, obwohl er sehr schmal war. Der Mann ergriff ihr Handgelenk und schleuderte sie gegen die Wand. Solveig musste nach Luft ringen. Schnell rappelte sie sich auf und sprang ihn an. Ihre Krallen fuhren aus ihren Fingern und rissen an seinem Rücken. Der Mann schrie. Er wurde wütend und griff nach hinten. Der Mann ergriff ihre Haare und riss sie über sich hoch und warf sie zu Boden. Schließlich trat er nach ihr. Solveig krümmte sich. Mit einem Gegner solchen Ausmaßes hatte sie noch nie gekämpft. Er trat und schlug nach ihr wie ein wildgewordenes Tier. Sie hörte ihn ächzen und schnaufen. Immer weiter bugsierte er sie dem Ausgang der Gasse zu. Solveig war nicht mehr weit weg von ihren Waffen. Sie sprang auf und duckte sich vor seinen Schlägen. Behänd griff sie unter das Holz und zog ihre Halbautomatik. Bevor sie einen Schuss abgeben konnte, schlug der Mann ihr ins Gesicht. Sie sah kurz im Lichtkegel sein Gesicht. Er hatte langes schwarzes Haar, dass er zu einem Pferdeschwanz gebunden hatte. Unter seinem langen schwarzen Umhang trug er eine Lederrüstung. Er trug keine offensichtlichen Waffen am Körper. Ihr Blut lief ihr aus der Nase und ihre Lippe war aufgeplatzt. Anhand seines Gesichtes erkannte sie ihn. Gabriel hatte ihr eine Fotografie einmal gezeigt. Es war der seltsame Mann an der Seite des Herrschers. Er war kein Engel und doch war er so stark, vielleicht sogar stärker. Erschöpft lag sie am Boden. Sie konnte ihn spüren. Drohend stand er über ihr und starrte herunter. Solveig konnte seine Seele sehen. Überraschung legte sich über ihr Gesicht. Seine Seele war bereits im Strom der Wiederfindung, doch er stand vor ihr. Das war nicht möglich. Was war er? Solveig konnte erkennen, dass er schon lange und wirklich lange tot war, doch seine Seele blieb in diesem Körper. Etwas stimmte auch mit dem Raumzeitgefüge um ihn nicht. Es entstand ein verschwommenes Bild von ihm.

Solveig dachte an Claire. Sie musste gewarnt werden. Sie prägte sich das Bild des Mannes ein und schickte es über ihre Gedanken an Claire. Der Mann beugte sich vor und packte Solveig grob an den Haaren. Er zog sie hoch. Sie schrie vor Schmerzen auf. Er schlug ihr ins Gesicht. Dabei lachte er hämisch. Schließlich ließ er von ihr ab und warf sie zurück in die Schatten. Verletzt und schwach lag Solveig in der Gasse in einer Pfütze. Sie konnte erkennen, wie der Mann sich bückte und ihr

Schwert aus dem Versteck zog. Mit gemächlichen Schritten kam er auf sie zu. Solveig hob erschöpft die Hand. Ein letzter Versuch ihn abzuwehren. Er stach das Schwert durch ihren Brustkorb.

Solveig schrie nicht auf. Sie starb zum zweiten Mal. Ihre letzten Gedanken galten Claire und dem Wunder in ihrem Körper. Tränen liefen über ihre Wangen. „Ich liebe dich," flüsterte sie in den leeren Raum.

„Nein!" Claire schrie entsetzt auf. Tränen liefen über ihr Gesicht. Hodari hielt sie fest. Immer wieder redete er auf sie ein. Er verstand ihren Ausbruch nicht. Hodari hatte nicht gesehen, was sie gesehen hatte. Ohne Unterlass weinte und schluchzte sie. Hodari und Claire saßen im Bett. Sie lehnte weinend an seiner Brust. Er hielt sie fest und strich ihr über das lange rote Haar. „Claire, was ist geschehen?" fragte er immer wieder. Claire weinte noch immer. Sie fuhr mit ihrer Hand zu seiner Schläfe. Ihr Zeigefinger blieb in der Kuhle stehen. Wie ein Strom durchlief ihre Kraft seinen Verstand. Claire sendete ihm die Bilder. Hodari sah eine dunkle Gasse und eine Frau ganz in schwarz. Ihr Gesicht war narbenübersäht und da war ein Mann. Er trat und schlug nach ihr wie im

Wahn. Plötzlich sah er sein Gesicht klar vor sich. Er hatte dunkle Augen und ein schmales Gesicht. Seine Augen waren voller Hass und Wut. Hodari konnte die Abnormalität an ihm spüren. Das Bild von ihm passte nicht in das Raumzeitgefüge. Hodari sah, wie der Mann ein Schwert in den Händen hielt und damit die Frau tötete. Er erinnerte sich an die Frau. Sie war die Frau, die ihn auf ML9 gewarnt hatte. Wer war sie? Hodari konnte die Liebe zwischen ihr und Claire in jeder Zelle seines Körpers spüren.

Claire hatte sich beruhigt. Ruhig und still lag sie in seinen Armen. „Wer war das?" fragte er vorsichtig. Claire brauchte noch eine Weile, bis sie schließlich mit kratziger Stimme antwortete: „Solveig." Hodari strich behutsam über ihre Haare. Liebevoll wischte er ihr die Tränen von der Wange. „Sie war meine Hüterin," ergänzte Claire mit belegter Stimme. Hodari kräuselte fragend die Stirn. „Hüterin?" fragte er. „Ich wähle Seelen kurz vor dem Ableben ihrer Körper aus, mir nach dem Tod zu dienen. Solveig war meine zweite Hüterin. Wir tragen die gleichen Schmerzen in uns," Claire stockte und schluckte die weiteren Tränen herunter. „Sie hat für mich gekämpft und den Weg der Seelen zu ihrem

Wiedergang beschützt. Den Weg in das Reich der Toten und wieder hinaus," erklärte Claire leise. Hodari verstand und nickte. Ein nagendes Gefühl machte sich in ihm breit. Schnell unterdrückte er es.

„Wer war der Mann?" fragte er anstattdessen. Claire schloss müde die Augen. „Ein Geist, über den ich dachte, er sei sicher verschlossen in meinen Erinnerungen," erklärte sie. Claire richtete sich auf und schob liebevoll seine Arme von sich. Sie drehte sich zu Hodari um und sah ihm mit geröteten Augen an. Die Sterne erhellten den Raum. Eine leichte Brise wehte in das Haus. Claire strich Hodari über die Wangen und die Lippen. Schwer atmete sie ein und aus. „Er war meine erste Liebe. Ich habe ihn getötet," gestand sie. Nie hatte sie diese Worte laut ausgesprochen. Niemals hatte sie jemandem von ihm erzählt. Zu sehr schämte sie sich. „Ich habe ihn getötet und dann versucht, ihn wieder zu retten. Damals war ich mit meinen Kräften noch unbeholfen und habe eine zweite Zeitschiene geschaffen. Unbewusst. Wir blieben dort, doch er wurde mir fremd und ich konnte die Zeitschiene nicht halten. Immer wieder sprang ich heraus. Ich erinnerte mich an unterschiedliche Zeitpunkte wie in einem Film. Schließlich ließ ich ihn zurück und tauchte wieder zurück in die richtige Zeitschiene. Ich nahm an, dass dadurch diese Zeitschiene nicht mehr existieren würde, doch ich scheine einen Fehler begangen zu haben. Der Herrscher hat ihn dort gefunden. Ich kann es mir nicht erklären, doch er lebt immer noch und anscheinend ist er auf seiner Seite," erzählte Claire jetzt ruhiger geworden. Angst und Trauer schwangen in ihrer Stimme. „Ich habe den Hass und die Wut in seinen Augen gesehen," beschrieb Hodari zaghaft. Claire nickte. „Ich auch," stimmte sie zu. „Warum hat er das getan?" fragte Hodari sich laut. Claire sah ihn eine Weile an. Auch sie wusste es nicht. „Ich glaube, er will mich," flüsterte sie vorsichtig. Hodari sah sie wütend an. „Das ist doch klar, aber darauf werden wir nicht reinfallen. Es ist eine Falle. Ganz offensichtlich benutzt der Herrscher ihn, um an dich ranzukommen," erklärte er aufgebracht. Seine Wut galt nicht ihr. Er machte sich sorgen. Claire nickte erneut. Hodari sprang vom Bett auf und zog sich an. Claire folgte ihm in die Küche. Er brühte einen frischen Tee und Kaffee auf. Nachdenklich standen sie angelehnt an der Küchentheke und hingen ihren Gedanken nach.

Das Wasser kochte. Der angenehme Geruch von frischem Kaffee breitete sich im Raum aus.

„Ich bin aber für seine Seele verantwortlich," begann Claire zaghaft. Hodari schnaubte wütend auf. „Du bist aber jetzt auch für jemanden anderes verantwortlich. Du hast ihn gesehen. Du hast gesehen, wie brutal und gefährlich er ist," rief er aufgebracht. Claire nickte. Traurig sah sie auf die Terrakottafliesen zu ihren Füßen. Ihre nackten Füße wurden kalt auf ihnen. Hodari sah sie eine lange Zeit schweigend an. Behutsam goss Claire für ihn den Kaffee und für sich den Tee ein. Leise trank sie vom wärmenden Getränk. Hodari drehte unentwegt seine Tasse in den Händen und sah sie an. Schließlich brach er das Schweigen. „Na gut. Ich komme mit, aber du hältst dich zurück. Wenn Gefahr droht, verschwindest du. Du weißt schon, wie du es damals auf ML9 getan hast." Claire sah auf. Er konnte keine Freude in ihren Augen erkennen, aber eine tiefe Erleichterung. Claire wollte ihren Fehler von damals bereinigen. Insgeheim fragte sich Hodari jedoch, wie sie das anstellen wollte.

Der Morgen brach an. Hodari und Claire waren bereit. Traurig sah Claire von der Veranda auf das Meer. Sie trug eine schwarze engsitzende Hose und ein weißes Hemd. Darüber trug sie eine schwarze Weste. Claire dachte an Solveig. Im Moment ihres Todes bat sie Claire darum, sie gehen zu lassen. Sie hatten sich geliebt auf eine Art und Weise, die über das körperliche hinausging. Claire vermisste sie. Sie mussten nie viel miteinander sprechen. Beide sprachen eine tiefe verborgene Sprache miteinander. Ihre Seelen würden sich immer, wie Schwestern gleichen. Claire hatte ihre Seele ins Reich der Toten geführt. Solveig konnte, solange sie wollte dort verweilen, bis sie wieder bereit war, weiter zu gehen. Vielleicht würden sie sich eines Tages wiedersehen. Hodari hatte nichts davon bemerkt. Ihm waren die Feinheiten von Zeit und Raum nicht bewusst. Das Leben konnte nur im hier und jetzt fungieren. Sie jedoch lebte zeit- und raumlos. Es waren für Claire einige Minuten gewesen, in denen sie Hodari allein ließ. Für ihn verging keine Zeit dazwischen. Die Macht des Todes, dachte sich Claire verbittert. Welche Macht würde ihr Kind haben? Besorgt strich sie über ihren Unterleib.

Hodari berührte sie vorsichtig an der Schulter. Er machte sich Sorgen und er hatte Angst um sie. Claire sah noch etwas anderes in seinem Gesicht. Sie strich ihm über die Wange. Die Morgensonne spendete ihnen ein malerisches Licht. Seine violetten Augen strahlten sie voller Liebe an. „Was ist es, dass dich bedrückt?" fragte sie. Hodari zuckte mit den Schultern. „Ist es das Kind? Es geht ihm gut. Mach dir nicht so viel Sorgen," versicherte sie ihm und lächelte dabei. „Nein, das ist es nicht. Ich denke, dir sind die Gefahren bekannt und ich vertraue dir," erwiderte er. Stirnrunzelnd sah sie zu ihm hinauf. Hodari sah runter auf seine schwarzen Stiefel. Auch er trug eine schwarze Hose und ein passendes schwarzes Shirt. „Ich habe die Gefühle von Solveig gespürt und jetzt frage ich mich…," beschämt hielt er inne. Claire lachte. Sie schüttelte immer wieder den Kopf. „Bist du ernsthaft eifersüchtig?" fragte sie ihn schelmisch grinsend. Hodari verkniff die Augen und sah wütend aus. „Lach nicht über mich," zischte er zwischen zusammengebissenen Zähnen. „Was wenn doch?" fragte sie in herausfordernd. Wütend schnaufend drehte er sich um und ging zurück in die Küche. Claire lief ihm schnell hinterher. Von hinten umarmte sie ihn. Er blieb stehen und sah beschämt auf den Boden.

„Solveig und ich haben uns wie Schwestern geliebt. Unsere Seelen waren miteinander verwandt. Ich werde sie immer lieben, doch sie wollte hier nicht mehr verweilen. Ich habe ihr den Frieden gestattet," erklärte Claire in Hodaris Rücken. Sie konnte die Entspannung in seinem Körper fühlen. Er drehte sich um und nahm sie in die Arme. „Es tut mir leid," flüsterte er. Claire nickte verständnisvoll und küsste ihn. Liebe war auch für sie neu und sie musste noch die Spielregeln lernen. Hodari erging es nicht anders. Schließlich lösten sie sich voneinander.

Claire zog sich ihren Mantel über und Hodari seine Messer über die Schultern. Darüber zog er seine schwarze Jacke. Sie standen fertig angezogen und bereit voreinander. Hodari nickte und Claire tat es ihm nach. Sie griff nach seinem Arm. Die Küche verschwand.

Hodari musste einige Male blinzeln. Das Licht in der Küche war heller gewesen als in der dunklen Gasse. Auch hier war es Tag, doch nur wenig Licht drang bis ganz in die Gasse. Die Häuser zu seiner Rechten und Linken waren baumhoch. Es roch nach Dreck und

Unrat. Claire kniete sich hin. Vor ihr lag noch immer die Leiche von Solveig. Niemand hatte sie entdeckt. Claire berührte den kalten Leichnam an der Schulter. Augenblicklich fiel der Körper zu Staub. Hodari erschrak, bis er begriff, dass Claire diejenige war, die das getan hatte. Immer noch kniend sah sie sich um. „Hast du das Schwert gesehen?" fragte sie. Hodari sah noch immer überrascht auf die Asche zu ihren Füßen. Umso mehr Zeit er mit ihr verbrachte, desto mehr begriff er, welche Macht sie und auch in ihm schlummerte. Hodari sah sich um. „Ich sehe kein Schwert," sagte er. „Das habe ich mir gedacht. Er hat es mitgenommen," flüsterte sie. Hodari sah auf und suchte den Himmel über ihnen ab. Ein dunstiger grauer Schleier schwebte über der Stadt. Hodari kannte dieses Bild. Auch dieser Planet näherte sich dem Ende. Sie zerstörten ihren eigenen Planeten. Bekümmert schüttelte er den Kopf. Egal welcher Planet, das Leben lernte nie aus den Fehlern der anderen. Ein ewiger Kreislauf der Wiederholungen. Die Welt, die sich Hodari nun bot, an der Seite von Claire, versprach endlich keinen Stillstand mehr.

Claire stand auf und lief zurück auf die belebte Straße. „Hast du keine Sorge, dass man dich erkennt?" fragte er sie besorgt. Claire zog sich ihre Kapuze über. Ihre Haare hatte sie hochgesteckt. „Keine Sorge, diese Stadt ist riesig. Bevor ich erkannt werde, sind wir wieder weg," erklärte sie grinsend. Hodari hatte Mühe ihr durch die Menschenmenge zu folgen. „Wo willst du hin?" fragte er leise und angespannt in ihr Ohr. „Folg mir einfach geschwind. Wir müssen uns ein Gefährt suchen. Wir werden nun zum Palast gehen," erklärte sie ebenfalls flüsternd. Fassungslos sah er zu Claire rüber. In der letzten Nacht hatte sie ihm einiges über diesen Planeten berichtet. Dras war der Mittelpunkt des Regierungssitzes des Herrschers. Im Palast lebten seine Generäle und höchstrangigen Engel. Hodari konnte trotz Tageslicht wenig von der Stadt erkennen. Die Stadt quoll über von Menschen, Tieren und Roboter. Über den Dächern der Stadt flogen Flugkörper. Zwischen den Menschen fuhren Luftkutschen und andere seltsame Fluggeräte. Hodari konnte das Unglück der Menschen um sich spüren. Sie litten Hunger und Durst und trotzdem lächelten sie. Es war ein künstlich aufgesetztes Lächeln. Ihr Anblick verwirrte ihn. „Starr sie nicht so an. Wir werden beobachtet," flüsterte Claire. Rasch sah sich Hodari um. Claire deutete nach oben. Kleine Flugkörper schwirrten über ihren Köpfen. Eine Luftkutsche hielt neben ihnen. Claire öffnete die Tür und stieg schnell ein. Ein fremder Mann wollte zuerst vor ihr einsteigen, doch er verneigte sich vor ihr und ließ ihnen den Vortritt. Hodari sah ihn verwirrt an und folgte Claire in das Innere.

Die Tür schloss sich und plötzlich war der Lärm verschwunden. Stille breitete sich aus. „Wo wollen sie hin, meine Herrschaften?" fragte eine freundliche weibliche Stimme. „Zum Palast bitte," antwortete Claire gleichgültig. „Ich habe das jetzt nicht verstanden," begann Hodari. Aus dem verdunkelten Fenster sah er hinaus zu den Menschen. „Der Herrscher kontrolliert sie auf diese Art und Weise. Sie sterben, jedoch lächelnd. Sie vermeiden Streit und böse Absichten, sonst werden sie deportiert. Diese Welt ist verrückt und gleichzeitig gefährlich. Ich komme nicht gerne hierher," erklärte sie ihm. Sie kamen dem Palast näher. Die Häuser und Straßen wurden sauberer und die Menschen sahen wohlgenährter aus. Auch hier saß ein aufgesetztes Lächeln in ihren Gesichtern. Hodari schüttelte angewidert den Kopf.

Ihm fehlte die Erfahrung, die Claire sich über all die Jahrtausende angeeignet hatte. Er kannte diese Welt nicht. Tatsächlich war ihm lediglich die Erde vertraut.

Selbst die Reise zu ML9 war für ihn schnell und bequem abgelaufen. Mit Geld konnte er sich jeglichen Luxus leisten. Das wurde ihm auch zum Verhängnis damals auf ML9. Hodari war ein Krieger. Seine Geschäfte hatte er nur halbherzig geleitet, dafür hatte er fachkundige Menschen eingestellt. Mit Geld hatte er sich Frieden um sich herum erkauft, den Rest der Erde hatte er brennen lassen. Die Gleichgültigkeit gegenüber dem Leben hatte er mittlerweile abgelegt. Der Tod lehrte ihm die Liebe zum Leben. Nun saß seine Zukunft neben ihm und öffnete ihm die Augen gegenüber der Kraft der Gleichgültigkeit. „Haben sie denn nie dagegen angekämpft?" fragte er grimmig und starrte weiter auf die leeren Gesichter, an denen sie vorbeifuhren. Claire warf einen kurzen Blick aus dem Fenster. „Sie haben gekämpft. Vor vielen, vielen Jahrtausenden und haben unendlich viel dabei verloren. Der Herrscher hat den Tod über sie gebracht. Ihre Seelen gehören ihm," erklärte sie mit Bedauern in der Stimme. „Ich versuche immer wieder ihre Seelen zu retten, doch seine Macht auf Eden ist übermächtig. Er hat einen undurchdringbaren Pfad geschaffen, denn ich nicht zerstören kann," schloss sie traurig ab. Hodari schloss wütend seine Hände zu Fäusten.

Claire konnte die Knochen hell durchschimmern sehen. Behutsam legte sie ihre Hand darüber. „Wir werden dem nun gemeinsam ein Ende setzten," versprach sie. Hodari sah ihr in die Augen. Gemeinsam sahen sie die Zukunft und träumten von dem Leben gemeinsam in Sicherheit und Gerechtigkeit.

Vor dem Tor zum Palast blieb die Kutsche stehen. „Einen wunderschönen Tag wünschen wir Ihnen in der schönsten Stadt von Eden," wünschte Ihnen die unheimliche Stimme im Wageninneren. Claire öffnete zu ihrer Linken die Kabinentür und stieg aus. Hodari sprang ihr schnell nach. Nachdem er die Tür wieder schloss, setzte diese sich wieder in Bewegung. Hodari sah der schwebenden Kutsche fasziniert nach.

Er drehte sich schließlich um und sah zum Tor hinauf. Die Mittagssonne blendete ihn, sowie das wiedergeworfene Licht der Sonne im Gold und weiß der Mauer und dem Torbogen. Ein dickes massives Stahlgitter versperrte ihnen den Zugang. Der Weg und die Straße zu ihrer Rechten und Linken war leergefegt. Über ihnen schwebten die kleinen Flugkörper. Sie wurden erfasst und bereits weiter übermittelt. Manche der Flugkörper schwebten schnell von einer Himmelsrichtung in die andere. Sie übermittelten Nachrichten. Nervös sah sich Hodari um. Die Stille um sie herum beunruhigte ihn.

„Was hast du dir nur dabei gedacht, hierher zu kommen?" fragt er mit zusammengebissenen Zähnen. Seine Hände waren bereit schnell hinter sich zu greifen und das Leben seiner Liebsten zu beschützen. Claire stand direkt neben ihm. Ihre Arme berührten sich. Sie konnte die Anspannung in ihm spüren. Behutsam nahm sie seine Hand in ihre. Augenblicklich entspannte er sich. Hinter dem Gitter sahen sie einen breitgefächerten gepflasterten Platz vor sich. Auf der anderen Seite Stand der riesige Palast. Der Palast leuchtete in einem grellen Weiß und Gold. Er ragte mehrere Stockwerke in die Höhe. Überall sprossen Türme heraus von deren Spitzen Fahnen und Wimpel wehten, doch der Wind stand still, wie auch die Luft. Hodari machte die Stille nervös. Claire beflügelte sie. Nach all den Jahrtausenden des Versteckspielens begab sie sich in die Höhle des Löwen und stellte sich dem Feind offen. Hodari gab ihr die Kraft und den Mut eine offene Konfrontation einzugehen. Ihr war klar, dass der Herrscher niemals hier auftauchen würde. Noch nie hatte er Even, seine Insel, verlassen. Hier in Dras herrschte Gabriel an seiner statt.

Plötzlich setzte sich das Torgitter in Bewegung und fuhr geräuschlos hoch. Der Platz bot sich weiterhin leer und verlassen. Claire setzte sich augenblicklich in Bewegung. Hodari wollte sie zurückziehen, doch sie nahm ihn mit. Zuversichtlich und mutig stellte sie sich ihren Ängsten. Beim Überschreiten der unsichtbaren Grenze des Tores, durchzuckte Hodari der Gedanke, dass nun die Falle zugeschnappt hatte. Claire übertrug ihre Zuversicht auf ihn und er fühlte all die Macht in sich deutlicher. Hier würden sie nicht verlieren.

Sie erreichten ohne Unterbrechung die Mitte des Platzes. Das Tor zum Palast öffnete sich und eine großgewachsene schwarze Gestalt trat heraus. Allein schritt sie die Stufen hinab und kam auf sie zu. Hodari sah aufmerksam rechts und links von sich. Auch dort sah er niemanden. Die leeren Fenster des Palastes blickten ihn mit ihren dunklen Augen an und flüsterten ihm immer wieder den Tod zu. Er straffte seine Schultern. Immer noch hielt er Claires rechte Hand fest. Plötzlich spürte er Angst in ihr aufkommen und ein weiteres Gefühl. Er konnte es noch nicht richtig definieren. Besorgt sah er zu ihr rüber. Ihre Augen füllten sich mit Tränen. Schnell sah er zu der schwarzen Gestalt. Es war ein Mann mit schulterlangen schwarzen Haaren, die ihm wirr abstanden. Er war ganz in schwarz gekleidet und trug ein Schwert in seiner rechten. Die Spitze hielt er gesenkt. Zielstrebig schritt er auf sie zu. Nein, Hodari irrte sich. Er schritt zielstrebig auf Claire zu. Seine Augen waren einzig auf sie gerichtet. Der Fremde schien niemanden sonst zu sehen. Hodari konnte seine Augen deutlich erkennen. Sie trieften vor Wut und Hass. Ihm war augenblicklich klar, dass der Mann Claire töten wollte. Bewusst zog er Claire noch ein weiteres Stückchen näher zu sich. Der Mann wurde in seinem Gang nicht langsamer. Er kam Hodari vielmehr so vor, als wenn er schneller wurde. Kaum drei Meter vor Ihnen streckte Claire ihre linke Hand aus. „Halt, nicht weiter," schrie sie. Claire konnte das Beben in ihrer Stimme nicht verbergen. Der Mann blieb abrupt stehen. Hass quoll aus seinen dunklen Augen. Ein wütendes Schnauben drang aus seiner Kehle.

Edgar so nah zu sein, schmerzte sie. Sie spürte die Scham überdeutlich und wurde sich ihres Fehlers bewusst. Die Macht in ihr hatte sie blind gemacht. Die Liebe in ihrem Herzen hatte sie unbeschwerlich gemacht. Hodari an ihrer Seite hatte ihr Sicherheit vorgegaukelt. Edgar war die Falle.

Claire konnte Solveig an ihm spüren. Die Spuren ihrer Seele klebten an ihm wie Kleister. Er stank nach Verwesung und Tod und sie konnte überdeutlich sich an ihm riechen. Er hatte Solveig benutzt genauso wie sie selbst. Plötzlich begriff sie. Edgar hatte Solveigs Seele und ihren Kummer genutzt, um ihr und Solveig ins Reich der Toten zu folgen. Er kannte den Weg und er hatte ihn teuer verkauft. Tränen stiegen ihr in die Augen. In einem wilden Strom flossen sie ihr über die Wangen. Nach all den Jahrtausenden war ihr doch ein Fehler unterlaufen und der Herrscher hatte sie endlich überrumpelt. Er würde alles zerstören, dass sie mühselig aufgebaut hatte. Tränen liefen über ihre Wangen. Die Sicherheit der Zukunft floss ihr durch die triefend nassen Hände.

Claire sank zu Boden und kniete weinend auf dem Platz vor Edgar und neben sich Hodari. Sie spürte seine Wut und seine Unterstützung. Sie hatte ihn losgelassen und vergrub sich in ihren Kummer. Die kleine Seele in ihrem Unterleib bewegte sich tröstend hin und her, als wenn sie ihre Seele streicheln würde. Hodaris Stimme tauchte plötzlich in ihrem Kopf auf. „Was ist los?" fragte er besorgt. Angespannt stand er neben ihr und starrte bedrohlich Edgar an. Dieser ergötzte sich an dem Anblick der zusammengebrochenen Claire vor sich auf dem Boden. Er hielt noch immer das Schwert von Solveig in seiner Rechten. Die Spitze berührte das Pflaster und hinterließ eine kleine Kerbe. Dunkelheit senkte sich über den Platz. Dunkle tiefhängende Wolken hatten sich vor die Mittagssonne geschoben. Die Schatten bewegten sich fieberhaft über den Platz. Knapp zeigte Claire Hodari die Bilder. Er begriff und zog sich aus ihren Gedanken wieder zurück.

Nun war es an ihm Gerechtigkeit zu schaffen. Ohne zu zögern, griff er unter seine Jacke und zog die zwei gebogenen Klingen heraus. Edgar war immer noch zu beschäftigt damit sich an Claires Leid zu erregen. Er sah den Schlag von Hodari in letzter Sekunde. Unbeholfen stolperte er zurück. Schnell raffte er sich und hob das Schwert zur Abwehr. Claire schloss die Augen. Sie hörte, wie Stahl auf Stahl traf. Sie spürte die Hitze, die dabei entstand.

Hodari kochte vor Wut. Gerechtigkeit widerfuhr nur denen, die darum auch kämpften. Hierbei ging es jedoch um weitaus mehr als Gerechtigkeit. Ein Ausgleich musste geschaffen werden. Edgar hatte sich widerlicher Weise an einer Seele vergriffen und sie auf das schändlichste missbraucht. Hodari konnte noch immer das Gefühl des Ekels auf der Zunge spüren. Claire hatte ihm nicht nur bildlich übermittelt, was geschehen war. Er hatte auch gespürt, was Edgar im Gesamten getan hatte.

Schlag auf Schlag folgten seine Hiebe. Edgar mochte stark sein, doch Hodari hatte in vielen Schlachten gekämpft und lernte immer mehr seine Macht zu nutzen. Edgar war ihm unterlegen. Immer wieder hob er das Schwert lediglich zur Abwehr. Er versuchte nicht einmal einen Treffer zu landen. Hodari drängte ihn immer mehr ab. Er machte eine Drehung und bückte sich dabei unter das schwingende Schwert. Seine Klingen schnitten durch die Waden. Edgar fiel um.

Hodari richtete sich auf. Edgar entglitt das Schwert aus seinen Fingern. Entsetzt und glücklich sah er zu Hodari auf. Behutsam und lauernd steckte Hodari seine Klingen zurück in seine Halterung auf dem Rücken. Anschließend bückte er sich nach dem Schwert. Es lag schwer in seiner Hand. Edgar rührte sich nicht. Hodari konnte die Schmerzen in seinem Gesicht sehen und die Hoffnung in seinen Augen. Dieser Mann verlangte ein Ende. Zum ersten Mal tauschten Claire und Hodari die Rollen. Demütig vor der gebrochenen und zerrückten Seele hob Hodari das Schwert über seinen Kopf.

„Nein!" schrie plötzlich neben ihm stehend Claire. Sie hielt seinen erhoben Arm fest. Überrascht sah er runter in ihr Gesicht. Tränennass und voller Angst blickten ihre schwimmenden Augen ihn eindringlich an. Er konnte das unbestimmte Gefühl in ihr spüren. Sie war voller Schuld, Scham und Zwiespalt. Hodari wusste, dass diese Seele vernichtet werden musste. Er spürte die Macht des Lebens in seinen Adern, die nach Erlösung für diese elende Seele schrie. Aufgebend schloss er die Augen und senkte das Schwert. Dankbar nahm Claire ihn in ihre Arme. Augenblicklich verschwanden sie und ließen den verwirrten und verletzten Edgar zurück.

Helles und freundliches Licht machte dem Platz. Sattes Gras, dass unbekümmert im leichten Wind hin und her schaukelte, breitete sich um sie aus. Verwirrt sah sich Hodari um. Er begriff, dass sie nun im Reich der Toten angekommen waren. Hier hatte alles begonnen und hier würde alles enden.

XIII

Liebevoll strich Claire über den Phönix in ihrer Hand. Er war so klein und doch lag er so schwer darin. Sie konnte jedes Detail erkennen. Das rubinrote Auge starrte sie vorwurfsvoll an. Scham und Trauer überkam sie. Die Fehler der Vergangenheit fielen wie in einem Kartenhaus über sie zusammen. Die Scherben ihres Unglücks lagen verstreut auf dem Boden. Sie hätte Edgar nicht retten dürfen und sie hätte Alex nicht retten dürfen. Claire hätte dem Schicksal vertrauen müssen, dann wäre ihr so viel Leid nicht widerfahren. Wäre sie dann jemals Hodari begegnet? Ihr schwirrte der Kopf von all dem, was wäre. Ihre Fehler hatten sie zu der werden lassen, der sie nun war. Die Zukunft mit Hodari lag allein in ihren Händen und gemeinsam würden sie die Kraft aufbringen, um eine gerechte Welt in Frieden zu schaffen. In dem Leben und Tod gemeinsam Hand in Hand voranschritten. Liebe hatte sie vereint und Liebe würde sie retten. Entschlossen schloss sie die Faust und drückte diese an ihr Herz.

Claire saß nunmehr seit Stunden in ihrem Schlafzimmer auf dem Bett, umhüllt von dem weißen Stoff, welches wie ein Baldachin das Bett umschloss. Die Sonne strahlte durch das Dachfenster in ihren Rücken und wärmte ihn liebevoll. Claire dankte der Sonne im Stillen. Mehr als das Bett befanden sich nicht auf dem Dachboden. Das Haus war klein und Claire liebte es unter den Sternen zu schlafen. Die Dachspitze über dem Bett ließ sich öffnen. Jetzt waren die Luken geschlossen. Einzig das Fenster an der Giebelseite hinter Claire stand offen und ließ Licht und Wind herein. Sie war allein. Hodari befand sich im unteren Geschoss. Er ließ ihr die Ruhe, die sie brauchte.

Claire wusste, dass er sich um sie sorgte. Sie atmete tief ein und langsam wieder aus. Schließlich rutschte sie zur Bettkante und stellte ihre nackten Füße auf den kalten alten dunklen Holzboden. Entschlossen stand sie auf und ging die schmale knarrende Treppe hinunter. Sie endete in der Küche. Hodari saß an dem kleinen runden Tisch in der Mitte des Raumes. Er sah auf. In seinem Blick lagen so viel Liebe und Hingabe. Es rührte ihr altes krankes Herz. Ohne zu zögern, ging sie auf ihn zu. Er stand schnell auf. Sie umschloss ihn und drückte sich liebkosend an ihn. Ihre Stirn lag auf seiner Brust. Hodari hielt mit der linken Hand ihre Taille fest und mit der rechten hob er behutsam ihr Kinn an. Sie sah wieder in seine Augen. Er beugte sich vor und küsste sie leidenschaftlich. Es bedurfte keiner Worte mehr zwischen ihnen. Er verzieh ihr die Scham und Angst. „Wenn du ihm wieder begegnest, werde ich nicht mehr eingreifen. Ich musste über all das nachdenken," begann sie zögerlich. „Es war ein Fehler gewesen, ihn retten zu wollen. Ich ahnte nicht, dass ich dadurch eine neue Zeitschiene geschaffen habe. Ich wusste auch nicht, dass der Herrscher sogar dorthin kommen konnte und ihn dort herausholen konnte. Ich versteh nicht alles, doch bei einem bin ich mir sicher und dem stimmst du mir sicher zu, dass diese Seele verschwinden muss. Sie wird sich sonst wie ein Virus durch das Leben bewegen." Claire endete und sah Hodari mutig an. Sie wollte ihm beweisen, dass sie zu diesem Schritt bereit war. Mit dem endgültigen Tod von Edgar könnte sie auch endlich mit ihrer Vergangenheit abschließen. Die Seele von Edgar existierte jetzt zweimal in der gleichen Zeitlinie und würde das

Gefüge des Lebens zerstören. Beiden war bewusst, dass sie dem Schutz von Leben und Tod unterstanden und damit ihren Verpflichtungen nachkommen mussten. Hodari blickte ihr aufrichtig in die Augen. Claire konnte seine gespannte Brust spüren, in der sein Herz pochte. „Ich werde nur dieses eine Mal die Aufgabe des Todes übernehmen, denn ich verstehe, dass du es nicht noch einmal kannst," erklärte er verständnisvoll. Claire umarmte ihn. „Danke," flüsterte sie mit erstickter Stimme und verbarg ihr Gesicht in seinem Hals. Hodari strich ihr liebevoll über die Haare und den Rücken. Eine Weile saßen sie so beieinander und genossen die Nähe des anderen. Die Sonne schien in die Küche und wärmte ihre Haut und schenkte beiden Hoffnung. Hodari war sich seiner Verantwortung bewusst. Er liebte Claire und das ungeborene Kind. Niemals würde er es zu lassen, dass ihnen ein Leid zugefügt würde.

„Zeig mir bitte deine Welt?" fragte er schließlich zögernd. Claire sah wieder auf und konnte die Neugier in seinen Augen sehen. Sie waren im Reich der Toten. Claire lächelte freundlich und nahm ihn an der Hand. Sie führte ihn aus der Küche auf die Veranda. Zu ihrer Rechten stand ein knarrender Schaukelstuhl, an dem die weiße Farbe langsam abblätterte. Zu ihrer Linken stand eine Bank und ein kleiner Tisch. Beides wirkte lange nicht mehr gebraucht. Claire liebte dieses Haus. Im Erdgeschoss war die kleine Küche mit dem kippelnden Stuhl, ein kleines Bad mit einer Badewanne und angrenzend an den Flur, der auf der Rückseite zur Haustür führte, lag ein gemütliches Wohnzimmer mit einem Kamin. Die Wände waren gesäumt mit Büchern und Schriften, die Claire liebevoll gesammelt hatte. Hierher zog sie sich zurück, wenn sie die Welt um sich vergessen wollte. Das Haus auf der Erde, ihrer Insel, war der Ort, an dem sie sich an Alex erinnerte, doch dieses Haus hatte sie einzig für sich geschaffen. Mit seinem roten Dach, dem weißen abblätternden Anstrich, der umrankenden Veranda und dem Efeubewachsenen Hauseingang war der Ort, an dem sie die Seelen zum Tee lud und sich ihre Träume ansah. Sie spürte hier ihre Qualen und Schmerzen nicht mehr. Im Reich der Toten waren die Seelen glücklich. Sie erinnerten sich hier an all ihre vergangenen Leben und waren voller Neugier auf ihre zukünftigen Leben. Seelen liefen in den Wäldern und auf den Wiesen spazieren und bewunderten das Farbenspiel des Lichts. An der Küste bewunderten sie die

Wellen und rochen die kalte klare Luft des Meeres. Wenn sie bereit waren, schickte Claire sie weiter und sie folgten dem Weg des Schicksals. Claires Hüter schützen sie auf diesen Weg. In dieser Welt gab es keinen Kummer und keine Sorgen. Hier konnte sie die Natur und das Leben in seiner reinsten Form spüren. Hodari spürte es auch. Der Weg von der satten grünen Wiese zum Haus war nicht lang gewesen, doch er hatte sich nicht satt sehen können an dem Anblick, der sich ihm bot.

Das Reich der Toten war einzigartig. Voller Bewunderung sah er Claire. Sie hatte eine Welt geschaffen, nach der sie sich selbst so lange gesehnt hatte. Die Seelen konnten an diesem Ort Ruhe und Frieden finden. Es bekümmerte ihn, dass so lange Zeit der Herrscher den Seelen dies geraubt hatte. „Hodari, streich den Kummer aus deinem Herzen. Wir sind im Reich der Toten. Sieh und staune," flüsterte Claire und strich ihm aufmunternd über den Arm. Ihm bot sich ein spektakulärer Ausblick. Direkt vor sich breitete sich eine nie endende grüne Wiese aus. Sie reichte bis an den Horizont. Er sah nichts anderes. Kein Baum oder Wasser. Der Wind blies ungehindert gegen sie beide. Er war nicht stark, doch er schickte ihnen die Gerüche von Lavendel, Lilien, Nelken und Kamille. Ein leichter süßer Duft nach wilden Erdbeeren stieg ihm in die Nase. Fasziniert bückte er sich und strich über das weiche Gras. „Unglaublich," flüsterte er und konnte ein Lächeln nicht zurückhalten. Hinter ihnen stand das Haus und dahinter lag ein lebhafter alter Wald, mit Bäumen so hoch wie Wolkenkratzer und dick wie Mammutbäume, die Hodari noch von der Erde kannte.

„Gibt es hier auch echtes Leben?" fragte er ehrfürchtig. Claire hatte Hodari über die ganze Zeit aufmerksam beobachtet. Sie atmete tief die klare Luft ein und ließ sie langsam wieder entgleiten. „Ja, ich schicke Leben hierher, wenn ich glaube, es muss geschützt werden. Du weißt ja, dass ich auf vielen sterbenden Planeten in den letzten Jahrhunderten war. Manche der Geschöpfe brachte ich hierher, um sie nicht vergehen zu lassen," erklärte sie ruhig. Hodari richtete sich wieder auf. Er verstand sie. Im Reich der Toten waren sie geschützt und konnten ungehindert weiterleben. „Hast du auch Wesen von der Erde gerettet?" fragte er hoffnungsvoll. Sie grinste. Auch sie hatte in den letzten Jahrhunderten mit Besorgnis die Entwicklung auf der Erde beobachtet.

Krieg und Zerstörung. Hass und Wut. Mistrauen und Zwietracht. All dies hatte zu Unmengen an Toten geführt. Das Schicksal hatte Claire jedoch verboten etwas daran zu ändern. Rina hatte ihr damals erklärt, dass die Menschen noch lernen mussten, wo ihr Platz im großen Ganzen war, auch wenn sie sich selbst dabei beinah vernichten würden. Claire hatte damals mit Verständnislosigkeit reagiert. Vielleicht würde sie eines Tages die Erleuchtung haben und erkennen was der große Plan war.

„Nach welchem Tier strebt es dir denn?" fragte sie grinsend. Hodari sah nachdenklich zum Himmel. Nicht eine Wolke war zu sehen. Die Sonne strahlte voller Inbrunst auf sie hernieder. „Ich habe immer schon den Anblick von Pferden geliebt," gestand er auch grinsend. Claire nahm seine Hand und ging über das Gras. Plötzlich waren sie in einem Strom. Die Umgebung flog an ihnen vorbei. Hodari konnte ihm mit seinen Augen nicht folgen, so schnell bewegten sie sich vor. Schließlich stoppten sie. Hodari stolperte einen Schritt weiter. Claire lachte. Schnaubend drehte er sich zu ihr um und wollte sie zurechtweisen, als er aus dem Augenwinkel erkannte, wo sie waren. Unter seinen Füßen knirschten der Sand und der Wind trieb ihm das Tosen der Wellen in die Ohren. Schnell drehte er sich um und sah das weite Meer vor sich. Claire tippte ihm auf die Schulter und wies nach rechts. Er sah in ihre angedeutete Richtung und konnte seinen Augen nicht trauen. Eine Herde Pferde galoppierte über den Küstenstreifen genau auf sie zu. Er sah die unterschiedlichsten Fellfarben. Erleichterung breitete sich in ihm aus. Die Tiere wurden langsamer, bis sie schließlich direkt vor ihnen Halt machten. Das Leitpferd wieherte und schüttelte sein Haupt wie zur Begrüßung. Claire ging die paar Schritte auf das große schwarze Tier zu und strich ihm liebevoll über den Hals. Das Pferd sah sie mit seinen dunklen Augen aufmerksam an und rieb seinen Kopf an ihrem. Anschließend setzte es sich wieder in Bewegung und die Herde galoppierte an ihnen vorbei weiter den Küstenstreifen entlang. Hodari konnte sich von dem Anblick kaum wegreißen. Ergriffen fasste er Claire in seine Arme und hielt sich an ihr fest. „Du hast sie gerettet. Danke," flüsterte er und küsste sie. Claire erwiderte die Zuneigung und genoss seine Nähe. In diesem Augenblick beschloss er, dass hier, im Reich der Toten, seine Familie leben würde. Claire, das Kind und er.

Plötzlich durchbrach eine bereits vergessene Stimme behutsam die Zweisamkeit der beiden. „Sie sind wunderschön. Ich bin froh, dass du sie hierhergebracht hast," sprach Rina. Claire und Hodari zuckten zusammen. Erschrocken drehten sie sich um und sahen in das bekannte Gesicht des Schicksals. Rina leuchtete in einem durchdringenden Weiß. Ihre Augen schienen blind zu sein, doch sie sahen weitaus mehr, als je ein anderes Wesen es könnte.

„Wie kommst du hierher?" fragte Hodari überrascht. „Aus dem Reich der Toten kann ich Rina nicht drängen," erklärte Claire ihm zugewandt.

„Ich komme hierher, wie es mir beliebt," ergänzte Rina mit einem bissigen Unterton. Entschuldigend nickte Claire ihr zu.

„Ich bin hier, weil es nun Zeit ist," erklärte sie nach einer unendlich langen Zeit der Stille. Hodari kräuselte die Stirn. Beschützend drückte er Claire enger an sich. Instinktiv dachte er an seine Klingen, die weit weg in der Küche auf dem Tisch im kleinen Haus lagen. In seinem Herzen blieb er ein Krieger. Claire sah fragend zu ihm auf.

„Ich brauche keine Antworten mehr," erklärte er bestimmt an Rina gewandt. Diese schüttelte ermüdend den Kopf.

„Claire braucht die Antworten jetzt," sprach sie streng. Hodari spannte die Muskeln an. Er fürchtete sich vor dem Ort an den Rina sie bringen würde. Claire umschlang ihn und strich beruhigend über seinen Rücken.

„Hodari, es scheint wichtig zu sein. Ich will mir diese Antworten anhören," versuchte sie ihn einzulenken. Entkräftend senkten sich seine Schultern.

„Was für Fragen hast du denn gestellt?" fragte er.

„Ich muss wissen, wie ich den Herrscher vernichten kann." Hodari atmete schwer ein und wieder aus.

Rina ging kommentarlos auf die beiden zu und fasste sie an den Schultern. Hodari hatte keine Zeit sich zu wehren. Augenblicklich drehte sich die Umgebung um sie und das helle Licht schwand. Es ließ Platz für die Dunkelheit. Die drei verloren den festen Boden unter sich. Schwerelos schwebten sie in der Dunkelheit. Es herrschte kein Licht, außer das Licht welches Rina umgab. Das Licht war grell und kalt. Claires Gesicht wirkte in dem Schein eingefallen und traurig. Hodari hielt sie noch immer fest. Auf gar keinen Fall würde er sie jetzt loslassen. „Wo sind wir?" fragte Claire leise. Er konnte die Sorgen in ihrer Stimme hören.

„Ihr seid da, wo alles begann," sprachen nicht sichtbare Stimmen aus der Dunkelheit. Claire und Hodari wunderten sich über die Stimmen, denn es schien, dass sie im Chor sprach. Sie war melodisch und durchdringend. In beiden breitete sich das Gefühl der Sicherheit aus. Die Stimmen wirkten gleichzeitig vertraut und fremd.

„Hier schufen wir eure Seelen. Hier schufen wir das Schicksal. Gemeinsam," sprach der Chor weiter. „Wir, das Sein und das Nichts. Alles begann in der Stille und Dunkelheit. Hier entstand das Licht, dass mit Leben und Tod einherging. Von hier aus beobachteten wir die Entstehung der Welten und des Lebens. Hier entstehen die Seelen. Das Schicksal leitete alles und der Tod führt sie weiter. Ein vollkommenes Gleichgewicht. Bis zu dem Tag, an dem das Nichts uns fremd wurde," fuhr der Chor fort. Ehrfürchtig hörten Hodari und Claire zu.

„Das Nichts verließ uns und lebte fortan in der Welt der Lebenden. Es umgab sich mit Lichtern und gehörigen Lebewesen, dazu nutze es die Kraft der Seelen. Es veränderte grundsätzlich den Ablauf von Leben und Tod. Das Gleichgewicht wurde zur Gänze zerstört. Jetzt müssen das Leben und der Tod wieder alles richten, sonst wird das Nichts immer mehr Welten in den Abgrund führen. Tod, du weißt, wovon wir sprechen. Du hast das Sterben der Welten gesehen. Auch du, Leben, hast es über eine lange Zeit beobachten können. Deine Welt zergeht. Das Nichts hat den Samen der Gleichgültigkeit in den Herzen der Lebenden gepflanzt. Es liegt nun an euch." Der Chor endete und ließ wieder die Stille um sie zurück.

„Halt, wartet," rief Claire plötzlich aufgebracht.

„Wir sind immer noch da," erklärte das Sein.

„Ich sollte hier Antworten bekommen. Die wichtigste Frage habt ihr mir aber nicht beantwortet."

„Wie lautet deine Frage?" sprach das Sein nüchtern. Claire fasste sich an die Brust. Sie spürte den Phönix Anhänger. Unterstützend drückte sie Hodaris Hand.

„Wie kann ich ihn vernichten?" Die Stille kehrte wieder ein. Es schien eine Ewigkeit zu vergehen, bis endlich der Chor wieder sprach.

„Du darfst ihn nicht vernichten." Das Sein verstummte wieder. Claire und Hodari schwebten fassungslos in der Dunkelheit.

„Es ist Zeit," meldete sich plötzlich Rina wieder und berührte beide an den Schultern. Augenblicklich änderte sich die Umgebung wieder und sie standen wieder auf der Wiese vor dem kleinen Haus im Reich der Toten. Bekümmert sah Rina die beiden an. Ihr war bewusst was für eine Bürde auf ihren Schultern lastete. Sie konnte das Ende nicht sehen und auch nicht eingreifen. Das Gleichgewicht lag in ihren Händen. Rina war sich nicht sicher, was das Kind in Claires Unterleib für eine Rolle zu spielen hatte.

Hodari ließ endlich los und stürmte auf Rina zu. Er packte sie an den Schultern und schüttelte sie aufgebracht. „Was sollte das? Was haben uns diese Antworten jetzt gebracht? Er ist auf dem Weg hierher und wird uns umbringen," brüllte er wütend. „Hodari, lass sie los," schrie Claire und zerrte ihn von Rina weg. Rina hatte sich nicht gewehrt und es einfach über sich ergehen lassen. Sie hatte Hodari groß werden sehen. Er hatte Rina sensibilisiert für Gefühle.

In ihr schlummerten noch immer die liebevollen Erinnerungen an Alex. Es war ihr Geheimnis. Sie konnte nachvollziehen, was nun in ihm vorging. Hodari fürchtete um das Leben seiner Liebe und seinem Kind. Rina sah in seinen Augen, wie die Wut verlosch. „Hör mich an. Sie kann für all das nichts. Rina ist das Schicksal. Sie ist genau wie wir," erklärte Claire aufgebracht. Hodari nickte widerwillig. In seinen Gedanken ergänzte er noch den Punkt, dass sie allein war, er jedoch hatte Claire und nun auch das Kind. „Es tut mir leid," flüsterte er und sah Rina aufrichtig in die Augen. Sie nickte verstehend.

„Was sollen wir nun tun?" fragte Hodari. Claire sah sich um. Sie sah ihre Welt. Sie dachte an all die Seelen und ihre Hüter. In den Welten der Lebenden führten sie Krieg, um Frieden zu schaffen. Diese Kriege führten jedoch immer zu noch mehr Leid und Tod. Sie wollte keine ihrer Seelen opfern oder ihre Hüter. Ihr war klar, dass sie kommen würden, wenn sie sie rufen würde. Schwer atmete sie ein. Schließlich sah sie wieder zu Rina und Hodari. „Ich glaube, ich weiß, was ich tun muss," sprach sie ruhig. Hodari sah sie fragend an. „Wir werden nun warten," beschloss sie. Mit diesen Worten drehte sie sich um und lief den kleinen Hügel hinauf. Dort stand ein riesiger blühender Apfelbaum. Seine weißen Blüten säumten den Platz um ihn herum. Claire setzte sich unter den Baum und schloss die Augen. Die Zeit des Wartens begann.

Hodari sah noch eine geraume Zeit zu Claire hinauf. Er war wütend auf sie. Warum ließ sie ihn nicht Teil ihrer Gedanken werden? In Gedanken ging er den Bericht des Seins noch einmal durch. Was hatte er überhört, dass Claire begriffen hatte? Was ließ sie vertrauen? Ihm gingen all diese Gedanken auf die Nerven. Wütend schnaubend drehte er sich um und ging an Rina, die es sich auf dem Schaukelstuhl auf der Veranda bequem gemacht hatte, vorbei ins Haus. In der hellen gemütlichen Küche setzte er sich an den alten knarrenden Tisch und starrte auf seine Fäuste.

Begriff sie denn nicht, dass sie beide in Gefahr schwebten? War ihr denn nicht klar, da sie jetzt wussten, wer sie geschaffen hatte, dem Herrscher die Macht oblag, sie wahrlich zu töten? Der Herrscher war das Nichts und wollte sie loswerden. Er war auf dem Weg hierher mit seiner Armee, um sie zu töten. Hodari hatte Angst. Diese Angst machte ihn wütend. Instinktiv legte er sein Halfter um und steckte die beiden Klingen ein. Zögernd sah er auf das Schwert von Solveig, welches immer noch an der Wand neben der Tür lehnte. Er wagte nicht, es noch ein weiters mal zu berühren. Die Klinge gehörte dem Tod und sollte auch nur von diesem getragen werden. Ein weiteres Mal wollte er nicht die Aufgabe des Todes übernehmen, doch er hatte es versprochen.

Vielleicht könnten sie auf die Insel fliehen? Hodari schüttelte den Kopf. Claire würde niemals das Reich der Toten dem Herrscher überlassen. Was sollte das bedeuten, sie dürften ihn nicht vernichten? Sollten sie ihm etwa ein Bier anbieten und gemütlich über alles trinken? Sarkasmus half ihm nun auch nicht mehr. Genervt stand er auf und sah aus dem Fenster zu Claire hinauf. Sie saß im Schneidersitz mit dem Rücken zu ihm gerichtet. Claire meditierte. Wonach suchte sie in ihrem Innersten? Sie kannte sich so viel mehr mit ihrer Natur aus als er. Auch diese Tatsache machte ihn rasend. Er kam sich machtlos und schwach vor. Wie sollte er sie beschützten, wenn er nicht sein volles Potenzial nutzen konnte? Er konnte in der kurzen Zeit unmöglich alles lernen. Hodari stützte sich an der Küchentheke und sah in das Waschbecken.

Schließlich drehte er sich zur Seite und sah gedankenverloren in den Kühlschrank. „Nein, das kann nicht wahr sein," rief er überrascht. Bier. Er konnte in diesem Moment der Verzweiflung und Angst ein sarkastisches Grinsen nicht verkneifen. Er griff nach einer Flasche.

Setzte sich wieder an den Tisch und öffnete den Verschluss. Eine kurze Weile sah er noch die Flasche an, dann setzte er sie an und nahm genüsslich einen Schluck. Köstlich. Leben war so köstlich. Plötzlich spürte er ein Gefühl in sich aufkommen. Es war Claire. Sie schickte ihm Hoffnung. Dankend schloss er die Augen. Liebe war kostbar und schenkte ihm die Hoffnung. Das Ende würde bald kommen und diese Geschichte würde ein unverhofftes Ende finden. Nun gut, dann warte ich, dachte er sich und trank weiter sein Bier. Wissend, dass noch fünf weitere Flaschen im Kühlschrank standen.

Die Luft schmeckte frisch und süß. Claire fühlte die Erde unter sich. Sie war voller Leben. Sie hörte den Baum neben sich wispern und sie konnte hören, wie die Blüten herunterfielen. Sie lagen in ihrem Schoß und in ihren Haaren. Claire hatte ihre Haare geflochten. Der Zopf lag über ihre Schulter. Als sie hier ankamen hatte sie sich eine einfache weiße Stoffhose und eine weiße Bluse übergezogen. An den Füßen trug sie weiße Leinenschuhe mit einer weichen Sohle. In diesem Moment fühlte sie sich vollkommen im Einklang mit der Natur und der Umgebung. Sie spürte die Macht in sich. Ihr

Innerstes war bereit für das, was auf sie zukam. Das Kind in ihrem Leib flatterte vergnügt.

Der Wind drehte seine Richtung. Sie konnte es spüren. Etwas Großes und Mächtiges näherte sich ihrem Reich. Claire konnte die Macht in jeder Faser ihres Körpers spüren. Die Geschichte würde endlich enden.

In Gedanken rief sie nach Hodari. Sie stand auf und sah zum Himmel hinauf. Der klare blaue Himmel machte dunklen Wolken Platz. Hodari kam die Anhöhe herauf und sah besorgt zum Himmel. Claire drehte sich zu ihm und zog seinen Kopf runter. Ihre Lippen berührten sich. Er schmeckte nach Bier. Sie grinste. „Ich liebe dich," flüsterte sie. Hodari sah sie bekümmert an. „Das ist kein Abschied. Es wird alles gut," versprach sie. Hoffungsvoll sah er tief in ihre kristallblauen Augen.

Im Turm herrschte ein Sturm. Die weiten und hohen Fenster ringsherum standen weit offen und ließen die Naturgewalt ungehindert eintreten. Ein junger nackter Mann, mit stählender Brust, lag ausgestreckt in der Mitte des Raumes auf dem kalten Steinboden. Sein Brustkorb hob und senkte sich. Er hatte seine Augen geschlossen. Die langen weißen Haare lagen wie ein

Fächer ausgebreitet und umrahmten sein strahlendes Gesicht. Der Mann war jung, doch sein Innerstes war alt und verdorben. Der Schimmel hatte bereits angesetzt und verbreitete einen faulen Gestank. In ihm tobte der Irrsinn. Seine Gefühle überstiegen die Wut. Der Wind tobte um ihn herum. Der Mann fror nicht. Die alltäglichen Gefühle, wie Durst, Hunger oder Kälte kümmerten ihn nicht, sie waren lediglich für die Lebenden bestimmt. Ein Wesen wie er empfand nichts dergleichen. Ihm waren andere Dinge zugetan. Hass, Neid, Wut und Trauer. Letzteres hatte er vor sehr langer Zeit das letzte Mal empfunden. Die Erinnerung an dieses Dasein machte ihn noch wütender. Die Einsamkeit hatte ihn traurig werden lassen. Sie hatten sich, doch er war allein. Bestimmt dazu auf ewig der Einsamkeit Gesellschaft zu leisten. Das ewige Sein im Chor, doch seine Stimme sprach nur für sich. Er hasste sie alle und bald würde er sich endlich rächen können. Der Tod konnte fliehen und jetzt würde er ihn endlich vernichten. Claire würde sterben und mit ihr der letzte Faden, der alles hielt. Das Nichts würde eine Welt schaffen in der Kälte und Finsternis herrschen würden. Mit der Macht, die er aus den Seelen schöpfen würde, könnte er seine Armee der

Engel erweitern und sie alle unterjochen. Eine Welt in der es nur den einen Gott gab. Keine Blasphemie mehr oder heidnischen Rituale. Sie würden alle seinen Dogmen Folge leisten oder sterben.

Wütend schlug er mit der Faust auf den Boden. Kleine Splitter flogen ab. Seine Haut blieb jedoch makellos. Dieser Dummkopf, warum in aller Welt wollte er Claire allein gegenübertreten? Die Wut des Herrschers galt seinem elenden Diener Edgar. Er wollte sie ernsthaft töten, schwirrte es in seinem Kopf. Es konnte keiner ahnen, dass sie mit dem Leben auftauchen würde. Nur knapp war er dem Tod entronnen. Der Herrscher wollte diesen Trottel selbst am liebsten vernichten. Mühsam hatte er ihn geheilt. Zumindest hatte er den Weg ins Reich der Toten gefunden. Wer der Informant in seinen eigenen Reihen war, konnte Edgar ihm leider nicht sagen. Der Junge war wahnsinnig und hatte für derlei Feinheiten kein Gespür. Edgar sollte mit seinem Auftauchen Claire schwächen. Sie verwirren. Vielleicht sogar ihre Gunst erlangen.

Es nützte nichts alten Plänen nachzutrauern. Es war Zeit aufzubrechen. Er flog in die Luft und setzte wieder gerade mit den Füßen auf den Boden auf.

Augenblicklich erschien Gabriel im Turm. Die Nacktheit störte ihn keineswegs. Seine Vollkommenheit machte ihm jedoch Angst. Der Herrscher konnte es spüren. Er breitete die Arme aus und wartete. Gabriel nahm die goldene Robe vom Stuhl, doch der Herrscher schüttelte den Kopf. „Es ist Zeit für meine Rüstung," sprach er gebieterisch. Gabriel stockte in seiner Bewegung. Behutsam legte er die Robe wieder zurück. Steif lief er zum Eichenschrank und öffnete die schweren Türen. Der Wind pfiff noch immer unentwegt durch den Raum. Auch die Fenster neben dem Schrank standen offen. Gabriel erhaschte einen kurzen Blick auf die untergehende Sonne. Die Nacht brach herein.

Die Wiese vor ihnen wehte aufgeregt. Die ganze Welt vibrierte. Sie erschienen wie aus dem Nichts. Claire und Hodari standen noch immer am Apfelbaum. Hand in Hand. Rina kam die Anhöhe herauf und sah auf die weite überschwemmte Wiese vor sich. Schwarz breiteten sie sich, wie das Meer, über das satte Grün aus. Sie trugen schwarze Rüstungen, Speere, Schwerter und Schilde ohne Wappen. Allen voran stand der Herrscher in einer goldenen Rüstung, neben ihm die schwarzgekleidete Gestalt von Edgar. Er hielt wieder ein Schwert in der Hand. Die drei auf der Anhöhe wurden von ihrem Licht geblendet. „Alles nur Schein," sprach Claire. Sie hob ihre Hand und das Licht verlosch. Golden und wutverzehrt stand der Herrscher noch immer an seinem Platz. „Wir müssen deine Hüter rufen und die Seelen," rief Hodari gegen das Aufgebot, dass sich ihm bot. Claire schüttelte den Kopf. „Ich werde die meinen nicht benutzen, wie er es tut."

„Dann müssen wir hier fort," sprach er und zog Claire an der Hand. Sie riss sich los. „Nein, es wird hier enden. Hodari, es wird alles gut." „Wie kannst du das wissen?" „Vertrau mir," flüsterte Claire und nahm ihn in die Arme. Hodari hielt sie, wie er noch nie jemanden hielt. Die ganze Welt und Zeit um sie stoppte. Vorsichtig löste Claire die Umarmung und schritt ruhig den Abhang zum Herrscher hinunter. Hodari wollte ihr folgen, doch Rina hielt ihn noch zurück. Wutschnaubend wollte er sich losreißen. Wortlos hielt Rina ihm das Schwert von Solveig hin. Hodari konnte die Inschrift erkennen. Schließlich eilte er Claire nach. Das Schwert in seiner rechten Hand festumgriffen. Er vertraute ihr. Sein Herz drängte die Angst fort und machte einzig der Liebe Platz.

Claire konnte den Triumph in den Augen des Nichts sehen. Sie gingen mutig weiter, bis sie nur einige Meter voneinander trennten. „Wo ist deine Armee?" fragte er höhnisch. Claire lächelte freundlich. „Ich opfere die meinen nicht," erklärte sie erneut bestimmt. Gabriel stand direkt hinter dem Herrscher. Unbemerkt nickte er ihr zu. Claire sah ihn. Auch der Herrscher sah es. Er drehte sich um und wollte mit seinem breiten und langen Schwert ausholen und ihm den Kopf abschlagen, doch Claire griff nach seinem Ellbogen. Der Herrscher wurde mehrere Meter weit geschleudert und fiel. Sein Schwert hielt er noch in seiner Hand. Schnell stand er auf. Wahnsinn lag in seinem Gesicht. „Verrat," schrie er schnaubend. Schaum tropfte ihm aus dem Mund. Kein Engel rührte sich. Keiner würde Gabriel inhaftieren. Sie standen geschlossen hinter ihrem Anführer. Claire sah, wie die Erkenntnis sich in den Augen des Herrschers breit machte.

„Ich habe noch nicht verloren. Ich kann sie alle auslöschen," schrie er und rannte auf Claire zu. Sie trat lediglich zur Seite und ließ den tobenden und rasenden

Stier an sich vorbeirennen. Der Herrscher blieb stehen und drehte sich langsam um. „Ich habe mehr Macht als du. Erinnere dich an die Steinkreise und meine Kraft," flüsterte er lauernd. Er versuchte sie aus der Fassung zu bringen. Claire sah ihn mitleidig an. Sie erinnerte sich und sie erinnerte sich an das Gefühl der Unvollkommenheit. Jetzt hatte sie gelernt und wusste, wie sie sich wehren konnte. Es würde keine Welt der Lebenden geben in der Tod, das Leben und das Nichts existierten. Sie machte sich bereit. Wieder rannte er mit gezogenem Schwert auf sie zu. Im letzten Moment machte Claire eine Drehung und packte ihn an der Brust.

Die Zeit blieb stehen. Der Wind stand still. Die Engel starrten voller Hoffnung. Claire ließ den Sog frei. Sie spürte das bekannte Kribbeln und jetzt auch das Innerste des Herrschers. Endlich konnte sie sein wahres Gesicht sehen. Nach all der Zeit hatte sie erkannt, wer er war. All die Gefühle des Hasses verschwanden in nur einem Augenblick. Sein Wahnsinn schwand. Das Schwarz des Todes umhüllte sie. Wie durch einen dunklen Schleier konnten sie sehen, wie sein künstlich geschaffener Körper in sich zusammenfiel. Er schwand und wurde vom Wind weggeweht.

Claire drehte sich mit dem Nichts in der Hand zu den Engeln. Das Nichts war nur noch ein kleines Häufchen Elend in ihrer Hand. Sie konnten Erleichterung in ihren Gesichtern sehen. Gabriel weinte und flüsterte: „Nun werde ich im Licht mit dir vereint sein." Anschließend verloschen sie alle. Die Lichter schwebten dem Himmel entgegen. Die dunklen Wolken verzogen sich und die Sonne sog die vielen Millionen Lichter auf. „Sie sind nun endlich frei. Ihre Existenz hat nun ein Ende. Auch ich spüre es. Der Teil des Lichts in mir hat mich auch verlassen," sprach Claire ehrfürchtig zum Nichts. Sie warf noch kurz einen Blick auf Hodari. Er hatte sich in der Zwischenzeit in den Kampf gegen Edgar gestürzt. Erleichterung machte sich in ihrem Herzen breit. „Jetzt gehen auch wir," erklärte sie.

Nachdem der Herrscher kurz vorher auf Claire zu gerannt war, standen sich Edgar und Hodari gegenüber. Edgar sah voller Wahnsinn in den Augen auf Hodari. „Na leg endlich los," forderte dieser ihn auf und stellte sich mit erhobenem Schwert vor ihm auf. Edgar rannte augenblicklich los und attackierte seinen Gegner. Die Schwerter trafen aufeinander, dass die Funken sprühten. Hodari spürte wieder die immense Kraft in dem Schlag, aber wieder war er ihm weit überlegen in seinen Kampferfahrungen. Immer wieder parierte er die Schläge des Wahnsinnigen. Edgar wurde immer rasender und legte in jeden Schlag seine ganze Kraft. Hodari wartete auf den passenden Moment. Immer weiter entfernten sie sich vom eigentlichen Kampfplatz. Hodari sah längst nicht mehr, was sich zwischen Claire und dem Herrscher abspielte. Schließlich hatte Hodari Edgar soweit. Seine Schläge wurden immer langsamer. Er wurde müde. Einem letzten Schlag wich er aus. Er rollte sich über den Boden hinter Edgar und durchtrennte mit einem seiner Messer, dass er sich geschickt aus der Halterung gezogen hatte, die Kniekehlen. Edgar fiel erschöpft und schreiend zu Boden. Hodari richtete sich hinter ihm auf. Er hob das Schwert. Seine lange zurückgehaltenen Kräfte brachen aus ihm heraus und er ergriff mit seinen Sinnen die zerrückte Seele. Fest lag sie in seinem Griff. Edgar konnte sich nicht mehr bewegen. Wie versteinert hockte er vor ihm. Das Schwert schwang hinab und durchtrennte von oben herab den Kopf und Torsos. Die Körperhälften fielen auseinander. Blut und Innereien quollen heraus. Edgars Seele wurde von ihm gleichfalls durchtrennt. Sie existierte nicht mehr. Erleichtert drehte sich Hodari um und suchte Claire, doch sie war verschwunden, wie auch die Armee des Herrschers. Verwirrt und voller Angst suchten seine Augen die Frau, die er liebte. Rina stand plötzlich neben ihm. „Mach dir keine Sorgen. Claire hat ihn mitgenommen. Bald wird sie wiederkehren," erklärte sie, doch er sah immer noch verwirrt auf die weite Ebene, die eben noch überfüllt war.

Claire nahm das Nichts mit. Die Umgebung bewegte sich schnell an ihnen vorbei. Das helle Licht und das Grün verschwanden. Die Dunkelheit machte sich breit. Stille lag in dem schwerelosen Raum. Claire hob ihre Hand, auf der das Nichts lag. Es vereinte sich mit der Dunkelheit. Voller Mitgefühl und Liebe sah sie sich um. „Danke, du hast ihn wieder zurückgebracht," sprach der Chor. „Wir wussten, dass du es verstehen würdest. Die Welten können nicht ohne Sein und Nichts existieren, so wie sie nicht nur mit dem Sein existieren können. Zumindest nicht auf Dauer. Das Gleichgewicht ist wieder vorhanden. Durch dich und deinen Gefährten sogar stärker als jemals zuvor. Wir haben befürchtet, dass du noch immer nach Rache sinnen würdest, als du uns nach seiner Vernichtung fragtest. Was hat sich verändert?" fragten der Chor zum Schluss neugierig. Claire zog den Tod wieder in ihr Innerstes. Ihre Augen leuchteten wieder in einem Kristallblau.

„Ich habe erkannt, dass ich der Tod bin. Ich habe endlich die Vollkommenheit meiner Existenz begriffen. Dem Tod dürstet es nicht nach Rache. Der Tod bemitleidet die Lebenden und freut sich für die Toten. Durch sie schaffen wir in den Welten immer wieder neue Hoffnungen. Hoffnungen auf Ruhe und Frieden. Edgar, Solveig und Alex haben kostbare Seelen, die nun in einer neuen Zeit, einem neuen Raum Hoffnung bringen werden und es ist meine Aufgabe, sie zu beschützen. Ich habe erkannt, dass ich mein egoistisches Gedankengut ablegen musste, um endlich selbst Ruhe und Frieden zu finden. Außerdem habe ich erkannt, dass das Nichts nur aus einer einzigen Intention gehandelt hat. Einsamkeit. Sie kann ein Wesen verdunkeln und irrleiten. Ihr, das Sein, seid seine andere Hälfte. Nehmt ihn daher wieder zu euch und gebt ihm das einzige, dass er braucht: Liebe." Claire endete mit ihrer Selbsterkenntnis und schloss erleichtert die Augen. Einen Moment herrschte

Stille. „Du hast richtig erkannt. Nun ist es an dir endlich Ruhe und Frieden zu finden." Claire nickte freudig lächelnd.

„Ich habe nur noch eine letzte Frage," begann sie zögernd. Der Chor wartete. „Was hat das Kind für eine Bedeutung?" fragte sie mit erstickter Stimme. Ein lautes Gelächter durchbrach den dunklen Raum. „Ein Geschenk. Von uns an dich. Lebe nun endlich," und mit diesen Worten schickten sie Claire zurück auf die Wiese. Glücklich sah sie sich um. Die Wiese war leer. Der Wind wehte und die Sonne strahlte wieder. Vertrauen und Hoffnung erfüllten sie. Sie sah zum Himmel hinauf und träumte endlich ihre Zukunft. Plötzlich wurde sie in die Luft gehoben und an einen starken Körper gedrückt. Hodari hielt sie fest. Immer wieder küsste er sie über das ganze Gesicht. Sie schmiegte sich an seine Brust und erwiderte die Umarmung. Ihre Welt war jetzt nicht mehr einsam.

Rina stand wieder oben am Baum und sah auf das Schauspiel runter. Eine Welt im Gleichgewicht war wieder entstanden. Sie würde die beiden jetzt verlassen und wieder ihre Aufgabe erfüllen. Auch Rina war Teil ihrer Welt, doch ließ sie ihnen ihr Leben in Zweisamkeit.

Bevor sie ging, dachte sie noch an das Kind in Claires Leib. Die Zeit würde kommen und das Kind würde sich offenbaren. Die Frage war nur, welche Zeit anbrechen würde.

Epilog

Langsam und bedächtig hob sie ihre Tasse hoch und nippte daran. Es schmeckte bitter, wie er es ihr vorherprophezeit hatte. Mit einem leichten Geschmack nach Fisch. Lag es vielleicht daran, dass er die Teeblätter mit einigen Fischen zu ihr gebracht hatte? Ein Lächeln formte sich auf ihren Lippen. Ja- daran musste es liegen. Lange sah sie in die Tasse und ließ die dunkelgrünen Teeblätter kreisen. Immer wieder bildeten sich neue Kreise auf der Oberfläche des dunkelgrünen Getränks. Ein lautes Flattern ließ sie hochblicken. Am Horizont sah sie wie die Flamingos hinter dem Hügel in die Luft stiegen und laut schnatternd über ihr Haus flogen. Sie sah wieder zurück zum Hügel und bewunderte, wie groß der Apfelbaum geworden war. Seine Zweige streckten sich immer weiter dem Himmel zu und sein Blätterdach bildete ein schönes geformtes Dach über den Hügel. Das Gras um den Baum färbte sich von Minute zu Minute immer rötlicher. Es wurde Zeit die Kerzen anzuzünden. Die Sonne näherte sich immer zügiger dem Horizont. Bald könnten sie das leise Zischen hören, wenn die Sonne den Horizont berührte.

Es sah aus, als wenn die Krone des Baumes brennen würde. Die Flammen tanzten in einem wirren Tanz hin und her. Sie wurden immer größer und stärker. Der Tanz wurde immer schneller, bis der Baum wie eine Kerze lichterloh leuchtete. Es wurde still. Sie hörte nur das leise Zischen, wenn sich der Himmel und die Erde berührten. Immer so weit voneinander entfernt. Die Sehnsucht trieb sie bis zum Wahnsinn, kaum den Moment abwarten können, bis sie sich wieder berühren dürften. Sie bewunderte dieses gegenseitige Verlangen. War die Sehnsucht nach Freiheit bei ihr wie die Sehnsucht der Erde nach dem Himmel und des Himmels nach der Erde? Langsam drehte sie den heißen Tee in ihren Händen. Wieder sah sie zum Horizont, die Sonne war bereits zur Hälfte verschwunden. Liebkosend schmiegte sie sich in das weiche Bett der Erde und genoss die kurze Zeit der Zweisamkeit. Bald würden sie getrennt werden, dann wäre alles wieder vorbei und die Erde müsste wieder einen Tag warten bis zum Abend.

Schreie halten aus dem Haus. Claire horchte auf. Aus den Schreien wurde ein wildes Lachen. Dazu mischten sich ein Grunzen und Brüllen. Augenblicklich rannten zwei kleine nackte Beine aus dem Haus. Der rote Schopf wackelte mit dem Kopf und sprang über die Veranda auf das Gras. Hodari kam stampfend hinterher. Alle drei lachten nun. Claire strich sich gedankenverloren über den großen runden Bauch. Bald schon würden die Schreie, Rufe und das Gelächter sich mehren. Sie sah dem Rosa am Horizont entgegen und freute sich auf ihre noch unbestimmte Zukunft.

Danksagung

Ich habe mir viele Gedanken darüber gemacht, wem ich alles zu danken habe. Meine Familie hat mir tatkräftig beigestanden und mir in endlosen Stunden ihr Gehör geliehen. Vor allem aber muss ich meinem Mann und meiner Freundin danken. Ohne die beiden wäre diese Geschichte nicht entstanden. Tobias, mein Mann, hat in unzähligen Stunden meinem Vorlesen gelauscht. Meine Kommentare und Fragen ausgehalten und schließlich die Geschichte lieben gelernt. Es war eine lustige Zeit für uns beide. Meine Freundin, Elena Peters, hat viele Stunden damit verbracht die Geschichte zu korrigieren. Ich habe mich tapfer ihren kritischen Fragen und Kommentaren gestellt. Beiden bin ich zutiefst dankbar und möchte sie hier hervorheben.

Natürlich gibt es noch weitere Personen denen ich hier gesondert danken möchte. Ein herzliches Dankeschön an alle meine Testleser: Doris Scheil, Tina Seeland, Sandra Wienkers, Jürgen Kattenbeck, Simone

Hartmann und Tatjana Kasper. Nicht zu vergessen Ramona Gravel, die das Buchcover gestaltet hat, welches mich immer noch völlig umwirft. Ich danke euch allen.

Die Entstehung des Universums ist das größte Mysterium des Lebens. Die Frage nach dem Sinn des Lebens taucht dabei nur an zweiter Stelle. Die beiden Mysterien scheinen beinah lächerlich im Verhältnis zum tatsächlichen Leben.

Wir leben in Schmerz, Angst und Zorn und vergessen allzu gerne, dass das Leben doch so kostbar ist. Wir vergessen, dass es auch Liebe, Mitgefühl und Vergebung gibt. Die Vergangenheit hat uns so wenige große Menschen gezeigt, die genau das erkannt haben und versucht haben uns zu leiten und doch haben so viele nicht verstanden, was sie uns sagen wollten. Etwas zu verstehen, es wirklich zu begreifen, bedarf so vieler Verzichte, dass der Aufwand dafür zu groß erscheint.

Wir können durch das Lesen der Erkenntnisse und der Wunder nicht lernen zu verstehen. Das Verstehen beginnt in unserem Inneren. Wir müssen erst unser Leid erkennen, es hegen und pflegen, bis wir schließlich in all dem Leid die Liebe sehen. Erst dann haben wir wirklich verstanden. Durch jeden Schmerz können wir lernen zu verstehen, doch zuerst müssen wir lernen zu lernen. Wir sollten niemals vergessen, dass das Leben Schmerz bedeutet, aber auch Erwachen.